U0783200

刘慈欣现象观察

主编：杜学文　杨占平

为什么是刘慈欣

山西出版传媒集团　北岳文艺出版社
BEIYUE LITERATURE & ART PUBLISHING HOUSE

魅力在于无知和未来

Chapter 1

评 记

Chapter 3

网 议

评记

THREE BODY

刘慈欣和新古典主义小说

文/吴岩

一

刚刚过去的二十年，是中国科幻作家对文本的程式破坏最多的二十年。从叶永烈、郑文光等学习英美科幻“新浪潮”开始，到韩松、杨鹏、星河、王晋康等“新生代”在主题、内容、叙事和世界观方面对传统的颠覆，破坏性一直是中国科幻实验的主题。强烈的破坏性在初期对中国科幻文学形成了某种震撼，但随后，却在读者心目中产生了不快。许多读者反映，科幻不像先前那么好看了。一些人还说，他们宁可回到《小灵通漫游未来》或者《飞向人马座》的时代。

在这些参与感叹的人当中，有一位最终走向了不可动摇的科幻创作，他用自己的天才和艺术素养，在短短的时间里便重塑了经典科幻小说的形象。这个人就是刘慈欣。

刘慈欣，1963 年出生。山西娘子关发电厂高级工程师。从 20 世纪 80 年代中后期起，刘慈欣就在不同的场合尝试发表科幻小说。他的风格多次变换，直到 90 年代中期才逐渐定型，并开始赢得读者的喝彩。1999 年—2004 年，刘慈欣蝉联《科幻世界》杂志读者评奖的冠军。同时，他的小说还获得了北京作家协会主办的《东方少年》科幻小说大奖。

刘慈欣的主要作品包括中短篇小说《流浪地球》《乡村教师》《全频带阻塞干扰》《中国太阳》《地球大炮》《带上她的眼睛》《微纪元》以及长篇小说《魔鬼积木》《超新星纪元》和《谁替恐龙剔牙》等。

与王晋康、杨鹏、星河等人将科幻的革新置于某一个侧面不同，刘慈欣对科幻现状的改变是全方位的，从叙事到主题，从情感基调到人物面貌。很难用几个简单的词概括他的作品，这从韩松对刘慈欣的评价中就可以清楚地看出：

我想，首先，作为一个普通的科幻读者来说，我很喜欢看刘慈欣的作品，因为很过瘾。讲的都是些明明白白的故事，说的都是些人话，节奏很紧张，情节很吸引人。有暴力、战争、死亡等等。想象很奇特，漫无边际，汪洋恣肆，像庄子，这一点，很让我佩服得五体投地，自愧不如。

其次，是刘慈欣的作品中，渗透了一股对宇宙的敬畏。他写一些技术味道很浓的科幻，但是，后面的东西，骨子里的东西，其实是形而上的。在《朝闻道》中，这种情感表露得最无遗的了。也就是有一种哲学上的意味，宗教上的意味。我感到这很不错。刘慈欣总是在悲天悯人，而且是一种大悲大悯，像佛陀。

再就是我其实是一个对技术、对工业文化很崇拜的人，大概男人都有这样的心理。我自己的科幻小说，在科学上虽然技术漏洞百出，但心中，仍然是很喜欢科学的，觉得那是一种很神圣和很精致，很严格和很大气的东西，刘慈欣的小说满足了我的这样一种欲望。因此，有时，觉得他像牛顿，但不知为什么，不是很像爱因斯坦。

另外，就是军事方面。一眼就看得出来，刘慈欣肯定是一个军事迷，对武器有一种天生的热爱。这个方面，我大概也有些贪恋。因此，很喜欢读他的东西，比如《全频带阻塞干扰》和《波斯湾飞马》。这个时候，刘慈欣又有些像库茨涅佐夫，但不太像巴顿或者山本五十六。他有一种执犟的、属于上上个世纪的英雄气。

再就是阅历。刘慈欣是有阅历的人。所谓阅历，不是要走遍千山万水，而是在平淡中体味生活的苦涩。他工作的那个地方，与我工作的那个地方，我想，恐怕同样是有着很多无奈。因此，在读他的小说时，我能真实地感觉得到他的存在，也能感受得到这个世界的存在。但在读那些比较小的孩子们写的科幻时，我就感受不到了。这时候，刘慈欣很像他笔下的乡村教师，或者水娃什么的，是那种朴实直率而又尝尽沧桑的感觉。

看似散乱的评价，实则是希望尽力概括刘慈欣作品的基本特征；看似平淡的肯定，但如果你真正了解中国已经进行了长达二十年之久的科幻小说“先锋”“新潮”“解构”式的革命，便会对这样的评价非常珍惜。笔者认为，刘慈欣以丰富的创作实践和对科幻现象的思考，已经对中国的科幻文学领域造成了一种划时代的震撼，他的影响在未来的岁月中到底有多大，应该给出评估。

于20世纪60年代中期至70年代中期首先出现于英国，在英国《新世界》主编米切尔·莫考克的推动下，一批不再将物理学一类的正统科学当成科幻小说主要内容，而是重视心理学、社会学、政治学，甚至神学的小说诞生了。这些作品手法上极力接近正统的主流文学，同时也大量运用现代主义的创作手法。这一现象被称为“新浪潮”运动，其后迅速波及美国等其他国家，是科幻小说发展史上的重要阶段。[1]

二

事实上，刘慈欣科幻小说还可以用更加简单的词进行概括，这个词就是“建构”。换言之，刘慈欣扭转了以破坏性为主潮的中国科幻文学的当代走向，并把它引向积极的建构方向。而这种建构性又与科幻小说本身的经典价值一脉相承。

这里谈到的经典，主要指美国“黄金时代”的科幻小说和苏联科幻小说。而之所以将冷战时期对立两霸的科幻小说置于同一个系统中观察，主要出于以下三个原因：

首先，两类科幻都是以作家作品丰富、文本形式相当统一而著称。苏联科幻小说一直具有模式单一的特点，这其中到底有多大程度是由于斯大林主义的影响，还需要探讨。但在“自由世界”中，一直被美国作家们标榜的“黄金时代”，其作品也存在着相当统一的格调，如强调无敌的科学和宇宙的宏大，强调将宇宙的无限寥廓与人生的渺小短暂对比等，就是其哲理化方面的统一格式。

其次，从历史渊源角度看，在两个科幻大国的科幻发展史上，法国作家儒勒·凡尔纳都是一个明显的影响要素。虽然美国作家后来更多地提倡将艾伦·坡置于科幻之父的地位，苏联作家则认为奇奥尔科夫斯基和Ａ·托尔斯泰更加重要，但是，不可否认，对科学技术的乐观肯定，对完整故事和大团圆的喜好，无一不是凡尔纳科幻小说的特色。如果查找苏联的新闻出版史，大量翻译和以官方形式介绍凡尔纳，几乎成了一个经久不衰的运动。而大洋彼岸的美国，现代科幻期刊之父雨果·根斯巴克，则干脆将凡尔纳墓地的纪念雕像作为世界上第一本科幻杂志的标志。

当对外观和历史进行了分析之后，我们对经典科幻小说的探索必然进入第三个层面、也是最重要层面的分析，为什么两类作品具有如此一致的构造方式？到底是什么隐含在表象的背后？笔者认为，这涉及科幻作品的真正内涵。科幻小说的核心内容是为了表达人类对启蒙价值、现代性和现代化过程所具有的看法，而美国和苏联的经典科幻小说，对这种现代化的看法相当一致。在这些作品中，现代化过程的主要代表科学技术，被作为一种能动的力量单独地展现出来，作家们讴歌科学技术能引导人类走出愚昧，迈向未来，相信科学技术的能动性可以带给整个世界一种建构力量。具有此类特征的经典科幻，形成了科幻文学中的古典主义流派，它与后期出现的新浪潮流派，直接构成了对抗。

中国科幻文学也接受过古典主义科幻小说传统的影响。事实上，早在晚清科幻文学引进中国之初，我们就已经感受到古典科幻鼻祖凡尔纳的独特魅力。但是，躁动的救国热情和冷酷的现实，让作家迅速远离了经典科幻小说的程式，进入一种幼稚的救亡状态。我们并不反对救亡，但抛弃文类的特点而幼稚地设计一些空洞的救亡情节是徒劳无益的。表面看这样的作品好像迎合了当时的潮流，事实上却于事无补。科幻文学完全可以有自己的独特方式去面对中国的存亡。

到新中国建立，第二次科幻文学的引进继续携带着大量的古典主义信息。这一次，不但有凡尔纳，还有苏联科幻文学。但是，由于在 20 世纪 50 年代同时引进了苏联科幻文艺理论，将科幻文学仅仅固定在科普的功能要求上，导致了与古典主义再次失之交臂。

这样，中国科幻文学的两次发端，对古典主义科幻文学的分析和研究都被强烈地阻挠和搁置。及至 70 年代末 80 年代初，英美“新浪潮”科幻理论的引进，再一次使我们无缘深刻地认识古典主义。

那么，古典主义真的如此重要吗？回答是肯定的。科幻文学的发展必须经历一个相当丰富的古典主义的时期。只有古典主义的充分发展，作家和读者才能充分理解这种作品之所以吸引读者阅读、之所以能区别于其他文类而独立存在的根本原因所在。在国外的学术界，研究古典主义科幻作家和科幻发展脉络的学者相当多。几乎每部科幻专论，都要探讨今天的科幻如何从古典主义时代脱胎而来。古典主义更是各种新科幻的一面镜子或者靶标：“没有古典主义，怎么会有新浪潮”？诸如此类的问题不胜枚举。1991 年成都国际科幻大会期间，美国半专业杂志《轨迹》的主编查理·布朗也多次向笔者谈到重视古典的价值。

十分可惜的是，最近二十年中，中国科幻作家对科幻文学这种内在含义的思考普遍缺乏，而对文本外观的打造则十分积极。在这样的一种背景下，读者已经可以感受到刘慈欣的重要性。笔者并不反对文本的外观修饰，但却强烈地认为，对内核的锻造，应该同步有效地进行。在一个古典主义被长期忽视的中国科幻文坛上，刘慈欣所做出的全方位的建构性努力，其重要价值正在逐日得到证实。

三

打开刘慈欣的作品，古典主义的风范扑面而来。第一，在叙事特征上，刘慈欣承袭了古典主义科幻小说中节奏紧张、情节生动的特征，并且在看似平实拙朴的语言中，浓墨重彩地渲染了科学和自然的伟大力量。刘慈欣擅长将工业化过程和科学技术塑造成某种强大的力量，作品中洋溢着英雄主义的情怀。小说《流浪地球》综合了自然灾害、技术进步和人类生存的宇宙困境等宏大的主题。地球因为太阳的毁灭而必须进行逃离太阳系的悲壮远征，长达二百年紧张的前期准备以及更加漫长的征程增添了这种悲壮感。求生的意志支撑着一代又一代的人类为了这个目标前赴后继，科学技术成为人类的精神支柱，在这种极端的困境中展现了无与伦比的伟大力量。故事的线索是长程的，光是给地球自转进行刹车，就进行了四十五年，更何况启动地球发动机再飞向遥远的群星。作者面对这种漫长提出了自己的思索，因此设置了疯狂的人类因为短视而群起处死科学精英的一幕，这种疯狂是出于对科学信仰的动摇，出于人性深处的愚昧和非理性，然而最终的事实必然是理性的胜利，因此在作品中，无论是代表毁灭的自然还是代表重生的科学，都具有了某种神性。

第二，在人物方面，刘慈欣的小说继承了古典科幻小说中的人物塑造规律，即无论是技术专家还是普通人，他们一定要在社会的变革中被推向改变世界的精英舞台。在《光荣与梦想》中，主人公辛妮出生在战乱频仍的西亚共和国，这个贫穷到饿殍遍野的国家早已没有精力关注体育，然而成为一名优秀的马拉松运动员是辛妮的最大梦想，为此她可以忍受贫穷、饥饿、孤独和歧视。当她终于有机会站在奥运会的赛场上，却面对着一次只有西亚共和国和美国参加的所谓的模拟战争的奥运会，而她的胜败直接关系着自己国家的最终命运。在这次不公平的比赛中，西亚共和国全军覆没，辛妮则用生命的代价点燃了光荣和梦想。作品中最为动人的部分是最后的马拉松比赛，作者运用回忆和现实交叉进行的方式，将主人公的精神力量推到极致。

第三，在情感线索方面，刘慈欣与其他新生代作家的主要区别是，他从未将男女关系置于情感的中心位置（虽然他的男女情感写得细腻而成熟）。当爱情与理想、国家发生冲突时，许多人物都选择了后者。同时，带有强烈为科学献身的古典主义思想的情节，在多部作品中都有突出的体现。《带上她的眼睛》中，女主人公虽然面对永远被封闭在地心深处的残酷命运，仍然展示出动人心魄的大义和大勇；《地球大炮》中，几代主人公的命运都与献身有关；而《思想者》中给出的三个情感片段，空灵缥缈，不温不火，却从未想到过转变成激烈的“拥抱和亲吻”。在他的作品中，科学的诗意永远是一种基本情调，在这一点上，刘慈欣与古典主义科幻的精神内核达成了一致。

以上关于刘慈欣科幻小说与古典主义科幻小说的一致性，并非证明他就是古典主义的模仿者。恰恰相反，在承袭古典的同时，刘慈欣的科幻小说早已走出了古典，他在尝试多种新写作上，做出了相当独特的探索。

首先，古典主义科幻小说在叙事方面并非十全十美。特别是在生活节奏异常迅速的今天，古典主义的叙事风格早已无法被读者接纳。于是，刘慈欣巧妙地做出了两种新的回应，笔者把它们称为“密集叙事”和“时间跳跃”。所谓“密集叙事”，指的是无限加快叙事的步伐，使读者的思维无法赶超作者的思维。这种改变，对于21世纪的读者来讲，具有相当大的震慑力量。我们看到，在《地火》《吞噬者》和《梦之海》等小说中，密集化的叙事不但消解情节发展缓慢的古典科幻小说的通病，提高了作品的可读性，还增加读者对大自然瞬息万变的感受，增加了读者对科学技术应付危机的信心。这样，即便大地炫目地燃烧，月球冲出轨道，人类也能借助理性的力量逃出毁灭。当“密集叙事”也不可能疏解作者心中高速运行的创作风暴时，“时间跳跃”便自然地出现。典型的刘慈欣式的“时间跳跃”，就是在叙事过程中留下大量的时间空缺。小说在强烈的情感叙事中突然中断，故事直接进入遥远的未来。在《地球大炮》《诗云》和《微纪元》中，这种“跳跃”少则几十年，多则千万载！强烈的时间迁移不但给作者一个脱离文本时间顺序，并能将未来发展的机会呈现到读者面前，更会产生一种独特的“沉舟侧畔千帆过”的历史感。

对古典主义科幻小说的发展不仅仅停留在叙事方面，在人物和人物之间的情感关系上，也有突出的体现。众所周知，科幻小说中以描述美好的爱情衬托故事，以加强对未来的憧憬性，几乎成了一个基本程式。但是，科幻小说中出现的爱情，常常处于十六岁之前的状况。有情人终成眷属几乎永恒地停留在人们的理想世界之中。刘慈欣对此进行了全面改变。在他的小说中，爱情永远和无奈联系着。《思想者》中的有情人，在相隔几十年的人生旅途中，不断地回到同一个地点，寻找同一种梦幻中的感情。然而，在现实世界，他们各自却无奈地生活于各自的天地之中。时间给这个爱情故事一种强烈的沧桑感，而两个人所心心相印的那种宇宙的智慧，却以无限的长程反衬出人生的渺小。这样复杂的“情感—主题交叉设计”，在过去的科幻作品中，还相当少见。

刘慈欣不但更新了男女关系，还挖掘出一个古典科幻小说中最重要的人物关联，并将它赋予新的价值。这就是父子关系。对于多数仍然处于青春期或“青春晚期”的科幻读者来讲，父子关系的确不如男女关系那么引人入胜。但在刘慈欣的笔下，父子关系的某种坚强感，却形成了与男女关系相对抗的一种力量的体现。父子关系既是一种血缘的延续，表达人生的延续和感情的延续，更是一种事业的延续，科学和宇宙所代表的力量的延续。这样父子关系的主题，在小说《地火》《地球大炮》和《微纪元》中，表达得相当突出。

刘慈欣科幻小说对人物的更新，还表现在设计独到的一系列“抽象人物”上。福斯特在《小说面面观》中曾经区分出扁平人物和圆形人物，但刘慈欣的作品中，一些看似扁平、实则圆形的人物，给古典主义的小说理论增添了讨论的素材。小说《吞噬者》《思想者》和《微纪元》中，都有这种无名氏的出场，有些作品中，无名氏甚至是全文的主角。我个人认为，这种抽象本身，作为刘慈欣科幻小说的独特设计，代表了一种隐含的对科学本质的抽象，它曲折地向我们陈述了从古希腊分析哲学一直到笛卡尔主义这条科学所依赖的思维主线，怎样有效地影响着我们的生活和世界。

在叙事和人物之外，刘慈欣对古典科幻小说最重要的发展，是赋予作品一种强烈而独特的怀旧感。阅读刘慈欣的小说，常常会有阅读 20 世纪 50 年代到 60 年代苏联科普杂志《知识就是力量》《青年技术》或者中国《科学画报》《科学大众》中插图的感觉，其作品中科幻形象的设定常常带有强烈的工业色彩。巨大的地心空洞、宏伟的地球发动机、壮烈的月球粉碎……所有这些具有浓郁工业化色彩形成独特的“粗野的美”（刘慈欣语），在他的小说中被强烈地渲染着。除了对经典技术的怀恋，过往的生活也在刘慈欣的作品中刻下了痕迹。在他的一些作品中，苏联歌曲、凡尔纳小说、《动脑筋爷爷》、五彩卡通片与“核能”“导体”这些现代味道浓厚的词语熔于一炉；而冷冻身体、向时间移民等经典的科幻主题与把地球人当成“菜人”（意为可食用的人类）这样的奇思妙想并行不悖。

当然，作为作家，刘慈欣仍然有许多值得更新的技巧，他的文本构造能力也仍然存在着诸多可以改进的地方。比如，他对短篇小说似乎还无从把握。此外，一些小说的结尾也显得相当仓促。但是，这些都不重要，相信作者会很快超越这些障碍。我们想要探讨的，倒是整个新古典主义科幻小说存在的本身。

在工业时代落幕，现代化进程正在终结的时刻，所有对现代化的崇拜和回忆，到底是一个暂时的现象呢，还是具有更加久远的价值？一个非常重要的现实是，科幻小说起源于人类对科学和未来双重入侵现实的一种反映，当这种反映出现于恰当的、给人类以预警的距离的时候，科幻文体便应运而生。在过去的将近二百年的时间里，人们反复咀嚼这种感受，创作了大量脍炙人口的科幻小说。但是，在已经到来的后工业化或后现代化的社会中，未来侵入现实的速度已经无限加快，我们甚至已经生活在未来当中。在这样的景况下，科学和未来正在逐渐失去人们的关注。“9·11 事件”和当代电脑科学与分子生物学技术的发展，都已经证明，科幻小说甚至无法赶上社会和科学发展的步伐。在事件的层面之外，人类的思想方式也在日益变化。例如，在一个已经被“后现代化”的时代里，那些与“真善美”等人类终极追求相关的宏大叙事，正在全面崩解。那么，作为弘扬这种终极追求的古典主义科幻文学，其未来的前景到底如何呢？

在过去的五年里，刘慈欣的新古典主义科幻小说，用丰富的建构性，不但回答了科幻文学中的诸多问题，更向整个中国科幻界和他自己提出了新的理论问题。在这个意义上，刘慈欣已经树立了一块科幻文学的时代丰碑。

---

[1] 具体论述可参考吴岩的《西方科幻小说发展的四个阶段》，载于《名作欣赏》1991年2-4月号。

→本文主要分析的作品来自刘慈欣著《带上她的眼睛》，该书由上海科学普及出版社2004年出版。

虚幻宇宙中的深情
——刘慈欣作品的人文惯性分析

文／罗亦男

小说的人文关怀向来是被视为评断其艺术价值的一项重要标准，科幻小说在这一铁律前也无法独免。一篇小说成功与否，判断依据正是看它在科学幻想所构架起的特殊情境中如何来描写人的生存状态，剖析现实和历史环境对人肉体和精神的影响，展现人的复杂性，针砭人性的弱点，从而传达对人的本体与人类整体命运的关注。

刘慈欣作为当代科幻小说界最活跃作家之一，以其古典主义的美学风范和善于使用“大尺度”意象的叙事手法而独树一帜。他用深厚的文学底蕴和扎实的科学知识，创作出了一个个主题各异的故事，表达了强烈的人文意识和美学追求。但是由于种种原因，刘慈欣小说中的人文关怀经常会受到误读和质疑。

一

汉伯里·布朗曾在他的《科学的智慧》一书中提出这样一个观点：文

化维度揭示出科学的真正功能不在乎它对物质的改进，而是智慧的追求。牛顿、爱因斯坦从未想到科学会马上转变成物质，但他们的工作带有宗教的性质。爱因斯坦反对拟人化的宗教，但他不反对宗教本身。他还说，没有科学的宗教是虚弱的，没有宗教的科学是盲目的。[1]笔者无法确定刘慈欣是否受过布朗的思想影响，但显然他对这种观点是持深切的认同态度的。在一篇访谈中，刘慈欣这样说：

中国科幻缺少宗教感情。首先声明，本人是个坚定的无神论者。同时我们深知，科学和宗教水火不相容，科幻和宗教想来也是如此了。但有学者认为，现代自然科学之所以诞生在西方，同西方文化中浓厚的宗教感情有关。这是一个用压死人的巨著也说不清的题目，在此就无力深究了，只谈科幻中的宗教感情。注意，这里谈的不是宗教，而是宗教感情，它不是对上帝的那种感情，它是无神论的，也没有斯宾诺沙什么的那么复杂。科幻的宗教感情就是对宇宙的宏大神秘的深深的敬畏感……有位哲学教授说过，哲学系新生的第一课应是在深夜长时间地仰望星空，这是把哲学介绍给他们。我想这更应该是科幻作者的第一课，这能使他们在内心深处真正找到科幻的感觉。宏伟神秘的宇宙是科幻小说的上帝。[2]

从这段话中我们可以察知刘慈欣所持有的一个基本的科幻创作理念，他认为科幻小说在我们习见的文学情感的平面里藏着自己的情感维度。神奇的自然科学像一个伟大而永恒的谜，它能被人的理性把握认识，又让人不由自主生出谦卑来，这种宇宙宗教情感，正是科幻小说平面美学里独特的一个负载。受这种创作观的主导，刘慈欣的小说呈现了以下两种特征：

（一）叙事视角的随意流动

2001年的《乡村教师》[3]被认为是典型的“刘体”风格，刘慈欣本人也对这部中短篇非常满意。在再版作者序言中他说“（这部小说）中你将看到中国科幻史上最离奇最不可思议的意境。”

小说通过叙述一位躬老于中国西北山区的民办教师和他的几个学生挽救了地球文明的故事，传达了宇宙里不可预测的危机以及高级文明生物肆意践踏低文明生物的暴行和对加强自我表现保护能力的热切盼望。作者用笔触描写主人公乡村教师生活的困苦，他的希望和责任，当我们以为看到了一个《平凡的世界》科幻版文本时，叙事视角突然变得深远广袤，焦点从这名可敬又无助的老人身上开始俯向拉伸，转而投放至西北平原，乃至整个行星、太阳系、银河之上。

类似的情况在刘慈欣的作品中比比皆是，比如《超新星纪元》[4]，先用现实主义手法描写了一所普通小学里孩子们的生活，忽然毫无征兆地宣布："这一天，人类文明走到了尽头。"紧接其后的很多个段落，作者用毫无现场感、完全客观的科普式笔法的方式来描述死星光芒到达地球这一现象，而使文本产生了一种明显的断裂感。

不加点缀的跳跃，事实上是刘慈欣刻意使用的，巧妙地用大量现实情境铺设引领读者进入他布置好的小说框架中，当我们开始关注某一具体的局部时，作者的叙事焦点骤然转移，强行调度读者的视线，利用一种类似视觉暂留的机制，造成令人眩晕茫然的复杂观感，使观众在脑海中的映像与阅读期待无法叠合，由此将落差造成的势能情绪毫无保留地倾泻给读者。

(二)个体人物形象塑造的弱化

对刘慈欣作品的反面评论中，最集中也最不可忽视的一点就是，主人公性格的平面与单薄。个人完全是整个群体的代表，这个群体取样的范围是如此之大，以至于该典型完全丧失了作为个体的性格特征，除了名字、性别，几乎是千人一面。刘慈欣笔下的人物永远是为情节服务的，当发现任意特定个体所应包容的内在真实无法与他所要面对的情节矛盾相抗衡时，他的做法往往是果断地放弃对人物的深度刻画，使其屈从于大的叙事进程。越是典型的刘氏风格作品中，这种被迫放弃角色刻画的现象就越明显：主人公并未被赋予宿命，他们之所以站上前台，在巨大空旷的维度舞台上占渺小的一席之地，仅仅是因为一种随机性。拿公式化的人物表填塞早已完备的剧情中的演职员空档；将丰富美好的心灵扁平压缩在一个合金躯壳内接受锤炼；以无垠的宇宙歌剧为背景，穿插小人物蜉蝣般的朝生暮死；安排一个个光彩夺目的英雄仓促赴死。这类例子简直不用仔细甄选，俯仰皆是，甚至刘慈欣自己就给我们把条目都提供好了：《全频带阻塞干扰》[5]中的卡琳娜少校与同名资料作品《全频带阻塞干扰·塘沽篇》(未发表)中的林云少校根本就是一个人,《三体》[6]的杨冬和《球状闪电》[7]里的林云，虽然各自的成长环境、专业领域有很大不同，但那种疯狂的偏执性格很难不让读者将她们归为一类，更毋庸提她们的爱人都叫丁仪。

刘慈欣笔下的人物还经常表现出一种不近情理的病态人格，或是某一方面心理的极度膨胀，或是对某种事务狂热与偏执的追求。例如《梦之海》[8]中的低温艺术家认为终极的艺术可以脱离生活、肉体，他决绝而冷酷地宣言道: 任何来自个体的欲望情感都只是创作的枷锁，什么生存、社会、科学，那只是“婴儿时期的尿布”罢了，当灵魂完全出离桎梏飞升到可以顿悟的境界，那么一切纤毫毕现，“只有艺术，艺术才是永恒”。

《流浪地球》[9]的第三篇，叛军们将最后忠于政府、坚持逃亡的五千人集体冻毙，而这时“一个小女孩，举起一大块冰用尽全身力气狠命向一个老者砸去，她那双眼睛透过面罩射出疯狂的怒火。”这一幕骇人场面可谓惊心动魄的，已经远远超出了读者心理底线，刘慈欣似乎是沉浸于叙事快感中而不自知，而忽视了人物的内在体验和读者的阅读感受。这很难不让人怀疑：面对生命的溃散、人性的陨落，作者所表现出来的冷漠和镇静，已不仅仅是一个叙事态度的问题，而是文化态度的问题，是小说生命意识缺失的表现。

二

如上述两点真能完全成立，则刘慈欣小说的艺术价值完全有必要重新考量。然而读者并非是没有甄别力的，他的作品能受到这么高的赞誉，自然是因为触及了人们内心深处最真实的情感，提示并回答了人们内心的焦灼和期待，并闪耀着人类引以为豪的生命向力。那么就让我们再次回到文本，逐条回顾。

1. 作为语言的透视镜与文字的过滤网，小说视角从根本上来讲是作者和文本的心灵结合点，是解析作品深层文化密码的一把钥匙。视角转换是主流文学里惯用的一种复调叙事策略，而目前在国内科幻小说中是相对少见的。视角，或者被准确地称为聚焦的大幅度调动，如果纯粹是为了炫技，或是因为作者本人出于对“大意象”的审美偏爱而置主题思想于不顾的率性而为，小说就有可能沦为叙述技术实验场，也导致作品中具体的生命关注面临着被遗忘的危险。如何给它的合理性签发一个通行证，要看作者是出于一种什么样的目的，以及这种意向在多大程度上得到了实现。

科幻理论研究者吴岩曾用“建构性的新古典主义”来概括刘慈欣的小说的美学特征[10]，可谓精准地抓住了他的艺术品性，但笔者认为尚有一点可以补充，那就是刘慈欣对中国传统哲学观念的体认。

中国文化从不孤立地观察和思考宇宙人间的基本问题，而总是以各种方式贯通宇宙和人间，对之进行整体性的把握。“天人合一”经常被视为是中国哲学的基本特性之一，在中国人的意识中，作为客体存在的宇宙，是“人”的一种外在化或对象化形式。两者具有高度的同一性，并不是相互对立不可通达的。我们没必要从科学方法上去求证这种观点是否成立，只需要看到，作为一种潜沉的集体意识，这种思想必然会对作家的创作产生影响。

韩松曾经这样评价刘慈欣的作品：“想象很奇特，漫无边际，汪洋恣肆，像庄子。”[11]确实，刘慈欣的小说构思总是意出尘外，怪生笔端，寓真于诞，寓实于玄。在刘慈欣的作品中，读者猝不及防地一次次看到地球遭到致命损毁，恒星熄灭，甚至整个宇宙的坍缩，而这一切实质上所喻指的就是人类生存环境被大肆破坏、文明群体休克的现实境遇。刘慈欣强行移动视角的地方，恰是读者应该打起精神注意的，当个体隐去，大意象（具体表现为自然景观或是奇迹性的工业制造品）占据视野，唯一可与之相衡并同生共存的“群体意义上的人”，就凸显出来了。刘慈欣正是通过这样的方式来提醒读者，需对宇宙抱有敬畏感与责任感，因为宇宙间的一切事都是互相涵涉的，一切的一切最终都会指向人本身。

结构线索上的断续模糊，并不意味着文章结构缺乏内在联系。作者用深邃的思想和浓郁的情感贯注于行文之中，形成一条纽带，把看似孤立的人与自然联结融合为一个有机体，相互指涉。当手捧书卷的读者随着刘慈欣的描写展开想象，难免生发“念天地之悠悠，独怆然而涕下”之感，或是无奈于思想的浅薄琐碎，或是感慨生活的匮乏单调——这是世俗者无法承受的生命之轻。刘慈欣正是通过一种对宇宙对历史的全局性把握，最终曲径地完成了他对人类个体的关怀；而古典哲学思想的贯注，又使得他小说中的人文忧思，既有世界的视域和普遍意义，又不乏当代中国人文知识分子所具有的独特立场和价值。

2. 刘慈欣曾经在《从大海见一滴水——对科幻小说中某些传统文学要素的反思》[12]一文中这样写道：“人物的地位在科幻小说中的变化与细节的变化一样，同样是由于科幻急剧扩大了文学描述空间的缘故；另一个重要原因是，由于科幻与科学天然的联系，使得它能够对人类在宇宙中的地位有一个清醒的认识……与传统文学不同，科幻小说有可能描写除人类之外的多个文明，并给这些文明及创造它的种族赋以不同的形象和性格。”

这段话足以解释刘慈欣在塑造人物时为什么总是将个体抽象化为一种共性。为了使小说的幻想构思大尺度地介入现实，刘慈欣的叙事经纬往往不是搭建在人与人之间的复杂微妙感情和社会关系上，因此也很少在个体身上聚焦。但这并非漠视人、反人性、反人道主义，而是更关注将人作为一个群体来关照。

《乡村教师》[13]中那几个孩子，他们并没有进入太空舰队，只是被抽取了信息流，通过兼容端口来面对碳基最高执政官。作者放弃了对孩子个性的描画，是为了说明人类在处于某种极端情境下的时候，个人力量的极其微弱，只有他们共同拥有的知识和信息才有价值。

《天使时代》[14]写的是这样一个故事：非洲的桑比亚共和国长期处于战乱和自然灾祸中，该国生物学家依塔通过 DNA 改造使接受试验的孩子可以吃草甚至反刍，以吸收营养，他将这种改造大面积推广，却受到了联合国为代表的西方文明世界蛮横抵制，甚至为此付出了血的代价。小说中最让人印象深刻的人物当属伊塔，但是很明显这个人物的刻画是以圣雄甘地为范本的，小说也屡次地向读者暗示了这一点。伊塔不太像一个有血有肉的人，而更像是一个被架上圣坛，被抽离了人格的神，也属于一种非典型性的扁平人物。

单从小说的题目与大致情节看，作者对于黑人为适应严酷的生存环境，利用基因技术改变自身生理功能这样一种有违通常伦理的行为，持有的是审慎的赞同态度。不深思的话我们有可能得出这样一个轻率的结论：作者之所以要塑造出一个神，一则是因为笔力不能兼济，二则是为了借用一个具有神性的导师，而使小说取得叙事逻辑的合法性。但下文还有这么一段话："当科技高度发达之后，尤其是当基因工程突飞猛进之后，人类社会的宗教情绪反而会更虔诚，表面上看这是对生命伦理的崇敬和维护，实质上却是人类在使其茫然的技术社会中试图找到一种精神依托的表现。"将一个宗教实体象征物和一种宗教情绪放在一起两厢比照，读者不禁会产生困惑，继而恍然大悟，为这种悖谬的力量所折服。刘慈欣虚晃一枪之后，批判的矛头又缩了回去，你自始至终都搞不清他所持有的立场。这其实也是刘慈欣一向所持的叙事态度，他只是提出问题探讨问题，引导而不代替读者去思考。

刘慈欣塑造了一系列具有病态人格的形象，与其说这是一种艺术上的草率，不如说是一种刻意而为的描写手法。比如《三体》中叶文洁这个备受争议的人物——作为地球三体组织实际上的组织者和精神领袖，她坚忍而偏激。刘慈欣为什么要塑造出这个角色，通常读者会认为是出于情节的需要，作家必须让角色有充分的行为动机和性格逻辑去颠覆现有的文明，把人类当作一个整体去背叛。

作为20世纪50年代生人，刘慈欣对七十年代那场席卷全国的红色风暴有着刻骨铭心的体验和更深层次的思考，除《三体》外，在《地球大炮》[15]《流浪地球》等作品中，他不止一次地以隐喻的手法描述失去导向、被恐惧和迷惑所束缚、控制的暴民：他们无知而冲动，充满生命力同时却又蔑视践踏着生命。熟知彼此的弱点，也了解各自所依存的体制，他们的互相戕害，以及对秩序的破坏更加猛烈彻底高效，也因此更具有一种强烈的悲剧意味。一场动乱颠覆的何止是政权和基础建筑，它如同核爆后的毒辐射，将长久而且既广且深地毒害道德、毁灭人性。这是社会痛疾治愈后的后遗症，而且还随时有可能复发，刘慈欣对此充满了警惕。叶文洁这个具有病态人格的人物，竟然还受到无数精英的膜拜与追随，成为指点迷津的神灵，这恰好也揭示出现代人一种普遍性的精神病态：理性迷失之后的愚昧和残忍。对叶文洁这个人物内涵的理解，不能拘泥于具体的现实逻辑。然而读者会被大量写实性的细节所迷惑，而忘记科幻小说有着自己特殊的审美思维形态。可以这样说，以意象为主体这才是刘慈欣塑造人物最常用的手法。通过对人物形象的抽象或变形处理，构设荒诞的故事情节，造成一种令人惊异的艺术效果，从而给人以强烈的心灵震撼，更驱使读者透过这巧妙“伪装”，清晰而深刻地看到了现代人的生存困境问题。

由此上所述两点，我们是否也可以推导出这样一个结论：科幻小说在传达人文精神时，有其特殊的优越性所在。它能够完成一些在传统美学习惯下无法做到的事——用自己的尺度和视角来完成一种新的再现。它构成一种新的表达机制，一种新的盖革计算器，拾起那些失落在历史堑渊里、人所罕闻的震动和颤音，让它们来讲述我们的现实，同时也完成作家个人对历史的反思。

结语

一切文学技术都是人的生命意识的外化，都是人的生存经验的表达手段。想象来源于现实，尽管科幻小说所描写的未必是第一手的经验，但本质上仍是对现实的折射。刘慈欣小说涉及的题材是如此包罗万象，主题的赡丽使得他的笔下显出一种博大的悲悯气质。在那些富有宇宙般宏大激情的小说情节中，对科技变革的期待与隐忧通过传统民族文化的透视，深化为终极思考，展现了人的生命体验的复杂性和人的理想情怀。

---

[1]〔德〕汉伯里·布朗:《科学的智慧——它与文化与宗教的关联》,李醒民译,沈阳:辽宁教育出版社，1998。

[2] 刘慈欣：《SF 教——论科幻小说对宇宙的描写》，载《星云》，2000 年第 2 期。

[3] [13] 刘慈欣：载《科幻世界》，2001 年第 1 期。

[4] 刘慈欣：载《超新星纪元》，北京：作家出版社，2003。

[5] 刘慈欣：载《科幻世界》，2001 年第 8 期。

[6] 刘慈欣：载《科幻世界》，2006 年第 1 至 10 期。

[7] 刘慈欣：《球星闪电》，成都：四川科学技术出版社，2004 年。

[8] 刘慈欣：载《科幻世界》，1997 年第 1 期。

[9] 刘慈欣：载《科幻世界》，2000 年第 7 期。

[10] 吴岩，方晓庆：《刘慈欣与新古典主义科幻小说》，《湖南科技学院学报》，2006 年第 2 期。

[11] 韩松：《我为什么欣赏刘慈欣》，载《异度空间》，2004 年第 2 期，第 84 页。

[12] 刘慈欣：《从大海见一滴水——对科幻小说中某些传统文学要素的反思》，http：//lcx.ynkmyz.com/viewthread.php?tid=60。

[14] 刘慈欣：载《科幻世界》，2002 年第 6 期。

[15] 刘慈欣：载《科幻世界》，2003 年第 9 期。

参考文献：

1. 杨义 .《杨义文存》第一卷 . 北京：人民出版社 .1997

2. 陈鼓应 .《庄子今注今译》（全三册）. 北京：中华书局 .2001

3. 吴岩主编 .《科幻文学入门 / 科幻新概念理论丛书》. 福州：福建少年儿童出版社 .2006

4. 周英雄 .《结构主义与中国文学》. 台北：台湾东大图书有限公司 .1983

5. 莫瑞 · 克里格 .《批评旅途：六十年代后》. 北京：中国社会科学出版社 .1998

6.(德)沃尔夫冈·伊瑟尔.《虚构与想象：文学人类学疆界》.长春：吉林人民出版社.2003

7.王元化.《文心雕龙创作论》.上海：上海古籍出版社.1984年2月

8.罗钢.《叙事学导论》.昆明：云南人民出版社.1994年5月

9.郭建中.《科普与科幻翻译(理论技巧与实践)》.北京：中国对外翻译出版公司.2004

→选自《安徽文学》2008年第1期

《黑暗森林》与刘慈欣的新古典主义预言——评《三体Ⅱ：黑暗森林》

文／郭凯 吴岩

外星文明入侵地球在科幻作品中并不是个新鲜的题材，但是当一部讲述如此题材的小说以描写外星人入侵前人类的反应为重心，以天文学和社会学的科学严谨的态度计算宇宙中可能的文明分布和它们之间的关系，以历史家和预言者的眼光回顾展望人类文明几百年间的变迁和其中政治、经济、文化、军事、科技发展道路，并将这一切与有血有肉的个体命运紧密结合，以中国人的民族情绪最能接受的表达方式写出时，它就具有了超出一般大众通俗读物的意义。

刘慈欣的科幻小说《三体Ⅱ：黑暗森林》正是这样一部作品。

这是一本让中国的科幻读者等待了很久的书。

刘慈欣，当前中国最有影响力的科幻作家，生于20世纪60年代。身为企业高级工程师，他至今已经出版五部长篇科幻小说，创下连续八年荣获中国科幻“银河奖”的纪录。无论对于科学技术还是宇宙社会人生的理解，刘慈欣都令当下年轻一代的科幻作者们很难望其项背。

《三体Ⅰ》是刘慈欣“地球往事”三部曲的序幕。小说从20世纪70

年代开始直至当下。故事讲述的是在扭曲的“文革”时代里，一些“秘密”工程在表层的混乱之下“秘密”展开。由人民解放军参与的“红岸工程”，在探寻外星文明方面取得了突破性进展。当历经“文革”劫难的主人公叶文洁按下与外星文明联系的按钮时，地球文明之声以光速向宇宙深处飞驰。这一行为，彻底改变了人类的未来。在四光年外，在三颗无规则运行的太阳主导下，无数次毁灭和重生的三体文明正收到了地球的信息。于是，庞大的远征舰队开始起航。这一文明将于四百年后与地球相遇。《三体Ⅱ：黑暗森林》紧接前部，时间上从人类得知三体舰队的出发到四百年后舰队抵达，作家用史诗的手笔横跨四个世纪，以两个互不关联的主人公章北海和罗辑为线索，展现了四百年间人类为了迎战先进的外星文明冲击所做的一切。在这一时刻，在地球上，那些被称为基础科学的创新行为被严密地锁定，人类的一切活动受到监视。人类只能为生存而反击。小说从社会最底层平民的内心动荡到国际大格局的宏观变动，从经济军事科技的转向到亲情友情爱情的震颤，对人类文明的进程进行了深刻反思。在远方，外星人的舰队始终如达摩之剑悬在人类的心头。作为一个阶段结束的小说结尾，严酷中仍然充满了希望。

贯穿全书的那种对浩瀚宇宙的敬畏与思考，仍然是刘慈欣故事内在的核心。以天文学的尺度，汪洋恣肆，漫无边际，挑战读者想象力的极限，仍然是刘慈欣的拿手好戏。小说开始时一代人的努力要到“十代人”之后的后代才能看到结果！星际文明交往的巨大时空尺度衬托出地球生命的渺小。作者利用经济学的基本资源假设，指出有限的宇宙资源面对无限发展的文明，必定形成尖锐的矛盾。在没有统一道德规范的社会，矛盾发展成冲突不可避免。于是，整个宇宙成为一个充满隐藏着猎手的黑暗森林。问题是，在苍茫寥廓的宇宙丛林中是否存在着更高等的秩序？小说对这个问题进行了饶有趣味且不乏深刻的思考。

虽然任何一部科幻小说在某种意义上都是哲学小说，但《三体Ⅱ：黑暗森林》却没有仅仅停留在哲学思考，还充满了对未来科技发展细节的描绘。在故事中，人类实现了可控核聚变，能通过太空电梯穿梭地球上空，模拟人脑的计算机和全息控制的太空战舰刷新了读者的视觉屏幕。技术的变革还妙趣横生地推动起情节的发展和人物的行动，科幻小说的文学独特性在这里清晰地体现出来。

刘慈欣是一个永不停止改进创作的作家，在《三体Ⅱ：黑暗森林》中，章北海以中国太空军政委的身份出现，虚中有实，实中有虚。中国未来军队建设那种前仆后继的过程，既是追思过去，也是展望未来。作为未来中国太空军队的指挥官，章北海拥有清醒的意识和敏锐的洞察力，他为了最终的目标实现所做出的“必要的牺牲”，构成了小说中明确的道德选择主线。刘慈欣用小说展示出的观点是，在人类文明的整体生存面前，个体的存在微不足道。这与当前流行的不分青红皂白的泛人道主义思潮形成颉颃。小说的另一个人物罗辑，本来只是一个普通的青年学者，却因为无意听到了宇宙社会学的法则，像哈姆雷特一样背负起了拯救人类的使命，成为拥有人类最高权力的“面壁者”。小说中的外星人——三体人被设置为拥有高科技、思想完全透明、无法进行欺骗和窥探人心的生物。面对三体人，地球上的人类毫无秘密。但地球人也有自己不可攻破的堡垒，那就是个体思维。小说在这样疏离于现实的逻辑背景下发展，平添了许多惊异感、阅读期待和探索的喜悦。在作家的笔下，肩负着“救世主”责任的罗辑，居然能看到当下追求思维独立的“80后”的影子，这也算是刘慈欣关注现实的一个例证。

在中国当代的科幻创作中，刘慈欣是极其独特的一位，他扭转了之前以破坏性为主潮的中国科幻文学的当代走向，而代之以积极的建构方向，在回归20世纪中期西方科幻“黄金时代”的古典传统时，又结合了当下中国现状进行了积极的创新，《黑暗森林》就是这样一部新古典主义科幻杰作。

→选自《中华读书报》2008年7月30日。

追寻“造物主的活儿”
——刘慈欣的科幻世界

文/严锋

二十多年前，在一片“向科学进军”的口号声中，我加入了“科幻”迷的庞大队伍。那时我最喜欢的作家是郑文光、童恩正、叶永烈，最喜欢的刊物是《科学文艺》和《科幻海洋》，最喜欢的小说是《小灵通漫游未来》。当时像我这样的孩子一定很不少，因为《小灵通漫游未来》一销就是三百万本，足以羡煞今天畅销或不畅销的所有作家们。可惜好景不长，到了20世纪80年代中期，席卷中国的科幻狂潮就像恐龙那样莫名其妙地消失了。这里面据说有些内幕。不过据我看来，读者的唾弃恐怕是更主要的原因。那时候的绝大部分“科幻小说”，既没有科学，也没有幻想，更谈不上文学。即使是像《小灵通漫游未来》这样最优秀的作品，充其量也不过是毫无情节的科普读物罢了。比如说，里面写到将来有一种“电子报纸”，可以调节旋钮在屏幕上阅读——哪有今天我们用鼠标点击那么方便？

在本国科幻热退潮后，很多像我这样的读者转向了外国科幻作品，不幸的是，那时候外国作品我们常常挑最糟糕的引进，除了飞碟就是水怪，翻译的数量和质量都不尽如人意，当然这是另外一个话题了。在这些萧条的日子里，我常常会哀叹我们文学家科学意识的薄弱，科学家人文素质的低下，更怀疑国人是否存在幻想能力的先天不足，总之，很有点本国科幻虚无主义的味道。我一直顽固地认为当代中国文坛上，像王安忆、韩少功、莫言这样的“纯文学” 作家，早已具备了向马尔克斯们叫板的实力，但我们的丹·布朗在哪里？我们的罗琳在哪里？我们的阿西莫夫在哪里？

转眼间走进了新时代，我渐渐开始闻到一些新的气息，感觉到新的潮流的涌动，耳边也开始听到人们又在嘁嘁嚓嚓地说一些名字。我终于读到了一个叫作刘慈欣的人的作品，然后我对中国人幻想能力的所有的悲观和怀疑仿佛在一瞬间烟消云散。事情是从我无意中闯入《科幻世界》论坛开始的。我发现大家都在那里谈论一篇叫作《乡村教师》的作品，便忍不住找来看了。平淡的书名很可能恰恰是吸引我眼球的理由。这部短篇读到快一半的时候，我简直怀疑自己是不是弄错了，这里面没有一丝一毫科幻的味道啊。一个极度贫困山区的平凡的乡村教师到了肝癌的最后时刻，他用微弱的生命的最后一点余烬，给小学生们上了最后一课，他想努力再塞给孩子们一点点知识，哪怕这些知识很可能对这些孩子的将来不会有一点点作用。这难道不就是《凤凰琴》的翻版吗？

但是我读下去了。因为即使不是科幻，出色的煽情已然把我卷入了在我童年似曾相识的情境。突然，出现了这样的文字：

在距地球五万光年的远方，在银河系的中心，一场延续了两万年的星际战争已接近尾声。那里的太空中渐渐隐现出一个方形区域，仿佛灿烂的群星的背景被剪出一个方口，这个区域的边长约十万公里，区域的内部是一种比周围太空更黑的黑暗，让人感到一种虚空中的虚空。从这黑色的正方形中，开始浮现出一些实体，它们形状各异，都有月球大小，呈耀眼的银色。这些物体越来越多，并组成一个整齐的立方体方阵。这银色的方阵庄严地驶出黑色正方形，两者构成了一幅挂在宇宙永恒墙壁上的镶嵌画，这幅画以绝对黑体的正方形天鹅绒为衬底，由纯净的银光耀眼的白银小构件整齐地镶嵌而成。这又仿佛是一首宇宙交响乐的固化。渐渐地，黑色的正方形消融在星空中，群星填补了它的位置，银色的方阵庄严地悬浮在群星之间。

这后面的转折绝对是大家难以想象的。一个微不足道的乡村教师的最后一点徒劳而可悲的努力，被作者融入了一个在时间和空间上都极为壮阔的太空史诗。而这个教师的意义，也被发挥到了一个广袤的宇宙的高度，一个在普通的文学作品中难以企及的高度。

刘慈欣的世界，涵盖了从奇点到宇宙边际的所有尺度，跨越了从白里纪到未来千年的漫长时光，其思想的速度和广度，早已超越了“可上九天揽月，可下五洋捉鳖” 的传统境界。在他的许多作品中，世界都面临着各种巨大的危机，而在种种匪夷所思的解决方案中，正隐含着对种种现实问题的深切思考。在《微纪元》中，人类通过基因技术把自身缩小到细菌的大小，只要有很微小的生态系统，消耗很微小的资源就可生存下来。这恐怕是针对能源和生存空间危机，我们所能想象的最另类的解决方案了。

在读过最新出版的《三体Ⅰ》以及《三体Ⅱ：黑暗森林》以后，我毫不怀疑，这个人单枪匹马，把中国科幻文学提升到了世界级的水平。别的不说，光里面那个三体游戏，想象之奇崛恢宏，与任何世界科幻名著相比都毫不逊色。三体星系由于拥有三颗太阳，其不规则运动使得三体文明的生存条件极为严酷。为了应对变幻莫测的自然环境，他们随时可以将自己体内的水分完全排出，变成干燥的纤维状物体，以躲过完全不适合生存的恶劣气候。对于这一个极为奇幻的想象世界，刘慈欣充分发挥了他在硬科学上的特长，赋予这个世界完全真实可信的物理特性和演化发展规律。作为一个电脑工程师，刘慈欣甚至设计了一个三体程序，来模拟三体世界的运行轨道。刘慈欣以虚拟现实的方式，借用地球文明的外套，来讲述这个遥远文明二百次毁灭与重生的传奇，三体与地球遥相辉映，在最不可思议的生存景象中蕴涵着触手可及的现实针对性，既是对地球文明自身的一种独特反省，又是在宇宙级别上的一种超越。要是换了别人，《三体》写到这个程度，早已可以满意收场了，但是对刘慈欣来说，好戏才刚刚开始。在构造了一个丰满坚实的三体世界以后，他进一步让三体世界、地球，甚至还有更高级的文明，发生更加猛烈而意味深长的碰撞。

步入新世纪，中国的文学生态发生了天翻地覆的变化，传统现实主义大有式微之势，科幻小说逐渐方兴未艾，奇幻小说更是异军突起，仿佛预示着那种认为中国人缺乏想象力的时代终将一去不返。但是我们好像总是喜欢从一个极端走向另一个极端。多少作品笔走龙蛇，随心所欲，天马行空，却脱离大地，轻忽逻辑，漠视人性。对此刘慈欣又是具有宝贵的意义。当我们为他空前的想象力而迷醉时，又会被他锐利的思考和批判所震醒。如果说，我们的文学往往要么太现实，要么太虚幻，刘慈欣给我们提供了另一种可能，或者说一种宝贵的平衡。刘慈欣是新时代的，又是中国的。他的创作仍然属于那个心系现实的伟大传统。民族国家、社会问题、城乡差别、地缘政治这些尖锐的问题从来没有从他的笔下消失，甚至连“文革”这样沉重的话题都可以从宇宙的视角来展开。在《光荣与梦想》里，人们设想用奥运会上的竞技替代战争血与火的厮杀，解决国际争端。在《魔鬼积木》中，处于弱势的非洲国家用基因工程来对抗世界强权。在《中国太阳》中，进城民工在三万六千公里高的同步轨道上，承担起清洁面积达三万平方公里的人造太阳镜面的使命，通过改变大气的热平衡来影响大气环流，最终改善了家乡的干旱与贫瘠。

在中国庞大的科幻大军中，刘慈欣一直被认为是“硬科幻”的代表，他痴迷于世界的构筑、科学的根据和可信的细节。这应该是一种褒扬，因为我们的大多数科幻作品，实在是太软太空了。但刘慈欣绝不仅仅满足于对技术的描写，而是自始至终都贯穿了对人类命运的深切思考。而这种思考，一旦从大尺度的时间与空间的角度展开，便获得了前所未有的开阔视野，其结论也往往令人震惊。在2007中国成都国际科幻·奇幻大会期间，在女诗人翟永明开办的“白夜”酒吧，刘慈欣和上海交通大学江晓原教授之间有一场十分精彩的论辩。刘慈欣的旗帜很鲜明：“我是一个疯狂的技术主义者，我个人坚信技术能解决一切问题。”在全世界敢这样直接亮出底牌的人不多，在中国就更少。刘慈欣举了一个例子，假设人类将面临巨大的灾难，问在这种情况下可否运用某种芯片技术来控制人的思想，从而更有效地组织起来，面对灾难。

这样的观点当然会引起巨大的争议，这正是在《三体Ⅱ：黑暗森林》中出现的场景。作为一个长期饱受人文主义思想熏陶的人，我本应对刘慈欣的科学主义倾向大加挞伐。但是，在看完《三体Ⅱ：黑暗森林》后，我知道他看似极端的“科学至上”和“唯技术主义”的旧瓶子里面，其实已经装了很多的新酒。这也正折射了我们这个时代的一个重大转折精神，人性、道德、信仰，这些原先是哲学家、伦理学家、神学家的专属论题，如今正日益受到科学家的关注。而具有理科背景又是科幻小说作家的刘慈欣，恰好站在一个难得的位置上，从科学的角度审视人文，用人文的形式解释科学。他超越了传统的道德主义，以惊人的冷静描写人类可能面临的空前的危机和灾难，提出了会被认为是极其残忍的各种解决方案，但是我们将理解他对人性的终极信念。刘慈欣相信最美的科幻小说应该是乐观的，中国的科幻作者们应该开始描写美好的未来，这是科幻小说的一个刚刚开始的使命。

在这样一个终极的高度，刘慈欣涉及了信仰的问题。这本来就是中国传统文化中一种稀缺的元素，在科学飞速发展的今天，在偶像的黄昏，在“上帝已死”的现代，更是显得尴尬和不合时宜。但是，信仰不死，只是转型。未来、理想、乌托邦，这些都是人类永恒的心理需求。这些渴望在不同的时代会呈现出不同的面貌，在一个科学技术高度发达的时代，在宇宙大爆炸和坍缩的背景下，光年和基本粒子的尺度上，信仰又会采取什么样的形式，科学又会在其中扮演什么样的角色？在刘慈欣的心目中，科幻小说的最高境界是幻想宇宙规律，并以此构建一个新世界。“这是最高级的科幻，因为没有比幻想宇宙规律本身更纯粹的科学幻想了；同时这也是最难写的科幻，比如把万有引力与距离的关系改一下，成线性或三次方，那宇宙会变成什么样？这绞尽脑汁也难想出来。”他认为这是“造物主的活”。

从《流浪地球》《微纪元》《超新星纪元》到《三体Ⅱ：黑暗森林》，这个世界已经卓然成形，日趋丰满。对刘慈欣，我们有大希望。

→选自《书城》2009年第2期

刘慈欣旋涡
——读《三体Ⅲ》有感

文/韩松

两天里，虽然工作很忙，但我仍抽出每一个空隙，看完了《三体Ⅲ》，可以说，手不释卷。这本书有着巨大的吸引力。我想，如果是人类，都应该被《三体Ⅲ》吸引。

这的确是一场人类智力的饕餮大宴。错过了会后悔一世。

9月上旬，姚海军在微博上说："看完了《三体Ⅲ》，突然有了强烈的失落感，什么时候能再看到这么好的科幻小说呢？好像没有人像刘慈欣这样写小说，把小说推进当成对自己智力的挑战。一个接一个的超绝奇想，让人感叹人真是伟大的动物。如果是韩松，看完后可能这样说：刘慈欣把科幻小说搞成这个样，今后谁还敢搞科幻呢？"

现在，我看完了《三体Ⅲ》，我只能说：完全同意姚海军的话。刘慈欣这部小说超越了《三体Ⅰ》和《三体Ⅱ》，并把我们写的那些"科幻小说"碾得粉碎。

我们的确是不敢搞科幻了。

而且，我们以前写的那些东西——至少是绝大多数，在《三体Ⅲ》面前，简直不值一提。我这不是恭维话。

《三体Ⅲ》就像作者在书中描写的那个赫尔辛根默斯肯漩涡——它让人想起银河系中最大的黑洞。也许，它的周围，还游走着恒星、行星、彗星、尘埃等等，它们也许都是美丽的、独特的、闪光的、有价值的，但最终都会不可避免地被这黑洞吸过去，而留不下自己的一丝一毫影子。没有办法，这就是宇宙的规律。

这个规律，被刘慈欣一个人掌握了。

回到《三体Ⅲ》，我认为，小说表现出了许许多多打动了读者内心的东西。

我们充分领略了刘慈欣的激情。这是整个《三体》系列的原动力。

格非说："写作需要哪怕是有偏见的激情……《红楼梦》里有很多错误，塞万提斯写《堂吉诃德》经常写到后面忘了前面。问题在于这些人对自己的作品非常自信，投入全部的精力。"

实际上，我们面临的问题是：有多少人，能像大刘这样用生命去写一个东西呢？

如果不能，那就不要搞科幻了。

我们也感受了刘慈欣博大深邃的思想。在《三体Ⅲ》面前，很多自诩有"思想"、有"见解"的主流小说，现在看来是多么的浅薄。

刘慈欣在小说中还建立了包括黑暗森林在内的一系列终极宇宙规则。这不是凡人干的活。

他极尽想象力地用电影慢镜头般的笔触，用雕塑家般的手功，在物理学的宏观和微观层面上，详而又详地向我们描绘了宇宙之绚丽，以及它的恐怖，它巨大的未知。最后，又复归了它的自然之美。

他确实是在挑战人类智力的极限。他向自己和读者提出一个一个的难题，然后逐一破解，而且是从最意想不到的却又最符合科学、逻辑和常识的方面。他让读者充满忙乱、恐慌和渴望，要去知道下一个答案，一直到最终的答案。他让读者感到自己是一个无能的猜谜者，又令他们在知道答案后，感到巨大的生命亢奋。

刘慈欣运用的大都是我们已知的概念，而不是新造的：二维，三维，四维，引力波，黑洞，光速……但在他那里，通过重新的组合和联系，形成了奇异的“武器”。

我觉得，无时无处，他都在探讨着两个问题：头顶的星空与心中的道德。

他也尝试着把宗教和哲学进行结合。

他还完成了另一个结合：艺术和科学，而且十分妥帖和自然，又出人意料。整个宇宙的毁灭和再生——那就是最大的艺术。美学和物理学，合二为一。

最感动的，他还描写了绵延无数个宇宙的伟大爱情！

刘慈欣重新建构了我们对文学的认识。文学可能并不是我们原本想象的那样的……就像刘慈欣在书中写到的，今后，文学只能用数学来表现。

文学当今的困境，可能仅仅是一个智力的困境。

刘慈欣是三体人？是“歌者”？是“归零者”？还是上帝？

现在来看，我在读《三体Ⅱ》时说过的那句话——“人类应该向刘慈欣致敬”，是完全正确的。

刘慈欣很有可能是第一个把中国人的思维整体地从黄土地上搬到天空中去的人。我看到温家宝为袁隆平手书的一纸生日贺词，称赞袁做出的巨大贡献，便想到，刘慈欣得到这样的荣誉，也不为过。

不是说，前辈的人们没有这样做，但是，时代和条件在那时还没有成熟。

前些天，我收拾房间，才吃惊地发现，这些年来，中国竟然出版了那么多的中文科幻书！十几个箱子都装不完。说心里话，我还是很感激这个时代，它虽然让人不满足，但它让我们可以坐下来写科幻，而且产生了像刘慈欣这样了不起的作家。

我们要是早生十年、二十年，在那场“浩劫”中消耗掉最有价值的生命，那该是怎样的一种状况啊！十年、二十年，这在宇宙中，又算什么呢？

但在刘慈欣这座高山面前，我们今后真的就不能搞科幻了吗？

也许不。

他树立了标杆。这将激励我们。

哪怕作为上帝，他也只提供了宇宙许多解释中的一种解释。他打开了一扇门，还有很多门，等待我们去试探。

他自己提出的一些问题，也还没有来得及回答，包括他在结尾留下的大小宇宙和新旧宇宙的悬念。

他还有一些，没有来得及完成得圆满，一如他在开头写的“笔者只写框架，以便有一天能把所有信息和细节填充进来……”

他还有一些没有来得及精打细磨。

但愿，这些不仅仅是我们的自我安慰。

然而，可怕的是，读了《三体》系列，我们可能已经被“惯”成了一种特别的口味，对其他的缺少刘氏感官冲击力和心灵震撼力的科幻，再也提不起兴趣了。

而且，问题的要害处在于，我们可能并不具备刘慈欣那样的智力。

在人类的已知历史上，爱因斯坦只产生了一个。

在宇宙的已知历史上，上帝也只出现了一次。

→选自2010年9月27日个人新浪博客

心事浩茫连广宇
——刘慈欣《三体Ⅲ》序

文／严锋

多年以后，我还会记得看完《三体》的那个秋夜，我走出家门，在小区里盘桓。铅灰色的上海夜空几乎看不到几颗星星，但是我的心中却仿佛有无限的星光在涌动。这是一种奇异的感受，我的视觉、听觉和思维都好像被放大、重组和牵引，指向一个浩瀚的所在。

即使没有光污染，身在北半球中纬度的我，也不可能看到半人马座。但是在《三体》之后，我却觉得自己与那看不见的星系中子虚乌有的三星有了一种近乎真实的关系。

从一开始，刘慈欣就被人视为“硬科幻”的中国代表。要知道，这是一桩吃力不讨好的活，在微小化、朋克化和奇幻化的当今世界科坛，相当不与时俱进。但大刘仿佛是下定决心要为中国科幻补课一般，执着地用坚实的物理法则和潮水一般的细节为我们打造全新的世界。这些世界卓然成形，栩栩如生地向我们猛扑过来。

这是一部多重旋律的作品：此岸、彼岸与红岸，过去、现在与未来，交织成中国文学中罕见的复调。故事的核心竟然是我们既熟悉又陌生的

“文革”。当主流文学渐渐远离了这个沉重的话题，大刘竟然以太空史诗的方式重返历史的现场，用光年的尺度来重新衡量那永远的伤痕，在超越性的视野上审视苦难、救赎与背叛。这一既幻想又现实还科学的中国版天路历程，疯狂而冷静，沉重而壮阔，绝望而超脱。

“文革”仅仅是《三体》的起点。我个人认为，其中最精彩的是以虚拟游戏方式展示的三体世界历史。三体星系由于拥有三颗太阳，其不规则运动使得三体文明的生存条件极为严酷。为了应对变幻莫测的自然环境，人们随时可以将自己体内的水分完全排出，变成干燥的纤维状物体，以躲过完全不适合生存的恶劣气候。对于这一个极为奇幻的想象世界，大刘充分发挥了他在硬科学上的特长，赋予这个世界完全真实可信的物理特性和演化发展规律。作为一个电脑工程师，大刘甚至设计了一个程序，来模拟宇宙文明间的相互关系。

这是一个游戏，游戏背后是一个遥远星际文明二百次毁灭与重生的传奇，游戏中的人物却是孔子、墨子、秦始皇、伽利略、葛力高利教皇、牛顿、爱因斯坦……古今中外各路人马走马灯似的上场。这是一场跨越时空的狂欢，历史、“文革”、三体又构成了另一个意义上的三体关系，他们之间遥相辉映而又扑朔迷离，在最不可思议的生存景象中蕴含着触手可及的现实针对性，把三体系统的复杂性发挥得淋漓尽致。

要是换了别人，《三体》写到这个程度，大可满意收场了，但是对大刘来说，好戏才刚刚开始。在《三体Ⅱ：黑暗森林》中，地球、三体和宇宙更高级文明构成了一个更大规模的三体结构。面对三体人令人难以置信的科技和前来毁灭地球的庞大舰队，人类举全球之力，制订了“面壁计划”，由四位“面壁人”独立设计四套反击方案。说真的，其中每一套对策都构思独特，气势磅礴，令人拍案叫绝。放到其他人的作品中，都可以作为构筑大结局的终极解决方案。但对大刘来说，这些都只不过是铺垫和浮云。

假如在太空中存在着无数的文明，他们之间应该是什么样的关系？大刘别出心裁地设想了一门“宇宙社会学”，专门研究这个问题。宇宙社会学设定两条公理：“第一，生存是文明的第一需要；第二，文明不断增长和扩张，但宇宙中的物质总量保持不变”。粗一看这“公理”很俗很平淡很没意思，等到最后底牌翻出来绝对震死你。在《三体Ⅱ：黑暗森林》的末尾，我体验到了多年未在文学作品中体验到的完美高潮，一种启示性的震撼，一种极致的满足。而这种满足，正来自“宇宙社会学公理”的出人意料的合理展开和推衍，经过了漫长的准备和铺垫，与作品的开头形成绝妙呼应。我想，这也就是马克思推崇的“逻辑与历史的统一”吧。在我们的中国文学中，又有多少这样的“逻辑与历史的统一”呢？

当《三体Ⅱ：黑暗森林》问世的时候，我们这些三体迷心态相当矛盾。一方面，我们觉得《三体Ⅱ：黑暗森林》近于完美，难以想象这之后还能整出些什么来。另一方面，我们又希望大刘能够再整出些什么来。之后，又听说他在工作上遇到了一点问题，曾经考虑放弃《三体Ⅲ》的写作，着实令我们担忧不已。他是偏远内陆小镇上一家发电厂的电脑工程师，本职工作繁重。在这过程中，他是怎么身处僻壤，一本本写出放眼宇宙的大作，这本身就是一件颇有科幻色彩的事。谢天谢地，他终于坚持了下来。

当大刘提出让我来为《三体Ⅲ》写序的时候，我的内心是一阵抑制不住的狂喜，不仅是为了这份难得的荣耀，更是为了能抢先在第一时间先睹为快。在一个剧透被视为不可饶恕的罪行的年代，我必须非常小心。长话短说吧，我认为《三体Ⅲ》在许多方面超越了前两部，而且这种超越不是一点点。前面对宇宙的黑暗森林只是迂回虚写，第三部就是正面强攻了，这难度极大。我真是很佩服大刘毫不取巧的勇气，更佩服他对宇宙风景得心应手的描写，那真可以说是“精骛八极，心游万仞”。看到《三体Ⅲ》的结尾，我忍不住想起阿西莫夫的《最后的问题》，那也是对宇宙终点的描写，大家可以比较一下，看看谁的想象力走得更远，谁的细节更丰富，谁的宇宙更宏大。

《三体Ⅲ》很硬科幻，对普通读者来说，流畅度和可读性可能会不如前两部。其中一些段落甚至有一些晦涩（如对“神”的描写），但是对科幻爱好者和大刘的粉丝而言，纷至沓来的宇宙细节一定会让他们更加过瘾，而且我们理解，大刘的“硬”，并非铁板一块，而是软硬相兼，虚实相间，其内在逻辑可以这样解读：越是疯狂虚幻的想象，越是超越性的思维，背后越是需要坚实的细节和强大的逻辑。刘氏宇宙学的基础是技术，而在这林林总总技术化的冷酷思考背后，有一颗柔软温暖的心。从《三体》开始，大刘越走越远，但他并非一去不回，即使在最远的地方，我们也能看到他对人类的关爱。《三体Ⅲ》始于一个近乎琼瑶式的爱情故事，一个人为自己暗恋的对象买一颗遥远的星星，这故事是如此的寂寞无助，浪漫彻骨。最终，这颗星星将为无尽的黑暗森林带来一丝光亮，卑微绝望的单恋也将成为播撒宇宙的大爱。

在整个三部曲中，我个人认为第一部最有历史感和现实性；第二部的完成度最高，结构最完整，线索最清晰，也最华丽好看；而《三体Ⅲ》则是把宇宙视野和本质性的思考推向了极致，这方面目前无人能及。在一个思想淡出文学（以及其他领域）的年代，我们看到中国的科幻界有人在默默地补位，而且远不止大刘一个人。《三体》对历史的反思，《三体Ⅱ：黑暗森林》对道德的超越，到《三体Ⅲ》发展成为全面的宇宙社会学、宇宙心理学、宇宙生态学的建构，这是屠龙之术吗？看看斯蒂芬·霍金最近的警告，也许我们会对“杞人忧天”这个成语有全新的理解。

我有时候会忍不住想，假如有一天三体人真的降临，人类应该请大刘出山，参加地球危机委员会的工作。无论是威慑博弈，防卫反击，还是宇宙公关，大刘都是领先一步的专家。如果说天机不可泄漏的话，大刘应该是我们这个世界最知晓天机的人之一了。三体人如果有一份追杀的名单的话，他也绝对会名列前茅。小心啊，大刘！

当然，这只不过是幻想，只不过是神话……可是，说到神话，这难道不正是我们这个时代的奢侈品吗？坦率地说，系统性的史诗与神话一直是中国文学的弱项。在遭受后现代文化的洗礼之后，我们的作家更如获至宝，把缺失视为强项，奉行“躲避崇高”的策略，鄙视宏大叙事，消解终极追问。我推崇大刘的作品，也因为他逆流而上，发扬理性主义和人文精神，为中国文学注入整体性的思维和超越性的视野。这种终极的关怀和追问，又是建立在科学的逻辑和逼真的细节之上，这就让浩瀚的幻想插上了坚实的翅膀。

当尼采向世界发出“上帝已死”的宣告，一些价值解体了，但另一些依然存在。旧的神话消失了，新的神话依然在不断诞生。人类从来没有停下追赶神话的脚步。我们惊奇地发现，在一个崭新的世纪，无尽的宇宙依然是无尽的神话的无尽的沃壤，而科学与技术已经悄然在这新神话中扮演了越来越重要的角色。大刘的世界，涵盖了从奇点到宇宙边际的所有尺度，跨越了从白垩纪到未来亿万年的漫长时光，其思想的速度和广度，早已超越了“可上九天揽月，可下五洋捉鳖” 的传统境界。《三体Ⅲ》对宇宙结构的想象，已经开始涉及时间的本质和创世的秘密，但看得出大刘是有意与西方的神话保持距离，走一条新的中国神话的道路。这是前所未有的工作。关于宇宙之始、之终、之真相，他猜了，他想了，他写了。至于这是否正确，这已经不重要了。虽说人类一思考，上帝就发笑，可人类如果不思考，上帝连发笑都不屑。

→选自《三体Ⅲ：死神永生》，重庆出版社 2010 年 11 月

“光荣中华”：刘慈欣科幻小说中的中国形象

文／飞氘

在同代科幻作家中，刘慈欣虽登场较晚，却迅速崛起，成为领军人物。当其同行还在努力对传统科幻进行全方位颠覆时，刘慈欣却以建构性的姿态，凭其对宇宙宗教般的情怀、对科学的浪漫主义书写与对人类自强不息的英雄赞歌征服了大批科幻迷。他被认为“成功地将极端的空灵和厚重的现实结合起来，同时注重表现科学的内涵和美感，努力创造出一种具有中国特色的科幻文学样式。”[1]那么，何为“中国特色”？它与“科学的内涵和美感”有何关系？他笔下那些代表宇宙神秘与人类智慧的巨大物体所展示的激情与崇高，又怎样参与了“厚重的现实”？

一、“雄浑”[2]与“崇高”

“崇高”（Sublime）是西方美学的一个重要范畴。当人在面对体积庞大、力量强大、壮丽无限的事物时，会体会到一种强大异己力量的威胁，因而产生恐惧的痛感，进而爆发出大胆反抗和挑战精神，于是产生了崇高感，这无疑是建立在主体与客体对立基础上的。与之相对，中国美学中的“雄浑”则强调主体与客体的和谐统一，是主体化入客体的伟大与豪迈。曹顺庆认为，两者之不同源于东西方社会形态差异：西方社会经济更具有商业性特点，商人在旅途中遭遇自然界的险恶，激发出用智慧去了解和战胜自然的勇气。而中国社会经济更具有农业性特征，人们的生计全靠大自然赐予，故强调人与自然之间的和睦，讲究效法天，避免因个人的道德败坏导致灾害。通过认定人与宇宙同构，将自然现象予以伦理解释，中国人就不需要向外去探索“真”，而只需向内求“善”，并将其在社会中予以实践，在内圣外王的理想中获得最高满足。这种愿望固然美好，但难说不是一种面对无情自然和混乱世相的无奈与机巧，虽有其历史合理性，但在见识了现代物理学的宇宙图景的今人看来，就颇有逃避真实的味道而近乎妄想了，其发展到一端，不免产生迷信。

实际上，即便是“雄浑”，也被儒家套上了“发乎情，止乎礼义”的紧箍咒，于是连屈原、苏东坡、辛弃疾等人的作品也要遭人诟病。[3]这不难理解：当“和”的要求从“天—人”转向“人—人”，也就必然推出“克己复礼”的道德自律，它与封建开明专制互相诉求，互为支援，因此不可能给粗犷豪放的作品和自由奔放的情感宣泄留下多少余地，也就可能束缚了人的生命力和创造力。道家虽提倡天地之大美，但“大”的根本是“道”，而“道”的根本是“无”，因此最终也要以“无”“静”“退”“柔”为尚。这样，不但现代科学的探索欲与理性精神无从诞生，就连自强不息的阳刚之气，也有进一步沉沦为柔弱而不思进取的危险。因此，鲁迅才说中国诗“无有为沉痛著大之声，撄其后人，使之兴起”，[4]故而“说到中国的改革，第一著自然是埽荡废物，以造成一个使新生命得能诞生的机运。”[5]也就是要激活古老绵软的病危躯体中近乎垂危的“雄浑”，使之蜕变出新的、健康的民族主体。这样看来，“五四”一代错失科幻，实为时势所迫。[6]

但对主体“力”的恢复容易走入另一个极端。塑造强势、夸张的主体形象是现当代文学的重要内容。[7]这种“崇高”虽建立了主客二元对立，有征服自然的雄心壮志，但主体面对宇宙时毫无惧色，高大得不可思议，反倒与古人“盈天地之道都已在掌握中”的狂想更为接近。新中国成立后，人们普遍接受唯物主义教育，个体被整合进共产主义集体事业中，沉浸于人定胜天的乐观。工业化浪潮下的“十七年”科幻充满了科技无往不胜的憧憬，自信掌握了真理的无产阶级主体发出强大的辉光，把宇宙的神秘照得无所遁形。到了“新时期”，在《飞向人马座》和《战神的后裔》这样的作品中，宇宙虽露出凶险之相，但共产主义建设者仍能取得几无悬念的斗争胜利。

当先锋文学对主体去崇高化时，崛起于20世纪90年代的科幻作家也开始调整这种失衡的主客关系，宇宙的浩渺和神秘得到了大规模恢复，终于确立起令人恐惧的绝对地位。科幻作家韩松认为，科幻不但打破旧的神权，也建立新的神权，“这就是神秘，这就是未知，就是对人生和宇宙的终极关怀，一种可以平衡科学的宗教感。”[8]在刘慈欣那里，宇宙既冷酷又迷人，“真”具有自足的价值，“善”不足挂齿，人类微不足道，但又因其能够认知“真”而伟大，因进取而崇高，因失败而悲壮。他所展现的恢宏未来，正宣示着人类的光荣与梦想。

二、空灵思想与沉重肉身

年轻时第一次读完克拉克的《2001：太空漫游》后，刘慈欣感到一种“对宇宙的宏大神秘的深深的敬畏感”：“在壮丽的星空下，就站着我一个人，孤独地面对着这人类头脑无法把握的巨大的神秘……从此以后，星空在我的眼中是另一个样子了，那感觉像离开了池塘看到了大海。这使我深深领略了科幻小说的力量。”[9]

刘慈欣曾半开玩笑地修改了康德的墓志铭：敬畏头顶的星空，但对心中的道德不以为然。康德为了让人类在宗教丧失权威之后的世界里仍然能够回答宇宙的目的及人类应根据何种法则行动的问题，在星空之外，又提出内在于人的道德律令，认为只有作为道德本体的人的自然存在，才是整个自然的最终目的和归宿。然而，刘慈欣却认为“善”乃是人间的法则，它虽有益，但并非是超历史的存在，“人性其实一直在变。我们和石器时代的人，会互相认为对方是没有人性的非人”，况且，“传统的道德判断不能做到把人类作为一个整体来进行判断”，一旦整个文明陷入生死存亡时，道德的准则可能会陷入困境。[10]因此他把“善”的问题抽离出去，强调“真”的至高无上。这在《朝闻道》中达到了极致。人类为了获得宇宙大统一模型而造了超级粒子加速器，因实验将导致宇宙灭亡而引来更高智慧的“排险者”予以阻止。排险者曾接收到上一轮宇宙中智慧生物以宇宙毁灭为代价而获得的终极真理，但不肯告诉人类。感到“整个宇宙顿时变成一个巨大的悲剧，余生已无意义”的科学家想出折中之法：排险者告诉他们终极奥秘，十分钟后再将他们毁灭。于是一批批人类精英走上真理祭坛，看到自己毕生都梦想知晓的答案后，在强光中化为美丽的火球飘逝而去。元首的劝阻、子女的哀求、情人的自杀，都不能阻止他们用生命来交换十分钟的真理。“当宇宙的和谐之美一览无遗地展现在你面前时，生命只是一个很小的代价。”排险者更宣称：随着文明的进步，“对终极真理的这种变态的欲望将成为整个宇宙的基本价值观”。

如前所述，中国文化缺少的不是“道德律令”，而是“敬畏星空”。因此，刘慈欣以如此直白而极端的方式，将孔子的“道”改写为“真”，就有了革命色彩。在他看来，对宇宙的麻木感充斥整个社会，他试图通过对《2001：太空漫游》的模仿，来引发中国读者对星空的兴趣，去星空寻找那超越现实的价值——“像水晶，很硬，很纯，很透明”的宇宙的空灵之美。这恰恰意味着，这空灵之美不可能像在克拉克那里仅在超现实的维度上展开，它同时受到现实的牵引。“在中国，任何超脱飞扬的思想都会砰然坠地的，现实的引力太沉重了。”[11]长年生活在基层的刘慈欣对中国的贫穷和落后有着深刻的体验，因而视科学为将人从蒙昧与苦难中解放的力量来推崇，“中国的科学权威是很大，但中国的科学精神还没有。”[12]

这种努力得到了读者的认可。在《带上她的眼睛》里，一艘钻入地心的“飞船”发生故障，女驾驶员只能在几千公里深的地心中独自慢慢死去。这个故事引发了读者的热情讨论，不过他们更关心飞船是否因为浮力不够而沉入地心的技术问题，而少有人对飞船中女孩的痛苦有兴趣。在韩松看来，这样的讨论似乎“无情无义”，却给中国的未来带来希望。“什么是必须尊重科学呢？没有比科幻解释得更清楚了。那就是必须承认世界的残酷，承认有一个冷冰冰的法则在支配一切，它对所有人都是一视同仁的，这里面绝对没有半点价钱可讲，没有半点人情可以通融……当代中国绝对很需要这种理念。”这是一种西方式的残酷，“如果，有更多的国民，都能这么执拗甚至偏执地把讨论科学技术的细节问题当作生活中的乐趣，而且有能力讨论这些问题，则我们的国家将不再像现在这个样子。”[13]刘慈欣也说，“对作品硬伤的重视是中国科幻评论的一个特色。这是件大好事，它首先说明，不管目前对科幻的定义有多少种争论，在数量并不少的高层次的读者心中，科学仍是科幻的灵魂。”[14]

因此，尽管科学本身是最国际主义、最超脱世俗的，却在成长于红色年代的刘慈欣身上与一种公民对所属政治共同体的责任感奇妙地结合在一起，那最空灵的幻想无法不与中国最现实的创痛关联在一起。《地火》设想新的技术终结了煤炭开采带给现代中国的种种悲剧。《乡村教师》里生命垂危的教师临终时还在向最贫穷愚昧的角落里的孩子们讲授牛顿力学三定律。《中国太阳》里，水娃从黄土地到大城市再到人造太阳及最终踏上向宇宙深处探索的人生之路,不但是靠自己的努力摆脱了物质贫穷的过程，更是一次次的思想蜕变之旅，他最终把对星空的理想反馈给人类，这正宣示着古老农耕民族的觉醒和新生，它将不仅仅实现自己的复兴与强大，更将成为人类进步事业的继承者和先锋军，谱写一首太空时代的崇高诗篇。

可见，尽管刘慈欣强调科幻的魅力来自于科学而非文学，他所塑造的一系列大尺度意象，却都和其笔下的球状闪电一样，“只是一个科幻文学形象，为演绎科幻的美感而诞生，不应被看作是对这种自然现象基于科学的一种解释。……小说中的解释不是因为它最符合逻辑，而是因为它最有趣最浪漫。”[15]“刘慈欣虽然尊克拉克为师，但在这里，与信奉进行彻底的科学考证的克拉克不同……与其说这部作品（《球状闪电》）是在逻辑思维的基础上突破常识的想象，倒不如说是飘逸洒脱、放纵恣肆的幻想更合适些。”因此，他“并不在乎理论上的硬伤，而是像一位艺人那样，不断创造能够实现中国的梦想的新技术、新机器，不断创造让读者感受到快乐的作品。”[16] 换句话说，真正为他赢得读者的，与其说是一种冷酷的理性，不如说是如粒子风暴般扑面而来的澎湃激情，以及笔下人物的命运抉择。那些无畏追求真理的故事都是中国故事，它们展示的与其说是“真理”本身的“美”，不如说是现代中国对科学的浪漫想象与对未来的自我期许——一种自强不息的古典豪迈与现代科学理性精神的嫁接。

不过，比起历史上中国科幻有过的辉煌，刘慈欣的响应者实在不算多。或许是为了改变局势，从 2006 年起，他便极少发表短篇，而将全部野心付诸“地球往事”系列（以下简称“往事系列”）。该系列架构宏大，设置大量刺激性的符号和极富悬念的情节，将中国历史与宇宙空灵与残酷相融合，去吸引更多读者，但也由此造成了文本内部的断裂。凡此种种，令它们的创作与出版成为近年来中国科幻界的重要事件。[17]

三、“地球往事”与“光荣中华”

往事系列前两部近五十万字，以历史学家口吻讲述了跨度四百多年的“往事”。《三体》讲述叶文洁因“文革”和环境危机而对人性失去信心，参与军方探寻外星文明的绝密计划“红岸工程”，利用太阳向宇宙发出信号，请求半人马座三星上的三体人来地球治理人间的罪恶。因三颗恒星的运动规律无法预测，历尽劫难、苦苦挣扎的三体文明具有高度的侵略性，在接收到叶的信息后远征地球，并通过“智子”干扰人类基础物理学领域的实验结果，以锁死地球的科学进步。《黑暗森林》讲述地球人在三体舰队到达前的四百年时间里试图通过包括“面壁计划”在内的各种方案来予以对抗，最终中国学者罗辑领悟到“黑暗森林”法则而以“同归于尽”为要挟迫使三体舰队离开。

匪夷所思的“智子”锁死了人类的基础科学探索，也就将故事重心锁定在了科学以外的道德。罗辑最终取胜的法宝并非科学，而是“宇宙社会学”：由于“生存是文明的第一需要”以及“文明不断增长和扩张，但宇宙中的物质总量保持不变”，因此每个文明都必须如林中猎人般幽灵似的小心潜行，如果他发现了别的生命，由于“猜疑链”[18]和技术爆炸的可能性，为免除后患只能开枪消灭。在这片“黑暗森林”中，他人就是地狱，任何暴露自己的文明都将被迅速消灭。这一残酷的宇宙图景昭示着作者的双重野心。

首先是思想方面的野心。尽管对道德不以为然，但当把“善”抽离后，刘慈欣也和康德一样面临着目的论的困扰。在《朝闻道》里，霍金最后一个走上真理祭坛，问“宇宙的目的是什么？”，即使是已获得终极真理的“排险者”也无法回答。于是，刘慈欣所谓的“道德的尽头就是科幻的开始”也就被他自己颠倒为“科幻的终极又是道德追问的开始”。在往事系列里，他不再无拘束地放纵想象力来单纯地展示科学的美，而是试图做一次有力的思想实验：“如果存在外星文明，那么宇宙中有共同的道德准则吗？……我认为零道德的文明宇宙完全可能存在，有道德的人类文明如何在这样一个宇宙中生存？这就是我写《地球往事》的初衷。”[19]实际上，由于排除了“上帝”这一至高权威和仲裁者，价值观彼此冲突的现代人如何能够安排一种政治生活成为现代思想界争论的关键问题之一。有没有能被所有人都接受的“善”？“权利”和“善”究竟何者优先？这一人间难题被刘慈欣以科幻作家式的“杞人忧天”拓展成“星际伦理”，既有现实意义又极富飘逸色彩。

其次是美学方面的野心。刘慈欣一再强调，科幻最终要得到的不是科学家想要的精确和正确，而是小说家想要的美感和震撼。因此，设置零道德宇宙的目的在于引燃想象，没有必要、更没有能力去追求真实。[20]与其说，“黑暗森林”是对“宇宙社会学”的严肃思考，不如说它只是为了迫使人物做出异乎寻常的举动,驱动故事导向令人惊愕的发展方向和结局,其中种种冒犯了读者道德直觉的黑暗情节,“只是科幻而已,不必当真”。[21]

无疑，两种野心间存在一定的冲突，并导致“黑暗森林”不严密、诸多情节存在漏洞、人物单薄、叙事不流畅等文本症结。[22]《三体》最初在“文革”四十周年之际于《科幻世界》连载时，以1967年的武斗场面开篇，物理学家叶哲泰坚持真理，不肯向非理性的狂热屈服而被批斗致死，为其女儿叶文洁日后的冷酷之举奠定动机。其手笔之大、题材之敏感，不禁令科幻读者震动与兴奋，也预示着随后开启的零道德宇宙残酷剧中必将牵扯进中国的历史记忆以及当下和未来的想象。然而，《三体》单行本却以2007年数名科学家因基础物理学实验中不合逻辑的结果而崩溃自杀的神秘事件开场，尽管内容上并无变化，不过是为了顺利出版而将连载时的第四至九节提前，但这一调整除了说明出版者对以此种“另类”的方式参与到“文革”叙述中缺乏把握以外，更使得文本在从面向科幻圈转向一般公众时突显出“悬念故事”的商业属性，恰好昭示着历史反省和思想实验的力度必然要被对文本叙事中阅读快感的追求所消解。

不过，也正是对阅读效果的追求，使刘慈欣设法去解决一个长期困扰中国科幻界的难题：“如果外星人占领地球，共产党怎么办？”

这是早些年一位主管宣传的官员提出的疑问，背后是一种担心：幻想太多，可能会引起麻烦。[23]长期以来，中国作家无法很好地处理这个问题，只能充分发挥科幻“逃避”现实的功能，将故事设定在与现实无甚关联的时空，或讲述发生在局部地区或境外的个别事件，而政府将如何应对未来的种种变故，则被有意无意避开，未来的中国形象因而一直模糊不清，可信性大打折扣。“地球往事”极大地改变了这种局面：在三体文明引发的人类文明危机中，由共产党领导的中国力量以正面的方式登场，以符合人们想象的方式行动，起到至关重要的作用。该系列能引发科幻迷热议并在圈外取得一定影响，正和这一点有莫大关系。

通过把人类推入一个非常处境，刘慈欣聪明地以非常时期的中国反应来侧面展开未来想象，其核心有两点：外星人的事，中国人早就想到了；一旦来犯，中国人将以中国式信心和智慧战胜外星人。而故事里最重要的四个人物都是中国人，正体现着作者的中国想象。

叶文洁显示着刘慈欣对于理性的复杂态度。对人性失去信心的她以冷酷的理性引来了三体人。她领导下的叛军大多是精英分子，习惯于站在人类之外思考问题，成为人类文明在自己的内部孕育出的异化力量。这是一种由理性导致的对理性的绝望，它放弃了启蒙主义对人的信心，重新决定为人类请来一位准上帝的外在约束者，可以说是现代理性的自我背叛。这里，刘慈欣既颂扬科学家追求真理的精神，认为“他们用自己的智慧为人类社会做出的贡献，是任何人都不可替代的”，并对非理性的狂热提出批判，但也对人类理性的脆弱面做出反思，故而又设计了史强这一角色。

警察史强劣迹斑斑，有道德缺陷，粗俗，从未仰望过星空，不去想终极问题，却具有世俗智慧和原始生命力，观察敏锐，果敢决绝，具有极强的行动能力。他一针见血地指出，一旦科学家被误导着往歪处想，就变得比一般人还蠢。他不妨视为思想者的补充：科学家依靠理性行动，追求少数人才能获知的“真理”；史强则凭借多数人都拥有的“常识”，以顽强的技能求得生存。当人物因为理性的溃败而摇摇欲坠时，史强就如定海神针一般来稳固理性者和读者的信心。科学家汪淼因为智子制造的不可能的物理学幻象而接近崩溃并痛哭时，大史便大笑着出场，以一系列动作展示出惊人的自信和能量，给读者带来一股安全感。他认定“邪乎到家必有鬼”，告诉汪淼“要保证站直了别趴下”，于是汪淼的世界“又恢复了古典和稳定”。在《三体》的结尾，两位科学家得知人类因为“智子”的干扰而只能如虫子一般等候宰杀，都陷入了绝望，大史则斥之为“熊样儿”，并带领他们去见识蝗虫肆虐的景象，使后者领悟到“虫子”的顽强并重获希望。随后，他又一次次大显身手并通过冬眠技术跨越到两百年后，数次拯救罗辑的生命，继续稳定着未来世界，因而成为最出彩的角色之一。

另一个极富人格魅力的无疑是章北海。作为太空军舰队政委之一的他，“信念坚定，眼光远大又冷酷无情，行事冷静决断，平时严谨认真，但在需要时，可以随时越出常轨，采取异乎寻常的行动”。为了推进未来太空军的发展方向，他不惜精心策划太空暗杀行动，除掉影响决策的保守“老航天”。在他的同事都从技术决定论出发产生沮丧情绪时，章北海对以人的主观能动性赢取未来战争的坚定信念不禁使人想起老一辈无产阶级革命家对中国革命的必胜信心。不过，他必胜信念的背后却是理性判断：在科学进展停滞的前提下人类与三体人正面碰撞必败，因而他才伪装成必胜信念者以寻觅机会，利用冬眠技术来到两百年后，成功劫持一艘太空舰逃离，以为人类保存文明火种。其思想隐藏之深、耐心之足、行动之果决无法不令人侧目，不禁使人想起共产党领导的政权曾经一度退守西北的高瞻远瞩和忍辱负重。当两百年后的新人类对他以船员为人质劫持太空舰的行为表示震惊和不解时，他淡然地说“没有永恒的敌人或同志，只有永恒的责任”。以“同志”和“责任”这两个字眼儿对丘吉尔名言进行的这一改造，向读者巧妙地传递着关于中国的革命历史记忆与未来想象，打动了一大批科幻迷。[24]

罗辑则是一名不合格的三流学者，缺乏探索欲、责任心和使命感，投机取巧，哗众取宠，贪污过研究经费，对人类的命运并不在意，但他在莫名其妙地被选中为“面壁者”后，竟能气定神闲地置之不理，利用特权令自己逍遥快活，其玩世不恭的背后又暗示着一种处乱不惊的气魄，而在被迫思考时竟凭借悟性领悟到“宇宙社会学”的基本法则而忍辱负重，并最终成为救世主。

这四个有道德缺陷的人物，在特殊的情势下，以人类文明之名而获得了同情，挑战了读者的道德观，引领他们思考超出道德底线的行为是否可能是一种必要的措施，并暗示读者：不管在未来遭遇何种异乎寻常的困境，我们中国人以及全人类都应该也只能以理性的精神、顽强的信念、狡黠的智慧、必要时不择手段的果决与冷酷以及临危不乱的从容不迫来捍卫人类文明的生存和发展的权利，中国人百年自强的历史经验与中国作风将在其中起到积极有效的作用。

除了人物，往事系列还调用了大量的文化符号，以更直接的手段来强化读者的情感认同。“红岸基地”这一“令人难以置信的时代神话”让人不得不“佩服红岸工程最高决策者思维的超前”，史强等人也一再使用“上面”“上级”等暗示普通读者无法接触到的中国最高领导者们的明察秋毫、英明果决。“唐”号航空母舰未曾出海就被迫退役的失落，中国太空军这一军种及其有“八一”两字的军徽，亦鼓动着中国读者的神经。当章北海在冬眠两百年后苏醒时，地球上各大国都已衰落，代之崛起的是作为政治实体的三大太空舰队，尽管没有交代彼时中国的具体情况，但读者仍能与章北海一道，在亚洲舰队司令官那句“接到任务先说不行，这不是我们的传统吧”中感受到中国革命精神与力量跨世纪的薪火传承。太空舰队集体覆灭，证明了章北海的远见卓识，而像婴儿一般被残酷地抛向宇宙深渊的新人类，感受到这名来自古代军人身上的父亲的力量，后者沉稳的目光像一个强劲的力场维持着阵列的稳定。也正是他和史强所代表的“传统”，跨越了时间，稳固着在文本中被略过的两百年所造成的过去、当下与未来之间的叙事断裂和读者的不稳定感。

以这种科幻独有的方式，刘慈欣不但试图培养和加深中国人“对宇宙宏大深远的感觉”，使他们“对人类的终极目的有一种好奇和追求愿望”，[25]更开启一条通道，使国人长久被困于革命历史叙事的国家认同感终于可以投射进未来的空间，在刘式宇观美学中尽情展开着他们对未来中国的想象与期许，较好地解决了“如果外星人占领地球，共产党怎么办？”的问题，初步释放了“中国的未来在哪里？”的文化焦虑。[26]因此韩松才称其完成了一个几乎无法完成的梦想：“近乎完美地把中国五千年历史与宇宙一百五十亿年现实融合在了一起，挑战令一代代人困惑的道德律令与自然法则冲突互存的极限，又以他那超越时代的宏伟叙事和深邃构想，把科幻这种逻辑严密而感情丰沛的文学样式，空前地展示在众多的普通中国人面前，注定要改变他们的思想和行为，并让我们重新检讨这个行星之上及这个行星之外的一切审美观。”[27]

当然，“人类在思想史上没有对整个文明的灭顶之灾做过理论上的准备，这本微不足道的拙作也不可能对这点有任何改变，但有人开始想这个问题总是一件好事”。[28]同样，这两本书在中国想象上也不可能达到尽善，[29]它们的缺陷恰也表征着困扰中国科幻界乃至整个文化界多年的若干诸多症结和挑战，不过它的回答在总体上来说已非常出色，在诸多细节上更是令人叫绝，其努力值得肯定。更重要的是，如鲁迅所说：“非有天马行空似的大精神即无大艺术的产生。但中国现在的精神又何其萎靡锢蔽呢？”[30]刘慈欣的最大意义，可能就在于给一个精神萎靡的时代注入了这天马行空似的大精神，因此严锋对他的激赏便不无道理：“我毫不怀疑，这个人单枪匹马，把中国科幻文学提升到了世界级的水平。”[31]

---

[1] 这段话被各种版本的刘慈欣简介中所引用。

[2] “雄浑”最初由司空图在诗学论著《二十四诗品》中提出，这本著作是他在晚唐王朝将倾时退隐山谷，于乱世中，在山水间求内心宁静的产物。孔孟和老庄的学说也都诞生于乱世，他们必须通过神秘的“浩然正气”或者“天地与我并生，而万物与我为一”来面对无序的世界而不致溃败。关于迷信的问题，黄仁宇认为，汉代术士将宇宙观及政治学混为一谈：“认定人世间任何‘物’，不管是实际物品，或是人与人之间的一种关系和交往，都出自某种类谱上的相关价值，所以可用数学方法操纵之”，这“暴露了当日读书人承受了至大的压力，他们急不得暇地务必将天地的现象予以直截的解释，包括可以获知之事物。……他们因此觉得盈天地之道（我们称之为自然律，natural law），都已在掌握之中。”黄仁宇：《中国大历史》，北京：生活·读书·新知三联书店，2008 年，第 54 页。

[3] 蔡钟翔，曹顺庆：《自然·雄浑》，北京：中国人民大学出版社，1996 年，第 367–377 页。

[4] 鲁迅：《鲁迅全集》（第一卷），北京：人民文学出版社，2005 年，第 71 页。

[5] 鲁迅：《鲁迅全集》（第十卷），北京：人民文学出版社，2005 年，第 270 页。

[6] 与晚清相比，“五四”时代的作家有不少是学习自然科学出身，却没有表现出对科幻的特别兴趣。这是个值得深入探讨的问题。1982 年，科幻作家金涛拜访巴金，谈到凡尔纳，巴金说那时候他“主要探讨人生的生存与解放，与吃人的社会作抗争，因此没有精力过问科学小说。”韩松：《想象力宣言》，成都：四川人民出版社，2000 年，第 129 页。

[7] 郭沫若是强力主体最热情的颂扬者，早在 1920 年就直言不讳地宣布自己是个“偶像崇拜者”。胡适也曾在《一念》中戏称“我笑你一秒钟走五十万里的无线电 / 总比不上我区区的心头一念”。不过，鲁迅却一直是“夜”的热爱者，在他那里，黑暗一直保持着绝对的能量，摄人心魄，“自在暗中，看一切看”，显示的是主体与未知幽暗的紧张与互相依存。

[8] 韩松：《想象力宣言》，成都：四川人民出版社，2000 年，第 394 页。

[9] 刘慈欣：《SF 教——论科幻小说对宇宙的描写》，（2010 年 5 月 9 日）[2010

年 11 月 3 日]. http://wenku.baidu.com/view/685644cfa1c7aa00b52acb2c.html.

[10] 吴岩:《2007 年度中国最佳科幻小说集》，成都：四川人民出版社，2008 年，第 361-364 页。

[11] 刘慈欣:《三体》，成都：四川科学技术出版社，2007 年，第 62 页。

[12] 同 [10]。

[13] 韩松:《想象力宣言》，成都：四川人民出版社，2000 年，第 373-375 页。

[14] 刘慈欣:《无奈的和美丽的错误——科幻硬伤概论》，(2010 年 5 月 9 日) [2010 年 11 月 3 日].http://wenku.baidu.com/view/2725a41aa8114431b90dd82c.html.

[15] 刘慈欣:《星云Ⅱ：球状闪电》，成都：四川科学技术出版社，2004 年，第 216 页。

[16] 上原香:《躁动的宇宙艺人——刘慈欣》，(2007 年 9 月 08) [2010 年 11 月 3 日]. http://data.book.hexun.com/2425142.shtml. 上原香的原文出自日本东京勉诚出版社 2006 年出版的《中国现代文学の越境》的第 88-97 页。由于不懂日文，这里采用了网络电子文献。

[17] 截至本文收稿时，该系列的第三部尚未出版，本文所讨论的仅限于已出版的前两部。

[18] 猜疑链：两个文明相遇时，即便 A 设想“B 是善意”的，B 设想“A 是善意”的，但 A 仍不知道“B 是怎么设想 A”的，B 也不知道“A 是怎么设想 B”的；即使 A 知道“B 设想 A 是善意”的，B 也知道“A 设想 B 是善意”的，则 A 仍不知道“B 是否知道 A 把 B 设想为善意”的，B 也仍不知道“A 是否知道 B 把 A 设想为善意”的，如此等等，没完没了。

[19] 刘慈欣:《三体》，成都：四川科学技术出版社，2007 年，第 301 页。

[20] 刘慈欣:《道德的尽头就是科幻的开始》，载《南方都市报·阅读周刊》，2008 年 8 月 31 日，B20 版。

[21] 同 [19]。

[22] 第二种野心使刘慈欣强行设置了“面壁计划”这类不合逻辑却非常诱人的情节。为了使得人类在“智子”上帝般的监视下仍有对抗三体人的可能性，作者将三体人设计为思维透明，因此不胜谋略，于是人类选出四个面壁者，他们被授予很高的权力，能够调集和使用地球已有的战争资源中的一部分，并且不必对自己的行为和命令做出任何解释，不管这种行为是多么不可理解，以此误导三体人。于是有“破壁者”相应而生，双方斗智。读者积极参与到面壁者设下的种种迷雾，明知有假而仍被种种科学狂想方案而折服，更在破壁者将真相公布时大跌眼镜。

而不务正业的三流中国学者罗辑何以被三体人点名要除掉，并因此被选中为面壁者，更成为最大看点。可惜，这最大一个悬念却在图书的封底用于宣传的那段话里提前露出线索，不能不说是出版方面的一大缺漏。

[23] 韩松：《想象力宣言》，成都：四川人民出版社，2000年，第104页。

[24] 有网友戏称章北海为“面壁计划”以外的第五个面壁者，并且成功地未被任何人识破。网上关于“章北海”的讨论以及百度贴吧里的“章北海吧”，充分说明了这个人物的成功。

[25] 刘慈欣：《道德的尽头就是科幻的开始》，载《南方都市报·阅读周刊》，2008年8月31日，B20版。

[26] 韩松曾对“中国至今没有产生一部宏景式构造中国未来历史的长篇小说”表示不满，质问“中国的未来在哪里？”韩松：《想象力宣言》，成都：四川人民出版社，2000年，第109页。

[27] 刘慈欣：《三体》，成都：四川科学技术出版社，2007，第62页。

[28] 刘慈欣：《道德的尽头就是科幻的开始》，载《南方都市报·阅读周刊》，2008年8月31日，B20版。

[29] 比如，我们还可以进一步问：如果没有外星人带来的非常处境，在常态发展中的未来中国又在哪里？

[30] 鲁迅：《鲁迅全集》（第十卷），北京：人民文学出版社，2005，第257页。

[31] 刘慈欣：《流浪地球》，武汉：长江文艺出版社，2008，第3页。

→选自《渤海大学学报（哲学社会科学版）》2011年第1期

弹星者与面壁者

文／宋明炜

弹星者来到我们的星系，以太阳为乐器，演奏的乐曲以光速传到所有的时空。弹星者弹奏太阳，与你何干？

面壁者只想隐藏自己，但需要辨明真伪，他的生存取决于博弈，对于面壁者来说，有弹星者存在的宇宙是零道德的黑暗森林。[1]

一、刘慈欣与中国新科幻

在中国科幻读者心目中，刘慈欣给这一文类带来前所未有的光荣与梦想。迄今为止，刘慈欣已写作八部长篇小说[2]、三十余篇中短篇小说，连续八年获得中国科幻银河奖。对于刘慈欣科幻小说的赞美，莫过于严锋所说的这段话：“在读过刘慈欣几乎所有作品以后，我毫不怀疑，这个人单枪匹马，把中国科幻文学提升到了世界级的水平。”[3]他的最新长篇小说《三体Ⅲ：死神永生》出版之前在网络上引起的期待与兴奋，使“三体”迅速成为流行文化的重要名词。不夸张地说，刘慈欣之于中国新科幻的至高位置，已仿若金庸之于武侠。

科幻本来是中国文学中不发达的文类。王德威将晚清一代的科学小说称为“科幻奇谭”（science fantasy），因其中杂糅乌托邦式的政治狂想与新异诡奇的科技描写，在中国现代文学兴起之初，一度形成“淆乱视野”（confused vision）。然而当时这种“淆乱视野”并未延展出更丰富的文化实践，而是作为“被压抑的现代性”之一种[4]，很快在启蒙呐喊与民族忧患构筑的新文化空间中烟消云散了。到了20世纪50年代以后，在苏联文学体制的影响下，社会主义文学给科幻以正统的地位，曾出现郑文光、童恩正、叶永烈等专业的科幻作家。但当想象力被政治正确的要求所束缚时，对未知世界的描绘并不能提供真正的差异性，而只是复制已被意识形态书写完成的“现实”与“未来”。这个局面一直延续到改革初期，当时在科技现代化的政策号召下，中国科幻的形象凝聚在叶永烈塑造的“小灵通”身上：面对未来无忧无虑，洋溢着对技术的乐观，这时的科学幻想几乎等同于面对儿童写作的科普文学。

直到20世纪90年代，中国新科幻的浪潮开始形成——事实上，刘慈欣并非孤军奋战的科幻作家，在过去十多年间，他与王晋康、韩松、星河、潘海天、何夕等其他作家一起，共同创造出科幻的新浪潮。称之为“新浪潮”（new wave），是借鉴美国科幻文学史的概念，指打破传统的科幻文类成规、具有先锋文学精神的写作[5]。在这个方面，中国当代的新科幻几乎完全颠覆以往的科幻写作模式，仿佛构建叙事的思想观念解码本被揉碎了重新改写、整合过，科学想象失去了“小灵童式”的天真乐观，更多地呈现出暧昧、黑暗和复杂的景象；作家笔下的过去与未来，可知与未知，乌托邦与恶托邦之间，逐渐没有截然可分的界限。这一点也植根于当代科学领域内的知识型的转变。过去二三十年间，唯物主义决定论在改革后中国科学界的地位开始受到挑战，而量子力学、超弦理论、人工智能等新潮科学观念正在重新塑造世界的形象（这与人文领域中出现的先锋派文化和批判理论有着有趣的同步性）：从有序走向混沌，从必然走向模糊，从决定走向启示。

科幻文学曾在20世纪80年代初“清除精神污染”运动中遭到打击，

正是因为这一文类本身在文本与意识形态之间构成张力，往往诞生出“政治不正确”的幻象。直到十年之后，科幻文学再度兴起，仍与主流意识形态之间有着紧张的关系，虽然这种情形随着流行文化空间的多元化格局出现，已经得到很大改变，但就科幻的文类表征符号而言，无论是外星人，还是异时空，更不用说新科幻作家（特别是刘慈欣）笔下频频出现的新潮科学意象（如量子幽灵、三体的混沌模式、高维宇宙等），都可能蕴含着正统意识形态所不能解释的“另类”意义，而这些意义背后又有着“科学话语”的强大支撑，也无法被传统的文学模式所轻易驯服。

在我看来，崛起于20世纪90年代初期、在最近十年中日趋成熟的中国科幻新浪潮，已经发展为一种自成一格的文学想象模式。它其实不能算是晚清科幻的“嫡传后代”，这中间的历史隔膜太大，两个世纪初的科幻文学虽然遥相呼应，尤其是对“新中国”的狂想，尽管话语有别，却仍有可对话的余地，但在这两者之间毕竟无法画出一条发展的直线。这里还需要指出的是，我所界定的“新科幻”与近年来迅速走红的奇幻文学有所不同，后者孕育于当前的流行文化，但“新科幻”更强烈地体现着对于中国现代性及其问题的反思，也因此有超越“文化消费”而介入到文化建构之中的努力。相比之下，中国科幻新浪潮与台湾70年代之后出现的科幻文学潮流更为相似，都有着精英化的立场，也都对国家和历史问题更为关注，但很难确定，张系国这一代作家对中国新科幻是否有直接的影响。

如果把韩松、刘慈欣、王晋康等看作新科幻的代表作家，我认为他们所直接汲取的文化养料，是80年代文学中的开放精神与批判姿态。从90年代至今，当主流文学消解宏伟的启蒙论述，新锐作家的文化先锋精神被流行文化收编，那些源自于80年代的思想话语却化为符号碎片，再度浮现在新科幻作家创造的文学景观之中。也可以说，科幻文学处在主流文学格局之外，却于当代文学已历经嬗变、丧失活力的时候，以新奇的面貌将文学的先锋性重新张扬出来。在这意义上，新科幻像是被放逐在正统文学体制之外的“幽灵”，它自由跨越雅俗的分界，漂浮在理想和现实之间，显现出文学想象中丰富而迷人的复杂性。

以刘慈欣为例，他的创作开始于20世纪80年代初期，但直到90年代末才开始发表作品。他最先发表的一批小说，如《带上她的眼睛》所具有的抒情色彩，《流浪地球》体现的悲壮理想主义，《赡养人类》对于当代社会贫富分化的尖锐批判，都与正在消解浪漫、理想的当代文学形成强烈对比。阅读刘慈欣的作品，令读者可以在一个想象的空间里，重返当代思想文化最激荡的变动场景之中。刘慈欣写第一部长篇小说《中国2185》，时在1989年，其中以未来世界的虚拟空间为载体，将大尺度的未来幻想与迫切的现实危机感对接起来。这部小说写的是未来中国的危机与重生：2185年，统治中国的女性最高执政官年仅二十九岁。在一个偶然的机会下，另一个年轻人潜入天安门广场上的纪念堂，将伟大领袖的大脑用计算机模拟再生，成为存在于虚拟空间中的一个思想实体。这对年轻的最高执政官来说，不啻造成一种潜在的威胁。但打击却并非来自伟大领袖的电子幽灵，而是同时被数字化的另一个普通人的思想。后者通过无限的自我复制，在网络中迅速建起一个华夏共和国。这个共和国的子民，全部是他自己的复制品，亿万同心的普通人幽灵以激进的观念，威胁着现实中的政权，一场迫在眉睫的战争即将把虚拟世界和现实世界带入冲突之中。最后，执政官果断地拉断全国电网，所有计算机瘫痪，华夏共和国遂灰飞烟灭。对人类来说，这个共和国只存在了几个小时，但在高速的电子空间中，它的历史已长达六百年，多少历史兴衰在其间上演。伟大领袖的电子幽灵仅是这场未遂革命的旁观者，但他的政治人格却以曲折的方式，完成了对年轻执政官的启蒙教育，这预示着一个“新中国”的再度重生。[6]

这部小说迄今尚未公开出版，却可视作为中国新科幻起源的坐标之一。它以宏伟奇丽的想象，将80年代知识精英的理想和困顿，重现于“另类历史”的构想之中。小说有着自觉的“问题意识”，切入现实的角度尖锐而准确，同时也有意制造出批判的距离，将对现实的反思融入对于一个异世界的总体性构想之中。在此之后，刘慈欣的作品始终保持着严肃的精英意识，在看似天马行空的科幻天地里，注入关于中国与世界、历史与未来，以及人性和道德的严肃思考。他的许多作品不仅在科幻读者群中已经变得脍炙人口，而且迅速成为公认的新科幻经典：从《球状闪电》到《流浪地球》，从《乡村教师》到《中国太阳》，从《诗云》到《微纪元》，从《赡养上帝》到《赡养人类》，从《三体》到《三体Ⅱ：黑暗森林》到《三体Ⅲ：死神永生》，刘慈欣的创作逐渐形成独特的个人风格，他的每一部小说都包含着精心构思的完整世界景观，同时又兼有着切肤的现实感。可以说，刘慈欣的写作，使中国新科幻的发展有了坚实的“基石”[7]。

二、“像上帝一样创造世界再描写它”

但刘慈欣科幻小说的魅力，更来自于他独特的美学追求和艺术风格。在中国新科幻作家中，刘慈欣被称为“新古典主义”作家[8]， 这可能不仅是指他的作品具有英美“太空歌剧”（space opera）或苏联经典科幻那样的文学特征，而且也因为他的作品场面宏大、描写细腻，甚至令人感受到托尔斯泰式的史诗气息：对于大场面的正面描写、对善恶的终极追问、直面世界的复杂性，但同时保存对简洁真理的追求等等。也有论者指出刘慈欣在经过先锋文学去崇高化后的今天，给中国文学重新带来了崇高或雄浑的美感[9]。这种崇高美感在一定程度上来自于他对于宇宙未知世界心存敬畏的描述，在这个意义上，他的写作在世界科幻小说的历史发展中也自有脉络可循。

刘慈欣心仪英国科幻作家阿瑟·克拉克（Arthur C. Clarke）——英语世界 “硬科幻”（hard science fiction）的重要代表作家。刘慈欣这样描述自己在读完克拉克小说后的感受：“突然感觉周围的一切都消失了，脚下的大地变成了无限伸延的雪白光滑的纯几何平面，在这无限广阔的二维平面上，在壮丽的星空下，就站着我一个人，孤独地面对着这人类头脑无法把握的巨大的神秘……从此以后，星空在我的眼中是另一个样子了，那感觉像离开了池塘看到了大海。这使我深深领略了科幻小说的力量。”[10]

刘慈欣描述的正是经典意义上的康德式的“崇高”（sublime）：崇高是无形而无限的事物引发的主体感受。刘慈欣自称他的全部写作都是对克拉克的模仿，这种虔敬的说法也道出他从克拉克那里学习的经典科幻小说的母体情节（master-plot）的意义——人与未知的相遇；刘慈欣在自己的作品中企图要做到的，正是如克拉克那样写出人面对强大未知的惊异和敬畏。写出《三体》系列的刘慈欣，应该与克拉克站在同等的高度，特别是阅读《三体Ⅲ：死神永生》带来的那种无边无际、浩瀚恢宏的体验，如同小说中描写的人物在进入四维空间之后突然看到无穷的感觉：

人们在三维世界中看到的广阔浩渺，其实只是真正的广阔浩渺的一个横断面。描述高维空间感的难处在于，置身于四维空间中的人们看到的空间也是均匀和空无一物的，但有一种难以言表的纵深感，这种纵深不能用距离来描述，它包含在空间的每一个点中。关一帆后来的一句话成为经典："方寸之间，深不见底啊。"[11]

但克拉克小说中的崇高感，保留着康德的超验性的界定，即在崇高的感受之中，精神的力量压倒感官的具体经验。在这一点上，刘慈欣显示出与克拉克的不同。克拉克的世界在描写无限的未知时会着意留白，保留它的神秘感，使之带有近乎宗教的先验色彩。如《2001：太空漫游》（2001: A Space Odyssey）写到打开星门的一瞬，对那个奇妙宇宙的描绘，止于主人公的一声惊叹："上帝啊，里面都是星星！"[12]这近乎神性的语言，或许回响着康德传统下的大写宗教理性，这在刘慈欣笔下很少看到。与克拉克相比，刘慈欣采取的描写方式更具有技术主义的特点，但这会使他在惊叹"方寸之间，深不见底"之后，进一步带我们深入宇宙（比如奇异的"四维空间"）中去认知它的"尺寸"。在描写的链条上，这样的层层递进产生一种异乎寻常的力量，他在与无形无限搏斗，试图想要把一切都写"尽"。或者说，他不遗余力地运用理性来编织情节，让他的描写抵达所能想象的时空尽头。用刘慈欣自己的文学形象来打个比方：他让"崇高"跌落到二维，在平面世界中巨细靡遗地展开。

在《三体Ⅲ：死神永生》中，刘慈欣描绘太阳系的末日。来自未知世界的高级智慧生物"歌者"，飞掠过太阳系边缘时，抛出一个状如小纸条的仪器——"二向箔"，它更改了时空的基本结构，整个太阳系开始从三维跌落到二维平面之中。太阳系逐渐变成一幅巨细靡遗的图画："二维化后的三维物体的无限复杂度却是真实的，它的分辨率直达基本粒子尺度。在飞船的监视器上，肉眼只能看到有限的尺度层次，但其复杂和精细已经令人目眩；这是宇宙中最复杂的图形，盯着看久了会让人发疯的。”[13]

这段描述，以及它给“观察者”（读者）带来的感受，可以用于描述刘慈欣的小说本身。他的科幻想象包容着全景式的世界图像，至于有多少维度甚至时空本身是否存在秩序，在这里并不重要。关键在于，它巨大无边，同时又精细入微，令人感到宏大辉煌、难以把握的同时，又有着在逻辑和细节上的认真。它的壮观、崇高、奇异，建立在复杂、精密、逼真的细节之上，可以说宇宙大尺度和基本粒子尺度互为表里，前者的震撼人心，正如后者的令人目眩。

来自刘慈欣的科幻世界中的逼真感与奇幻性的并存，或者说是凭借一种不折不扣的细节化的“写实”来塑造超验的“崇高”感受，打破了通常意义上的写实成规。文学上的写实成规，本来自有“模仿”（mimesis）传统之下建立起的与现实世界之间的对应关系，但刘慈欣的写作却可能有着一种不同的目的，在他的笔下，对科学规律的认知、揣测和更改本身，往往才是情节的基本推动力；而他的“写实”方式，即依循这些科学规律的变化而做出相应的细节处理，这有如在更改实验条件之下所做出的推理和观察。他的“写实”面向未知，但以严格的逻辑推演来塑造细节，由此创造出迥异于我们日常世界的“世界”。

比如设想一下这些物理条件下的宇宙和人生：《山》设想在某个遥远行星的内部有着一个封闭的“泡世界”，那里的智慧生物生存在半径三千公里的球形空间，他们仰望“天空”看到的只有固体岩石，“泡世界”的物理学家信奉密实宇宙论，刘慈欣所要处理的现实细节，是一代代的“泡世界”探险家如何通过不懈努力，来认知他们所在的宇宙的真相[14]。《球状闪电》写科学家发现“宏原子”，揭示出在这一新的物理规律下我们世界的面貌，“球状闪电”指向飘浮在另一个“宏世界”的原子，它们构成的最微小物质比我们世界中的整个星系还要巨大[15]。《微纪元》写人类面临灭绝性灾难，为了生存而修改基因，将自身缩小到几微米的大小，于是当太阳氦闪时在地层下面幸存下来，刘慈欣描绘出生动的“微世界”，其中的微人类身体几乎没有重量，他们生活也如儿童一般没有重量，这对于政治和伦理都发生影响，微纪元是无忧无虑的纪元[16]。

刘慈欣的两篇早期小说《微观尽头》和《宇宙坍缩》，以激进的科学推理为支撑，展示出的宇宙更加奇异，前者写夸克撞击之后，宇宙整个反转为负片，后者描写宇宙从膨胀转为坍缩的时刻，星体红移转为蓝移，但更不可思议的是，时间开始逆转，连人们说的话都倒过来了——在那个世界中，以上复述应呈现为这个样子：了来过倒都话的说们人连，转逆始开间时，是的议思可不更但……[17]这样的例子在刘慈欣的小说中比比皆是，甚至在《三体》这样的鸿篇巨制里，宇宙规律本身的更改也是支撑起情节的最主要支点。

在这个意义上，刘慈欣在细节上的写实恰是对于现实世界进行“实验性”的改写，在文学表现上怀有着与再现式的写实文学传统背道而驰的特点。这意味着强调出科幻小说作为“观念”或“点子”小说的特质，在这方面，刘慈欣比当代其他科幻作家或许更有自觉意识。我不想把这种艺术特征简单地归纳到“幻想”（fantasy）的范畴——“幻想”与现实之间的关联有着更加幽秘的路径，如博尔赫斯的“交叉小径”，但刘慈欣并非博尔赫斯式的作家。他对“世界”的把握，是“正面强攻”“毫不讨巧”的[18]，也是理性的。可以说他在科幻天地里，是一个新世界的创造者——以对科学规律的推测和更改为情节动力，用不遗余力的细节描述，重构出完整的世界图像。正是在这个意义上，刘慈欣的作品具有创世史诗色彩，他凭借科学构想来书写人类和宇宙的未来，还原了现代小说作为“世界体系”（the world-system）[19]的总体性和完整感。

在此认识基础上，值得再探讨“硬科幻”[20]的问题，即科幻想象需要建立在合理、坚实的科学话语基础之上。中国科幻界近年来开始流行“硬科幻”的说法，且不论是否真的有许多作家可以称得上“硬科幻”，在中国文学的语境中，这种吁求旨在打破此前科幻创作的意识形态色彩。如果回顾历史，我们不难发现，从晚清“科幻奇谭”到新时期的科幻小说，虽然让读者见识到从“贾宝玉坐潜水艇”[21]到“小灵通漫游未来”[22]的种种科技奇观，但这些描述往往将科学技术做对象化的处理，将其束缚在历史或现实决定论的寓言框架之中。有论者提出，过去的科幻有着“人定胜天”的乐观精神，宇宙的凶险在共产主义面前黯然失色，面对宇宙的未知已毫无悬念[23]。

但刘慈欣借以构筑世界的那些科学理论，在科学界也都属于“先锋”理念：从相对论到弯曲空间，从超新星到暗物质，从量子论到超弦理论，都在打破思维的决定论模式，设置出超越常识的可能性，推导出更加充满悬念、引入更多面对未知的精细推理。也就是说，“硬科幻”并不是定义性的科普解说，而是恰好相反，它打开了文本中更加丰富的可能性和差异性。“硬科幻”的奇观不是点缀性的，而是情节本身的逻辑依据，它与现代科学有着一致的精神，即在一定已知条件的基础上，探索未知的规律与世界的多重走向。在这个意义上，与克拉克相似，刘慈欣式的“硬科幻”最基本的情节模式其实也只有一个，即人与未知在理性意义上的相遇，而且他要将这个假想中相遇的过程精心记录下来。

在一个更曲折的意义上，刘慈欣的科幻世界延续着20世纪80年代以来的文化精神，这既是要回到主体源头的精神，同时也是面对世界保持开放性的想象。刘慈欣把“世界”作为可能性展示出来，面对崇高不止步于心存敬畏，而是要揭开世界与主体之间关系中的所有隐秘细节。相对于被他统称为“主流文学”的个人化或内向化、碎片化的当代文学——也就是面对“世界”而无法再把握其完整感，从而丧失了与之搏斗的主体精神的文学，刘慈欣本人这样赞美科幻的力量：“主流文学描写上帝已经创造的世界，科幻文学则像上帝一样创造世界再描写它。”[24]

三、弹星者与面壁者

我用“弹星者”和“面壁者”这两个形象来概括刘慈欣科幻世界中的两重意义：富有人文主义气息的理想精神，与应对现实情景的理性姿态。这两个瑰丽的文学形象也是他所创造的世界中最基本的“人物”或概念，其中纠结着科学与人文、宇宙与现实、外部与主体之间错综复杂的关系。

“弹星者”的形象出现在一篇题为《欢乐颂》的短篇小说中，刘慈欣描写宇宙间的高级智慧生物，来到太阳系，以我们的恒星为乐器，弹奏音乐，最后应人类的要求，奏响贝多芬的《欢乐颂》，乐曲以光速向宇宙传播[25]。

这个作品是刘慈欣创作的“大艺术”科幻系列的一篇。同一系列的另一篇小说《诗云》中，有着超级技术能力、视人类为虫子的外星人，在毁灭地球文明之际，意外地迷恋上中国人的旧体诗，于是化身为“李白”，穷尽太阳系的能量来创作、储存由所有汉字排列组合而成的一切“诗歌”（尽管这些诗歌百分之九十九以上都是无意义的汉字矩阵）。最终太阳系的能量被耗尽了，作为一切诗歌存储容器的“诗云”，处于已经消失的太阳系所在位置，变成一个崭新的星系[26]。

这两篇小说中的宇宙形象，在展现超人类的巨大尺度的同时，也包含着浓郁的人文色彩。外星人“李白”是坚定的技术主义者，自信以穷尽一切的技术能力可以“写”出古往今来以及未来所有的一切诗篇。但只有地球上的诗人、他的俘虏伊依，才能够判断什么是“诗”。外星人的技术主义最终成功，他制造出直径一百亿公里、包含着全部可能的诗词的星云，同时他却也失败了，因为他无法从这些“可能性”中得到真正的诗。

无论“欢乐颂”还是“诗云”，都体现出刘慈欣科幻世界中最高端的艺术形象，它兼有着人类不可企及的宇宙的崇高感与凭借艺术方式本身传达出来的人文主义信念。这一形象在科学和人文两方面，都是超越现实的想象力产物，它既令我们对头顶的星空产生无限敬畏，也对我们自身——人类文明保持理想主义的信念。我以“弹星者”来命名这一形象，也兼指其背后的想象主体。刘慈欣在《三体》系列中还描绘过另一种“弹星者”，那是通过弹拨自己的星球寻觅其他生物，贸然进入宇宙间残酷的生存斗争的“低等”智慧生物，如人类中的叶文洁、罗辑。但在我看来，进入我们星系弹拨太阳的“弹星者”，与不明宇宙真相的卑微、无知的人类“弹星者”，其实具有相似的秉性，他们或者是已经超越了隐藏欺骗的本能，或者还未失却人性的天真。他们的行为有着令人迷醉的光彩，因为几乎完全超越我们生活中的现实世界。他们所在的精神层面，是纯粹凭借物理规律和人文信念建构的理念世界或意境，其中没有那种视生存为一切要义的现实主义或犬儒主义的精神。“弹星者”的宇宙是光明的，弹拨太阳发出的声波中蕴藏着理想主义和浪漫主义的交响。“弹星者”，也是作为科幻作家的刘慈欣，呈现给读者令其陶醉的自我（创造者）形象。

但刘慈欣的科幻世界，还有另外一端迥异于“弹星者”的形象，几乎在一切方面都是浪漫主义和理想主义的反面：最有代表性的，就是他在《三体Ⅱ：黑暗森林》中塑造的“面壁者”。“黑暗森林”是刘慈欣对零道德宇宙的命名，即有限度的宇宙空间中，所有的生命存在，都处在你死我活的关系之中，因此为了生存，需要“藏好自己，做好清理”，即不可以暴露自己的存在，同时要毫不留情地打击已经暴露的其他文明。《三体Ⅱ》描写人类已经暴露自己的文明，即将面临黑暗森林的打击，联合国设计出战略性的面壁计划：“面壁计划的核心，就是选定一批战略计划的制定者和领导者，他们完全依靠自己的思维制定战略计划，不与外界进行任何形式的交流，计划的真实战略思想、完成的步骤和最后目的都只藏在他们的大脑中……面壁者对外界所表现出来的思想和行为，应该是完全的假象，是经过精心策划的伪装、误导和欺骗，面壁者所要误导和欺骗的是包括敌方和己方在内的整个世界，最终建立起一个扑朔迷离的巨大的假象迷宫。”[27]零道德的宇宙，看似与“弹星者”的光明世界完全不同，如同宇宙突然转为负片，一切皆转为狰狞残酷。其实两者应该有并行不悖的关系，从《欢乐颂》到《黑暗森林》，刘慈欣一直呈现出来的宇宙形象，本就是天地不仁的所在——弹星者来弹奏你的恒星，与你有何相干？但前者描写宇宙与人类是相互认知的对象，为人类保留有尊严的主体空间；后者却让宇宙整个地倾覆在我们的世界之上，危机产生，即在于主体地位的丧失，有道德的存在被卷入零道德的生存竞争之中，不得不屈服于来自外部的游戏规则。

在这个意义上，“面壁者”在宇宙中所处的位置是被动的，他所面对的世界对于主体有着无法抵抗的摧毁性。“面壁者”的生存，取决于降低道德自主性的犬儒思维，用欺骗和伪装加入宇宙的博弈之中。事实上，与“弹星者”高蹈的浪漫理想主义形象相比，“面壁者”具有鲜明的现实感。不仅在于“面壁者”在形势制约之下须采取现实主义的态度，而且这一形势本身与近代以来延至今日的政治现实有着直接的相关性。毋庸置疑的是，“黑暗森林”法则令人联想到中国被卷入“千年未有之大变局”后所被迫接受的那种现代知识分子视为天演之道的“社会达尔文主义”，后者对中国道德传统的摧毁，是中国知识界在向现代社会转型过程中丧失主体意识的一个重要原因。同时，处在危机之中的人类，赋予“面壁者”以专制的绝对权力，这也点出了博弈之中的反民主色彩，即在与敌人殊死较量中有能力并敢于挪动棋子的，只有那些熟悉新型世界秩序的“精英”。

如果说“弹星者”将读者带入广袤无边的宇宙之中，但其内在意义仍延续着古典人文信念，“面壁者”却是重新构筑起宇宙想象与现实世界之间的逻辑并行关系。《三体Ⅱ：黑暗森林》中唯一成功的“面壁者”是中国人罗辑，他是一个花花公子式的学术界“混子”，原本既无理想，也无斗志，但却在劣势之中出奇制胜。罗辑的成功是一番惊心动魄的经历，比起人类与外星势力之间正面战争的悲壮色调来，却更具有环环相扣的真实感。事实上，小说里并没有写到“战争”，人类在木星轨道建立庞大舰队，以英雄主义的姿态迎战敌军，却毁于三体世界送来的一颗“水滴”。但“面壁者”的博弈却于无声处改变了形势。罗辑悟出“黑暗森林”中的生存法则，或者说从自身的人性弱点出发，以此捕捉到宇宙中一切生命的“人性”弱点——博弈中的无穷无尽的猜疑链，注定了博弈的双方都会最终排除善意的可能。他明白这一点后，将与敌人同归于尽的做法当作博弈的筹码，最终威慑住三体世界。恰恰也正是在这种原本是弱势的情形之下，“面壁者”用非道德的方式——这包括让敌我双方的文明整体灭绝，由此重构了主体的强大攻势，但也真正地将人类从原本身在“黑暗森林”之外的天真汉，变成其中的一员。

“弹星者”和“面壁者”是刘慈欣科幻世界的两极，他并没有明显地对其中任何一种做出单一性的选择。这使刘慈欣憧憬宇宙的浩渺无限、展示给我们壮丽的时空画卷的同时，也保持着低调的务实和理性，不惮于在光明中揭示出黑暗的一面。他的作品中交集着这两种力量的冲突，这在《三体》系列中推动出波澜壮阔的情节发展。

四、三体世界

刘慈欣写作《三体》系列，用了五年的时间。随着《三体Ⅲ：死神永生》的完成，他创造出一个完整的世界体系，并将一切都写“尽”，抵达了时空尽头。《三体》系列是中国新科幻的巅峰之作，也是中国文学中罕见的史诗性作品。小说长达八十八万字，以众多的人物和繁复的情节描绘出宇宙间的战争与和平，以及人类自身对于道德的选择困境。刘慈欣在其中精心建构的“世界体系”充满惊人的想象力，严谨的科学推理令人叹服[28]，而小说情节发展中高潮迭起，令人手不释卷，而又发人深省。

如上文中已经引述的段落中所描述的那种不同维度的世界，无论是“方寸之间，深不可测”的四维空间，还是整个太阳系被二维化过程时壮丽而惨烈的景象，都使《三体》这部作品将中国科幻的想象力扩大到了前所未有的强度。刘慈欣对所有这些看似无法言传的景观，毫无保留地以全景细密的“写实”方式加以刻画，他的文字精准而结实，使幻想变得栩栩如生。面对这些壮丽的宇宙景观和精妙的物理设想，我想说的是，我在读完《三体》之后，有如刘慈欣本人读克拉克小说后那样，只想出门去看星空，那种感觉就像离开池塘见到了大海。

另一方面，科幻奇观的惊异效果取决于陌生化（estrangement），但前提仍是它所描绘的世界似曾相识。或者说，优秀的科幻作品在呈现惊人的“差异”（difference）同时，魅力仍部分地来自与现实之间的相关性[29]。刘慈欣的科幻小说能在科幻土壤贫弱的中国迅速获得众多读者，除了辉煌的科学想象之外，也在于他创造的世界有着读者可以认同的鲜活的历史感和现实感。刘慈欣的科幻世界与现实之间的连接点，在很大程度上是“中国经验”。

《三体》第一部中有一段精彩的情节：地球上的三体组织为了让人类理解三体文明面临灭绝的危难处境，设计出一套网络游戏，借用地球历史中的人物和事件，重构三体文明的样貌。在这套游戏中，我们一上来就遇到周文王，他正走在去朝歌的路上，自信已经获得三体恒星运行的规律，乱纪元快要结束，恒纪元马上就要来了。这个在小说中具有功能意义的隐喻性情节，在指向“差异”的同时，却是使用了我们熟悉的历史材料。“差异”点在于，三体世界有三颗恒星，运行没有规律，随时会使这个星系中的文明遭遇灭顶之灾。但此处表达“差异”的喻体，却是借用读者熟悉的中国商周历史，由此与现实世界之间发生另一种更直接的关系：“乱纪元”的意象借自史书记载的生灵涂炭的纣王时代，对“恒纪元”的预测脱胎于周文王倾心向往的太平世。在接下来另一层游戏之中，秦始皇时代制造出世界上第一台计算机，游戏的隐喻指向三体文明对恒星运行规则的大规模科学运算。但秦始皇的集权政治，是这台计算机能够运行的前提条件，因为计算机的运算部件是三千万听话的秦国士兵。

游戏的这两个层级不能代表刘慈欣全部的构想，这里举这两个例子，是为了说明《三体》叙述语法的一个独特而复杂的方面。情节层面对“三体世界”的隐喻表达，以历史（或现实）为材料，而在这之后，这些材料引向更为直接的现实感：三体是一个危机重重、灾难不断的世界，为了渡过危机，求得生存，三体文明走向高效的集权社会。最终当我们读到对那个孤独的1379号监听者在高度集权社会中感到生不如死的描写时，已经很难分清三体世界与现实之间究竟谁是喻体。这个在整个小说中唯一得到正面描写的三体人，与对自己的社会和物种感到绝望、最先发出信号将三体文明引向地球的叶文洁，互为映像。他对于地球美好世界的憧憬和爱护，与叶文洁对三体文明的盲目信仰如出一辙，都建立在对自身所处社会的不满之上。他们所处的世界也互相映现，“三体世界”真的与我们的世界有那么不同吗？

除此之外，在《三体》的情节中，有许多一望可知的现实因素：“文革”最高领袖指示、军队现代化、大国之间的角力。但更为关键的一点，仍是关于社会制度的解决方案：处在黑暗森林中的人类集体，需要的是民主还是集权？《三体Ⅱ：黑暗森林》中令人难忘的人物之一是军官章北海，他始终把自己的真实想法深藏不露，为的是在必败的太空战役中为人类保留最后的战斗力量。他的计谋使五艘星舰幸免于难，形成脱离地球的星舰文明。新文明诞生之际，章北海思考的是体制问题。大多数人认为应该保留军队体制，章北海反对，认为专制社会是行不通的。但当有人提出，星舰文明可以建成真正的民主社会时，章北海又摇摇头：“人类社会在三体危机的历史中已经证明，在这样的灾难面前，尤其是当我们的世界需要牺牲部分来保存整体的时候，你们所设想的那种人文社会是十分脆弱的。”[30]章北海的忧思在小说后来的情节进展中不断再现，例如《三体Ⅲ：死神永生》中写建立了威慑体系的罗辑，拥有绝对权力，引发人民的不满，他在人们心目中的形象从救世主变成暴君。关于这一情形，小说里有这样一段精辟的议论：

人们发现威慑纪元是一个很奇怪的时代，一方面，人类社会达到空前的文明程度，民主和人权得到前所未有的尊重；另一方面，整个社会却笼罩在一个独裁者的阴影下。有学者认为，科学技术一度是消灭极权的力量之一，但当威胁文明生存的危机出现时，科技却可能成为催生新极权的土壤。在传统的极权中，独裁者只能通过其他人来实现统治，这就面临着低效率和无数的不确定因素，所以，在人类历史上，百分之百的独裁体制从来没有出现过。但技术却为这种超级独裁的实现提供了可能，面壁者和持剑者都是令人忧虑的例子。超级技术和超级危机结合，有可能使人类社会退回黑暗时代[31]。

《三体》比刘慈欣的其他作品更具有深切的社会意识，小说中逐渐浮现出来的“宇宙社会学”，纠结在制度建构与人性道德的冲突之上，实际上也更为直接地将“中国经验”此时此刻的难题投放在整个宇宙的尺度之上。可以说，刘慈欣构思的“三体世界”尽管有上亿光年的时空，其实并不遥远。这部小说，起点是“文革”，终点是我们这个宇宙的终结，在这两点之间竟有着不可思议的逻辑关联。正是以这一现实情景为基点构想出的《三体》的宏大世界，明确地建立在道德追问之上：“如果存在外星文明，那么宇宙中有共同的道德准则吗？”更具体地说，《三体》中描绘了两个层面的道德：零道德的宇宙本身——更高智慧如“歌者”向太阳系抛出二向箔，使太阳系整个二维化，人类文明从此灭亡，我毁灭你，又与你何干？但刘慈欣着力去写的还有：“有道德的人类文明如何在这样一个宇宙中生存？”[32]这两种假想条件放在宇宙背景中，看似是空想，却深深地扎根在人被卷入历史困境时的切身境况之中。

《三体》中多次写到生死攸关的抉择时刻，关系到文明的兴亡，人性的存灭。这些时刻映现出与作者和我们都面对的历史现实息息相关的道德困境。《三体》第一部写“文革”中人与人之间的猜疑、迫害，使女科学家叶文洁对人类的道德感到绝望，她最先引来了四光年外三体文明的入侵，也发展出“黑暗森林”的宇宙道德模式，即所有文明之间的关系，是你死我活的战争。《三体Ⅱ：黑暗森林》写人类不得不屈服于这一模式，“面壁者”在此登场，将人类带入“黑暗森林”的游戏规则之中。其中还有另一段情节写逃逸到太空中的人类飞船，在给养不足的情况下，指挥官必须决定是否先发制人，将同路人消灭，以使自己幸存下去。这样的道德选择在后来的故事中有了结果：幸存者知道，进入“黑暗森林”的人已不再是人了。《三体Ⅲ：死神永生》的女主人公程心与叶文洁不同，始终保持着对生命最大的善意，她在三体文明入侵的那一刻，成为威慑三体文明的防御系统的“执剑人”，手握两个文明的生死大权，却最终因为内心的善良而失去行动力。但她充满不忍的放弃，并不能给人类带来善果，三体文明在瞬间开始打击地球。人类被迫迁移到澳洲，所有物质供给被截断，人类开始弱肉强食，自相残杀，程心在这个时刻失明，她不忍再看这个世界。

由此，刘慈欣的情节构思纠结在两个向度的道德上：一切为了生存的零道德，与有善恶之分的道德。他铺展的宏伟叙述，最终展现的情节走向，是有道德的人类（或任何生命）无法在零道德的宇宙生存下去。《三体》跌宕起伏的故事线索，是人类一次次凭借理想和理性为保存自身做出努力，最终“歌者”来临，黑暗森林打击到来。但刘慈欣让程心一直活了下去，她成为三体和地球文明的最后幸存者之一。这个存亡攸关的宇宙史诗之中，整个物种和世界的灭亡，与一个人的保存构成了平衡。

可以说，刘慈欣的小说中兼有着古典的浪漫人文理想与冷酷无情的博弈理性。在当代语境中，后者或许比前者更具有现实感。“黑暗森林”是宇宙尺度上的博弈论，它更直接地令人联想到“文革”以来人文理想越来越难以为继的社会情境。《三体Ⅲ》透露出的宇宙历史，是不断降低维度的过程，即从维度丰富的和平的“田园时代”，在宇宙战争中不断向十维、九维、八维次第减落。当太阳系与宇宙其他部分被降至二维后，那些强大的文明仍将继续将其降低到一维乃至零维。高维向低维的跌落，并非自然的宇宙过程，而是人为的结果，因为遵从“黑暗森林”原则的文明为了生存不惜以降低维度的方式打击其他文明。博弈的结局不是你死我活，而是鱼死网破。《三体》中有力量的人物都是现实主义者——叶文洁、罗辑、章北海、维德，他们在不同程度上将人类更深地带入“黑暗森林”之中，在生死攸关的时刻，他们会选择博弈，哪怕最终结果是同归于尽。

从刘慈欣把宇宙的初始状态命名为“田园时代”来说，不难看出他的“怀旧心理”。就在《三体》情节之中，同时展开的另一场“博弈”是理性与情感之间的较量。但面对压倒一切的生存问题，刘慈欣笔下的人物也许很难有怀旧的空间。服从“黑暗森林”的游戏规则，才能获得生存的权利。但刘慈欣仍留给我们另一个未曾叙说的想象空间：进入“黑暗森林”以前的世界，那个曾经存在的高维田园时代，是什么样的呢？也就是说，刘慈欣最终在“黑暗森林”和“死神永生”的宇宙（也就是零道德的宇宙）之外，暗示出降维之前的宇宙图景是和平的景象。

这一描写，近乎让人想到鲁迅给《药》的结尾增添“曲笔”，为了给人留有希望；但另一方面，这个暗示非常重要，它扭转了整个《三体》故事中一直在推动情节发展的“零道德”理论，也照亮了人类在认知宇宙零道德本质过程中的那些犹疑和不忍：叶文洁对人性恶的认知背后，本有着最富同情心的善良；罗辑成长为坚毅的“面壁者”，为的是以牺牲自己的方式来换得和平；章北海超越个人良知，不择手段地实行自己密谋已久的计划，但他在对其他星舰发起打击之前，心中最后的柔软使他有了几秒钟的迟疑，而最终丧生于太空；程心的天真与维德的凶残形成鲜明对照，但她与维德实际上能互相谅解；甚至灭绝太阳系的“歌者”，当得知整个宇宙都将要二维化的时候，也感到莫大的悲哀。

《三体》里没有绝对意义上的光明世界中的“弹星者”，所有的生灵都忙着应对变局，参与博弈，被形势拖着走，无限延伸的猜疑链使他们认一切存在为“恶”。所有人都是被动的“面壁者”，即便那看似威力无比的恒星灭绝者。但刘慈欣在希望之后写出绝望，又在绝望中透出希望：那田园时代的高维宇宙是否存在呢？这希望也许还是虚妄，因为小说中的人物不知道“大宇宙”是否能重新进入高维时代，甚至即便当高维宇宙再度出现之后，恐怕又会出现“黑暗森林”的局面，它将不可避免地再度被降维。

但以上我的假想并非小说情节的终点，“三体世界”故事的真正终结，收于对“写作”本身意义的显现。刘慈欣写到地球、太阳系、人类的终结，以至我们这个宇宙将要终结的时刻。当一切都终结以后，“未来”是完成时的，刘慈欣把他所有的叙述命名为“往事”。《三体》第一部出版时，封面印有“地球往事三部曲之一”的字样。《三体Ⅲ：死神永生》在开头有一段简短的叙述者自白，把后面的记述称为“时间之外的往事”，并说：“这些文字本来应该叫历史的，可笔者能依靠的，只有各自的记忆了，写出来缺乏历史的严谨。其实叫往事也不准确，因为那一切不是发生在过去，不是发生在现在，也不是发生在未来。”[33]

将未来命名为往事，将记忆从历史中分离出来，将写作放在时间之外；在此意义上的《三体》，回归科幻写作的意义。它打开通向“未知”的路径，其意义不仅在于对“现实”和“历史”的记录、解释和构建，更多的在于启示：仍有未曾发生的、时间之外的可能性。如《三体Ⅲ：死神永生》中那个“无故事王国的故事”，当一切都不可能的时候，仍“有可能”讲述故事，讲故事的人内心中有关切，所以无论他的故事多么凶险叵测，其实却有着焦灼的愿望，将“现实”的秘密告诉你的同时，仍要为了向你证明，他的“讲述”不只是为了追忆逝水年华，也是为了相信尚未发生的可能。“讲述”或“写作”，如《诗云》里耗尽太阳系的能量，存留下文字的世界，是在历史的喧嚣和现实的嘈杂之外，建立想象的空间。这想象的种子来自于心灵，可能如茫茫宇宙中的漂流瓶那样渺小而虚弱，但它以自己的存在赋予世界以意义。

在《三体》的最后，当轰轰烈烈的太空史诗走到尽头，大宇宙正在死灭之时，刘慈欣描述已经空寂的世界中一个宁静的场景：

小宇宙中只剩下漂流瓶和生态球。漂流瓶隐没于黑暗里，在一千米见方的宇宙中，只有生态球里的小太阳发出一点光芒。在这个小小的生命世界中，几个清澈的水球在零重力环境中静静地飘浮着，有一条小鱼从一个水球中蹦出，跃入另一个水球，轻盈地穿游于绿藻之间。在一小块陆地上的草丛中，有一滴露珠从一个草叶上脱离，旋转着飘起，向太空中折射出一缕晶莹的阳光。[34]

---

[1]“弹星者”与“面壁者”的形象均来自刘慈欣的小说，下文有具体分析。我在本文写作过程中，与严锋先生多次交谈，受到许多启发，特此致谢。

[2]这八部小说是《中国 2185》《超新星纪元》《球状闪电》《白垩纪往事》《魔鬼积木》《三体》《三体Ⅱ：黑暗森林》《三体Ⅲ：死神永生》。其中较早写作的《中国 2185》尚未在纸面媒体上发表。

[3]见刘慈欣《流浪地球》与《魔鬼积木·白垩纪往事》封面，武汉：长江文艺出版社，2008 年。

[4]王德威：《被压抑的现代性——晚清小说新论》，宋伟杰译，台北：麦田出版社，2003 年，第 329 至 406 页。

[5]关于英美六七十年代出现的科幻新浪潮，参阅 Adam Roberts, The History of Science Fiction (New York: Palgrave, 2005)，第 230 至 263 页。

[6]刘慈欣对这部小说进行过多次改写，这里所依据的是中国科幻网上登载的文本，见 www.kehuan.com.cn。

[7]这里借用“中国科幻基石丛书”主编姚海军的词语，姚海军：《写在“基石”之前》，刘慈欣：《三体》，重庆：重庆出版社，2008 年，第 1 页。

[8]吴岩、方晓庆：《刘慈欣与新古典主义科幻小说》，《湖南科技学院学报》第 27 卷第 2 期（2006 年 2 月），第 36 至 39 页。

[9]贾立元：《筑就我们的未来——90 年代至今中国科幻小说中的中国形象》，《北京师范大学硕士论文》，2010 年。

[10]刘慈欣：《SF 教——论科幻小说对宇宙的描写》，转引自贾立元：《筑就我们的未来——90 年代至今中国科幻小说中的中国形象》，第 36 页。

[11]刘慈欣：《三体Ⅲ：死神永生》，重庆：重庆出版社，2010 年，第 195 页。

[12]Arthur C. Clarke, 2001: A Space Odyssey (New York: The New American Library, 1968)，第 191 页。

[13]刘慈欣：《三体Ⅲ：死神永生》，第 413 页。

[14]《山》收入刘慈欣：《时光尽头》（石家庄：花山文艺出版社，2010 年），第 229 至 258 页。

[15]刘慈欣：《球状闪电》，成都：四川科学技术出版社，2004 年。

[16]《微纪元》收入刘慈欣:《微纪元》,沈阳: 沈阳出版社,2010年,第87至108页。

[17]《微观尽头》和《宇宙坍缩》收入刘慈欣:《微纪元》,第161至169页,第171至182页。

[18]这个意思借用自严锋为《三体Ⅲ:死神永生》写作的序言《心事浩渺连广宇》,刘慈欣:《三体Ⅲ:死神永生》,第3页。

[19]有关将小说定义为"世界体系"的观念,参见Franco Moretti, Modern Epic: The World-System from Goethe to Garcia Marquez (London: Verso, 1996)。

[20]有关西方科幻文学中"硬科幻"的定义和阐释,参见Kathryn Cramer,"Hard Science Fiction", in Edward James and Farah Mendlesohn eds., The Cambridge Companion to Science Fiction (Cambridge University Press, 2003),第186至196页。事实上,一般意义上的"硬科幻"仍有很大的协商余地,并非一定代表"科学主义",而经常反过来对"科学主义"进行挑战。

[21]贾宝玉坐潜水艇的情节,出自吴趼人:《新石头记》,上海改良小说社,1908年。

[22]《小灵童漫游未来》是叶永烈出版于1978年的科幻小说(北京:少年儿童文学出版社),曾创下三百万的销售纪录。

[23]贾立元:《筑就我们的未来——90年代至今中国科幻小说中的中国形象》,第36页。

[24]刘慈欣:《从大海见一滴水》,刘慈欣:《流浪地球》,武汉:长江文艺出版社,2008年,第277页。

[25]刘慈欣:《欢乐颂》,收入刘慈欣:《时光尽头》,第103至127页

[26]刘慈欣:《诗云》,收入刘慈欣:《微纪元》,第109至139页。

[27]刘慈欣:《三体Ⅱ:黑暗森林》(重庆:重庆出版社,2008年),第82页。

[28]当然这并不意味着小说中借用的科学理论都有可证实性。

[29]参见Adam Roberts, Science Fiction (London: Routledge, 2000),第7至12页。

[30]刘慈欣:《三体Ⅱ:黑暗森林》,第405页。

[31]刘慈欣:《三体Ⅲ:死神永生》,第100至101页。

[32]刘慈欣:《三体》后记,《三体》,第300至301页。

[33]刘慈欣:《三体Ⅲ:死神永生》,第1页。

[34]刘慈欣:《三体Ⅲ:死神永生》,第513页。

→选自《上海文化》2011年第3期

接触地外文明之后：刘慈欣的另一“猎场”——评《三体Ⅲ：死神永生》

文／穆蕴秋

地外文明的“幻想史”源远流长。这一题材的开山之作，最早可追溯到古罗马卢西安的两篇月亮幻想小故事《真实历史》和《伊卡罗曼尼普斯对话录》。随后，该题材便成为科幻小说家们操练想象力的必选曲目。阿瑟·克拉克、海因莱因、阿西莫夫、斯坦尼斯·莱姆，这些科幻小说史上熠熠生辉的名字，在该领地上都已矗立了属于他们的“丰碑”。但是长久以来，中国科幻小说在同类题材上，却没出现过什么有影响力的作品。

令人振奋的是，这一局面在2008年得到改观。随着刘慈欣《三体Ⅱ》的出版，一直在低迷中徘徊的中国科幻界，终于也等来自己的“丰碑候选”。新近出版的《三体Ⅲ》再次赢得一片赞誉。

从《三体》的整个构思来看，刘慈欣为“费米佯谬”提供的“中国解答”（黑暗森林法则），仍然是撑起整部故事的基石和支点。不过，在《三体》中供刘慈欣发挥想象力并不只有“费米佯谬”，他施展身手的还有另一块广阔的“猎场”——如果有一天外星人真的出现了，人类应该采取什么样的方式进行接触？

刘慈欣在《三体》中，构建了两条宇宙社会学公理：一、生存是文明的第一需要；二、文明不断增长和扩张，但宇宙中的物质总量保持不变。在这一冷酷法则的支配下，人类和外星文明的接触注定要充满杀戮和毁灭。

《三体Ⅱ》中，人类与三体文明进行了第一次正面交锋，面对倾巢出动、欲彻底侵入地球的三体文明，“面壁者”罗辑在最后关头参透黑暗森林法则，以同归于尽为要挟，最终换来了人类与三体之间短暂的妥协。相较而言，《三体Ⅲ》的接触过程要更加惨烈：孱弱女主角未能胜任保持两个宇宙文明间威慑平衡“执剑人”的重任，三体文明一度实现了对人类的短暂统治；之前流亡太空的“万有引力号”开启引力波广播，向宇宙发布了三体星系的坐标位置，太阳系的位置也随之暴露；在三体文明遭遇黑暗森林打击灭亡后，地球文明面对宇宙中看不见、摸不着的强大对手，试图做最后一搏，最后几乎完全毁灭。

在科幻小说中描写外星人的“恶”，当然是为了写出好看的故事。事实上，认为外星人可能“不怀好意”，也正是许多科学人士积极反对“接触”的主要原因。

对接触外星人可能性的探索最早始于19世纪，法国天文学家弗拉马利翁、英国优生物学创始人高尔顿、发明天才尼古拉·特斯拉和马可尼等人，都曾提出过和火星人交流的设想。1960年，美国天文学家德雷克发起搜寻地外文明的第一个实验项目“奥茨玛计划”，随后一系列后继项目延续至今。但在“科学至上”“技术至上”话语主导的局面下，很长一段时间里，寻找地外文明主要集中在技术可行性方面。至于另一个具有社会人类学意义的问题——如果有一天真的发现了地外文明，人类该怎么面对？却鲜有研究讨论。

直到1990年，意大利学者皮诺蒂在《航空学报》上发表了《接触：发布消息》，开启先河。

他认为，人类未来和宇宙中其他智慧的接触对民众行为的影响，不仅对全世界的社会学家和政治领导是一个挑战，而且也是一粒文化上的“定时炸弹”。如果不考虑后果，随意发布发现外星人的消息，民众可能产生的恐惧和慌乱所造成的大混乱所导致的毁灭性链式反应（从心理和社会两方面），会使得当前的社会彻底崩溃。他建议，阻止这一切发生的可行办法，是在发布消息之前，应该综合科学家、政治领导、智库和大众媒体的共同建议，形成一个长期战略，创造一种文化环境，让与外星文明的接触不会以一种糟糕的方式影响到人类。

尽管皮诺蒂颇有预见性，但对外星文明一直抱有美好的幻想。2010年，皮诺蒂提议主动向外星人发送一条口令为 ANSWER AND COME IN PEACE 的讯息。事实上，如果皮诺蒂此前看过 1990 年上映的好莱坞科幻电影 *Dark Angel: I Come in Peace*，在设计这一口令时可能就会再仔细斟酌了。影片中满怀恶意的外星人，悄悄潜入地球杀死人类抽取其大脑中的某种物质，作为他们需要的药物原料。

另一位是麦考德，他曾是 SETI（接受外太空信息计划）学会的长期主要成员，但在 2007 年他坚决退出，理由是意识到"主动接触不属于科学研究，它是蓄意激发外星文明进行回应的一种尝试，而我们对外星文明的能力、意图、距离完全一无所知"。同年，他出版了《接触外星文明：人类遭遇地外生命的希望和恐惧》一书。该书最富启发意义的无疑是，他做了一项前人未曾做过的工作：对人们寻找地外文明抱有的各种态度、与外星文明接触之前的各种准备及人类遭遇外星文明后所产生的各种后果，进行了系统细致的梳理和考察。

老实说，在《三体》后，再来阅读这类学术文本，总觉得很不得劲。除了可读性不够外，学术论文还存在先天的劣势——由于目前还没有获取到任何关于地外文明的直接证据，这使得学术中讲求的实证、分析、逻辑和推理那一套几乎全部失效。而科幻小说则可任由作者天马行空。或许，这也就注定了在"与地外文明接触之后"这块猎场上，科幻作家更容易成为高明的"猎手"。

→选自《文汇读书周报》 2011 年 4 月 6 日

创世与灭寂
——刘慈欣的宇宙诗学

文／严锋

步入 21 世纪，中国文学呈现出多元重组的震荡格局。主流文学分化转向，世代断裂，而类型文学则遍地开花，蔚为大观。其中，科幻文学走势强劲，大有重现 20 世纪 80 年代辉煌之势。其领军人物，便是来自山西娘子关发电厂的刘慈欣。这位被粉丝们亲切地称为“大刘”的电脑工程师，连续八年获得中国科幻最高奖项“银河奖”，其最新作品《三体Ⅲ：死神永生》更是一个月内销售突破十万册，打破了中国科幻小说的最高纪录。刘慈欣的世界，涵盖了从奇点到宇宙边际的所有尺度，跨越了从白垩纪到未来亿万年的漫长时光。他的作品既有惊人丰富的技术细节，又蕴含着深切的现实观照与人文情怀。从文学语言与技巧手法上来看，刘慈欣是一个深具浪漫气质的古典主义者，但其思想却具有惊世骇俗的前卫性。如果我们把他的作品放到一个更大的谱系中来观照，会发现他与主流文学处于既延续又背离的微妙复杂的关系中，而这些关系又恰恰对我们理解中国现代文学的特质、困境及其未来走向，提供了重大的启示。

一、从启蒙到超启蒙

从一开始，刘慈欣就被人视为硬科幻的中国代表。这是一桩吃力不讨好的活，在微小化、朋克化和奇幻化的当今世界科坛，相当不与时俱进。但他仿佛是下定决心要为中国科幻补课一般，执着地用坚实的物理法则和潮水一般的细节为我们打造全新的世界。这些世界卓然成形，栩栩如生地向我们猛扑过来。

如果我们在刘慈欣全部的作品中寻找核心词汇的话，“宏”必是其中之一。这不仅是字面的，比如他创造了一些独有的名词：宏电子、宏原子、宏聚变、宏纪元，“宏”更代表了一种大尺度、大视野的宏大视阈。刘慈欣偏爱巨大的物体、复杂的结构、全息的层次、大跨度的时间。从表面上看，这样的描写是为了制造“震惊”的效果，从心理上彻底征服读者。但是，在一个“躲避崇高”和消解宏大叙事的“小时代”，刘慈欣如何能够反其道而行之，重建崇高美学？在对传统的回归、潮流的反动和对读者的迎合之外，他又注入了何种新质，提供了怎样的新视野？

最早吸引我的刘慈欣作品是他的中篇小说《乡村教师》，这也是刘慈欣自己最偏爱的作品之一。一个极度贫困山区的平凡的乡村教师到了肝癌的最后时刻，他用微弱的生命的最后一点余烬，给小学生们上了最后一课，他想努力再塞给孩子们一点点数学知识，哪怕这些知识很可能对这些孩子的将来不会有一点点作用。这难道不就是刘醒龙《凤凰琴》的翻版吗？

突然，出现了这样的文字：

在距地球五万光年的远方，在银河系的中心，一场延续了两万年的星际战争已接近尾声。那里的太空中渐渐隐现出一个方形区域，仿佛灿烂的群星的背景被剪出一个方口，这个区域的边长约十万公里，区域的内部是一种比周围太空更黑的黑暗，让人感到一种虚空中的虚空。从这黑色的正方形中，开始浮现出一些实体，它们形状各异，都有月球大小，呈耀眼的银色。这些物体越来越多，并组成一个整齐的立方体方阵。这银色的方阵庄严地驶出黑色正方形，两者构成了一幅挂在宇宙永恒墙壁上的镶嵌画，这幅画以绝对黑体的正方形天鹅绒为衬底，由纯净的银光耀眼的白银小构件整齐地镶嵌而成。这又仿佛是一首宇宙交响乐的固化。渐渐地，黑色的正方形消融在星空中，群星填补了它的位置，银色的方阵庄严地悬浮在群星之间。

这后面的转折绝对是大家难以想象的。这个乡村教师的最后一点徒劳而可悲的努力，最终拯救了人类。他那卑微的生命，融入了一个在时间和空间上都极为壮阔的太空史诗。而这个教师的意义，也被发挥到了一个广袤的宇宙的高度，一个在非科幻文学作品中难以企及的高度。

我们一眼能够看到这其中的启蒙主题。事实上，无论是“五四”的启蒙运动，还是“文革”后的“新启蒙”，科学都在其中扮演了重要的角色。这跨时代的两场启蒙，都遭遇了危机与挫折。对前者而言，是“救亡压倒启蒙”。对后者来说，事情更加复杂：市场经济、消费文化、知识分子的边缘化，乃至西方知识界对启蒙的批判，都扮演了推手的角色。从20世纪90年代以来，中国文学作品中的启蒙主题，逐渐隐去。在这样的背景下，刘慈欣再回启蒙现场，意义非同寻常。

当然，我们也可以说刘慈欣和那些消解启蒙的人一样，都是企图超越启蒙。不同的是，他的方向恰好相反，因为这不仅仅是老调重弹，更把启蒙的意义超拔到不可思议的高度。在2007年中国国际科幻·奇幻大会期间，在女诗人翟永明开办的“白夜”酒吧，刘慈欣和著名科学史家江晓原教授之间有一场十分精彩的论辩。刘慈欣的旗帜很鲜明：“我是一个疯狂的技术主义者，我个人坚信技术能解决一切问题。”[1]在全世界敢这样直接亮出底牌的人不多，在中国就更少。刘慈欣举了一个例子：假设人类将面临巨大灾难，在这种情况下可否运用某种芯片技术来控制人的思想，从而更有效地组织起来，面对灾难。江晓原则认为脑袋中植入芯片，这本身就是一个灾难，因为这会摧毁人的自由意志，带来人性的泯灭。所以科学不是万能的，不是至高无上的，更不能解决所有的人类问题。

其实类似的论辩在中国早就有了。1923年2月14日，张君劢在清华园做“人生观”的演讲，认为人生观是“主观的、直觉的、综合的、自由意志的”[2]，而科学是客观的、分析的，所以无论科学怎么发达，都无法解决人生观的问题。此论一出，立刻遭到丁文江、陈独秀等人的迎头痛击，想那正是高举“赛先生”的时代，怎容得所谓“玄学鬼”的胡言乱语？从前看这段公案的时候，我对人单势弱的张君劢颇多同情，而对满口时代强势话语的丁、陈等人侧目以视。作为一个长期饱受人文主义思想熏陶的人，我也本应毫不犹豫地站在江晓原教授的一边，对刘慈欣的科学主义倾向大加挞伐。但是，刘慈欣看似极端的“科学至上”和“唯技术主义”的旧瓶子里面，其实已经装了很多的新酒。

刘慈欣所说的科学，是指一种更高级、更综合、更全面、更未来的科学。事实上，今日之科学，已非旧日之科学。近年来，随着脑科学、基因工程、进化心理学、量子物理学、宇宙学等尖端学科的进步，精神、人性、道德、信仰这些原先是哲学家、伦理学家、神学家、艺术家的专属论题，正日益受到科学家的强烈关注。彼携利器而来，科学会成为认识与解释世界的通用话语，乃至元话语吗？在一个碎片化的时代，传统的人文知识都在不断地分化消解，放弃全局性的视野，变得日益局部化。唯有科学，却开始呈现宏大叙事的渴望，或者说正在走向总体性。

我认为，科幻小说在中国的再度复兴，与这股强势的科学话语有着密切的关系。几年前我在评价刘慈欣的小说时说：“这个人单枪匹马，把中国科幻文学提升到了世界级的水平。”[3]。现在我想进一步补充的是：他不是一个人在战斗，他的背后有一个强大的话语场域，启蒙式微之时，又恰逢科学强势之日，这种反讽式的情境，再融入一个对中国来说还未充分发展的文学类型——科幻小说，其间的张力，我以为恰恰是刘慈欣小说爆发式流行背后不容忽视的重大动因。他站在一个难得的位置上，从科学的角度审视人文，用人文的形式诠释科学。他超越了传统的道德主义，以惊人的冷静描写人类可能面临的空前的危机和灾难，提出了会被认为是极其残忍的各种解决方案，但是我们将理解他对人性的终极信念。

二、从英雄到超英雄

刘慈欣的宏大美学，落实到人物身上，就是他作品中的英雄群像。从《乡村教师》中的乡村教师、《球状闪电》中的林云到《三体》三部曲中的持剑人，他们以舍己而救苍生的姿态出现，挺身反抗命运的暴虐，最终改写历史。这在晚近的中国文学中又堪称异数。在一个所谓的“后新时期”，凡人登场，英雄凋零，日常生活叙事渐成主流，英雄成为反讽与戏拟的对象，或蜕化为反英雄。主旋律文艺中即使依然在力推传统英雄形象，但也流于空洞僵化。在这样的非英雄化的背景之下，他笔下的英雄形象却赢得读者的广泛认同，这其中的契机为何？

刘慈欣的英雄，是一种跨历史的奇异复合体。在他们的一些人身上，依稀可以看到传统革命英雄人物的特征气质。这其中表现得最为明显的是《三体Ⅱ：黑暗森林》中的章北海。这是一个具有钢铁意志的中国军人，他对未来具有深邃的洞察力，对自己的使命具有坚强的信念，为实现目标不屈不挠，甘愿牺牲。从这些方面来说，他是从卢嘉川、李玉和到杨子荣的一系列传统革命英雄在太空时代的变体。刘慈欣无疑是具有某种革命英雄主义情结的，他说：“在过去的时代，在严酷的革命战争中，有很多人面对痛苦和死亡表现出惊人的平静和从容，在我们今天这些见花落泪的新一代看来很是不可思议，他们的精神似乎是由核能驱动的。这种令人难以置信的精神力量可能来源于多个方面：对黑暗社会的痛恨、对某种主义的坚定信仰，以及强烈的责任心和使命感等等。但其中有一个因素是关键的：一个理想中的美好社会在激励着他们。”[4]

但是我们再仔细看一下，这种英雄的变体还是与传统革命英雄有关键性的差异，那就是刘慈欣提到的“平静和从容”。事实上，传统革命文学中的英雄并不那么淡定，他们往往语调激昂、情绪高亢、热血沸腾，而这些情感化的心态在刘慈欣那里几乎了无踪迹。他的英雄几乎都是冷酷英雄。章北海在判断人类在与三体人的战争中必然失败后，就开始精心策划他的太空逃跑计划。这种逃跑比正面抵抗更艰难，更需要坚忍不拔的毅力。在此过程中，他必须直面无边的黑暗，忍受绝顶的孤独。他还必须不动声色地除掉一切挡在前面的障碍，包括无辜的战友。

这种情感的零度，其实也是从20世纪80年代的寻根文学、先锋文学到90年代的新写实小说的核心叙事风格。像汪曾祺和阿城这样的作家，已经开始远离“五四”文学和革命文学中的激情，以平和克制的笔调展现人物的命运。在杨争光和余华的作品中，叙事者不动声色地展现残酷的人生，呈现出“无我”的境界。而刘震云和池莉等人的新写实小说，则是以看似麻木的态度，将生活中的死水微澜的状态冷静展现。

把刘慈欣放到“文革”后文学的这一冷酷叙事的脉络上，初看起来仿佛风马牛不相及。论者多认为刘慈欣深具古典主义和浪漫主义雄浑瑰丽的特质。他自己也认为深受俄罗斯文学的影响，“我整个语言风格，就是俄罗斯文学那种很沉甸甸的、很土里土气的，而且很黏滞的那种语言，追求一种质感。”[5]但是，在华丽的细节和繁复的铺陈造成的厚重感之上，依然有着刘式的精确、冷静与超然。在《三体Ⅰ》中，有一个骇人的屠杀场景，叛军乘坐的“审判日”号被看不见的纳米线切割解体：

审判日号开始散成被切割的四十多片薄片，每一片的厚度是0.5米，从这个距离看去是一片片薄板，上部的薄片前冲速度最快，与下面的逐级错开来，这艘巨轮像一叠被向前推开的扑克牌，这四十多个巨大的薄片滑动时相互摩擦，发出一阵尖利的怪音，像无数只巨指在划玻璃。这令人无法忍受的声音消失后，审判日号已经化做一堆岸上的薄片，越向上前冲得越远，像从一个绊倒的服务生手中向前倾倒的一摞盘子。那些薄片看上去像布片般柔软，很快变形，形成了一堆复杂的形状，让人无法想象它曾是一艘巨轮。

刘慈欣的冷静与上面提到的其他新时期作家不同，更多地来自一种技术化的倾向。科学本身就是“零度”的，当冷静的科学理性与热烈的人文关怀叠加在一起的时候，它们并不相互取消，而是相互激荡，形成更为丰厚的复调之声，这也是刘氏美学的核心所在。

再回到“白夜”酒吧。在争论到白热化的时候，刘慈欣指着身边的《新发现》女记者，问江晓原："假如人类世界只剩你、我、她了，我们三个携带着人类文明的一切，而咱俩必须吃了她才能生存下去，你吃吗？"[6]这是一个富有启示性的问题，也是刘慈欣作品中的英雄不断面临的抉择。刘慈欣几乎是"残忍"地把他们推到那些极端的场景，让他们面对世界的终极困境。在疯狂的"文革"时，人性最沦丧时，我们可以向外星人发送信号，向他们求救吗？这是《三体Ⅰ》中叶文洁面临的难题。《三体Ⅱ：黑暗森林》中，罗辑冒着毁灭人类的危险，在太阳周围布下足以发布三体星系坐标的大量核弹，以此威胁阻止三体人的入侵，这样做是道德的吗？我们看到，从这里开始，刘慈欣已经远离了传统的革命英雄主义，开始走向黑暗的宇宙之心，却依然可以听到遥远的革命精神的回响。因为，为了总体而牺牲个体，为了目标而不择手段，这依然可以视为过去的革命逻辑的极端展开。

也正是在这个意义上，英雄成为超英雄。他们必须具有超人的意志，超人的智商，超人的手腕。他们拯救的不仅是一个国家，而是整个地球，甚至整个宇宙。如果说，狂人在中国文学中是从鲁迅那里开始出现的，那么，超人则是从刘慈欣那里开始的。

这样的超英雄既不是天生的，也不是一次性完成的。在这些超英雄身上，也依然有着反英雄的影子。林云是个任性偏执的姑娘，罗辑是个不学无术的浪荡子，程心是个优柔寡断、菩萨心肠的琼瑶式人物，成为英雄甚至不是他们的本意，关键在于他们偶然被卷入世界的危机，危机背后是宇宙的逻辑。当宇宙在他们面前徐徐展开，人类一下子显得那么渺小，他们的悲欢离合那么的微不足道。

这是中国文学中罕见的视角。也正是在这个意义上，刘慈欣对被奉为金科玉律的"文学是人学"的说法提出了质疑："在文学史的大部分时间里，人类文学其实一直在描述人与大自然的关系，而不是人与人的关系。各民族古代神话中神的形象其实是宇宙的象征，而其中的人也不是真实历史意义上社会的人。文学成为人学，只描写社会意义上的人与人的关系，其实只是从文艺复兴以后开始的，这一阶段，在时间上只占全部文学史的十分之一左右。所以，传统文学给我的印象就是一场人类的超级自恋，文学需要超越自恋，最自觉做出这种努力的文学就是科幻文学，科幻文学描写的重点应该是人与大自然的关系，科幻给文学一个机会，可以让文学的目光再次宽阔起来。”[7]

从“五四”的感伤主义到革命的浪漫主义到20世纪90年代的新写实主义，这不也正是一个努力超越自恋的过程吗？刘慈欣带着他的宇宙视阈，为这个趋向增添了独特的维度。

三、超越宗教

当刘慈欣把目光投向宇宙深处，他同时也就引入了信仰的问题。他的作品中有丰富的宗教指涉与隐喻。他甚至直接使用“上帝”“神”这样的字眼，但其意义却与传统的宗教有很大差别。刘慈欣是一个坚定的无神论者，他所说的“神”，通常就是指文明层级高于人类的外星人。这些“神”掌握着人类难以企及的梦幻科技，可以穿越时空，操控物质，甚至生死而肉骨，仿佛具有神一样的能力。那么，这种“科学神”与传统的神有什么样的区别呢？

与基督教宣扬的“神爱世人”截然相反，这些“神”毫无爱人之心，他们视人类如草芥。在《吞食者》中，高等文明吞食帝国的使者大牙干脆毫不客气地把人类称为“小虫虫”，并计划把人类作为家畜圈养。他们也会给人类创造一个相对宽松的饲养环境，听听音乐，吟诗作画，但这只是为了确保人类肉质的鲜美。

这是一幅异常黑暗的宇宙图景。刘慈欣告诉我们，宇宙深处没有一丝一毫拯救的希望。在《三体Ⅱ：黑暗森林》中，他别出心裁地设想了一门“宇宙社会学”，设定两条宇宙公理：“第一，生存是文明的第一需要；第二，文明不断增长和扩张，但宇宙中的物质总量保持不变。”这两条公理可以视为达尔文“物竞天择，适者生存”的进化理论的宇宙版本。在更加宏观的尺度上，在其展开过程中，就其淘汰的规模而言，宇宙进化论远比达尔文版更加惊心动魄。“神”那种“毁灭你，与你何干”的漫不经心的态度，直刺建立在长期的人类中心主义之上的自恋情绪，也呼应着“天地不仁，以万物为刍狗”的东方世界观。

刘慈欣小说中经常出现类似末日审判的场景，审判过后人类无一升入天堂，而是集体面临地狱的命运。《赡养上帝》是他把“上帝”表现得最仁慈的作品了。“上帝”们在创造地球和生命之后，经过漫长的岁月，其文明也衰落老化，不得不降临地球，向人类乞求庇护和赡养：“我们是上帝，看在创造了这个世界的分儿上，给点儿吃的吧——”人类一开始还善待创造了自己的“上帝”，但发现他们毫无利用价值后，便数典忘祖，犹如虐待老人的不肖子孙，令“上帝”狼狈而伤感地离去。这部引人发噱的恶搞小说，充分体现了刘慈欣幽默的一面，但却更是以科幻的形式，用另类的上帝形象，呼应了尼采“上帝已死”的宣告。

那么，在刘慈欣的宇宙中，就留不出一丝信仰的空间了吗？并非如此。我们看到，在他的小说中，还有一种神的隐秘形象，那就是——人类自己！《三体Ⅲ：黑暗森林》中的程心，是一个善良柔弱的普通女子，她被命运一次次推到力不从心的位置：替人类选择命运。不幸的是，她一次次地没有能够保护人类，而促成她失败的原因恰恰是她对人类的爱。因为她的失败，地球沦陷，人类惨遭三体人奴役，程心因伤心自责而双目失明，并自我放逐，作为赎罪。而正是在漫长的救赎中，程心不仅拯救了自己，也拯救了人类。小说明显地把程心塑造成某种意义上的圣母，而她怀抱婴儿的形象也强烈地暗示了这一点。但这个圣母，并非天定。程心自己说：“我要对相信上帝存在的人们说，我不是它选定的；我也要对唯物主义者们说，我不是创造历史的人。我只是一个普通人，不幸的没有能够走过一个普通人的生活道路。”

这是一条内在的超越之路，颇有些“内圣外王”的中国意味。但是刘慈欣并没有简单地把爱、善、责任视为包治百病的灵丹妙药，而是将其视为一个艰难曲折甚至是充满失败的过程。在这条道路上，只有经过炼狱的灵魂才能得到真正的拯救，这是人之上升的唯一途径。人性即神性，人是人自身的救主。

在外部的宇宙中刘慈欣也预留了信仰的空间，这不是某个人格化的“神”，而是宇宙本身。在一篇名为《SF 教——论科幻小说对宇宙的描写》中，刘慈欣写道：“宏伟神秘的宇宙是科幻小说的上帝，SF 教的教义如下：感受主的大，感受主的深，把这感觉写出来，给那些忙碌的人看，让他们和你有同样的感受，让他们也感受到主的大和深，那样的话，你、那些忙碌的人、中国科幻，都有福了。”SF 是科幻小说的英文简称，在这里，刘慈欣把科幻小说的意义推倒一个信仰的高度。在许多小说中，刘慈欣格外钟爱“流浪”这个意象。当然，他小说中的流浪也是在宇宙的尺度上进行的。《流浪地球》是当地球人发现太阳即将爆炸后，把整个地球改装成一艘巨型飞船，离开太阳系去寻找自己新的家园。在《赡养上帝》中，“上帝”劝告人类早日离开地球，否则难逃灭顶之灾。在《三体Ⅲ：死神永生》中，程心更是流浪到宇宙与时间的尽头。在这里，流浪是向外寻找宇宙，从中发现与拓展人类生存的意义的核心象征。加上人的内在的自我完善，这正是一个宇宙版的内圣外王之路。再加上科幻小说这一本质上也是创造的诗学空间，我们就获得了一个刘慈欣式的“三位一体”。

当然，这只不过是幻想，只不过是神话。可是，说到神话，这难道不正是我们这个时代的奢侈品吗？系统性的史诗与神话一直是中国文学的弱项。在遭受后现代文化的洗礼之后，我们的作家更如获至宝，把缺失视为强项，鄙视宏大叙事，消解终极追问。我珍视刘慈欣的作品，也因为他逆流而上，发扬理性主义和人文精神，为中国文学注入整体性的思维和超越性的视野。这种终极的关怀和追问，又是建立在科学的逻辑和逼真的细节之上，这就让浩瀚的幻想插上了坚实的翅膀。

当尼采向世界发出“上帝已死”的宣告，一些价值解体了，但另一些依然存在。旧的神话消失了，新的神话依然在不断诞生。人类从来没有停下追赶神话的脚步。我们惊奇地发现，在一个崭新的世纪，无尽的宇宙依然是无尽的神话的无尽的沃壤，而科学与技术已经悄然在这新神话中扮演了越来越重要的角色。刘慈欣对宇宙结构的想象，已经开始涉及时间的本质和创世的秘密，但看得出，他是有意与西方的神话保持距离，走一条新的中国神话的道路。这是前所未有的工作。关于宇宙之始、之终、之真相，他猜了，他想了，他写了。至于这是否正确，这已经不重要了。虽说人类一思考，上帝就发笑，可人类如果不思考，上帝连发笑都不屑。

---

[1][6]刘慈欣、江晓原:《为什么人类还值得拯救》，载《新发现》2007年第11期。

[2]张君劢：《张君劢集》，群言出版社，1993年，第96页。

[3]刘慈欣：《流浪地球》，长江文艺出版社，2008年，第3页。

[4]刘慈欣：《理想之路——科幻和理想社会》，载《星云》2001年第1期。

[5]黄永明:《每一个文明都是带枪的猎手——专访科幻作家刘慈欣》，载《南方周末》2011年4月20日。

[7]刘慈欣：《重返伊甸园——科幻创作十年回顾》，载《南方文坛》2010年第6期。

→选自《南方文坛》2011年第5期

科幻引领我们远瞩天际

文/李金山

我想到了王小波的一篇文章，专门谈科幻电影的，但具体名字想不起来了；回去翻了下《王小波全集》，题目是《中国为什么没有科幻片》（1997 年 1 月 2 日《戏剧电影报》）。当时的中国没有科幻片，科幻小说在今天也属稀有物种。刘慈欣科幻小说的先锋性，一点都不亚于 20 世纪 80 年代的先锋小说。文章的头一句说："王童叫我回答一个问题：为什么中国没有科幻片。"前几年在一次采风活动中，我专门采访过王童，据王童介绍，当时的情况是这样：他当时任《戏剧电影报》编辑，王小波是报纸的专栏作者，他约王小波写命题作文，于是就有了这篇文章。

《流浪地球》的出版时间是 2008 年。书的附录二有"获奖列表"，列表内容显示：刘慈欣几乎把中国科幻银河奖承包了，1999 年—2006 年，他每年都获此奖。另外，刘慈欣的小说还获过赵树理文学奖，具体说是"赵树理文学奖・儿童文学奖"。在中国科幻好像是儿童的事情，顶多是大学的低年级学生。昨天和慈欣聊天，他说他的小说的读者，主要是初中生、高中生，以及大学的低年级学生。这和外国的情况不一样，据说国外的科幻业是个大产业。上大学的时候我们看过老美的科幻片《苍蝇》，片中某科学家试图将自己通过电缆传递出去，可是实验舱里混进了一只苍蝇，这样经过传递的科学家就混合了苍蝇的基因，科学家于是逐渐地变成一只巨型的苍蝇。看过以后感觉很是恶心。但可以感觉到编剧和导演的认真，一点都不迁就儿童观众，完全是给成人拍的片子。最近的《阿凡达》也是这样。王小波的时代我们国家还没有科幻片，现在有了，而且很多，但全都在儿童频道，这是很可怪的事情。我们的成人观众通常不看儿童频道，所以通常也是不看科幻片的。但外国的科幻片除外，看《阿凡达》的几乎全是成人。

王小波的文章中说："所谓科幻，无非是把时间放在未来的一种题材罢了。"就这种题材的本质来说就是，故事要在完全的未知当中展开。又说："当然，要搞这种电影，一些科学知识总是不可少的……要是没有科学知识，编出来也不像。"科幻电影如此，科幻小说也如此。刘慈欣是电脑工程师，他有理科的教育背景，他的科幻小说，跟这个关系很大。

20 世纪 50 年代，C.P. 斯诺（C.P.Snow）先生逐渐变成了"一名身份难以确定的公众人物"，因为人们发现他似乎"有资格对无论什么问题发表他的见解"。他成了一个万能知识分子，对任何问题都可以发表看法。为什么呢？因为他有这样的经历：一度供职于著名的卡文迪许实验室的斯诺，因为一桩意外事件弃理从文，改行写起了小说。有段时间，这位物理学家兼小说家在科学圈与文学圈之间自如游走。这种事情理工科的学生容易做到，在座的就有两位，一位当然是刘慈欣，另一个是作家手指，手指大学是念物理学的。但还从没听说哪个文科出身的小说家，哪天突然写小说写腻了改行去研究物理学。那些日子对斯诺先生影响深远。1956 年，斯诺在《新政治家》杂志上发表了题为《两种文化》的文章；三年后，在剑桥大学一场名为《两种文化与科学革命》的演讲使他彻底声名大噪。

所谓"两种文化"，即人文文化和科学文化。这个我们最能理解，因为我们的高中有文理科之分，两种文化的分别大致来说，就是文科和理科的分别。斯诺在演讲中说："西方社会的智力生活已经日益分裂为两个极端的集团。一极是文学知识分子，另一极是科学家……从柏林顿馆到南肯辛顿或切尔西就像是横跨一个海洋。……事实上，这样的旅行比远涉重洋还要艰难，因为越过数千里的大西洋，人们会发现格林尼治村的居民与切尔西人讲着相同的语言，而这两地的人又完全不能同麻省理工学院的人沟通，好像那里的科学家只会讲藏语。"有人将斯诺的演讲概括为：科学家应该读过莎士比亚，而文学家应该懂得热力学第二定律讲什么。——这种说法虽然粗糙却也形象生动。开这样一个研讨会，除了对刘慈欣表示敬意以外，对在座的非科幻小说家以及从事其他文学门类创作的作家，还有这样的意义：我们文科出身的作家，不必都去写科幻小说，但应该对科学有起码的常识，这样会避免很多低级错误。

王小波的文章中还说："除了要有点科学知识，搞科幻片还得有点想象力。对于创作人员来说，这可是个硬指标。这类电影把时间放到了未来，脱离了现实的束缚，这就给编导以很大自由发挥的空间——其实是很严峻的考验。真到了这片自由的空间里，你又搞不出东西来，恐怕是有点难堪。"科幻电影需要想象力，科幻小说同样需要想象力。未来的时间我们谁都没有经历过，在完全的未知当中，可以天马行空任意驰骋，但这种完全的自由，是对想象力的严峻考验。

《带上她的眼睛》中的"地航飞船"不是飞向外太空，而是潜入地球深处。当"地航飞船"发射时，吐鲁番盆地中央出现如太阳般耀眼的火球，大地被烧成了岩浆，岩浆沸腾着，激起雪亮的浪柱……这种想象超凡脱俗，让人惊愕不已。《乡村教师》中的开始是那么沉闷，读者这种东西让人绝望，直到出现这样的叙述："在距地球五万光年的远方……"这句话有如神谕，将读者从绝望中解救。作者在附言中说："不要被开头所迷惑，它不是你想象的那种东西。"作者用无趣和沉闷来迷惑读者，又用炫目的想象将他们拯救。如此等等。

刘慈欣具有理科教育背景，他的想象力瑰丽无比，他的小说还不仅如此，用严教授的话来说："但刘慈欣绝不仅仅满足于对技术的描写，而是自始至终都贯穿了对人类命运的深切思考。”这一点尤其难能可贵。科幻小说很容易陷入对科技的无限度描写，或者陶醉于幻想能力的炫耀。科幻小说应当有人文关怀，应当关心人类的生存状况，关心人类的前途和命运。

现实让我们紧贴地面，而科幻使我们远瞩天际。

2011年12月9日写于南华门东四条

从刘慈欣“地球往事”三部曲谈当代科幻小说的现实意义

文／纳杨

1970 年代末到 1980 年代中期，我国科幻文学曾有过一个爆发期。童恩正的短篇小说《珊瑚岛上的死光》以及他后来发表的一系列随笔和创作谈，如《谈谈我对科学文艺的认识》《创作科学幻想小说的体会》等文章，掀起了一股科幻小说的创作和阅读热潮。童恩正、郑文光、叶永烈等作家以优秀的创作实绩标明了科幻小说的发展方向，那就是摆脱科普文艺的束缚，以科学为创作手段，从细节逼真、人物塑造、情节安排等方面增强文学性，使科幻文学成为特色鲜明的文学门类。遗憾的是，这样的观点在当时并没有得到广泛认同，科学界以严肃的学术论争否定了科幻小说的文学性，要求科幻小说必须严格忠实于科学事实，应当以宣传科学、普及科学知识为中心价值。这场论争使得刚刚崭露头角的中国科幻文学迅速没落。[1]

三十年过去了，中国的社会、经济、文化等各方面都发生了巨大变化。在大力提倡科教兴国的背景下，人们重新认识到科幻文学的价值。中国科幻文学在坚守多年后终于再次勃发。2010 年 8 月，世界华人科幻协会成立大会暨首届全球华语星云奖颁奖大会在成都成功召开。四川省科普作家协会会长董仁威认为，中国科幻文学即将爆炸。以刘慈欣、韩松、王晋康、星河、何夕等为代表的新一代科幻作家，显示出旺盛的创作势头。70 后、80 后、90 后中青年科幻作家，形成了中国科幻文学强大的方阵。科幻作家、科幻史家郑军认为，今天，最优秀的那批中国科幻作品已经达到了世界水平。它们具有独立的创意、精巧的故事和纯粹属于中国人的视角。[2]特别是刘慈欣“地球往事”三部曲《三体》《三体Ⅱ：黑暗森林》《三体Ⅲ：死神永生》的横空出世，不仅在科幻界引起了强烈关注，更在全民阅读中掀起了一股“三体”热。

科幻小说必然与现实社会发生联系，不同于历史题材小说着眼于过去，现实题材小说着眼于现在，科幻小说更多地着眼于未来。美国当代科幻创始人雨果·根斯巴克把科幻写作的意义概括为：“用幻想去发掘科学能够带来的可能性。”[3] 这成为当代欧美科幻文学的传统，并延续至今。1950 年代末到 1960 年代初，英国科幻作家兼编辑家迈克尔·莫考克倡导把“科学”从物理、化学等纯自然科学扩大到包括社会学、心理学、语言学、宗教学、政治学等社会科学在内的所有科学领域，从而使科幻小说的张力加强，更富有文学性和社会道德感，产生了新浪潮科幻小说。莫考克甚至提出科幻小说应该以或表现，或隐喻，或象征现实生活为目的。[4]1980 年代出现的“赛伯朋克”重新估价科学对于科幻小说的意义，提出科幻这种一直被认为是描写未来的文类，其实描写的就是现实本身。[5] 通过简单回顾欧美科幻史上关于科幻小说与现实社会的关系的观点，我们不难看出，科幻小说与现实社会的联系在不断加强。

在我国科幻小说的最早一批研究者中，鲁迅在 1903 年出版的《月界旅行·辨言》中明确提出，科幻小说应该具有“经以科学，纬以人情”的文本构造方式[6]。在鲁迅看来，“科学小说”和其他小说一样，离不开对现实社会的观照，同时现实社会也是取之不竭的素材之源。[7]作为一个文学门类，科幻小说必然要与现实社会发生联系。我们常说文学作品要“深挖井”，要“接地气”，如果不与现实社会相联系，就如同空中楼阁，这样的文学将会失去存在的意义。优秀的科幻小说已经不满足于讲一个奇特有趣、闻所未闻的故事，更希望通过对未来世界的描述，反思过去，警醒当下。

“地球往事”三部曲中蕴含的深切人文关怀和对人类社会的深刻描写，很好体现了科幻小说的现实意义。“地球往事”三部曲完美融合了优秀科幻小说的全部要素：既有科普作品的严谨，又不沉溺于技术细节的展示；既有奇幻瑰丽的想象，又不是天马行空，而是基于科学理论和技术细节的艺术升华；还有引人入胜的故事情节和鲜明的人物形象。一部科幻小说能够做到这样已经很成功了，但“地球往事”三部曲走得更远。其中对人性的深刻挖掘和对全人类存在意义的终极思考使得它成了当代科幻小说创作的一座奇峰。

“地球往事”三部曲第一部《三体》把故事发生的时间设定在 20 世纪六七十年代，与现实社会产生重叠，其中有大量关于现实社会的描写，让读者仿佛置身于这个科学幻想故事之中。如果没有发现外星人的情节，小说完全可以看作一部现实主义作品。其中对于那段疯狂的历史及其影响有着深刻的思考，这种深刻思考直接演变为整个故事发端的精神根源。从现实社会出发，一步步发生、发展、演变，最后达到第三部的宇宙社会，这样的处理增加了科幻小说的现实色彩，也增加了可信度。“地球往事”三部曲的时间跨度长，内涵丰富，知识信息量可以说海量。整个小说就像一部人类生存史，对于今天现实世界的借鉴意义不可小视。科幻小说因其理性思维、幻想成分等与传统文学作品有着很大区别，其文学规律也有一些特性。但科幻文学归根到底还是一种文学类型，还是遵循着一定的传统文学规律的。所以本文主要从结构、人物和思想内涵三方面去解读这部作品，探寻其文学价值和社会意义。

宏大的整体构思为深刻内涵提供坚实的基础

现在长篇小说里的三部曲很多。有的是第一部出来，看这个题材有市场，就趁热打铁出续集。这样的三部曲更像是一个系列小说。也有的是一开始就有着整体构思的长篇小说，这样的三部曲一般来说都会有一条主线，第一部发端，从人物、环境、社会关系等基本层面为整个故事提供一个基础；第二部发展，主题内容渐渐展开，各色人物陆续登场，为第三部的大结局做铺垫；到了第三部，一般都会发生席卷了各方势力的大混战，终极毁灭后一切归于最原初的平淡。“地球往事”三部曲属于后者。

在这三部小说里，贯穿始终的主线就是地球危机。第一部《三体》，危机出现；第二部《黑暗森林》，地球找到了有效的威慑办法，双方进入制衡阶段；第三部《死神永生》，生存的压力最终导致双方同归于尽，更预示了整个宇宙的归零。于是，最终完成了从人类发现外星文明到最终结局的一个完整故事的叙述。小说故事涉及人类社会的方方面面，经济、政治、法律、科技……如此海量的信息，读起来却繁而不乱，细而不腻，所有信息都随着故事的发展而呈现。大到国家之间的明争暗斗和战略分析，小到普通老百姓的生存状况和心理活动，小说处理得有点有面，有详有略，结构精妙。

但三部小说之间的关系并不是平衡的。从人物相关性和故事发展时间段等方面来看，第一部和第二部之间的联系更紧凑些，第三部则稍微松散一些。就出版时间来说，前两部都是 2008 年出版的，第三部则是 2010 年出版，中间相距近两年时间。这段时间应该是作者对三体危机再认识和再思考的过程。第三部的想象较前两部更宏阔更深入，无论是时间还是空间上，都有了一个飞跃性的发展。而对文明在整个宇宙中的影响和人类道德在宇宙中的意义等问题的思考也有了一个飞跃性的发展。正如严锋在《死神永生》的序里所说的，《三体Ⅲ》在许多方面都超越了前两部。[8] 如果没有第三部，那么整个三部曲的价值至少会打七折。

作者的叙事能力非常强，营造氛围、铺垫伏笔、前后呼应、欲扬先抑等手法的运用，使得故事起伏跌宕、引人入胜。三部曲中，最惊心动魄的一幕，当属《死神永生》中第五部《掩体纪元 67 年，银河系猎户旋臂》这一小节。这一部分在整个三部曲中意义非凡，不仅因为它是整个三部曲中对外星文明的唯一一段直接描述，更因为它是对宇宙黑暗本质的具体表述。小说中对三体文明的描述始终是间接的，主要通过三体游戏和三体人与人类的对话来完成。而这一段中，有对歌者这一具体人物的心理描述，有对他所属的那个甚至没有取名的文明的描述。看似漫不经心的对话其实预示了宇宙的覆灭："歌者有些不安，'您这次怎么这样爽快就给我了？''这又不是什么贵重东西。''可这东西用得太多，总是……''宇宙中到处都在用。''是，到处都在用，可我们以前多少还是有些节制的，现在……'"他们说的"东西"是可以把三维空间降到二维空间从而达到毁灭目的的武器。这是一种运用宇宙规律打击对方的武器。而使用宇宙规律作为打击其他文明的武器的同时，也迟早会毁灭自我。这与人类社会目前面临的核危机相似，甚至几乎可以说人类社会就是小说中描述的黑暗宇宙的微缩版。虽然作者没有特别渲染和铺垫，而是平淡无奇地叙述出来，但我认为这是整部小说中最精彩的想象。在地球人与三体人之间接近白热化的对峙中，突然出现这么一段平静的叙述，不动声色地把整个银河系的覆灭，甚至整个宇宙覆灭的预示讲出来，读者读完后才幡然醒悟，对心灵产生的震荡是无与伦比的。

形象鲜明的人物形象推动故事发展

人物形象的塑造是传统文学的核心目标。而科幻小说中注重人物的心理描写和全面灵魂的塑造，是使科幻小说增强文学美感的重要途径。欧美科幻史上的两位著名科幻作家兼编辑美国的约翰·伍德·坎贝尔和英国的迈克尔·莫考克正是通过强调科幻小说应该用现实的手法描写超现实的题材，以塑造人物形象为中心，把科幻小说创作推上新的高度。

在"地球往事"三部曲里，作者塑造了几十个形象鲜明的人物，这些人物性格鲜明，相互之间构成一个关系网。处于关系网中央的是三个关键人物：发现三体人并把其引到地球的叶文洁，受叶文洁启发发现宇宙奥秘从而找到威慑三体人的方法的罗辑，还有始终以爱为行为标准但最终导致地球毁灭的程心。围绕着他们，出现了许多主要人物，对故事的发展都承载着各自的使命。比如第一部里，作为小说叙述线索的物理学教授汪淼，对叶文洁的人生观、价值观产生重要影响的记者白沐林、政治投机型学者雷志成、学者兼丈夫杨卫宁、极端环保主义者伊文斯等。警察史强是贯穿第一部和第二部的主要人物，在第二部里他成为罗辑的保护者。第二部中，积极进取却难逃失败命运的三位面壁者，信念坚定行为果断的军人章北海，代表普通人的三个退休老人。第三部里，主导阶梯计划的 PIA 局长托马斯·维德、深爱程心的传奇人物云天明、新新人类艾 AA 等，这些人物都有着鲜明的性格特点，对三体人的入侵有着不同的立场，代表着末日危机中人类所持的种种心态。

叶文洁是一个复杂的人物。一方面，正是由于她在天体物理学上的非凡成就，人类才得以与太空外的另一种生命发生联系，这是人类梦寐以求的事情；但另一方面，她联系外星人的初衷是为了毁灭人类，这与人类寻找外星生命的初衷是相悖的。可以说，她是集天使和魔鬼于一身的。更重要的是，正是基于她半生心血总结出的宇宙社会学公理和首先提出的猜疑链、技术爆炸两个重要概念，罗辑才能推演出宇宙的黑暗森林状态，而这在整个故事发展中起着决定性的作用。面对三体舰队的渐渐逼近，人类完全忽略了她的巨大贡献，只剩下怨恨。但一部分人对她是理解的，还有一部分人认同她的这种极端想法，于是才会有地球三体组织。整个故事建立在这样一个矛盾的基础上，从一开始人类就处在两种选择相互对抗的状态。对叶文洁本人来说，借外星人的力量毁灭人类的这种念头与她固有的道德观念是完全不相容的，她在向三体人发送信号并保持联系的过程中一直处于对自己的道德批判中。她在理性思考人性本质的同时，也理性思考自己的所作所为将对人类带来的后果。她有过短暂的动摇，但很快这种动摇就被她看到的人们的丑恶打消了。这种道德上的批判与自我批判不仅在叶文洁身上充分体现，也充满了整个人类的一次又一次选择中，成为整部小说的情感基调。

作者对她的态度也很复杂。一方面，对她在天体物理学方面的天分和对学问的孜孜追求是肯定的，对她性格中的善良和温和，是毫不保留地展示的，对她在那个极端年代里的悲惨遭遇也是充分体现的。这些使她成了“一位为孤独而伟大的事业贡献了一生的可敬的老人”[9]。但另一方面，对于她组织和领导地球三体组织的行为，是批判的。作者认为她对人性恶的一面的理性思考使她陷入了深重的精神危机，而正是这种精神偏执促使她成为地球三体组织的领导者。这样的态度也体现出作者在科技的进步和道德的维护之间的思考。在科技迅猛发展的今天，人们对待与人类道德相悖的科学技术一直是矛盾的。唯技术论者疯狂地沉溺在技术的进步中，而一旦技术发展超过了人们的道德极限，比如克隆技术、人兽杂交、基因技术等，就会受到强烈压制。但事实是，技术的发展必然会撞上道德的壁障，多数时候危险的并不是技术本身，而是其使用者。就像核能，作为替代石油的能源，它是公认的大趋势，但各国发展核武器，对全世界构成核威胁，就是对核能的过当运用。这是没有办法解决的。一项先进技术一出来，必然会有人把它用于威胁和破坏，这是人类本性中的劣根性造成的。所以，从某种程度上说，三体危机中，最可怕的并不是三体人，而是人类本身。

罗辑这一形象很有趣。《黑暗森林》里联合国主席萨伊对他的一段评价可以说基本概括了他的性格特点：“你有很多与一名严肃和敬业的学者不相称的行为：你做研究的功利性很强，常常以投机取巧为手段，哗众取宠为目的，还有过贪污研究经费的行为；从人品方面看，你玩世不恭，没有责任心，对学者的使命感更是抱着一种嘲笑的态度。你对人类的命运并不在意。”[10]而在他成为面壁者，被赋予拯救人类的重要使命的时候，他的第一反应是：我拒绝。在终于明白无论怎样都不能拒绝之后，他想到的居然是利用这个机会为自己创造一个安乐窝，好好享受最后的时光。但他有天文学和社会学双重学位，这是他最终能推演出宇宙黑暗森林状态，从而扭转时局的科学基础。而且，他的玩世不恭，在某种程度上也是他能够成功的条件之一，因为处在置身事外的角度才能看清整个世界，高度决定格局。而他对人类无所谓失望也无所谓救赎的态度，也使得他能抛开情感因素，冷静思考。这在末日之战那种混乱的时局下显得尤为重要。而对读者来说，这样一个人物是有着很强的吸引力的。他既有学识又不刻板，既对人类无情又信仰爱情，既坚定又逃避。他只对自己感兴趣的事情动脑筋，绝不会为拯救人类这样宏大的事情去伤脑筋。他是意志力极强的一类人，这也是近来国内外文学作品中承担重大历史责任的人物所具有的一个共同特点。

程心这一人物可以说是作者下了很大力气去塑造，并希望她能代表作者对人类爱的力量的信仰。但也因为这样的希望使得这个人物不够丰满，有些扁平。程心是一个对所有人都友善的人，因此也得到了所有人的喜爱。但是她对人的爱是普世的，在她心里装着对全人类的爱。她就是爱的化身。在面对危机时，作者甚至用圣母来强化她的形象。某种程度上说，程心这一人物形象更像一个象征，是作者表达思想的一个符号。

瑰丽宏大想象背后蕴含深刻思想

作者在第一部《三体》的后记中写道：“如果存在外星文明，那么宇宙中有共同的道德准则吗？往大处说，它可能关乎人类文明的生死存亡。”“我认为零道德的宇宙文明完全可能存在，有道德的人类文明如何在这样一个宇宙中生存？这就是我写‘地球往事’的初衷。”瑏瑡人类的生死存亡、道德，都是非常宏大的文学母题，在第一部里就把小说设定在探寻这类问题的各种可能性的层面上，构思不可谓不宏大。作者丰富的科学知识，为小说打下了坚实的科学根基，使得一切幻想都显得真实可信；作者对现代国际社会和人类本性的深刻思考，则使得小说中对未来地球社会的描写成为合理推演。第三部《死神永生》出现过一个地球演化数学模型，在取消生命选项后对地球表面形态的过去和未来进行了一次粗略的演化。整个“地球往事”三部曲就像是这样的一个超级数学模型，在选上了生命选项后对整个宇宙的过去和未来进行了一次模拟。

正像前面所说，作者对科技的进步是心存疑虑的，作者对人性的本质也是怀疑的。小说中描写危机来临时，全世界出现的各种思潮，逃亡主义以及全世界对其的严厉打击、失败主义、地球三体组织中的降临派、拯救派之争等，背后都蕴藏着人性自私、贪婪、虚荣等恶的一面。但这其中也有不屈服、勇于抗争的一类人，就像汪淼、史强、罗辑等，他们因为怀着对人类的最后一丝希望而努力。

面对黑暗的人类社会，作者也在寻求救赎的可能。小说对人类爱的力量的信念体现出作者深厚的人文关怀。程心这个人物代表了作者对人类爱的力量的信仰，表面上看，这个人物形象恰恰代表了爱的无能为力。有网友说，程心两次以爱的名义做出的选择扼杀了人类生的希望，最终银河系被吸入了永不停止的二维空间的黑洞，但她还活着。这是读者最不理解的地方。因为生存是文明的第一需要，这也是宇宙社会学的公理之一。当生命都不能存在的时候，爱还有什么存在的意义。其实，作者想要表达的并不是爱是生存的力量，而是爱是存在的意义，这就是作者为人类寻找到的一线生机。作者在第二部《黑暗森林》的结尾处就做了努力，希望爱能够救赎人类甚至宇宙。这种努力是通过罗辑和三体人的对话表达的。三体人对罗辑将人类迟迟没有看清宇宙的黑暗森林状态归结于人类有爱的观点是赞同的，但对于罗辑认为人类是宇宙中唯一拥有爱的种族的论断不认可。这个三体人承认三体世界中因为爱不利于文明的整体生存而被抑制在萌芽状态，但也认为爱的萌芽的生命力很顽强，会在个体上成长，应该鼓励爱的萌发和成长，为此值得冒险。“也许有一天，灿烂的阳光能照进黑暗森林。”这是三体人和罗辑共同发出的心愿，也体现了作者为人类寻找一线生机的努力。到了程心这里，爱被刻意加强了。在人类两次面临生死抉择的时候，作者都安排程心成为抉择者。第一次，程心被以联合国为代表的全人类选择成为执剑人罗辑的继任者，掌控威慑三体人的终极武器，也就是向太空发射三体星系坐标的引力波宇宙广播系统。她清楚地知道，一旦坐标发出，不仅三体世界会遭到毁灭，人类世界也迟早会因此毁灭。她的一个动作，引发的是两个世界的毁灭。更重要的是，她深深相信自己是守护者而不是毁灭者，她愿意用自己的一生来守护两个世界的平衡，正是这样的信仰使她同意成为罗辑的继任者。但三体人不这么认为。凭着对程心的准确分析，在罗辑交出控制权的那一刻，三体人就发起了进攻。程心当然没有足够的时间来应对这突发的变故，就算她有足够时间去考虑，也不会让自己成为毁灭者。人类开始了艰难的被三体人统治的时代。人类的悲惨状况让程心痛苦，但她仍然不后悔当时的选择。这一次，程心代表的对两个世界的爱败给了三体人的无爱。第二次，面对自己公司与全世界的对抗，程心不假思索地要求公司停止抵抗。因为在兽性和人性之间，她当然选择人性。但是这一决定把人类制造光速飞船的最后一条路堵死了，否则当打击来临时，人类还是会有一部分能够成功逃亡，不至于全部覆灭。这一次看起来是程心的爱截断了人类继续存在的最后一根稻草。但如果没有了爱，就算能够继续在宇宙中生存，人类还能算是人类吗？表面上看起来毁灭人类的可能还真是人类的爱，但没有了爱，人类也就不再是人类了。作者塑造程心这一人物的用意应该是在这里：爱不是宇宙中生存的力量，但却是人类存在的意义，是人类文明区别于其他文明的标志。

三部小说全部读完后，读者很可能会处于震慑状态，得有一阵才能恢复过来，甚至可能陷入矛盾挣扎无法自拔。正如《三体》中叶文洁给汪淼讲述外星文明探索过程中的感受："地球生命真的是宇宙中偶然里的偶然，宇宙是个空荡荡的大宫殿，人类是这宫殿中唯一的一只小蚂蚁。这想法让我的后半辈子有一种很矛盾的心态：有时觉得生命真珍贵，一切都重如泰山；有时又觉得人是那么渺小，什么都不值一提。"当看到宇宙也因为各个文明之间的生死争斗而难逃覆灭时，我就陷入了这样一种矛盾的状态。进而提出了一个问题：虽然小说中创立的宇宙社会学公理第一条便是"生存是文明的第一需要"，但是生存真的是最大的吗？能让读者产生这样的追问，证明作者创作的初衷达到了："有道德的人类文明如何在这样一个宇宙中生存？"相信每个读者心中都会有自己的答案。

小说中关于未来世界和宇宙的终极想象是作者对人类社会深刻洞察的结果。也许会有人认为，这样的想象还是基于人类社会的现实，不够"幻想”；也许还有人认为小说中对人类社会在面临生存危机时所做出的种种反应，过于简单化。但科幻小说的魅力就在于随着时间的推移，科幻大师们笔下的未来世界一一实现。就把这些问题留给时间去解答吧。

---

[1] 吴岩主编：《科幻文学理论和学科体系建设》，重庆出版社，2008 年。

[2] 董仁威：《中国科幻文学即将爆炸》，《中国当代科幻文学精选》序，四川人民出版社，2011 年。

[3][4][5][7] 吴岩主编《科幻文学理论和学科体系建设》，重庆出版社，2008 年，第 29 页，第 34、35 页，第 42 页，第 45 页。

[6] 吴岩：《科幻文学的中国阐释》，《2010 年度中国最佳科幻小说集》代序，四川人民出版社，2011 年。

[8] 严锋：《心事浩渺连广宇》，《三体Ⅲ：死神永生》序，重庆出版社，2010 年。

[9] 刘慈欣：《三体》，重庆出版社，2008 年，第 130 页，第 301 页，第 130 页。

[10] 刘慈欣：《三体Ⅱ：黑暗森林》，重庆出版社，2008 年，第 189 页，第 470 页。

→选自《当代文坛》2012 年第 5 期

从刘慈欣“地球往事三部曲”看当下科幻写作观念

文／高尔雅

一、科幻小说的核心观念

2008 年，长篇科幻小说《三体》的出版，让这位从事科幻创作近三十年的“硬科幻”派作家一举成名。该小说与此后出版的《三体Ⅱ：黑暗森林》《三体Ⅲ：死神永生》共同构成了“地球往事三部曲”这样一组鸿篇大作。

所谓“硬科幻”，是指以科学技术为塑造对象，以天文学、物理学、生物学、化学等自然科学为基础所结构出的科幻作品。与此相对的“软科幻”，则是以哲学、社会学、心理学为情节推动力而创作的科幻作品。

刘慈欣“硬科幻”代表作家的身份，某种程度上得益于其计算机高级工程师的工作背景。然而，在他初涉科幻文坛的 20 世纪 80 年代初，科幻文学正经历着一场姓“文”还是姓“科”的论争。从新中国成立之初，文学领域的“科幻”与“科普”始终被混为一谈，作家的首要创作任务被界定为传播科学知识。虽然这场论争无果而终，却使科幻文学遭到了主流舆论的一致抨击及出版发行的全线封杀。时至今日，我们回望中国科幻文学发展的历史与现状，对这场论争自然有着明确的答案。正如刘慈欣所主张的：偏向文学，而非注重宣讲科技，“就是想讲个好故事”。寻求为自己正名，与科普作家有所区别，这正是科幻小说作家立于文坛的真正姿态，也是使科幻小说脱离科普作品，成为一种独立类型的关键所在。

《三体》的问世，惊起了评论界一片波澜。有人赞叹：“《三体》居然像一本小说了。”这赞叹背后意味颇深。一方面可见此前的科幻作品在科技展示方面是多么有余，而在文学表达方面不足了。这种“有余”和“不足”，恰恰是科幻小说自成类型的最大障碍。另一方面，《三体》的确在叙事技巧方面尚不成熟，只是作为科幻小说，比此前作品有了较大进展。

刘慈欣的《三体》虽然在一定程度上纠正了此前科幻小说创作的偏误，但似乎对科幻小说中科技因素与文学性的关系问题上没有形成一种明确的判断。他曾把阿西莫夫的作品给一位小说编辑看，对方却回复说“这是初中生的水平”。这让刘慈欣非常不满和失望。事实上，编辑的回复并不代表批评界对科幻小说的失语或不公允对待，相反，这正凸显了科幻小说的两大核心——科技与幻想。诚然，阿西莫夫是美国科幻黄金时代的三巨头之一，曾提出科幻界著名的“机器人学三定律”，但其诞生于大半个世纪之前的作品，无论在科技水平还是幻想视野方面，都远远无法满足现代人的阅读需求，有些甚至不足以达到现代人的认知水平，如此作品，何来读者称道呢？

这场误会同时说明，当前批评界与科幻小说作家对话平台的缺失。一方面，当下中国科幻界以刘慈欣为一枝独秀，但可惜这位从事科幻创作近三十年的“老作家”既对当下批评原则不甚熟悉，也无法凭一己之力挑起“科幻小说”这杆大旗。另一方面，科幻小说也亟须批评界予以充分重视。刘慈欣所言非虚，目前学界对其作品颇加关注的，无非是吴岩、严锋等人，而这远无法满足科幻小说成熟发展的需求。

科幻小说的第三大核心，是伦理框架。这里的“伦理”并非一个确定的概念，而是取决于每部作品故事世界的各具特色的逻辑关系。这也是中国科幻小说的薄弱环节，刘慈欣在这一点上看得很清。他在《球状闪电》后记中一针见血地指出："中国的科幻作者创造自己世界的欲望并不强，他们满足于在别人已经创造出来的世界中演绎自己的故事，我们的科幻小说中那些世界都是熟悉的，只剩下故事了。"而故事首先需要独立的发生场景，继而在这一场景下生成独有的故事逻辑（即伦理框架）。实际上，一个缺乏独特、创新场域的故事，其本身的生命力必然大打折扣。

二、"地球往事三部曲"的反思

刘慈欣在近三十年的科幻小说创作生涯中，始终对五光十色的科技元素欲罢不能。这在造就了其作品"硬科幻"主打风格的同时，也制造了一个难题：小说中给故事本身预留的发挥空间如何保证？

综观其作品，不难看出，"就是想讲个好故事"的刘慈欣在此前的诸多中长篇里饱受幻想、伦理与科技三者间权重之争的困扰，它们被困在有限的篇幅与故事背景中，此消彼长，终不得圆满。直到"地球往事三部曲"问世，标志了刘慈欣为个人科幻创作找到了一条光明的出路。他抛开篇幅不看，挥毫泼墨九十万字，打破小说原有的囿限，让三种元素极量扩张，实现了更广义层面的平衡，力图将这个长篇小说系列打造成为一部宇宙史诗。

从幻想的角度来看，首先，故事发生的场景从面对外来入侵惶惶不可终日的地球扩张至整个星际舰队无处不在的银河系，继而矢量飞向不知尽头的宇宙边缘。尤其在第三部结尾，太阳系遭遇二维化攻击，逃离到太阳系边缘的人类看到了被压制成画的太阳系，不禁惊呼："天啊，星空！"如此奇观化的描写，正表明作者的精神视野全然超离出肉体无法规避的现实世界，进而以一种更广达的胸怀，将整个太阳系视作寄寓自己身心的家园，使这次毁灭性打击所造成的痛感远远超越人类文明消失的程度，而达到星系文明陨落的级别。这同时也是科技乐观主义者刘慈欣对科技迅猛发展时代人类自我膨胀心理的一次理性纠偏。

其次，故事时间由具体而短暂的公元纪年拓展开去，发展出危机纪元、威慑纪元、威慑后纪元、广播纪元、掩体纪元、银河纪元、DX3906 星系黑域纪元、647 号宇宙时间线等纪年方法，直到时间几乎失去意义，宇宙最终重新组合，时间清零。在冬眠技术加入和光速宇宙航行出现后，个体生命无限延续，活动范围无限延伸，时间的意义被彻底消解。“地球往事三部曲”中的时间，就像一条延展性极好的橡皮筋，在被无限拉伸之后，消失得无影无踪。与《三体》的稳扎稳打相比，后两部（尤其是《三体Ⅲ：死神永生》）在情节发展上显得有些迫不及待。起初几十年、上百年的冬眠时间，已经无法满足刘慈欣在史诗构架上的跨越需求。时空穿梭的强烈愿望促使作者不断安排角色进行“冬眠”，原本完整的故事脉络被若干次“冬眠”切割成碎片，致使角色拯救地球的艰辛努力也失去了应有的厚重感。随着时间跳跃幅度不断增大，《死神永生》的结尾已显出敷衍了事的意思。作者本意定非如此，而是要达到这样的效果：“18903729 年再加六个世纪以前的事，而那六个世纪在这漫长的地质纪年中已经可以忽略不计了。”

女主人公程心借助冬眠技术苦苦等待了六个世纪，却在最后一刻与心爱的人失之交臂，一千八百万年的时光在扭曲的次元中转瞬即逝，同类间的相互依靠取代了爱情，爱情的观念也随着时间被一同消解。诚然，放诸无垠宇宙，人生一世的短暂爱恋又何足挂齿呢？这种感叹和伤怀是囿于现世的人们永远无法企及的。然而正是细节处理粗糙，使深沉的哲思大打折扣。

刘慈欣力图建构的，是一个被称为“零道德”的小说世界。他努力挣脱现实世界中的伦理束缚，摒除特定的、先验的道德标准，突破传统道德观念，在小说世界逻辑的基础上，以绝对理性为原则，形成一套全新的伦理建构方案。达尔文主义的新的伦理道德产生，奉行新道德的人也被刘慈欣定义为“新人类”。新的伦理道德同样不是批判的对象。作者这种仅仅展示而不进行道德批判的创作理念，十分类似于与科幻小说一本同源的哥特小说。

随着空间与时间成几何级数扩张，刘慈欣建构出的小说世界以其宏大的规模和深邃的情感深深地撼动了读者。显然，这种撼动的力度似与时空扩张程度不足以成正比，究其根本原因，正是科幻小说文学化创作技法尚不成熟。

科幻小说在本质上区别于魔幻、玄幻的关键，在于科技元素的运用。这既包括基于最新科技成果而虚构出的高科技武器，也包括由科学原理发散开来的理论构想。尽管“地球往事三部曲”获得了口碑和销量上的双丰收，但它所代表的“硬科幻”由于其技术性特质，终究对作者和读者的准入门槛形成了严格限制。然而，这个门槛是必须存在的，砍倒它，就意味着砍倒科幻小说作为一种独立小说类型的学理支柱。门槛设定的高低，同时也是科幻作家确立自己方向的指引，科幻写作的未来值得期待，因为刘慈欣说：“伟大的科幻小说家，中国还没有。”

→选自《文学报·新批评》2013 年 6 月 27 日

刘慈欣：科幻隐喻文明忧思

文／王陌尘

文本结构：从两星到三星的运动

刘慈欣的《三体“地球往事”三部曲之一》(后简称《三体》)，让我有第一次看到毕加索绘画时的惊喜。它奇特的文本结构，把作品的创造性从对主题的拓展引向建构文本的新的思维方式，不仅为科幻小说也为主流小说文本形式的发展指出新的可能性。从这一点来说，刘慈欣可说是科幻小说发展史上的天才。

天才推动了人类文明跃迁式的大发展，儒勒·凡尔纳、H·G.威尔斯、罗伯特·安森·海因莱因等无疑是科幻小说发展进程中出现的为数不多的天才。当堂·吉诃德式的英雄乘坐潜水艇、飞船到海底、地心、太阳系开始“奇妙的旅行”（凡尔纳语）的时候，凡尔纳给科幻小说带来了有别于地球语言的太空语言。而H·G.威尔斯则第一个将科学转化成一个喻词，现实世界在对它的喻体未来世界的摹写中，获得更为深刻、复杂的隐喻意义。

科学是一部时间机器，时间旅行者乘坐它来到未来，遇到优雅却无能的地上人类和丑陋、噬血的地下人类，他们都预示着人类文明的失败。（威尔斯：《时间机器》）

克拉克把一块黑色的石板当作星之门，实现了时间的倒流和空间的塌缩。（《2001：太空漫游》）

莱辛用一堵神秘的墙隔开了日常生活和整个人类历史。（《幸存者回忆录》）

光年、黑洞、太空基地、光速飞船等太空语言早已成为科幻小说的日常语言，宏大叙述是科幻小说的常见技巧；虽然科学作为喻词总是改换面目出现，但它也成为转换叙述角度的一种技巧。

科学为人们提供了一个观察世界的新角度，也在同向度的思维模式中构筑出一道想象的窄门。

三体问题是古典物理学的经典问题，三个质量相同或相近的物体在相互吸引力的作用下将发生"永不重复运动"。刘慈欣《三体》的文本结构就是一次三体运动的文学建模。宇宙文明、三体文明（图谋侵略地球的外星文明）、地球文明像三个既自主运动又相互吸引的球体，进行着银河系般向外扩张的大三体运动。人类历史、文明进程和科学发展则是构成地球文明的小三体运动。"文革"虽只占了小说的一节，是人类历史中的一个特殊年代，但三体结构让这个"史无前例"的现象成为一道隐含答案的数学题，在不同层级的受害者、施暴者、背叛者写出的人性等号中，我们看到人性的罪恶无解。

《三体》的主人公叶文洁在"文革"中是一个受害者。她亲眼看到自己的父亲被四个红卫兵打死，而打死她父亲的红卫兵并不忏悔。她被自己的爱人背叛后九死一生。遇到外星文明后，叶文洁自己也成了施暴者。她当上了地球三体组织的统帅，把三体文明当作救世主。为了能帮助三体人占领地球，她直接或间接杀死了自己的同事、丈夫、女儿。叶文洁以地球拯救者的姿态背叛地球，为了自己的事业要让全人类做出"史无前例的牺牲"，她也不忏悔。三体式结构以立体化的聚合力对人性进行冷酷而真实的暴露，并由此透露出对文明彻底的绝望感，这种写作的力度是直线型叙述很难达到的。

三体推动力：被殖民民族的宇宙意识

借助科学推进器，将人类文明兴亡史书写到银河系的是艾萨克·阿西莫夫的《基地》系列。刘慈欣《三体Ⅱ：黑暗森林》《三体Ⅲ：死神永生》也是借写宇宙文明历程探究人类文明的恶疾，但前者讲的是人类为希望而战的故事，后者则是一部宇宙撒旦之书。

《三体Ⅱ：黑暗森林》描绘了宇宙存在图景宇宙黑森林状态："每个文明都是带枪的猎手，像幽灵般潜伏于林间……在这片森林中，他人就是地狱，就是永恒的威胁，任何暴露自己存在的生命都将很快被消灭。"显然，这个法则是从丛林法则推演来的，而达尔文物竞天择、适者生存的进化论则是其间唯一行之有效的公理。

《三体Ⅱ：黑暗森林》《三体Ⅲ：死神永生》描绘了一场想象奇特、场面雄奇的星际战争，并把发展到整个太阳系的地球文明置于必败的境地。和《基地》中出现了一个能预测未来、拯救文明的美国式英雄哈里·谢顿不同，《三体》中没有英雄。

地球拯救者罗辑、程心等总在丛林法则和现代文明的冲突中成为失败者或者牺牲者。地球文明也总在和平的享乐中一次次忘记宇宙黑森林打击，最终导致文明的彻底毁灭。

"面壁者计划"是人类为了应对三体人入侵实施的主要计划。在四个面壁人的战略中，两个以大部分人的牺牲保全少数人，一个让少数人逃亡到外太空，他们的计划被破壁人泄露后，都成为人类的敌人。中国面壁人罗辑在领悟了宇宙黑森林状态后，以向宇宙广播三体世界坐标的两败俱伤的威慑方式阻止了三体世界的入侵。

书中人物维德说："失去人性，失去很多；失去兽性，失去一切。"在生存还是毁灭的极端状态中，科学是让兽行强大的唯一武器，也是保障文明安全的唯一武器。被殖民民族撕裂的伤口像暗红的经脉布满这个危机四伏的世界，对高级文明的恐惧、对母体文明的绝望、对科学技术的膜拜混合成一种足以左右人们行为方向的疼痛记忆。

游戏：从人文世界到科学世界

刘慈欣构想了一个在极端恶劣的自然环境下产生的文明，这个文明近乎一种高度发达的机器文明，它的大量信息来自网络游戏。在真人感应游戏中，地球科学家用人类历史上有名的帝王、宗教领袖、科学家的名字注册登录三体世界，秦始皇、教皇、牛顿、爱因斯坦等聚集在游戏中，用人类的各种科学方法为三颗太阳包围的世界寻找运行规律。和人类文明总因内战或异族入侵而中断不同，中断三体文明的总是突发性的自然灾害。

游戏将文明进程中的各种因素分离开来，古今中外科学技术混杂，周文王为纣王演算八卦、大秦帝国出现人体计算机、墨子制造出宇宙机器……在巨大的宇宙谜题面前，人类的思想力量变得十分渺小。

刘慈欣把这种游戏方式扩展到宇宙战争。在以光年为单位的宏观世界面前、在上百年的时间跨度中，游戏实现了日常规律的非逻辑转化，产生了适合宏大叙述的新规则。

首先是宇宙的零道德状态，就是作品中的黑森林状态。游戏本身就具有只遵循规则、不受道德束缚的特点。《三体》本质上是一个灾难游戏，参与游戏的双方只分胜负，不管手段。在三体人和地球人长达三个世纪的对峙中，人文的交流不过是战略幌子，侵略和反侵略才是二者关系的实质。

高级文明对低级文明的毁灭也是一场游戏。宇宙高级文明发现太阳系文明后，用维度武器把太阳系变成一幅二维画。受害者在被高技术急速汽化的过程中，没有血腥、没有痛苦，甚至来不及恐惧；施暴者眼中，暴行实施对象也只是一个抽象的坐标。

游戏让宇宙规则和人性都由隐蔽状态变得真实、透明，让由人文精神和科学精神共同主导的社会向科学一极倾斜，最后变成一个和三体文明一样没有感情、没有精神交流、没有文学艺术的社会。

世界游戏化是伴随信息技术的发展必然出现的新的社会形态，《三体》只是对其做出了一个方向的猜想。从人文角度来考察，这个猜想中对许多问题的认识显然是有所偏颇的，但刘慈欣说："中国社会面临的真正灾难是科学精神在大众中的丧失。"对一个曾因科学落后而被打的国家来说，《三体》起码警告我们不要摔倒在同一个地方。

→选自《北京日报》2013年6月6日

《三体》中的物理学

文/李淼

《三体》是接近世界一流的中文科幻小说，其中涉及大量的现代物理学知识，例如，黑域在广义相对论中可能实现吗？假如真的存在高维，例如第四维，我们这些“可怜”的三维生物到底能不能进入？本文试图以现代物理学的标准，分析哪些是可能的，哪些是不可能的。

《三体》是迄今为止中文科幻界出现的最具影响力的科幻小说之一，不论在想象力方面，还是在规模方面，可以说是最接近世界一流的科幻小说。有些三体迷们甚至认为，《三体》超过了很多同样题材的国外科幻小说。《三体》中的设定涉及大量的现代物理学知识，甚至还涉及社会学与心理学。

2012年一年，我断断续续地写了十二万多字的《〈三体〉中的物理学》，讨论这个三部曲涉及很多现代物理学知识的可能与不可能。在这里，我想简要谈谈其中的部分内容。

一、黑洞和黑域

一个相对保守的文明为了避免受到攻击，向别的文明发出信号表示自己是无害的，而唯一无害的可能就是这个文明永远不可能驶出自己的恒星系，这个恒星系成了黑域，即光无法逃离出去的区域。

那么，黑域不就是黑洞吗？不是。《三体》的作者刘慈欣应该知道，如果一个文明将自己局限在一个黑洞的视界中，这个文明将因为引力的作用不可避免地撞上黑洞的奇点，在奇点那里，一切都将毁灭。于是，刘慈欣发明了低光速黑洞，在一个给定的范围内，光速被降低了，例如被降低到逃逸速度以下，这样，这个区域就像黑洞一样了，只是不会塌缩，所以叫黑域。

黑域是《三体》中的一种科幻设想，黑域在广义相对论中是可能实现的吗？原则上可以，我们要降低光速。

当我们说光速变慢了，是指其他物理速度不会改变，例如，单摆在固定重力场中的周期不变，从而相关的机械速度也不变。而用基于光做成的原子钟相对机械钟变慢了。

光速变小的后果有很多，首先，与光速有关的一切物理学参数变了。我们简单地看看都有什么物理学参数与光速有关。第一个被改变的是原子理论中的精细结构常数，这个常数标志电子和质子之间的电磁互相作用强度。由于这个常数与光速成反比，光速小了一半，这个常数就大了一倍。这个常数不影响原子的大小，从而也不会影响物质结构，所以，机械钟还真的不受影响。精细结构常数涉及光速，只有具有相对论效应的物理系统才会受到影响，例如原了核的大小，当然，也会影响到太阳中的核聚变。因为精细结构常数变大了，假设核力的强度不变，质子之间电磁的排斥力变大了，最大的稳定原子核可能是比金还要轻不少的元素了，金元素肯定不稳定。

这就轮到第二个与光速有关的物理学常数，核力的强度。追溯核力的来源，起源于夸克之间交换一种特殊粒子叫胶子导致的，但我们不需要这么基本的图像来理解质子和中子之间的核力。简单地说，质子和中子之间的核力可以看成交换一个有质量的粒子，介子引起的。这种交换的结果有两个，一个是作用强度变了，一个是力的传递距离变了，这两个结果都会影响原子核的聚变。核力的强度与精细结构常数一样，也与光速成反比，光速变小了，强度就变大了。力程与介子的质量成反比，也与光速成反比，如果光速变小，力程也变大了。总结一下，光速变小，质子和中子之间的核力变大，这将导致原子核的结合能变大。无论是核裂变还是核聚变，都和结合能有关，结合能变大了，释放的能量也就变大了。那时，必须将行星人工移动得离太阳更远一些，否则地球上的温度将升高到液态水不再存在，动物也不能继续生存。

黑域的设定是否可行，我们还要看是否与人类存在矛盾。人类的存在当然依赖于原子等组分是否可以继续存在，可惜，如果仅仅改变光速，原子不可能存在了。

将光速降到第三宇宙速度，看似在宏观世界中不引起任何问题，但稍微思考一下，我们这个世界将完全崩毁。在氢原子中，电子的速度虽然远低于通常的光速，也高达光速的一百三十七分之一，也就是精细结构常数乘以原来的光速。你会问，氢原子的结构不是和光速无关吗？为什么电子的速度与光速有关？其实电子的速度与光速的确无关，只和电荷以及普朗克常数有关。但如果我们利用电荷与精细结构常数之间的关系就会发现，电子的速度是精细结构常数乘以光速，这里的精细结构常数当然是光速没有改变前的精细结构常数。

这样，电子在原子中就超光速了，这和光速为上限设定矛盾。原子不存在，人类也就不存在了。

二、神奇的水滴

《三体》有很多神奇的设定，智子排在第一位，水滴可能排在第二位，尽管后面还有高维空间碎块，二向箔将太阳系两维化，我觉得水滴还是足够神奇，因为它的材料虽然不重，却无坚不摧。

《三体》中直接说了，水滴的质量不大，在十吨以下，刘慈欣也直接说了不是中子物质造的。然而，它的分子结构非常严密，应该是一种晶体，即使在放大一千万倍后地球人还是没有看到它的不光滑，分子排列有序没有任何振动。放大一千万倍，我们原则上可以看见一纳米了，也就是说，几乎看见原子或分子了。

刘慈欣假设这种物质结构是由强相互作用力控制的，这个假设不可能正确。很简单，如果物质的基本组成还是分子和原子，那么强相互作用力是核子（即质子和中子）之间的力，这种力的力程由介子的质量决定，也就是大约厘米，这个距离比氢原子的大小还要小四个量级，所以，强相互作用力在原子构成的材料中不会起到任何作用。

另一个可能是，材料不是原子和分子构成的，而是更加基本的粒子夸克和胶子构成的，但如果假设夸克是"自由粒子"，夸克之间的距离要比中子的半径还要小，这种物质的密度就太大了，水滴的物质就像夸克星中的物质了。因此，这也不可能。结论是，水滴材料的控制力不可能是强相互作用力。

如果硬要水滴的设定成立，我们必须假设一种新型固体，这种固体也许存在，尚待人们去发现。我觉得，石墨烯就是类似水滴需要的材料，不过是两维的，不是三维的。石墨烯是由碳原子构成的两维的网状结构，只有一个碳原子厚，如果放大，就会发现它的基本结构是蜂巢状的。虽然只有一个碳原子厚，一平方米大小的石墨烯可以承重一只猫，也就是说，石墨烯非常结实。

石墨烯的发现让它的发现者获得2010年度诺贝尔物理学奖。也许，水滴的材料是一种三维的石墨烯，但还没有任何物理学家敢于想象是什么原子构成的。

三、三维人进入四维会发生什么

《三体》之死神永生中有一段关于万有引力号追击蓝色空间号，反被蓝色空间号上的人进入第四维彻底占领的故事。这一段写得惊心动魄，同时也展示了从高维空间中看三维的非同寻常的美丽和复杂：

“我们进去吧。”褚岩说，然后像跳水似的钻进了那个空间。莫沃维奇和关一帆惊恐地看着他的身体从头到脚消失在空气中，在空间无形的球面上，他身体的断面飞快地变换着形状，那晶亮的镜面甚至在周围的舱壁上反射出水纹一样跳动的光影。褚岩很快完全消失了，正当莫沃维奇和关一帆面面相觑之际，突然从那个空间伸出两只手，那两只手和前臂就悬在空中，分别伸向两人，莫沃维奇和关一帆各抓住一只手，立刻都被拉进了四维空间。……

人们总是喜欢用这样一个类比：想象生活在三维空间中的一张二维平面画中的扁片人，不管这幅画多么丰富多彩，其中的二维人只能看到周围世界的侧面，在他们眼中，周围的人和事物都是一些长短不一的线段而已。只有当一个二维扁片人从画中飘出来，进入三维空间，再回头看那幅画，才能看到画的全貌。

假如真的存在高维，例如第四维，我们这些“可怜”的三维生物到底能不能进入？

答案，根据物理学，如果不是不可能，也是异常困难的。

为什么困难甚至不可能？我们首先回顾一下《三体》中提到在四维空间传播无线电信号的问题。在四维空间中，无线电信号随距离衰减要比在三维空间中厉害得多。

根据能量守恒，信号强度乘以距离的三次方是不变的，这里，距离的三次方就是四维中三维球面的“面积”（忽略一个常数）。所以，在四维空间中，信号强度与距离三次方成反比。而在三维空间中，信号强度是与距离平方成反比的。这是因为，三维中的二维球面的面积与距离平方成正比，那么信号强度乘以面积是一个不变量，这是能量守恒定律。实验表明，在我们的世界中，信号强度确实与距离平方成反比。

也许你会说，在四维空间中能量也许是不守恒的。好吧，我们退一步接受你的说法，在四维空间能量不守恒。能量不守恒的结果是很可怕的，这是因为，在物理学中，能量是与时间有关的。如果能量不守恒，物理学定律会随时间变化。也就是说，一个在四维中的人，下一个时刻的体积和体重会剧烈变化，等等。我们还是不要接受这种可怕的假定。

好，接受了能量守恒定律，你就得接受信号强度在四维空间中与距离立方成反比这个结论。比如，我们从远处看一盏灯，灯会随着距离迅速暗下去，比在三维空间中暗下去的速率要大。

我们都学过库仑定律。这个定律说，两个电荷之间的作用力也随距离平方成反比，这和信号强度类似。其实，这两个定律的起源是一样的，因为两个电荷之间的作用力是通过电磁场传递的（如果你学过力学，你还知道，两个电荷之间的势能与距离成反比，而力是势能的导数，所以与距离平方成反比）。我们还知道，牛顿的万有引力定律告诉我们，两个质量之间的万有引力也与距离平方成反比。其实，物理学家早就知道了，在三维空间中，所有长程力都与距离平方成反比。

那么，四维如何呢？前面我们已经知道了，在四维空间中信号与距离立方成反比，所以，四维空间的库仑定律就是：两个电荷之间的力与距离立方成反比。

这下就糟了，学过一点力学的人可以计算一下，如果两个电荷之间的力与距离立方成反比，质子与电子形成的束缚系统——氢原子，是否还是稳定的？结论很悲观：只要给一点扰动，这个“氢原子”很快消失，不是电子逃逸了，就是落到质子上去了。

那么，量子力学告诉我们什么？结果更加糟糕，除非电荷被调到一个与质量有关的固定值，氢原子的束缚态根本不存在！也许，只是很少的物理学家知道这个结果，但任何学过量子力学的人自己都可以简单地计算一下，束缚态不存在。

现在回到蓝色空间号。我们问，当这艘被追击的星舰进入四维“气泡”时，它会怎么样？答案很清楚，立刻灰飞烟灭。这是因为我们人的身体是由分子原子构成的，而分子原子之所以成为分子原子是因为原子核与电子之间的电磁力。分子原子进入四维空间就不存在了，人当然也会随之解体。

当然，三维人更不可能通过翘曲点进入四维空间。

我们可以问一个更深的问题。假如电磁学只在三维空间中成立，当三维空间与四维气泡连接时，会出现什么现象？一种可能是，电磁学完全被囚禁在三维里，电磁场不能进入四维空间。这种情况确实出现在超弦理论中，三维空间是一个三维膜，三维膜上的一些物理场被囚禁在膜上，不能进入四维空间。那么，人身上的分子原子可以进入四维空间吗？在弦论中，一般是假定进入不了的。当然，我们可以假想分子原子中的原子核和电子可以进入四维空间，那么我们问，电磁场能进入吗？我还没有看到一个自洽的理论说电磁场不可以进入，如果这样，人还会解体。

一种办法是，让分子原子与电磁场永远囚禁在三维中，但让这个“三维体”随意进入四维，这就要求我们发明强大的机器来实现：这有点像我们在三维空间中拉扯皮球的皮，但没有强大的能力是做不到的。

最后，顺便谈一下其他维。二维如何？既然三维中库仑力与距离平方成反比，那么在二维中库仑力与距离成反比。其实，二维中的束缚态的尺寸非常小。如果我们二维化了，不见得会变大，很可能会塌缩，而且，二维中的质量会导致二维空间闭合——这是另外一个话题，今天不谈了。

更高维的空间呢？只要高于三维空间，库仑力导致的束缚态都是不稳定的。也就是说，在四维和四维以上的空间中，不存在原子，也不存在稳定的太阳系和美丽银河系。

所以，三维空间的存在不是无缘无故的。你问我为什么，我不知道，也许上帝希望有一个稳定的太阳系，有一个美丽的银河系，并且，有智慧的人类。

四、二向箔和空间灾变

一张不起眼的二维小“纸片”，导致整个太阳跌落到二维空间，毁灭了几乎整个人类，这可能吧？在弦论中，这种可能是存在的。

在弦论中，空间维度的变化可能看成是类似液态水变成水蒸气的相变，只是相变更加剧烈。水变成水蒸气的过程是这样的：当水达到沸点的时候，液体中开始出现小气泡，这些小气泡慢慢地变大，最后吞食整个液体。气体密度和液体密度的差别可以看成一种物理量，这个物理量物理学家喜欢故作高深地称之为场。

我们可以这样想象二向箔。在二向箔中，有一种场，这个场的能量比较低。当我们像《三体》中想象的那样，用什么东西将二向箔包起来，它就不会危害我们的三维空间。

可是，当二向箔一旦与三维空间赤裸裸地接触，它就变得像水中的气泡那样，开始膨胀起来，但由于它是二维的，只会增大面积。

二向箔来了，就像来了一个二维的能量比三维真空还要低的气泡。它触发我们三维空间的那个场向能量更低的地方跳。在这个场跳的同时，二向箔却越长越大。

读者在此会问一个问题："如果我们的场向能量更低的地方跳，就像液体水变成水蒸气，只是改变了真空，三维空间怎么变没有了呢？"

好吧，现在我要讲一个弦论的故事，让你相信，确实有这种可能：当某个场向最低的能量的地方跳过去，空间就变没有了！

在弦论中，曾经有一个理论，叫玻色弦论。在这个理论中，空间有25维！不幸的是，这个理论是不稳定的，也就是说，真空中存在一个场，它的能量变化像水相变的样子。

在这个25维空间的弦论中，这个场处于能量最高点，所以，这个理论是不稳定的。也因此，弦论家将这个场称为快子场，它的速度超过光速。但不要担心，这种粒子不会破坏相对论，因为它一旦出现，就出现了真空气泡，这个气泡将以光速膨胀，迅速让真空衰变。

真空衰变后的产物是什么？目前弦论家们的意见不同。很多人认为，气泡中什么也没有，连空间也没有！也就是说一个内含"无"的气泡以接近光速的速度膨胀，迅速吞并25维空间。这个25维空间尽管是真空，毕竟还是空间，而气泡内连空间也有，有的是无。"有的是无"这四个字有语病。但事实如此。

我想起海德格尔就虚无谈论了半天，今天我们不在他的那个层面上谈虚无。我们谈物理学如何定义空间与无。

在空间中，物体可以运动。物体有几个运动的独立方向，这个空间就是几维的。例如一根直线，物体可以左右移动，在平面中，物体可以左右和上下移动。三维就又多了一个独立方向。

在 25 维空间的弦论中，真空虽然是不稳定的，但弦是可以存在的，弦的各种振动都可以存在。其实，使得真空不稳定的快子场也是弦的一种振动形式，能量最低的形式。只要这些弦可以在 25 个独立方向移动，那么，空间就是存在的。

当快子场在空间的区域向能量更低的地方移动时，也就是说，当快子的“气泡”形成并膨胀时，气泡中弦会怎么样？计算表明，弦的任何状态都不能存在。一个气泡中物体无法生存，当然这个气泡就是无。请记住空间虽然空，但物体可以在其中存在，而一个空间中任何物体都不能存在，这个空间虽然“存在”也等于不存在，就是无。

所以，在弦论中，25 维空间中会产生气泡，这些气泡中含有“无”。当气泡以光速膨胀时，“无”以光速蚕食整个空间。

这种可怕的现象，威腾 1982 年在一个 5 维的理论中已经发现了。他发现，当这个 4+1=5 维的理论中的 4 维空间其中一维是一个圆时，剩下的三维空间是不稳定的，一种“无的气泡”会产生并膨胀，最后什么也不会剩下来。

回到二向箔。我们可以理解二向箔的情况了。当二向箔出现时，诱导了本来就不稳定的三维空间的某种快子场。当这些快子场在空间一点滚到能量更低的地方时，气泡出现了，这是无的气泡，里面什么也没有，但二向箔本身还是存在的，所有物体可以在二向箔里存在，但不能在它附近的空间中存在，由于能量守恒，也许那些空间中本来存在的东西跌向二向箔。但根据我对弦论的经验，更有可能的是，原来三维空间的东西会变成碎片飞向更外层的空间，不会全部跌向二向箔。但是，你总可以假想某种理论允许物体跌向二向箔，也许全部跌向二向箔。

在十二万字的《〈三体〉中的物理》中，我还讨论了更多的有趣的物理学设定，有的可能，有的不可能。无论是可能还是不可能，都无损《三体》这部科幻巨著的魅力。我希望能够唤起一些读者的好奇心，去阅读《三体》三部曲。

→选自《南方周末》2013年10月4日

在宇宙与星空的尺度上

文／王瑶

毕业于水电工程系的刘慈欣，一直“本分”地在山西娘子关电厂担任计算机工程师，而在闭塞的工作与生活环境中用来自娱自乐的科幻小说创作，却让他暴得大名。从1999年的处女作《鲸歌》算起，他已陆续发表《流浪地球》《乡村教师》《朝闻道》《全频带阻塞干扰》等中短篇科幻小说三十余篇，出版《超新星纪元》《球状闪电》“地球往事”系列（即《三体》三部曲）等六部长篇，并创下连续八年获得中国科幻文学“银河奖”的纪录。有评论家称《三体》“单枪匹马地把中国科幻文学带到世界水平”。

刘慈欣在他的作品里塑造了两个世界，一曰大地，一曰星空。前者是经验的感性的物质的易逝的，后者则是超验的理性的精神的永恒的。在一种科学主义信仰看来，世界的本质和“终极规律”可以由一套清晰而简洁的数学公式与物理定律揭示出来，从日月星辰的运转，到时间空间的维度，乃至人世间纷繁复杂的现象都被囊括其中。在刘慈欣早期作品《宇宙坍缩》中，科学家们预测出了宇宙由膨胀转为坍缩的准确时间，然而在普通人眼中，这样遥不可及的事件，与他们眼下的小日子之间又有什么关系呢？小说的结局令人悚然：宇宙坍缩同时也是时间反演，因此人类的历史即将在此终结。通过想象这充满戏剧张力的一瞬间，刘慈欣成功营造出科幻小说中最为核心的“惊异感”，这种“惊异感”来自两方面：“大尺度”和“同时性”，仿佛整个宇宙被装上一个开关，由看不见的上帝之手轻轻一拨，便将全体人类的命运彻底扭转。这种神迹般的瞬间，同时带来美学与认识论的革命性体验：“敢教日月换新天”的颠覆猝然降临，营造出神秘的超验氛围，另一方面，变化背后的科学原理又能够被普通人清晰地认知，“究一理而察万端”，凡人皆可以知天命。

怀抱这样的“启蒙情结”，刘慈欣一遍又一遍在小说中描绘相似的瞬间：行走在大地上的芸芸众生突然间停下脚步举头四望，发现了星空的存在，发现星空后面藏着永恒而崇高的秘密。这种发现，展现出“人”相对“宇宙”的渺小，又将“人”供奉在经验和认知的主体位置上。通过对“星空”的审美而营造出个人内心的超越体验，奠定了刘慈欣作品的美学基调，也使他的作品能够被各类读者所欣赏喜爱。

借助隐藏在星空中的“终极真理”，刘慈欣用宏大叙事将人类集体的命运编织其中。此类叙事的主题，除了前文所述的“启蒙”之外，往往还伴随着“救亡”——由于不可抗的巨大外力，人类整体被置于危境，亿万人的生死存于一线。此时能够拯救众生的英雄，并非好莱坞科幻大片里肌肉发达的白人大兵，而是由于洞悉了宇宙之理而具有扭转乾坤之力的科学家。借助科学启蒙，人的力量被无限放大。在刘慈欣另一篇早期作品《微观尽头》中，科学家用粒子加速器轰击夸克，试图穷尽微观尽头的秘密，但微观尽头竟回到宏观，于是超能粒子击碎夸克的瞬间，整个宇宙也发生了改变。小说中的科学家不禁惊呼：“对物质本原的不懈探索使我们拥有了上帝的力量。”

这种“上帝的力量”，使得科学家的工作不再仅仅是个人性，而与国家、民族乃至全人类的生死存亡息息相关。《混沌蝴蝶》《天使时代》《光荣与梦想》《全频带阻塞干扰》《吞食者》等一系列作品中，都渗透着相同的“救亡情结”。而在《三体Ⅱ：黑暗森林》中，“面壁者罗辑”通过对

"黑暗森林理论"的参悟，将两个文明的生死存亡，都押在一组空间坐标之上，从而将来犯的强敌逼退。在刘慈欣笔下，我们能辨识出"陈景润—钱学森"故事的熟悉身影。它们是科学发现的故事，也是民族崛起的故事，其中凝聚着几代中国人关于现实的焦虑和关于未来的希望。它们的影响远远超越科幻小说之外。

→选自《人民日报》2013年10月8日

“尘世之外的一瞥”
——刘慈欣科幻小说论

文／王一平

刘慈欣是当代中国最具声誉的科幻小说家，也是百年来中国最出色的长篇系列科幻小说之一《三体》的作者。刘慈欣毕业于华北水利水电大学，供职于山西阳泉电站。与众多具有科学专业背景的科幻小说家一样，他的作品具有“硬科幻”小说的基本风貌：充满丰富细腻的技术想象。而作为水电专业出身的高级工程师，刘慈欣虽然并非职业作家，却在小说创作领域获得了众多荣誉——在1999—2013年间，他曾九次获得中国科幻小说界的最高奖项“银河奖”（包括“读者提名奖”等）、一项赵树理文学奖（儿童文学奖，2007—2009年度）、三项华语科幻“星云奖”（2010、2011）、“《当代》长篇小说年度奖”五佳（2011），而《三体》则成为首部被译为英文的中国大陆科幻小说，[1]这足以彰显其在当代中国科幻界的领军人物地位。刘慈欣的代表作主要有《地火》（2000）、《流浪地球》（2000）、《乡村教师》（2001）、《微纪元》（2001）、《吞食者》（2002）、《诗云》（2003）、《白垩纪往事》（2003）、《超新星纪元》（2003）、《球状闪电》（2004）、《赡养上帝》（2005）、《赡养人类》（2005）、《三体》（“地球往事”三部曲，2006-2010）[2]等，约计二百万字，这些作品不仅在科幻文学界备受赞誉，其影响更延及主流文学圈乃至社会公众，是当代最为知名的科幻小说作品。而在“硬科幻”的基本特色之外，刘小说的特出之处还在于其从独特的视角出发，试图引导读者摆脱对世俗的幽微琐屑的沉溺，放眼宇宙、体察人生，显现出一种具有超越性的探索精神；[3]其主题深邃、旨趣高远、场景瑰丽、笔触真切，因此在中国科幻小说中占据了重要的一席之地。

一、基本主题：种群生存竞争——空间与资源之战

刘慈欣曾表示，科幻小说给了文学超越“自恋”的机会（“自恋”主要指着眼于人与人、人与社会之间的关系），[4]从科幻文类对主流文学题材内容的拓展来看，这一论断确实有其道理。但科幻小说对自然、宇宙所做的精神性探索，无论其如何宏远、新奇，始终都蕴含着某些人文价值理念。而对于刘慈欣这样有着思考自觉的小说家，此类理念更犹如座架一般几乎规定了其主题与视野。从刘慈欣成熟期的主要作品来看，这种理念投射的印记相当清晰醒目：种群的生存奋争与相互竞争，即对生存空间与资源的争夺，是刘慈欣科幻小说最基本的主题，而围绕这一主题，作者吸收了如马尔萨斯（Thomas Robert Malthus）的人口理论、达尔文的“自然选择”论、斯宾塞（Herbert Spencer）的“适者生存”论、清末严复等倡导的“物竞天择，弱肉强食”等理论，建构出了一个个封闭的宇宙模型，向读者展示着宇宙丛林里波澜诡谲的种群生存之战。

在刘慈欣的小说中，所有种群间的斗争故事都蕴含着一个自明的前提——资源的有限性，这既有物理学的能量守恒定律（斯宾塞所谓的“力的持续性原理”[5]）色彩，又有着18世纪末马尔萨斯著名的“人口论”、19世纪萨姆纳（William Graham Sumner）的“人地比率”（man-land Ratio）、20世纪罗马俱乐部所探讨的“增长的极限”等社会学理论的影子，而后三者都指向了人口与粮食—土地—资源的比例问题。“人口论”

的主要观点在于呈线性速率增长的生活资料供给（如食物）难以满足呈指数速率增长的人口的需求，而“人地比率”论则指出有限的自然资源将引起人类的生存奋争（struggle for existence）；而人与土地（资源）的比率将决定人际间关系，并引发不同程度的“生存竞争”（competition for life），[6]“增长的极限”的警示意味更为浓厚，即如果人口、工业化、污染、粮食生产、资源消耗等按现有趋势发展下去，将在较短的时期内出现人类发展的极限这样的严重问题。而这一脉络实际上正是刘的代表作《三体》中设定的宇宙公理二“文明不断增长和扩张，但宇宙中物质总量保持不变”[7]所包含的基本思想，该思想亦贯穿于他的众多创作之中：在短篇小说《吞食者》中，题目“吞食”便暗示出了种群大量消耗资源的饕餮之态——吞食者正是因为数量的激增和对资源的过度消耗，才不得不在银河系中四处游荡掠夺；《吞食者》《诗云》中人与吞食者、吞食者与高级文明“李白”一族的战争，都源于后者对前者生存资源的抢占；《白垩纪往事》中恐龙帝国毁灭的根源、《超新星纪元》中主席对未来领袖关于物资的谆谆教诲、《三体》中四十二亿人被驱赶入澳大利亚后预计的人口剧减（如马尔萨斯所论的战争、饥荒等灾难对人口数的降低），乃至宇宙的归零等，其所展现的景况皆是如此——即在地球、太阳系乃至宇宙尺度上对有限资源、超高的“人（种群）土比率”及其后果所进行的科幻演绎。[8]

由此，在资源有限的前提下，为种群延续而进行的“生存竞争”便自然成了（宇宙）社会生活的第一要义——如《三体》的公理一“生存是文明的第一需要”所表达的，面对种群数量膨胀、资源紧缺的巨大压力，小如蝼蚁，大至宇宙，都不得不执着于对有限的生存空间、资源的攫取。《吞食者》中人类元帅追问：难道生存竞争是宇宙间生命和文明进化的唯一法则？得到的回答便是：自己生存是以征服和消灭别人为基础的，这是这个宇宙中生命和文明生存的铁的法则，谁要首先不遵从它而自省起来，就必死无疑。虽然种群间的星际战争是科幻小说的一般主题，但在刘小说中，战争与愚昧、贪婪、官僚、非理性的狂热等常见动因关联较弱，反而是烙有“生存竞争”的深刻印记。在《三体》中，“给岁月以文明”的过程论思想在丛林竞争中被视为软弱无力，“人类文明的基石”一类话语（见《天使时代》《三体》等，一般是指平等、自由、个体本位等准则）更是荒唐无效，“给文明以岁月”才是前文所说的“铁的法则”，不论是为了夺取地球而与人类缠斗了数个世纪的三体人，还是漫不经心地“清理”了太阳系的歌者，甚至在歌者眼中伟大的神级文明，都不得不面对所谓的“意义之塔”的顶端：生存高于一切，为生存而付出同样高于一切。[9]

在此，王德威所点出的从梁启超、鲁迅至刘慈欣这条线索，从此来看便可成立。[10]在一个世纪之后，中国创作者的逻辑确实仍在严复的“原强”理路之中：“其始也，种与种争。及其成群成国，则群与群争，国与国争，而弱者当为强肉，愚者当为智者役焉。”[11]与达尔文原本的“自然选择”思想有所不同，刘的思想更接近于“适者生存”（survival of the fittest）即“强者生存”原则。人类所经历的恐怖、暴行、奴役、战争以及种种苦难都是进化之中不可避免的残酷过程，而与之相伴的则是强者（the strongest）的存活与壮大。[12]或如许纪霖所论，梁启超所言的“强权云者，强者之权利之义也……天下无所谓权利，只有权力而已，权力即利也……”，即“强者拥有权力，有了权力可以‘排除他力之妨碍’，于是就有了权利和自由，‘以得己之所欲’”的强者权力（power）逻辑。[13]如《三体》中艾AA仅救助智力较高者时所说的“我给了他们机会，要生存就得竞争”，亦如《诗云》表示的，衡量种族文明程度的标准在于其所进入的空间维度，能够进入十一维空间的是神族，进入四维空间的吞食帝国是原始群落，而人类则是杂草和青苔——这一标尺看似“科幻”，但其“力”之序列关系清楚明了。

当然，引人注目的是，在这一类似进化链的序列之下，刘慈欣总是以序列底端的弱小种群应对重大危机的设想来展开小说。这种朝不保夕的危机感、力量悬殊的种群斗争，若说是为了小说趣味性的设计，倒不如说更多地显示着本国族历史与现实的心灵烙印。软弱无能的联合国、强大的假想敌（《混沌蝴蝶》《天使时代》《全频带阻塞干扰》《超新星纪元》等的“美国”），难以捉摸的竞争对手 / 伙伴（《流浪地球》《超新星纪元》《三体》的“日本”“俄罗斯”“印度”等），以及（与多数关注强者的中国当代作品中一样）几乎缺位的非洲世界，刘小说的现实维度与民族情结一目了然。《西洋》（2002）设计了种族强弱转换的“历史架空”情节，换位地讽刺了强者的强力霸权；《三体》则渲染了国族英雄罗辑、章北海、程心、云天明等拯救人类、维系文明的英勇睿智，皆是弱者心态颇有意味的显现。[14]但若细考“面壁计划”等作为弱者利用力量制衡法而获得生存权的故事，却不难发现其中包含的对强者及其宰制权力的钦羡与崇拜，同时却又利用弱者先天的道德优势来形塑自身作为“自我造就”的英雄形象的意味。

由此，在存亡攸关的种群斗争之中，刘小说从弱者视角出发，表现出了强烈的奋争与对抗意识。《超新星纪元》设想了十三岁以上的人类都死于超新星爆发产生的辐射而只剩下儿童的奇异世界，与小说中曾提及的《蝇王》（Lord of the Flies，1954）不同，作品将人依国族划分为“敌—我 / 邪—正 / 死—生”的对立二元，放弃了在道德真空中正视“人类”（而非某些个体或种族）的深度，《全频带阻塞干扰》与之相似；而《三体》中人类对三体那精美的武器“水滴”的认同感则被证明是极其有害的——生活在让人生畏的邻居、不怀好意的远客、未知的敌手之间，弱者的生存理念唯有抗争，“猜疑链”[15]也因此仿佛具有了终极性。“猜疑链”的前提是信息不对称，但对有效率的宇宙而言，解决信息不对称、减少“逆向选择”与降低“道德风险”的最佳方法是建立充分、有效的互信机制，而非无言的攻击，[16]而只要宇宙具有历史维度，即接触与交流曾发生过，猜疑链就不可能真正地无限延伸。当然，尽管“消灭所有异己”是宇宙间最高效的生存方式（“清理基因”）这类假定难以自圆其说，但即使不假设任何“黑暗森林法则”，小说也同样会将人类置于生死困局的极限境遇之中——这是由刘慈欣小说内蕴的恒久的生存竞争与对抗的基本主题所决定的。

二、思想理念：精英、真理与群氓

在刘慈欣小说中大规模的种群生存斗争中，由于空间、资源有限的预设，小说往往设置出“你死我活”的“零和博弈”，[17]并在极端境况下逼迫人物与读者进行思考、抉择。在《三体》中，太空军军官章北海对妨碍辐射驱动飞船发展者的冷静谋杀，“自然选择”号舰长东方延绪等对是否攻击其他飞船的内心挣扎，以及“青铜时代”号对“量子”号的攻杀，都是对极限境遇下人类道德选择的描摹。作者虽然声称“道德的尽头（才）是科幻的开始”，或如《吞食者》中“大牙”告诫人类的，在宇宙中谈道德并无意义，但这类反复出现的情境无不具有道德探索的意味，其实质乃是“新伦理”对“旧伦理”的冲击，即（作者所倾向的）“新伦理”合法性的自我正名过程。事实上，章北海、维德、“青铜时代”号乃至“智子”等所得到的读者谅解，也都是在“以种群延续为最高目标”这一伦理层面上获得的[18]——由此也反衬出所谓“两次以爱的名义把世界推向深渊”的程心的失败。[19]程心的失败表现为她未能完成历史的重任，而根源则在于她对所谓“母性”“人性”“道德底线”等“旧伦理”的固守。因此她的伴侣、“新人类”关一帆对她的总结评价是：“你实现了那个世界的愿望，实现了那里的价值观，你实现了他们的选择”[20]，虽然他对程心表示了理解，但“那里”“他们”等语，其你我、新旧之别昭然若揭。当然，刘慈欣的“新伦理”在现实中并不特别新颖，维德所说的“失去人性，失去很多；失去兽性，失去一切”，[21]仍是国族语境中百年前陈独秀鼓吹的“兽性主义”的翻版：“意志顽狠，善斗不屈”；“体魄强健，力抗自然”；“信赖本能，不依他为活”；“顺性率真，不饰伪自文”，而如若“兽性全失，是皆堕落衰弱之民也”，[22]究其根本，仍是着眼于对生存本能的激发及对强力原则的尊奉。

然而有意思的是，一再失败的程心始终能够影响人类的命运，原因或许在于她作为主人公，仍然代表着刘小说中的整个精英群体。虽然刘慈欣批评了科幻小说创作中的“精英思维”并自称“草根”“基层”，[23]但那主要是在写作技术层面上，事实上，刘小说中常常呈现出“精英—群氓”二分的权力图景。刘慈欣小说中的“精英”主要是一些在专业素质上“十择一二”，即各个领域内最优秀的人才，而无论其领域如何，如《赡养人类》中的刺客“滑膛”亦为杀手精英（一如帕累托 /Vilfredo Pareto 所指的在权力运作中独具天赋、能够恃宠干政的蓬巴杜夫人 / Madame de Pompadour）[24]。精英人物遍布于刘小说之中，而其主角则多以知识精英为主，多数具有博士、教授一类身份，如《地火》的刘欣，《朝闻道》的丁仪，《天使时代》的诺贝尔奖获得者伊塔博士，《思想者》中的医生与天文学家，《混沌蝴蝶》的亚历山大，《全频带阻塞干扰》的庄宇，《信使》的爱因斯坦，《圆圆的肥皂泡》的圆圆，《球状闪电》的陈博士、林云，《三体》的叶文洁、罗辑、程心等等，其中“丁仪”作为一个科学家符号还反复出现在多部小说中；其次则为军事与政治精英，如《吞食者》的上校，《超新星纪元》的华华、“眼镜”、戴维，《三体》的章北海、维德、萨伊、“面壁者”们。[25]这一精英群落的特点不仅在于其理想崇高、信念纯正，更在于他们始终是掌握真理的少数人，如《三体》中的罗辑尽管最初放荡不羁且满脑功利，但在智识与心理上并无反精英特征，依然是能够参透叶文洁留下的玄奥线索者，同时拥有智慧与毅力来完成终极的威慑计划，在《三体》第三部中，罗辑更加超凡脱俗，成了人类中最后一个圣者。总之，人类历史的脉动、人之幸存都依赖于“超人”的果敢和精英的独断。

与精英群体相对的是躁动不安、反复无常的群氓。刘偏好描写危机之中盲目的大众对时势的影响及对精英的迫害。在《超新星纪元》的儿童王国中，百分之九十六的“公民”都只想要一个“好玩儿”的世界，并设计了毫无长远建设性、只供享乐的虚拟“五年计划”，主导了随意消耗资源的“糖城时代”；美国的儿童世界则陷入全民暴力游戏之中，连自由女神像都被损毁。作者指出，在人数上具有巨大优势的大众是“一股极其危险的社会力量”，不能由他们决定国家的命运。而《三体》由狂热的批斗场面开场，延至整个三部曲，显示刘对群氓所深怀的不信任，如拯救了人类的罗辑反而被批判、逮捕，而三体世界、“蓝色空间”号和程心等的公众形象也都随着时局而在善恶之间波动，表现出易受舆论诱导的所谓“公意”的肤浅与变幻莫测。在社会危局面前，大众愚稚如儿童（如《超新星纪元》所隐喻的）。

毫无疑问，刘小说对“暴民”与“多数人的暴政”的警惕有着深刻的历史依据与理论传统，但刘慈欣过于偏执于精英的“真理掌握者”角色及其与大众的对立，同时忽视了社会中间阶层的存在，[26]因此如《超新星纪元》的华华，《三体》的罗辑、章北海等对群氓如父对子般的家长式看护，便将其推向了“内圣外王”的精英（寡头）专制理想。《三体》中，抽签决定逃离者的方案竟在欧洲联合体的全民公投中通过，没抽中的人感到后悔并发起了骚乱；[27]而行星理事会各成员国在对抗三体时为私利而进行的内耗性争斗，表现了刘对动机不纯而效率低下的民主议事的轻视。小说不无讽刺地写道，在对云天明关于“安全声明”的故事的解读中，“舰队国际、联合国、各个国家、跨国公司、各大宗教等等，都在按照自己的政治意愿和利益诉求解读云天明的故事，把情报解读变成了宣传自己政治主张的工具”。[28]尽管《三体》看似否定了“面壁者”希恩斯的“思想钢印”，也否定了军事独裁，甚至多次描写了各类投票活动，但作者最终的落脚点却在于精英专制（尤其体现在危机决议中）。虽然从表面上看，这样的指向似乎与好莱坞科幻电影浮夸的英雄主义及对官僚集团的激进批判相似，但两者内在的区别在于，后者无论如何始终是基于“民主并非最佳，但邪恶最少”的大语境——在动机各异、耗时费力的竞争角逐中，即在一般或特殊的利益组织对大众的公开争取之中，大众面前才可能出现接近权力的渠道，才能够更深入地了解世界而不再总是与“真理”无关、毫无理性的群氓。但在刘小说中，“寡头统治铁律”[29]却似乎不仅是一种实然状态，或对复杂现实与应加避免的危险的提示，而是一种理想的应然状态：精英与群氓的二分是必要的，其必要性来自世界的先在本质，真理（即如无功利性的《朝闻道》《梦之海》《欢乐颂》

所追求的终极真理以及等而次之的具体规律等），以其超越时空、远远凌驾于人之上的绝对权威投射于精英身上，也唯有具有相当心智的精英才能对先验的宇宙本体（规律）加以有效把握。如《超新星纪元》的“眼镜”所说的，我们（指各位小首领）是历史大河里的几滴水，这当然是谦逊之言，因为尽管只是“小水滴”，精英却被视为是“狡黠”的真理大河实现自身的工具，是其现世的代言人，其正当性不言而喻。而精英作为没有私欲的清明理性的化身，是真理之光之外的群氓无以理解的。因此，章北海与维德如同普罗米修斯一样，依靠一己之智勇扫荡凡俗，为人类带来了希望——唯有精英才能为人类做出正确的选择，而程心、关一帆等，则成了文明之路最终的记录、维护与引领者。

因此，在这样的二元体系中，在真理掌握者的光环中，刘慈欣实际上回避了精英之恶的问题。“精英”作为“超人”，其思想、言行并未被纳入通常意义上的“人性”层面进行考量，精英之恶因其动机的崇高纯粹、效果的伟大正确而被忽视、原谅乃至推崇。而作者虽然有着理性观察的眼光，却回避了这种恶可能对其高尚目标带来的颠覆性破坏——所谓精英为世人而作恶，可能既难以保持其原初的纯粹动机，更无法保证其伟大目标的达成。精英们或许是超人，但在实践中，却未必能够真的成为刘笔下的“英雄”。总之，刘小说的精英们在严峻现实面前“知其不可为而为之”的勇力，虽然看似具有西西弗斯式的存在主义面貌，但细查之，却不难发现其存在并不先于本质，世界也远非荒诞，它依然匍匐于终极真理（规律）与精英之力的脚下。

三、叙事风格：史诗品格、宏大意象与瑰丽场景

从风格上看，刘慈欣的中长篇科幻小说多有史诗风格，而从其对叙事艺术的把握上看，“单枪匹马达至世界级水平”之说并非过誉，[30]刘的代表作《三体》，亦可称是当代中国最出色的长篇系列科幻小说之一。

（一）

刘慈欣小说有着刻意为之的历史实录笔法，从其公开发表的时序来看，早自《地火》末章“120 年后的初中生日记”开始，到《流浪地球》太阳氦闪前人类的逃亡故事中的“时代纪元”方式（“刹车时代、逃逸时代、流浪时代”等），及《微纪元》（创世神话）、《超新星爆发》的“悬空时代、糖城时代”，至《三体》的“时间之外的往事”“危机纪元、威慑纪元、广播纪元、掩体纪元……647 号宇宙时间线”等，刘慈欣“记录”了人类各式各样的灾难与自救史。而这种深具历史感的表达方式，表现出刘小说的总体性思维与历史因果链模式，也为其史诗性奠定了基调。

刘慈欣的中短篇小说篇幅不大，但格局上却多有“吞吐大荒”的“大事记”气魄，而长篇史诗则通常规模宏大、线索繁杂，如近百万字的《三体》。刘小说多运用传统叙事手法来串联情节、阐发思想、勾勒人物等，而其中的核心则始终是“历史”叙事。虽然作者为了加强悬疑效果而时常采用限制视角，但因为有着“太史公曰”的基本定位，因此小说中基本不存在“不可靠叙事”，同时为了叙述的明晰，更是充分运用了预叙、插叙、追叙、补叙等手法清除“空白点”。如“在他们后面，黄金时代刚刚结束；在他们前面，人类的艰难岁月正在徐徐展开”等预叙之语常见；插叙者如《三体》中穿插的“时间之外的往事”便纳入了许多说明性的科技（假想）解说，虽然对故事的流畅性有所影响，但由此而解开许多疑团，并夯实了其作为硬科幻小说的基础；而对太空舰队最早发现“水滴”攻击情形的追叙，对“青铜时代”号攻击“量子”号的决策过程的补叙等，也都恰如其分。作者运用最为娴熟的技巧则是多线索的伏笔与照应（悬念）：《三体》第三部以公元 15 世纪的历史场景开篇，其中能够杀人于无形的“魔法”直到约二百页后才揭开其“高维空间”的神秘面纱，并在跨越了几乎同样的篇幅后与太阳系的最终命运“低维跌落”相勾连；又如该部小说开场云天明送给程心的恒星 DX3906，在书末成了程心所代表的人类文明火种的保留地，而两人之间具有象征意味的“种子”“耕作”等，更是在小说前、中、后多处草蛇灰线式地遥相呼应，显示出作者对“有伏必应”这类原则的细致实践。

与之相应，刘慈欣对长篇史诗的场面调度、节奏把握也达到了高水平。如，《三体》第二部“上部”结束于庞大的防御计划（主流计划与“面壁计划”等），而“下部”对此后一百八十五年的历史，包括极为悲惨的“大低谷”岁月，都仅以“冬眠”苏醒后罗辑的视角加以略叙，并在即将出现的激烈大战和最终对决之前展开了一段平稳舒缓的章节，展示着作者对于未来世界的有机想象（地底世界、超信息时代等）；而第三部中“水滴”对“蓝色空间”号和“万有引力”号的离奇攻击乍一出现，视角便转向了罗辑与程心平淡的“执剑人”交接仪式，经此顿挫，再重新渲染了“水滴”对“威慑中心”疾风暴雨式的攻击，以及由此造成的人类大移民绝境，等等，小说对瞬息万变的局势的精准呈现，详略得宜的叙述、大开大阖又张弛有度的史诗风范，体现了作者在长篇叙事方面的才能。

同样体现了作者才能的还有小说中框型结构的运用：《三体》第一部中占据了相当篇幅的“三体游戏”，生动地模拟了三体世界“乱纪元”与“恒纪元”景象，[31]并融合了人类世界的场景与历史，地球玩家（读者）以此而对三体文明史进行了参与式的了解。其中，由于人类历史与著名人物形象的加入，“三体游戏”在风格恢宏的史诗中显现出一种特殊的诡秘怪诞之美。与之不同，《三体》第三部中云天明的《国王的新画师》等三个故事则篇幅短小，但极好地利用了文学语言独特的信息传达即其编码与解码方式，在文学语言与科学语言的沟通之间做出了新奇大胆的尝试，并与故事发展的节点，独特的安全声明——“无故事王国”光墓、地球被降为二维的最终命运——“被画入画中”相联系，[32]其设计精妙，是小说的主要亮点之一。可以说，虽然框型结构在文学创作中历史悠久，在科幻小说中亦非鲜见，但刘小说的尝试依然独具原创性，在对小说内容与形式的丰富上值得肯定。

（二）

对意象的渲染是刘慈欣科幻史诗的一大特色。由于刘慈欣有“具备万物，横绝太空”的雄心（刘自称“宏细节”），宏大意象成了刘小说的基本标识。据考证，刘小说（22部中短篇）具有科技色彩的前十位词语依次是地球（在的195207个词语中出现次数为653）、太阳（388）、人类（351）、时间（319）、世界（316）、宇宙（292）、太空（197）、文明（193）、吞食（191）、生命（160），[33]无一不是宏大的现实事物或抽象概念。具体来看，在其代表作《三体》中，随着“三部曲”叙事时间的飞快加速，意象也越加宏伟，从人类一角的红岸基地，跃至“仿佛整个宇宙的所有细节全聚集在周围色彩斑斓地并列呈现出来”的四维空间，到尾声处在五十个天文单位之外看到的地球海洋二维化后出现的“晶莹剔透，精美绝伦。……平行排列，绝无重叠”的巨型雪花；“像一张大地毯，正在被无形的手拖向二维深渊”的太阳系，及至神级文明制造的“横穿整个星系旋臂……连绵千万光年”的低光速带“星际长城”，在此，“前招三辰”“万象在旁”等风格描述用语成了现实景象，这种强力疏离给读者带来的“惊异感”（sense of wonder）不言而喻。[34]

当然需要指出的是，刘小说中能够“超以象外”的意象／形象，却不仅是宇宙自然，也同样在于“人”造之物：绝对光滑的“水滴”、小纸条式的“二向箔”、“魔戒”状的宇宙墓碑等，这些精致或简洁的“人”造物，都符合后工业时代的极简美学，辨识度极高，但它们同样有意思地揭示出一个现实问题，即，人类如何才能掌控（操作上）越加简易，同时（原理上）越加封闭的科技（产品）的未来？同时，刘小说还提供了大量极富想象力的理论知识（体系）构想与科技造物，尤其偏重于资源、生产或建设性事物，如具有玄想色彩的宇宙塌缩、曲率驱动光速飞船（《宇宙塌缩》《三体》）；具有某种现实性的太空电梯、木星太空城邦（《三体》）；作为资源与建设助力的汽化煤“地火”、海王星油膜矿，“中国太阳”（《地火》《中国太阳》）；作为武器的基因改造、“球状闪电”、次声波氢弹、反物质弹头（《天使时代》《球状闪电》《三体》）等，其细腻真切而毫不夸耀的笔触，弥补了小说在人文风物描写上（生硬、道具化）的不足，其中闪耀的未来学色彩与开疆拓土的扩张性，使之与向内开掘的自省式小说截然分开，展露出生存奋争史诗的基本面貌。

与其史诗框架相应，刘慈欣小说也明显偏好对宏大场景进行浓墨重彩的铺展。如《三体》中“自然选择”号与追击舰队离去时引发了闪电，“使得木星的这一片区域像滴落着荧光雨点的池塘”；太空艇二维化时“仿佛是放在滚烫的玻璃上的一块冰激凌，底部熔成一摊，向各个方向扩散……发出妖艳的彩光，像撒在平面上的焰火”；三体行星被毁灭时，“它已经是一个发出暗红色光芒的天体，表面均被烧熔，岩浆的海洋覆盖了一切。行星的后面拖着一道白色的尾迹……变成了一颗披散着白色长发的彗星。……火树向（三体）太阳伸出的魔爪……三体星系中漫长的宇宙橄榄球赛将迎来大结局，但这个太阳没有活到成为冠军的那一刻”，众多诸如此类的具有写实意味的“历史”场景，呈现出“太空歌剧”鲜艳绮丽的色彩。如刘小说中最重大的历史场景之一——人类与“水滴”的太空“甲午海战”，便全然不避繁笔，从地球人类、联合舰队、罗辑、希恩斯等的战前预期，战场实况（丁仪、作者的全知视角），到事后追溯（低级军官的通话、“自然选择”号上章北海、东方延绪等的反应）等，多角度地反复皴染，极尽铺陈，务求场景（画面）的饱满绚烂。

而在铺陈之外，刘小说同样常进行“零衔接”的大幅度时空景象转换，在参差之中形成陌生化的阅读效果。《乡村教师》由困苦的山村、渺小的知识传授者与幽微的希望，而一跃至银河系碳基联邦星际舰队气势恢宏的时空跃迁与巡航；《三体》开篇出现君士坦丁堡的末日之战，“浸透了夕阳金辉的漫天飞尘……像一块轻轻盖向君士坦丁堡的金色裹尸布”，此后却接入了杨冬自杀前难以自拔的个人绝望情绪，前后两者在质上有全无关联的断裂感，在形上则毫不对称，因此具有极大的张力与魅力，而这一手法也颇受作者的珍视与研究者赞誉。当然，与意象渲染、新事物细描、场景铺陈等一样，这类技巧虽然多数运用合情合理，但也都存在着过于恣肆、缺乏节制，易影响节奏及引起审美倦怠等问题。此外，刘小说着力于意象构建，在科幻小说的人物形象塑造方面没有特别的建树；而因为其主体意象宏而远，铺陈多而繁，小说（主要是中短篇小说）

在结尾方面也不时显现出匆促粗疏、收束乏力的状况。

从总体上看，在表现技巧方面，刘对传统叙事手法的运用娴熟，但同时，他对后现代文学则视之为“支离破碎的残片和怪胎”“无理性的晦涩的痉挛”，[35]而无以理解其产生的深刻动因，因而亦未能受惠于这一潮流中的许多文学技巧与表现形式革新，这多少令人遗憾，但亦可能成为其作品未来的生发空间。当然，也正是在对后现代潮流的拒绝之中，刘慈欣的科幻史诗著作才在其自身的框架内，基本上达到了叙事上的圆融、整一与风格上的鲜明、谐和。

刘慈欣的《三体》是近年来最受欢迎的中国科幻小说，四十万套的销量（截至2012年上半年）[36]虽然在类型文学市场中算不上奇迹，但在相对严谨而小众的科幻小说界，却也难能可贵。除了市场运作的因素，刘小说成功的主要原因当然在于其达到了王晋康提出的优秀“核心科幻”的基本标准：“含有基本正确的科学知识和深广博大的科技思想，以润物细无声的方式向读者浇灌科技知识”，[37]但同样重要的原因显然还在于刘出色的编织和构架故事的能力（尤其是对非常规科幻读者而言）——对于高度依赖悬疑故事的类型文学，故事的精彩程度对其在图书市场中的成败有着至关重要的影响。而更不可忽视之处则在于，刘慈欣被中国主流社会、媒介所接纳乃至褒扬，如2012年《人民文学》对其短篇小说的集中刊发、伦敦书展对其的国际推介，[38]固然是受到文学多元化趋势及文学市场的影响，但更重要之处或许还在于，刘小说对所谓崛起中的大国力量与风范的展示。

从小说文本看，刘小说展现了正面的中国人形象及其力量。贾立元将罗辑、史强、章北海等形象的塑造表述为“百年自强的历史经验与中国作风”，[39]然而将人类拯救者设定为本国人，表现其智勇双全与执着坚毅，是各国通俗小说的惯例，这在一定程度上满足了本国读者的阅读趣味，却难以说明其中到底体现了何种独特的“中国经验与作风”。不过可以确定的是，刘小说对中国元素（科研力量、军队等）的积极运用、对中国人形象的正面呈现，在向世界展现国人（对科技、对世界）的思想状态、价值理念等方面发出了自己的声音，让世界能够从一个独特的角度进一步认识、了解中国，在客观上的确顺应了“塑造国家形象”“大国崛起的文化准备”等主流文化潮，因此亦受到了相应的肯定。

而思想意涵层面看，刘慈欣虽然自承受到英国科幻小说大家克拉克（Arthur C. Clarke）的影响——当然两者在形式上都是硬科幻的典范——但在内在的倾向上，刘与他的这位西方前辈并不相似。克拉克“与未知相遇”的书写深具人类自由求索的意味，而刘笔下的故事则多是满怀使命感的宏大叙事——这与刘身处的文化环境，以及其所崇尚的俄罗斯传统现实主义文学的影响不无关系（如其小说中曾点出的托尔斯泰、屠格涅夫等人）。刘小说对社会现实的考察体现在《赡养人类》的贫富分化之中，也体现在《三体》中罗辑、程心所观察到的世界里，如和平岁月造成男性（“铁血”）特征减弱、女性气息浓厚的现象，又如艾AA提到“良心”“责任”已成了“社会人格强迫症”等，如此种种，其现实批判意味不言而喻。然而，不论是“技术拯救论”（刘曾自称“技术狂”，认为随着技术的发展一切问题可能迎刃而解）还是“艺术拯救论”（刘的“大艺术系列”中，探索者以艺术完满为最高目标），刘始终怀有颇具宗教色彩的终极拯救之梦，并渴望以这种具有超越性与终极性的“救赎”对迷惘的人类加以引导，如价值观的强力整合——因此刘小说虽然多具有复调叙事的表象，却往往被强有力的作者声调所破坏；而《三体》的结尾之所以差强人意，根本原因亦在于作者为了将这种全面救赎的构思演绎完满，而将故事引向了时空尽头，使小说成为一个封闭的环路。[40]这种一元化与总体性的救赎思路，将刘小说（及其精英）推向了其难以承担的上帝之责，并走向了威权之路。因此，具有自由人文精神的克拉克小说固然在风格、技巧、构思等许多方面可以被称为刘的科幻“导师”，但刘小说显现出的心态与格调，则与俄罗斯文学及东亚文化圈中的作品（如《银河英雄传说》）相接近，而与自由、乐观、举重若轻的《银河系漫游指南》一类小说相差更远（因为前现代世界的生存奋争与拯救理想极为严肃、崇高，故绝少自嘲）。

总而言之，刘慈欣小说有着“硬科幻”小说所必备的特征：按科学规律为世界设定框架与规律，进行细腻、严谨又有趣（有益）的科技想象，表现出了“爱智慧”的渴望与追求；同时，刘小说还将世人熟知的进化论、生存空间争夺等思想贯穿于作品之中，使其想象宏远奇特又不乏思考的深度。在技巧之外，虽然刘慈欣的精神根基并未脱离以科技为手段，迫使世界展开其作为人（或其他种群）生存资源的有用性的实用性价值理念（在此意义上，他被称为古典科幻小说家是恰当的），但他对古典科幻小说在当代的更新、推进之功绝不可忽视。而一个经历过百年前存亡难定的险恶时代，并正处于压缩式的现代化发展过程中的国家，其小说家虽然不能不注目于对有限资源的利用、激烈的生存竞争（“宇宙不是童话”），乃至得出失之偏颇的结论。但作为科幻小说家，刘慈欣仍以其宏伟的气魄、高远的想象以及向上超拔的理想赢得了尊重，其品质一如诗歌所言：“输是最后总归要输的 / 连人带绳都跌过界去 / 于是游戏终止 /——又一场不公平的竞争 / 但对岸的力量一分神 / 也会失手，会踏过界来 / 一只半只留下 / 脚印的奇迹，愕然天机 /……/ 只风吹星光颤 / 不休剩我 / 与永恒拔河。”[41]

---

[1] 2013 年 7 月，美国科幻类文学出版社托尔（TorBooks）宣布即将出版《三体》首部的英译版，译者为美籍华裔科幻小说家刘宇昆（KenLiu），译名为 TheThree-BodyProblem. 参见“TorBookstoReleaseTheThree-BodyProblem,theFirstChineseScienceFictionNovelTranslatedIntoEnglish”，http://www.tor.com/blogs/2013/07/tor-books-three-body-trilogy

[2] 以下如非特别指明，则不分《三体》三部曲的某部，统一简称《三体》。

[3] “超越性”等语多喻宗教精神，但如刘在《SF 教——论科幻小说对宇宙的描写》中的自述，“科幻的宗教感情就是对宇宙的宏大神秘的深深的敬畏感”（同时也暗含了刘的总体性的救赎之思）。如在《三体》第三部中，购买恒星的云天明是待死之人，却被称为是幸运的，因为“大多数人，到死都没向尘世之外瞥一眼。”这一开篇语所显示正是作者吁求读者暂时放下对日常生活的沉迷，摆脱沉沦、仰

望星空而探索宇宙人生的奥妙，以完成自我的奋进与超拔。引文参见“刘慈欣新浪博客”http://blog.sina.com.cn/s/blog_540d5e80010002p3.html

[4] SeeLiuCixin，“BeyondNarcissism：WhatScienceFictionCanOfferLiterature.” inScienceFictionStudies，Vol.40，1（March2013），22-32.

[5] 彼得·狄肯斯:《社会达尔文主义——将进化思想和社会理论联系起来》，涂骏译，吉林人民出版社，2005年，第19页。

[6] SeeMikeHawkins，SocialDarwinisminEuropeanandAmericanThought,1860 - 1945:NatureasaModelandNatureasaThreat.Cambridge:CambridgeUP，1997，110.

[7] 刘慈欣：《三体Ⅱ：黑暗森林》，重庆出版社，2008年，第5页。

[8] 当然，刘慈欣的指向与《寂静的春天》一类批判性的环保著作不同，这从刘在《三体》中塑造的走火入魔的环保主义者伊文斯、“绿色拯救者”等身上便可见一斑；刘主张的是外向型的生产建设与扩张。

[9] 刘慈欣为人所津津乐道者，乃2008年他与江晓原在成都白夜酒吧关于能否依靠吃人而维持人类种群延续的笑谈，其思想依据正在于此。

[10] 参见王德威（DavidDer-weiWang）2011年5月的北大讲座:《乌托邦，恶托邦，异托邦——从鲁迅到刘慈欣》，“中国作家网”http://www.chinawriter.com.cn/bk/2011-07-11/54578.html

[11] 严复：《原强》，《中国现代学术经典·严复卷》，河北教育出版社，1996年，第540-541页。

[12] SeeJamesMarchanted.AlfredRusselWallace:LettersandReminiscences，Volume2.London:Cassell，1916，154-55.

[13] 许纪霖：《现代性的歧路：清末民初的社会达尔文主义思潮》，载《史学月刊》2010年第2期，第53页。

[1] 《西洋》设计了明代郑和航队直抵西欧，大败西欧联军而使历史翻转的情节（武力征服）；而《三体》第二部中，巨大的技术差距使人类自感难以在三体“智子”的全面监控下展开防御计划，便剑走偏锋地利用三体人不善谋略、难以参透人类思想的特点，选择罗辑等四人作为沉默的“面壁者”，使其可以不加说明地调动资源、设计将真实目的隐藏起来的方案以抵御未来的三体入侵。最终罗辑依靠将向宇宙广播三体星系坐标的威慑之法，救人类于三体之手（依小说中的“黑暗森林法则”，只要某星系坐标被广播，则必将被未知的高级文明视为潜在竞争对手而加以毁灭，其假设显然源自“丛林法则”）。

[15] 简单地说，刘的“猜疑链”意味着在极少交流或零交流的情况下，信息双方始终存在的相互猜忌状态。

[16] “逆向选择”（adverseselection）与“道德风险”（moralhazard）源于信息不对称（asymmetricinformation），是占据信息优势的一方可能隐藏相关信息或行动，造成偏离信息缺乏者的意愿或对其不利的情况，而其后果如以“三体”的故事论，如善意者 A 对 B 发出信息，但由于 B 对 A 发出信息（内容及目的）的了解不如 A，难以区分其善意或恶意，同时由于担心其为恶意，B 便选择无论如何总将其视为恶意，久而久之善意者 A 便被驱逐出这一环境，即劣者逐良。但这一问题远非无解，现代信息经济学对此已进行过许多探讨，如《三体Ⅲ》所构想的“安全声明”即类似所谓“信息优势者尽力彰显自身特性”的“信号显示”方案。

[17] “零和博弈”即在竞争中，博弈双方的收益和损失相加之和始终为“零”，一方的收益必然意味着另一方的损失，双方不存在合作的可能性。这种“赢者通吃”原则在刘小说中最宏大的层面上亦有所贯彻，如《三体Ⅲ》中“母世界与边缘世界不可能共存，必须消灭边缘世界，否则自己将被毁灭”。

[18] 中国军人章北海为了实现其认定的宇航技术发展方向，不惜谋杀无辜的研究人员，此后还极有预见性地劫持了“自然选择”号而使其逃脱了“水滴”的攻击；国际情报人员维德与章北海理念一致，曾为阻止程心当选“执剑人”而刺杀她；“青铜时代”号为夺取生存资源而杀死了“量子”号全体成员。

[19] 年轻的中国女科学家程心是被选中的“执剑人”，即为人类掌握是否发出归于尽式的“宇宙坐标广播”的威慑者。程心接替罗辑成为“执剑人”后，在关键时刻因不忍而放弃了广播，使人类面对三体陷入被动待毙的境地；后她作为星环城的旧主，又阻止了维德用危险的反物质武器发起叛变，使其制造出安全“黑域”的前景化为泡影，结果太阳系最终遭遇了灭绝性的降维打击。

[20] 刘慈欣：《三体Ⅲ：死神永生》，重庆出版社，2010 年，第 486 页。

[21] 刘慈欣：《三体Ⅲ：死神永生》，前引书，第 382 页。

[22] 陈独秀：《独秀文存・卷一》，亚东图书馆，1922 年，第 25 页。

[23] 刘慈欣：《重返伊甸园——科幻创作十年回顾》，载《南方文坛》2010 年第 6 期，第 33 页。

[24] 帕累托：《普通社会学纲要》，田时纲译，生活・读书・新知三联书店，2001 年，第 297-298 页。

[25] 作者对技术知识精英尊崇有加，对商业精英却颇不以为然，《赡养人类》让“损

不足以奉有余"的"马太效应"(theMattheweffect)无限膨胀,基尼系数(GiniCoefficient)大至极值,形成了"终产者"与二十亿人的对立,最终"终产者"将人们驱逐出星球。小说并未超出"为富不仁""贫者最尊"一类通俗思路。

[26] 刘小说设计的世界多为稳定的金字塔型,如《赡养人类》,似乎完全不存在能带来丰富性与稳定性的中间阶层,阶层之间也极度缺乏流动性。

[27] 显然作者不熟悉代议制民主理念,同时也不熟悉"全民公投"(referendum),包括重大"公投"前广泛的公众讨论、针对是否公投进行的投票(阀门)等。

[28] 刘慈欣:《三体Ⅲ》,前引书,第292页。中国人云大明因种种原因而在三体世界中生活,因此对宇宙有着更深刻的了解,碍于三体人的审查,他不得不将人类的自救方案编织进三个童话故事中透露给程心,但因为其晦涩难懂,故引起了多种解读。

[29] "寡头统治铁律"(theironlawofoligarchy)是米歇尔斯(RobertMichels)的精英理论的经典论断,概言之,即任何大型的政治共同体内(包括民主组织)总存在着寡头化的现象与倾向。

[30] 严锋:《追寻造物主的活儿——刘慈欣的科幻世界》,载《书城》2009年第2期,第57页。

[31] 三体星系由不稳定的三星系统组成,其行星上日出日落的规律难寻,三体文明在严冬或烈日下不断毁灭与重生,并达到了此后的文明程度。与寻求生存空间的主题相应,三体人试图占领环境更佳的地球,这亦是整部小说的起始动因。

[32] 光墓:如果太阳系的真空光速降到每秒十六点七千米以下,光将无法逃脱太阳的引力,太阳系将变成一个黑洞。由于光速不可超越,如果光出不去,那么没有任何东西可以飞出太阳系黑洞的视界,这个星系将变成一个绝对封闭的、即在其他文明看来"安全"的世界。详见刘慈欣:《三体Ⅲ》,前引书,第314页。

[33] 尽管研究者没有统计所谓"无科技色彩"的词语,但从其词频上仍可窥见一斑。参见高翔:《从刘慈欣作品看中国科幻小说的语体特点》,载《陕西师范大学学报》2008年9月专辑,第256页。

[34] 但"默然大物"(BigDumbObject)一类流行理论用于此处却颇不确切,刘小说更多的是对宇宙自然伟力的展现,相对接近的表述或许是"天地有大美而不言"。

[35] 刘慈欣:《三体Ⅱ:黑暗森林》,前引书,第69页。

[36]《三体》销售数字参见《〈三体〉选定英文版美国译者》,"新华网"http://news.xinhuanet.com/book/2012-11/30/c_124025659.htm

[37] “核心科幻”是王晋康在对“硬科幻”概念加以辨析的基础上提出的更为圆整的分类概念，其大致标准为：包含科学体系、具有科学精神、运用科幻小说的独特手法；而优秀的“核心科幻”则追求新颖性、在当代科学意义上的正确性以及科学构想与情节联系的紧密性。参见王晋康：《漫谈核心科幻》，载《科普研究》2011 年第 6 期，第 70-72 页。

[38] 2012 年，《人民文学》在 3 月号上刊发了刘慈欣的《微纪元》《诗云》《梦之海》《赡养上帝》四篇科幻短篇；同年刘受邀与阿来、杨炼等作家一起参加了当年的伦敦书展。参见《〈人民文学〉刊发刘慈欣科幻小说引起热议》，“新华网 http://news.xinhuanet.com/book/2012-04/06/c_122934537.htm；《伦敦书展系列报道 NO.6/ 刘慈欣：奥威尔的〈1984〉给我很大启发》，“搜狐网”，http://cul.sohu.com/s2012/diyixianchang26/

[39] 贾立元:《“光荣中华”：刘慈欣科幻小说中的中国形象》，载《渤海大学学报》，2011 年第 1 期，第 44 页。

[40] 《三体》结尾处，宇宙质量被全部重新回收、“归零”，可以预见的未来是宇宙的“重启”。这一结局未被广泛接受的原因是其总体化思路带来的封闭性、强制性，而远非如作者所所说的那样是因为其是“开放的”。

[41] 余光中：《与永恒拔河》，洪范书店，1979 年，第 133-134 页。

参考文献：

1. 陈独秀 .《独秀文存・卷一》. 上海：亚东图书馆 .1922 年
2. 高翔 .《从刘慈欣作品看中国科幻小说的语体特点》. 载《陕西师范大学学报》2008 年 9 月专辑
3. 贾立元 .《“光荣中华”：刘慈欣科幻小说中的中国形象》，载《渤海大学学报》，2011 年第 1 期
4. 彼得・狄肯斯 .《社会达尔文主义——将进化思想和社会理论联系起来》. 涂骏译 . 长春：吉林人民出版社 .2005 年
5. 刘慈欣 .《三体Ⅱ：黑暗森林》. 重庆：重庆出版社 .2008 年
6. 刘慈欣 .《三体Ⅲ：死神永生》. 重庆：重庆出版社 .2010 年
7. 刘慈欣 .《重返伊甸园——科幻创作十年回顾》. 载《南方文坛》2010 年第 6 期
8. 帕累托 .《普通社会学纲要》. 田时纲译 . 北京：生活・读书・新知三联书店 .2001 年
9. 王晋康 .《漫谈核心科幻》. 载《科普研究》2011 年第 6 期
10. 许纪霖 .《现代性的歧路：清末民初的社会达尔文主义思潮》. 载《史学月刊》2010 年第 2 期

11.严锋.《追寻造物主的活儿——刘慈欣的科幻世界》.载《书城》2009年第2期。

12.严复.《原强》,《中国现代学术经典•严复卷》.石家庄:河北教育出版社.1996年。

13余光中.《与永恒拔河》.台湾:洪范书店.1979年

Hawkins,Mike. Social Darwinism in European and American Thought, 1860－1945: Nature as a Model and Nature as a Threat. Cambridge: Cambridge UP，1997.

Liu, Cixin. "Beyond Narcissism: What Science Fiction Can Offer Literature." in Science Fiction Studies，Vol. 40，1（March 2013）.

Marchant,James. ed. Alfred Russel Wallace: Letters and Reminiscences, Volume 2. London: Cassell，1916.

《三体》：科幻文学之外的意义

文/李云雷

2015年8月23日，刘慈欣凭借《三体》英文版第一部获得第73届“雨果奖”，这不仅是科幻文学界的盛事，也是当代中国文学的盛事。科幻文学在中国虽然很早就得到提倡，梁启超曾撰写过《新中国未来记》，鲁迅也翻译过凡尔纳的《月界旅行》，但“五四”以来，科幻文学在中国一直不甚发达，其原因或许在于，科幻文学虽然与科学有关，但在20世纪饱经忧患的中国，最切要的是民族的生存与发展，我们很难在现实的苦难中仰望星空，探寻宇宙的奥秘。新世纪以来，科幻文学在中国崛起，以刘慈欣、韩松、王晋康、何夕等为代表的科幻作家创作了一大批优秀的科幻文学作品，在整体上提升了中国科幻文学的水平，尤其是刘慈欣的《三体》，有研究者称他凭一人之力“将中国科幻文学提升到了世界级的水平”。在科幻文学崛起的背后是几代科幻人付出的心血与努力，也与中国在世界秩序中位置的提升有极大关系。

《三体》的获奖让我们看到了中国科幻已经达到甚至开始引领世界水平，但意义不仅于此。在阅读《三体》时，最令人兴奋的是，在那波澜壮阔的太空史诗中，我们看到了中国人的身影，中国人开始以主角的身份出现，作为人类的代表参与宇宙事务。这对于创作者来说或许是自然而然的，没有经过深思熟虑——作者是中国人，在构思时自然会将中国人带入其中，但就我的阅读体验来说，却具有一种震撼性的艺术效果。在此之前，我们看到的西方科幻文学与电影中，西方人是当然的主角，他们代表人类与外星人展开星球大战，最终拯救了地球。在这些作品中，我们看不到中国人的身影。《三体》的出现让我们看到中国人也可以参与宇宙事务，更让我们意识到，此前的中国人形象在科幻作品中的缺失，不仅是一个艺术想象的问题，也是一个国家实力与信心的问题。

《三体》塑造了一种新的中国人形象。以往我们熟悉的中国人是“哀其不幸，怒其不争”的阿Q，是“出水才见两脚泥”的朱老忠，是终于可以挺起腰杆说话的陈奂生，他们在历史与现实的重压下负重前行，在他们的身上，我们可以看到数千年来中国人“精神奴役的创伤”以及他们在20世纪改变命运的艰辛与努力。而在《三体》中，我们看到的是具有东方智慧的现代中国人形象，罗辑、章北海、叶文洁、程心、云天明，这些性格迥异的中国人，在地球文明遭遇三体文明时都承担着关键的使命，他们是人类文明的代表，在太空中挥洒着他们的智慧与意志，探索着人类与宇宙的未来。《三体》的开头描述的是“文革”场景，这样“伤痕文学”式的开场是我们熟悉的新时期以来的中国故事，但随着故事的渐次展开，我们可以发现，这不是一个中国故事，而是一个人类的故事，一个宇宙文明的故事，或者说，作者是在中国故事特殊性的基础上，讲述了一个具有普遍性的人类与宇宙文明的故事。

在《三体》中，中国人不仅可以参与宇宙事务，而且可以想象并把握未来。想象一种新的未来并促使其实现，并不是所有国家都能做到的，近代以来的中国不仅不能想象与把握未来，而且其命运往往被其他国家所决定，在那样的时代，一个中国人很难展开想象的翅膀自由翱翔。只有新中国成立后，中国人才能把握自己的命运；只有在改革开放之后，中国逐渐富强起来，才能参与世界事务，才能想象一种新的未来。“胜利的信念是必须建立的，这种信念，是军队的责任和尊严的基础！我军曾在极端困难的条件下，面对强敌，以对祖国和人民的责任感建立了对胜利的信念：我相信，在今天，对全人类和地球文明的责任感也能支撑起这样的信念。”这是在“太空军政治部工作会议”上章北海的发言，是从中国历史而来的对未来的想象。毫无疑问，中国的强盛为《三体》提供了想象的基础与可能性，而《三体》也是中国强盛在科幻文学领域中的一种折射。在世界科幻文学的视野中，或者在中国现代以来的文学史上，《三体》最重要的特色或许就在于中国人在太空中出现，并能够代表人类、地球与其他星球对话。科幻文学是没有国界的，但科幻作家是有国界的，或许也正是因此，刘慈欣在获奖后并没有显得兴奋，而是对中国科幻文学的整体状况表达了忧虑。

阅读《三体》是一种奇妙的体验，小说显示了一种非凡的想象力，严锋在《三体Ⅲ》的序言中说：“在整个三部曲中，我个人认为第一部最具历史感和现实性；第二部的完成度最高，结构最完整，线索最清晰，也最华丽好看，而《三体Ⅲ》则是把宇宙视野和本质性的思考推向了极致，这方面目前无人能及。”《三体》的想象由现实出发，展现了一个无限宽广的时间与空间，一种未来的太空史诗。作者从当下现实遥望星空，也是从无限遥远的高度与未来观察地球、人类与中国，让我们看到了一种超出一般想象的浩瀚宇宙。比如，在《三体Ⅲ》中，作者设计了一个“纪年对照表”，其中最后两个纪年是“DX3906 星系黑域纪元，公元 2687 年—公元 18906416 年”和“647 号宇宙时间线，公元 18906416 年”。在这里，作者的视域已达到了公元 1800 万年之后，这是我们在日常生活中绝难想到的，但在作者的叙述中，我们却真切地看到了时间尽头的风景。或许无限遥远的时空对我们没有实际意义，但能够想象整个宇宙的民族，一定是有梦想、有未来的。

最令人赞叹的还不是时间与空间的无限宽广，而是作者想象宇宙的方式以及超强的叙述能力。在刘慈欣的想象中，我们看到了宇宙社会学、宇宙心理学、宇宙生态学。在第一部中，作者虚构了一个星球及其文明的历史，在第二部中开始探讨不同星球文明之间的关系及相处规则，第三部则探讨时间的本质与宇宙的秘密。小说中瑰丽的想象与令人惊叹的细节俯拾皆是，作者以硬科幻的方式支撑起了整个叙述，逻辑严密、基础扎实，有自己独特的创造，比如小说中关于面壁者、持剑人、水滴、黑暗森林、降维打击等的叙述，既出人意料，又具有历史与想象的合理性。阅读《三体》对我而言，仿佛是从中国出发的一场太空旅行，那些辉煌的画面、壮丽的场景、奇妙的细节，较之观看西方科幻电影更具真切感、更有想象力，这是一首真正的波澜壮阔的太空史诗，也是我们这个时代想象未来的神话。

2012年，我第一次见到了刘慈欣，记得在讨论时我曾问过他一个问题，鲁迅翻译过凡尔纳的科幻小说，而鲁迅的小说却主要关注现实人生，不知他怎么看待这一现象。刘慈欣的回答很简略，他表达了对鲁迅的尊重，也对科幻小说的有限性做了思考。现在想来，我的这个问题，主要是想讨论“新文学”与类型文学的关系。在这方面，我们的研究显然还不够。一个显而易见的事实是，新世纪以来，中国文学已突破了“新文学”的范围，科幻文学、新武侠、官场小说以及网络文学中的诸多类型文学颇为兴盛，其中优秀的作品如《三体》，已跨越了严肃文学与类型文学的藩篱，充分显示了中国人的文化自觉与想象力。在这个意义上，我们可以说《三体》的意义超越了科幻小说，也超越了当今绝大部分的严肃文学，它带给我们的是关于人类命运的深沉思考，也是中国人对未来世界的寓言。

→选自《光明日报》2015年9月2日

从《三体》看科幻魅力

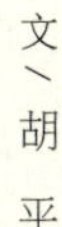

刘慈欣《三体》的获奖，既靠实力，也靠一些偶然性。偶然性是说不清的，实力却应该得到足够重视。特别是在传统文学界，应该打破对科幻文学样式的沉默，对其进行认真的评价与研究，促进中国当代文学的全面发展。

传统文学与科幻文学的分野，一定程度上表现为现实精神与幻想精神的不同的文化内质；纯文学以揭示真实为最高目的，现实主义要求按照世界的本来面目再现世界，包括再现外部世界的真实，因此目前绝大部分传统文学作品都是“写实”的，又被称为严肃文学——倘若莫言主要致力于幻想小说，相信是不大可能荣获诺奖的。不过另一方面，人类的审美意识又从来不限于现实观照，人们在认清现实之外还需要做梦、幻想和超越现实，因而奇幻、科幻、玄幻、穿越等小说类别冲破写实主义的大一统天下另立山头，借助大众市场，也借助网络媒介畅行其道，声势显著，也是再合情理不过的事。国内大量很有才华的传统作家中，倘若有百分之一不轻视这类写作并投身其中，将大大提高今日幻想文学的整体水平。另一种不容忽视的趋势是，现时代里纯文学与大众文学、写实文学与科幻文学的界限正慢慢变得模糊，最优秀的科幻小说大都同样具有现实的理性精神，《三体》就是这样一部作品。《三体Ⅰ》中，相当一部分内容取自实际生活，我们看到，科学家叶文洁向地外三体文明发出求援信息，引来三体人的远征，初始动机源于家庭在“文革”中遭到的不幸：父亲在被批斗中惨死；母亲在会上公开揭发父亲；一些年后，打死父亲的几名女红卫兵仍不肯忏悔。当然，还有其他，如目睹人类彼此间无休止的争夺、地球生态遭到毁灭性破坏等原因，促使她背叛了地球。当三体舰队向地球出发时，地球上也有对人类失望的人们成立“三体教”，里应外合迎接入侵者的到来。这些内容，构成了开展想象的基础和前提，赋予作品以鲜明的现实性品格，只不过，作品是将镜头焦距大大拉开，将人类的处境视为浩瀚宇宙中一个星球上出现的危机，它无法靠自身化解，导致来自星际的干预和惩罚，引起全球的末日恐慌。《三体》击溃了傲慢的人类中心主义，给地球人类以警醒。它的成功，说明科幻作品同样可以是严肃和富有深度的，有它的厚重感。与之对应，浅薄和炫技的科幻写作则难以成气候。

此外，《三体》在处理星球大战题材的方式上颇有寓意。在《三体Ⅱ：黑暗深林》中，地球被三体派遣的智子全面监控，基础物理学研究彻底停滞，无法对抗科技水平远高于人类的三体能量，最终，解救地球的居然主要不是科学家，而是一位名叫罗辑的中国社会学家。罗辑被赋予重任看似荒唐，他自己也搞不清能做些什么，四处胡混，形成作品里长久的悬念。结局是出人意料的，罗辑从叶文洁处受到启示，领悟了宇宙的“黑暗森林法则”，意即宇宙像个黑暗的森林，隐藏着大量文明，彼此构成生存的威胁。在罗辑的要求下，人类向三体舰队发出信号，告之与地球的决战将同时暴露他们自己，招致其他文明对三体的毁灭性打击，终使三体舰队为自保暂时放过了地球——作为科幻小说，《三体》克服了技术中心主义，没有将推进情节诉诸对高新科技手段的无节制构想，而是将宇宙文明整体视为与人类社会同构的社会共同体，以社会性规则发生作用终结全篇，是十分高明的，也说明作者深谙文学性。联想一下，书中残酷的“黑暗森林法则”，实际上也是对人类社会现存秩序的隐喻。

当然，对未来科技发展面貌的大胆推测与描摹，是作者从事科幻写作的一个重心，构成了作品的特色。科幻文学是科学与文学的综合价值体，其趣味也来自科学。尽管刘慈欣不是科学家，作品中会存在某些禁不起专业检验的成分，但他的创作仍然显示了他所积累的科技素养，它们与想象力相混杂，形成了令众多科学爱好者着迷的写作内容，特别在《三体Ⅲ》中，科技想象得到淋漓尽致的发挥，如使飞船达到光速的曲率驱动技术、神秘的二向箔武器、三维空间向二维空间跌落的理论等，都有力地扩张了读者的视域，激发起他们对未来世界的探究欲望。雨果说，世界上最宽阔的是海洋，比海洋更宽阔的是天空，比天空更宽阔是人的胸怀——正由于人的胸怀如此宽阔，才需要刘慈欣写出这样的小说。

但科学想象仍不能代替文学想象。科幻小说是呈现作家想象力的独特领域，科幻小说中的文学想象建立在科学想象的基础上，而文学想象需要超越科学想象才成为审美对象。令人欣慰的是，刘慈欣的想象是全面的。在《三体Ⅲ：死神永生》中，我们能读到这样的情节：患癌症的男孩云天明决定接受安乐死，并同意联合国情报局的请求，将自己的大脑发射向三体舰队。他暗恋着一个女孩程心，离世前又用一笔意外之财为她购买了一颗距太阳系 286.5 光年的恒星。程心也爱上了他，在三体舰队克隆出他的身体后含泪与他视频，约定未来在他为她购买的恒星上见面。这次见面跨越了几个世纪，程心来到恒星时，只见到了云天明为她刻在石头上的留言——这是一个爱情故事，与古往今来无数作品写过的故事相似，但读到它，我们仍不能不为这种建立在科学想象之上的文学想象格外感动，它给读者带来的新鲜体验前所未有，也使爱情故事骤然生辉。可以说，刘慈欣确是写科幻小说的高手，不仅在于他善写科技，也在于他善于凭借科技放大文学的魅力。

→选自《光明日报》2015 年 9 月 7 日

超越先锋文学的脾性：漫谈刘慈欣及科幻文学

对话｜刘芳坤 VS 飞氘

刘芳坤　飞氘好！今天很高兴和你谈谈我们山西作家刘慈欣及其作品，他最近刚刚获得了雨果奖。

飞　氘　这无疑是新世纪以来中国科幻文学界最振奋人心的消息。现在不少媒体称雨果奖是科幻界的"诺贝尔奖"，个人认为，这个说法其实不是很贴切。除了雨果奖，英文科幻界还有另一个与之齐名的奖项——星云奖，这是个专业性更强的奖，而雨果奖的评选规则更具有大众性。

刘芳坤　是的，据介绍，雨果奖为世界科幻大会的会员投票，这是有别于我们通常理解的由专业评论家组成评委的"专业奖"，也有别于和时尚紧密相连的"媒体奖"，现如今关于"体制内"评奖更是受到了各种诟病。法国社会学家埃斯卡皮将文学活动划分生产、传播、消费三个环节，在他看来，只有当作品真正到达读者那里"消费"，才是实现了它的价值。照我的理解，雨果奖就是读者大众起到更大的作用，这点又恰恰与我们国内的刘慈欣接受情况相同，你看大刘拥有广大的读者，特别是一些社会精英阶层的阅读对作品的传播也起到了很大的作用。同时，埃斯卡皮也很重视“文人圈子”对作品的筛选机制，关于刘慈欣的作品的专业评论还是少了些。

飞氘　　所以，一般来说，如果能够双奖加身，就代表在科幻界取得了最高的荣誉。刘慈欣的《三体》第一部今年也曾入围星云奖，虽然没能最终摘得桂冠，但最后摘得雨果奖，仍是巨大的历史性突破。我看到一份资料，说雨果奖自1953年设立以来，共有三百人获“最佳长篇奖”（Best Novel）提名，其中二百九十五人是白人，另外三人为非裔美国人，一个阿拉伯裔美国人，一个中国人，也就是刘慈欣。事实上，这也是这一奖项第一次授予非英语原创的科幻作品，这个荣誉由中国作家，或者说山西作家获得，意义不凡。我相信，随着《三体》后两部英文版的陆续问世，刘慈欣双奖加身只是个时间问题。

刘芳坤　　那我们就继续从“雨果奖”说起吧，我知道你除了小说创作之外，还从事科幻文学的研究，那么从一位专业人士角度来看，大刘获奖的意义何在？

飞　氘　　这是一件期待已久、也相信它一定会发生的事。一个国家，在保持长时段的稳定发展，在经济增长、物质水平不断进步、教育水平逐步提高的基础上，经过几代人的学习、积累、突破，就一定会在文化、体育等领域中那些之前一直被认为非常薄弱的地带做出突破性的成绩，因此，我觉得刘慈欣的获奖，和姚明、李娜、刘翔、莫言等人在赢得世界性的尊重和认可，在本质上是一回事。

具体说到大刘，他这次赢得雨果奖，虽然说过程充满曲折——具体情况，各大媒体都已经报道得很详尽了——但就结果而言，可谓当之无愧。而这不仅仅是刘慈欣一个人的荣誉，《三体》第一部的译者刘宇坤也贡献很大。这位熟练掌握汉语的美籍华裔，自己本就是“双奖加身”的优秀作家，他和刘慈欣的合作成就了中国科幻史上的辉煌一页，这本身也是极富象征意义的，它证明了科幻可以跨越文化和语言，中国人，或者说以现代汉语形态承载的对未来和宇宙的想象、思考、愿景或忧虑，都可能为全人类所共享。

刘芳坤　　刘宇坤的翻译让我想起了众多“跨语际”文学的话题，包括鲁迅翻译裴多菲，林纾翻译《茶花女》，这些话题是很尖锐的，实际上已经涉及了“再创作”，《三体》的美国版本无疑经过了这种“跨语际实践”。比如大刘自己也曾毫不避讳地谈到，因为女权的问题，小说做了多处修改。但对于中国读者来讲，我们似乎更为关注：和之前的获奖作品比较，大刘的作品在主题和艺术上有何“特殊”之处？

飞　氘　　一方面，可以说大刘的“特殊”就在于他的“不特殊”。大刘是个纯正的科幻迷，是在大量阅读世界科幻经典基础上成长起来的“60后”作家。他多次提及自己念念不忘的英国科幻大师阿瑟·克拉克，声称自己的写作是对《2001：太空漫游》的“拙劣的模仿”。通过对宇宙、星空、未来等宏大命题的探索，大刘确实把风味醇厚的西方现代科幻小说的美学精神植入了中国当代文学中，这不但能够引发中国读者对星空的兴趣，让我们能超越困顿的日常生活，抬头去群星中寻找那超越现实的价值——那种像水晶般坚硬而透明的宇宙空灵之美，同时，更用这样的故事回馈给了西方世界。打个不太准确的比方：大刘获奖，像是一个西方人写了一部有点“老派”的、金庸式的武侠小说，得到了中国人的赞许一样。

刘芳坤　你打的这个比方很有意思，但大刘的作品不仅在于中西科幻艺术“引桥”的意义，有很多小说也是蛮情怀党的，比如在《赡养上帝》里面，他讲到人类因为忽然遭遇到了天外来客的各种境遇，因为这些来客都是老年人。他们是曾经的造物主，今天需要人类赡养，这样就闹出了一个村庄各种的怨言，在小说最后，作者不忘记疾呼：“人啊，该考虑养老的事了。”大刘的创作已经走出了“纯科幻”阶段，此类小说让我联想到的是，中国文学源远流长的“文章合为时而著，歌诗合为事而作”。而大刘的“社会实验”阶段，让我联想到的是中国新文学现代化进程中的理性启蒙精神。

飞　氘　这就是另一方面，大刘也确有特殊之处，那就是他的故事又浸透着中国汁液。再比如《乡村教师》《中国太阳》等作品，里面的人物都是最平凡的中国基层社会的小人物，当他们和光年尺度上的命题联系在一起时，就制造了一种奇特的张力。这些故事常让我想起另一位山西的艺术家贾樟柯，他镜头下的中国与刘慈欣的世界有着一部分重合。我记得刘慈欣曾在闲聊时说，贾樟柯呈现的某些景观，就是大刘自己生活于其中的真实世界。有意思的是，《三峡好人》里出现了一个有点突兀的建筑物如火箭般升空的镜头，这有点科幻色彩，和主人公韩三明的人生构成了某种呼应。再打个比方，如果韩三明走到了火箭里面，飞向星空，那就有点像大刘式的张力了。

刘芳坤　　你的比喻倒是提醒了我：关于山西文学的地域性求存问题，身处黄土高原的艺术家们，却没有被群山阻碍，反而“飞出群山”的文学隐喻，确实充满魔幻般的魅力。王德威先生给山西的作家写评论就注意到了这点，他惊讶大刘的成就：“这位仁兄异军突起，居然在这个娘子关发电厂工余之暇开始了他在科幻上的创作。”多年前给李锐写的评论就叫《吕梁山色有无间》，开篇即是描绘吕梁地脉。我有个大胆的设想，就是把目前已经是“国际刘”再放回于我们山西的文脉当中去考察。这样的话，他的《乡村教师》《中国太阳》一定能够读出山西现实主义文学传统的精髓。所以，我更关注你谈到大刘作品的美学风貌有点“老派”，能简单描述一下你对中国科幻文学的历史现状的认识吗？

飞　氘　　从晚清至今的一个多世纪里，不论是以儿童文学一员的面貌参与新中国初期的社会主义建设事业，还是在改革开放后以文学“边缘”或亚文化的自觉去审视社会转型中的众生相并表达对中国崛起的期待，中国科幻始终都是中国现代化工程的一部分。作为现代化赛跑中的追赶者，中国的科幻写作者们一次次把目光投向虚拟时空，试图以对“科学”“理性”的宣扬来促进民族精神的革新，同时又渴望超越民族国家的限制，从宇宙的宏观视角去审视人类文明，他们和翻译凡尔纳的青年鲁迅一样，颂扬着人类向大自然的抗争，也和撰写《大同书》、梦想着星际旅行的康有为一样，面临现实的苦闷时，转向深邃的星空中寻找安慰。这些用小说来表达的对中国现代进程的热情辩护、冷峻批判、沉痛反省、顽强抗争、尽情宣泄，本身也成为历史实践的一部分，传递着现代中国在走向世界与寻找自我之间的艰难，这一伟大而艰巨的历史进程也从根本上决定着中国科幻的兴衰变迁、成就与症结，构成了它的“中国”底色。

刘芳坤　　你谈的这个问题很关键，就是科幻文学与民族国家、与我们通常谈到的中国“现代性”之间的关系。你谈到的晚清很典型，梁启超的科幻小说《新中国未来记》实际上构成了整个文学甚至民族“现代化”的某种隐喻。另外，我最近接触到了“文革”末期以来的不少文学作品，其中就有叶永烈的《石油蛋白》这种“新时期文学报春花”，它的意义在于表达了“科学是第一生产力”的现代化认知，具有划时代的思想解放意义。

飞　氘　　不过，和科幻在西方文化传统中的深厚根基相比，中国科幻虽也耕耘了一百多年，但经历了几次大的生发和沉寂，其间的各个时代虽也不乏代表性的力作，比如你说的“新时期”，就曾在1978年里出现了童恩正的《珊瑚岛上的死光》、郑文光的《飞向人马座》、叶永烈的《小灵通漫游未来》等重要作品。但直到《三体》三部曲问世，以及大刘获雨果奖这一象征性的文学事件出现，我们才终于有底气地说，在这片贫瘠的土壤上结出了一颗雄奇的硕果。它是一百多年来西方科幻与本土文化融合的结果，也是几代中国科幻作家对科学和人类未来的信念，对宇宙未知之谜探索精神的积淀。

刘芳坤　　那么，我们还是应该重点关注：大刘文学作品的“中国性”在于何处？

飞　氘　　我觉得，大刘小说的最大魅力在于一种冷酷到底的理性和一种粒子风暴般扑面而来的澎湃激情的交融，以及笔下人物的命运抉择。那些无畏追求真理的故事都是中国故事，它们展示的既是宇宙“真理”本身的“美”，同时也是现代中国对科学的浪漫想象与对未来的自我期许——一种自强不息的古典豪迈与现代科学理性精神的嫁接。比如《三体》里的中国太空军这个军种，以及政委章北海这个人物的独特魅力，就很令人感怀。有一个情节让我印象特别深刻：为了对付四百年后入侵地球的三体舰队，章北海冬眠了两百年后苏醒，此时地球上各大国都已衰落，代之崛起的是作为政治实体的三大太空舰队，作者没有交代彼时中国的具体情况，但读者仍能感受到中国革命精神与力量跨世纪的薪火传承。章北海向新时代的亚洲舰队司令官报到时说“中国太空军司令员常伟思将军托我向您问好。”后来神舟十号发射的那天，我把这句话配上了女航天员王亚平站在国旗下敬礼的照片发在网上，许多网友激动不已。我认为，大刘的厉害之一在于开启了一条通道，使当代中国长久被困于革命历史叙事的国族认同感终于可以投射进未来的空间。

刘芳坤　　乔治·马丁关于《三体》的一些说法我是非常同意的，比如这部作品其妙地结合了科学和哲学、政治与历史、阴谋论与宇宙学，细想这些因子里其实无不充满了“中国性”。另外，我也看重《三体》中的“文革”部分，在小说刚一开篇所烘染的叶文洁所处的历史场域，就很好体现了你所说的中国革命精神和力量。小说历史感的强化无疑标记着刘慈欣那代人的集体记忆，更重要的是民族和知识分子自身的认同问题。当然，科幻文学当中最富有魅力的，那些关于“未来”的部分，《三体》也的确提供了一部严整的未来逻辑体系。你认为这种“未来想象”的特点和贡献是什么？

飞 氘　　超越现实的卑琐吧。从先锋文学开始，去崇高化渐渐成为一种脾性。正因此，在理想主义和宏大叙事遭到抛弃的所谓“后现代”社会里，刘慈欣那股古典主义色彩的作品才显得异常醒目和可贵。

刘芳坤　　“崇高”的确是刘慈欣作品最为重要的美学风格，“后现代”消费社会濒临碎片化的思想状态容易产生拼贴、戏仿等“机械复制的艺术作品”。目前我们的文坛不仅有庸俗化的问题，同时存在缺乏向心力的“历史虚无主义”，而大刘作品的“未来想象”恰恰能够提供给理想主义的力量，这可能也是他能拥有众多读者，特别是金领理工男读者群体的原因。

飞 氘　　没错。

刘芳坤　　另外，我想，文学作品应该具有一些共同的品质，比如它关涉到人文的关怀，甚至是人类在自我和精神世界中的解放，但我们在严肃文学作品当中，通常看到的是历史与现实的书写，在中国当代文学当中，我们经常感觉到的是小说是中国之“史料”，小说里充满历史的面影和现实的阵痛，但小说不光可以是心灵史，小说更可以是预言，是理想。科幻文学在很大程度上恰能够提供一些宏阔的补足，从这点来讲，大刘的启迪就不止在科幻文学圈子。你从事研究和创作多年，能谈谈你在创作科幻小说、研究严肃文学、评论科幻小说这些过程中的不同体验吗？

飞 氘　　我觉得，它们在根本上是相通的，都是严肃面对世界的一种生存状态。你必须认真对待你的素材或者研究对象，苛求自己免于倦怠和松懈，用严谨的态度去做准备工作，同时又要保持激情和想象力，去看见一个世界。如果没有热情，它不会自己呈现。

刘芳坤　　最后，你对“刘慈欣后”的中国科幻有何期待？

飞　氘　　说回到贾樟柯吧。数年前，我曾在一次活动现场向他提问。当时他谈到自己在准备一部历史题材的电影，大概意思是：当前的社会特别看重“今天”，而“过去”和“未来”则是模糊的，此前他的电影都是关于当下的，现在想要回到历史的脉络，去重新审视历史和现实的复杂性。我就问他有没有打算将来拍一部关于“未来”的电影呢？毕竟，从晚清开始，中国人就不断以现代科学为依托来想象未来，我想知道他会不会考虑拍一部“科幻片”。贾樟柯当时的回答挺敷衍，大意是说人们对于历史、现实的思考，就蕴含着我们对于未来的期待。这个回答没什么特别的。我要说的重点是，在那个现场，听众们本来一直在认真倾听我的提问，但当“科幻片”三个字突然在空气中震荡时，立刻在人群中激发出一片笑声。这可能是因为在这样充满文艺气息的氛围中，“科幻”显得很违和，令毫无防备的人们感到突兀。说实话，我当时挺尴尬的，觉得自己像是那种在各种演讲现场提奇怪问题令周围人感到难堪的怪人。所以，要问我对“刘慈欣后”的中国科幻说有什么期待，那就是希望将来人们提及“科幻”二字时，不再彼此感到窘迫。

刘芳坤　　非常感谢飞氘和我交流，作为一个文学研究者，也是科幻文学爱好者，让我们共同期待《三体》电影版吧！中国科幻的整体腾飞的确期待着更多的力作，也祝你佳作频出！

→2015 年 8 月 31 日飞氘根据录音整理；9 月 1 日刘芳坤校稿；9 月 2 日飞氘定稿。

同宇宙重新建立连接
——刘慈欣科幻小说综论

文\吴言

为了撰写本文，在对科幻文学不断深入了解的过程中，我竟然有了这样的感悟：科幻文学同一国的科技创新能力、技术应用能力有着一定的正相关关系，某种程度上，科幻文学可以折射出一个国家文化中蕴含的技术含量。科幻文学是工业革命的产物，它于19世纪末发端于英国、法国，在20世纪30年代至60年代兴盛于美国，创造了科幻文学的“黄金时代”，至今在美国仍然枝繁叶茂，影响遍布全球。法国的科幻文学已经没落，英国则在平淡中延续着。俄罗斯（包括苏联）创造了独立于美国科幻体系外的自身的科幻体系。日本的科幻文学在20世纪20年代和30年代就对中国产生过影响，虽然有起落，但一直比较发达。

科幻文学作为地道的舶来品，它在中国落地生根的过程，同百年来中国的科技强国梦发生着共振。晚晴末期国家风雨飘摇之际，一些文化志士就涉猎过在西方兴起的科幻文学，并在其中寄托自身的救国梦想。新中国成立后，掀起了第一次科幻文学的高潮，应和当时百废待兴的发展形势，科幻主要集中在科普功能上。改革开放后的1980年代前后，既是科学的春天也是文学的春天，科幻文学迎来了第二次短暂的高潮，当时的科幻文学同主流文学的界限并不分明。以 1997 年在北京举行的世界科幻大会为标志，开始掀起第三次科幻文学高潮。这次高潮有显著的自发性和民间性，同主流文学受到的冲击正好相反，科幻文学是在出版业市场化过程中受益和成长起来的类型文学。以成都《科幻世界》杂志为平台，凝聚了大批科幻迷，发掘和培养了重要的科幻作家，逐步使科幻文学进入产业化。而这个时期，正是中国进入工业化、信息化的快速发展时期，社会生活因科学技术发生着深刻的变革。

刘慈欣正是在科幻文学第三次高潮中涌现和成长起来的代表性作家。随着他的《三体》在国内引发的热潮，科幻文学已经从孤岛状态进入大众文学，也把科幻文学的第三次高潮推向了高峰。《三体》第一部英文版在美国获得星云奖、雨果奖、坎贝尔奖、轨迹奖和普罗米修斯奖五个奖项的最终提名，成为本年度获得提名最多的长篇科幻小说。前三项为世界科幻文学最高奖项，最终《三体》第一部获得了雨果奖、坎贝尔奖，成为亚洲第一部获得雨果奖的作品。这表明中国科幻文学已经可以同世界比肩，在世界格局中占据一席之地的时刻终于来临。

在写本文之前，我只是一名文学爱好者，并没有关注过科幻文学。年事渐长，于生活，于文学，绚丽的外表正渐次脱落，更为关注的，是文学于人生精神层面的意义。所以，在刘慈欣的科幻世界面前，有些踯躅——能不能寻找到自己想要的？

创世界：心灵·科幻·宇宙

2012 年第 3 期《人民文学》选登了刘慈欣的四篇科幻中短篇小说，这被认为是时隔近三十年科幻文学被主流文学重新接纳的标志性事件。刘慈欣创作的中短篇小说数量不少，风格多样，为什么是这四篇呢？作为最具影响力的主流文学杂志，其中暗含的尺度耐人寻味。

第一篇是《微纪元》，是刘慈欣的“末日三部曲”之一。“微”和“纪元”是刘慈欣科幻小说中经常出现的概念。“微”和“宏”组成空间上的对立，“纪元”纵笔一挥，形成时间上的宽阔跨度。《微纪元》说的是地球毁灭之后，地球人利用基因技术将人类改造成细菌大小的微人，人类社会进入微纪元。微纪元因为对资源的微消耗而同目前的人类社会形成了巨大的反差，符合科幻创造未来理想世界的宗旨。第二篇是《诗云》，小说中的“诗云”，是无所不能的宇宙之神，寻中国诗词精髓不得，最后利用量子计算机将所有汉字进行了排列组合，产生了全部可能的诗，用太阳系全部物质加以储存，从而形成的一片星云。同《论语》中常出现的“诗云”，既有形象上的对应，也有哲思上的暗合。小说最后表达的是“智慧生命的精华和本质，是技术所无法触及的”。 如果说《微纪元》是在技术的向度上一直向未来延伸，那么《诗云》所带来的对技术和艺术的想象，相信会给读到它的人带来强烈的震撼。第三篇是《梦之海》，同《诗云》一起组成了“大艺术”系列。宇宙低温艺术家创造出壮阔的横跨银河系的冰环“梦之海”。第四篇是《赡养上帝》，同前几篇不同，这篇从当下现实出发，日渐衰老的上帝文明降临地球，从而引发了雷同于赡养老人时出现的矛盾。这篇的亮点是对文明生命周期的想象。

但在刘慈欣的中短篇小说中，最具震撼力的是另一种类型。他在《乡村教师》开篇写道：“你将看到中国科幻史上最离奇最不可思议的意境。”《乡村教师》乍看同一篇普通的纯文学小说没什么区别，写的是一位罹患绝症的乡村教师，在最后时刻竭尽生命向学生传递知识。但是后部跳跃到了太空，当从碳基帝国俯视低等的地球文明时，两代生命之间传授知识的个体，是被称为太古词汇的“教师”——此时读者的心灵一定会受到撞击。单纯从现实角度描写乡村教师，会是《凤凰琴》那样的版本。而从宇宙的广阔的背景下俯瞰卑微的生命，会产生传统小说不能及的强烈的震撼。从这一点上说，科幻文学确实拓宽了文学的边界。

还有一类小说是很多男性感兴趣的战争题材，有很多世纪之交局部战争热点的影子。用科幻演绎战局，影响战争走向，想必是很多人的梦想。如刘慈欣所说，“科幻文学是英雄主义最后的栖身地”，这些小说中表现出的英雄主义让人有久违之感。《全频带干扰阻塞》，想象中的电子战，英雄主义放置在太阳系的背景下，确实有着壮阔的震撼的效果。《混沌蝴蝶》的背景是科索沃战争，利用蝴蝶效应改变战区气候以阻止空袭，读后会希望这不仅仅是科幻。小说中对巨型计算机运行机制的描写，非常出神入化。《光荣与梦想》有阿富汗战争的影子，科幻色彩不强，只是虚构了北京奥运会，想要通过体育场的竞技换取和平。这些小说中微妙的心理描写，流畅的意识流写法，紧张的叙事节奏，即便在纯文学领域也很少看到这样精彩的小说了——这是读刘慈欣中短篇小说常有的感觉。刘慈欣对这类异国题材的把握能力很强，很逼真，很有现场感，令人惊讶于战争细节的信息他是如何获取的。科幻小说有这样的优势，不必局限于地域，可以纵横驰骋到地球上的任意点。

还有一类小说充满了哲思，能从中感受到物理学、宇宙学同哲学之间那种奇妙的联系，甚至涉及生命的终极思考。《朝闻道》是非常典型的一篇，生命的意义是什么，宇宙的目的是什么。《思想者》中宇宙就是类似于大脑的思想者。读完这些小说，令人平添人生苍茫之感。

2010 年，刘慈欣在创作完《三体Ⅲ：死神永生》后，写了文论《重归伊甸园——科幻创作十年回顾》。他把自己的创作分为三个阶段。第一阶段是纯科幻阶段，“对人和人类社会完全不感兴趣”，“科幻小说的成功，在很大程度上取决于其幻想的奇丽与震撼的程度”。[1]《人民文学》所选的除《赡养上帝》外的三篇，均可视为纯科幻阶段的作品。纯科幻作品一直是刘慈欣心仪的文本，也符合普通读者甚或主流文学对科幻的期许。

以《乡村教师》为代表作的阶段被刘慈欣划分为创作的第二阶段，“人与自然阶段”，“由对纯科幻意象的描写转而描述人与大自然的关系。这一阶段的共同特点，就是同时描述两个截然不同的世界：一个是现实世界，灰色的，充满着尘世的喧嚣，为我们所熟悉；另一个是空灵的科幻世界。”[2]刘慈欣说自己最成功的作品都出自这一阶段，代表作还有中篇《流浪地球》、长篇《球状闪电》和《三体》第一部。这个阶段也体现了科幻文学界为了吸引更多的科幻迷外的读者所做的努力，科幻作品现实性和文学性被着意加强。

比照文学史上“魔幻现实主义”，这种写作方法可以称为“科幻现实主义”。刘慈欣的中篇小说绝大部分都是两万多字，也可界定为短篇小说。短篇小说是非常体现一名小说家功力的文体。目前主流文学界的短篇小说创作已难有新意，作家为了突显个性常常求怪求异，这种后现代主义的创作手法令短篇小说愈发支离破碎。刘慈欣的风格被冠以“新古典主义”，他在科幻领域重拾古典主义写作手法，无论是摹写现实还是构建科幻，都非常耐心，不苟细节。这种扎实的写作风格不仅使刘慈欣成为“硬科幻”的代表，也用“实”平衡了科幻文学本身自有的“虚”，使得刘慈欣的科幻作品传递出更深厚的力量。“科幻文学的发展必须经历一个相当丰富的古典主义的时期。”[3]这一论断是有道理的，因为即便把这一点放在主流文学界也是成立的。一棵大树的生长必须先有主干，无论是主流文学还是科幻文学，都不可能超越社会的发展阶段。

就中短篇小说创作而言，上述两个阶段从最初的 1998 年开始，大致持续到 2002 年。令人惊讶的是，在 2000 年左右明显地感觉到刘慈欣创作的中短篇小说有了一个质的跃升。这些发生在仅仅发表了几篇作品后，一些堪称经典的中短篇小说就从刘慈欣笔下问世了。究其原因，除了有着多年对科幻的痴迷和热爱，本身已经积累了一些创作经验，厚积薄发之外，另一个重要原因想必是 1999 年 7 月刘慈欣首次应邀参加了成都科幻文学笔会，他受到了科幻界的接纳和触动，开始认真思考科幻文学和自己的创作。此后，创作呈“井喷”之势。从 1999 至 2005 年，刘慈欣连续六年以中短篇小说获得中国科幻文学银河奖。

第三个阶段，刘慈欣称为“社会实验阶段”，“这期间，我主要致力于对极端环境下人类行为和社会形态的描写”，“星空的自然属性被大大弱化了，代之以明显的社会属性。”[4]这个阶段的代表作品有长篇《三体Ⅱ：黑暗森林》、中篇《赡养上帝》《赡养人类》等。《赡养人类》写得很像警匪片，科幻成分的比例很小。《镜子》将触角深入反腐领域，彰显出刘慈欣的现实关照，也应该划入这个阶段。这一阶段基本从 2004 年开始持续到 2008 年《三体Ⅱ：黑暗森林》完成。明显感觉到，这一阶段所创造的科幻世界，是人类社会的某种投射，人的社会性在这些作品里占了很大的比重。第一阶段纯科幻那种空灵的美感，第二阶段介入现实后那种悲悯的情怀，在这一阶段消失了，读完后没有了科幻那种飞翔。刘慈欣也在反思，认为这个趋势是不正确的，“科幻小说中的自然形象一旦被弱化，科幻文学便失去了灵魂，失去了存在的依据，变得与其他文学类型没有本质的区别。”[5]

《人民文学》所遴选的四篇短篇小说中，有着最成功、最有影响力作品的第二阶段缺位了。而最终，是属于第三阶段的《赡养上帝》获得了当年的“《人民文学》柔石奖”。不难看出，主流文学对待科幻文学是小心翼翼的，接纳度并不宽阔，对科幻这一类型文学的社会意义要求更多。

在写《重归伊甸园——科幻创作十年回顾》时，《三体Ⅲ：死神永生》还未正式出版。在这部书中，刘慈欣试图重新找回大自然的形象。《三体Ⅲ：死神永生》创作之初，没有太多考虑科幻圈之外的读者，而是肆意纵笔，将其写成了一部很纯的科幻小说，其间科幻的比例远远超过人的社会性的比例，技术的比例远远超过前两部。但这部书却取得了前所未有的成功，说明这条创作道路是正确的。我想刘慈欣重归伊甸园的愿望已经实现，经过否定之否定，已经不是第二阶段的重复，丰富性和坚定性已然不同。

研读刘慈欣十几年来的科幻创作，发现作为一名科幻作家，所走过的创作道路同主流的纯文学作家的同质性远超过差异性。同很多取得成就的纯文学小说家一样，到目前为止，刘慈欣的创作体系已经比较完整。这个体系通常由三部分组成，首先是创作大量的中短篇小说，这是基础；第二部分是文论、杂文，对科幻文学的发展和规律进行思考，增加文学的自觉性，这对创作道路走得深远是非常重要的；第三部分是长篇小说，经过最初几部的实践锻炼，最后创造出辉煌之作。如果说有什么不同，那么应该是科幻作家不可能一夜爆红。科学技术是一个积累的过程，科幻文学也是如此，不可能凭一篇构思奇异的作品突然站在舞台中央。

文学是想象力的世界。对于一个纯文学作家来说，他笔下的世界可能有一副世俗的面容，也可能是某种抽象和变形，无论怎样都不是现实世界的简单镜像，他创造的是一个属于自己的心灵世界。随着科技的发展，世界的神秘性已经渐退渐让，如果还有“神”存在，他早已脱离三界，归于广漠的宇宙。科幻文学可以突破地域限制，将地球作为自己的舞台，也可以借助科学的制动力，脱离地球引力，在无际的宇宙创造自己的世界。

早在 2001 年，刘慈欣就表达过：“反观中国科幻，最大缺憾就是没有留下这样的想象世界，中国的科幻作者创造自己世界的欲望并不强，他们满足于在别人已经创造出来的世界中演绎自己的故事。”[6]那时候，刘慈欣一定已经有了创造自己科幻世界的志向。经过十几年的创作实践，至《三体Ⅲ：死神永生》完成，我想他的这个理想已经基本实现了。“可以说他在科幻田地里，是一个新世界的创造者——以对科学规律的推测和更改为情节动力，用不遗余力的细节描述，重构出完整的世界图像。”[7]

元要素：准则·他者·细节

这一节，我们想要探讨的是刘慈欣构建科幻世界所用的元素、要素。

准则。在科幻世界里，现实世界遵从的法则失去效力，需要创造这个世界的运行规则。“塑造科幻形象的基础工作是世界设定，就是为小说中的想象世界确立一个基本的框架、规律和规则。”[8]刘慈欣的科幻世界首先依从的准则是科学规律。

居里夫人说过“科学有种伟大的美”，这是任何有幸深入科学内部的人所能感受到的。理论物理学领域，又在穷尽着人类的想象力，它的探索深刻地影响着哲学的基础和人类的世界观。如“不确定性原理”，在考验着“永恒真理”是否存在，连爱因斯坦都不愿接受，他坚信“上帝不掷骰子”。理论物理的最重要的两个分支，广义相对论和量子力学，一个指向广漠的宇宙，一个指向微观尽头，在刘慈欣这里反映的是“宏”与“微”。而迄今为止无法将二者统一而建立宇宙大统一模型，为科幻留下了无尽的想象空间。宇宙是一个广阔的舞台，适合用科幻的笔法尽情演绎传奇。

对宇宙终极真理的探索，是科学家们的人生信念。这一点在刘慈欣的短篇小说《朝闻道》中有着精彩的呈现。模拟宇宙大爆炸的实验被宇宙排险者封锁，面对一个不可知的宇宙，科学家们的人生变得毫无意义。为了一窥真理奥秘，他们纷纷走上真理祭坛，以生命为代价换取了终极真理。在《三体》的开篇，很多理论物理学家纷纷自杀，也是因为类似的原因。短篇小说《纤维》呈现出的是平行宇宙和多世界假设，在另一个世界里，可以有另一个“我”。《三体Ⅲ：死神永生》中，因为乘着光速飞船，时间停止了或变慢了，一个人可以跨越千万年……

“科幻的世界设定需遵循科学规律，它是超现实的，但不能超自然。”[9]刘慈欣笔下的科学规律，是在科学规律的基础上经过变造的，是经过缜密推演的，也是逻辑自洽的。科学规律只是科幻依赖的一部分，这一部分是大自然的、客观的。另一部分涉及人类的、社会的规则需要自行创立。科幻界目前最为成功的准则设定，是阿莫西夫在《我，机器人》中设立的“机器人三准则”，它已被人工智能领域所采用，产生了实质性的影响力。刘慈欣在自己的小说里，很早就体现出了这种创造“准则”的意识。在《朝闻道》里，刘慈欣设立了“知识封闭准则”，封锁了低级文明探索宇宙终极真理的可能。《三体》中创建了“黑暗森林法则”，整个《三体》系列就是建立在“黑暗森林法则”上的一个世界。

他者。对于坚信平行宇宙存在的刘慈欣，并没有去直接创造外星文明的直观形象。那是《E.T》之类的科幻电影要做的。他在自己的科幻世界里，创造的最多的是宇宙的他者。除了“吞食者”有些像消逝的恐龙，视人类为“虫虫”，其他都没有具象的面容。“排险者”出自《朝闻道》。“思想者”没有特指，只是用来表明宇宙的模型很像大脑的信号传递，宇宙本身就是位思想者。“弹星者”出自《欢乐颂》，弹星者来到我们星系，以太阳为乐器，弹奏的乐曲以光速传遍所有时空。在《三体Ⅲ：死神永生》中，出现了“歌者”，是宇宙之神的侍者，唱着歌谣，做着宇宙的清理工作。还出现了“归零者”，也叫“重启者”，让宇宙坍缩成奇点，再重新大爆炸，把一切归零。科幻文学将人物形象拓展为族群形象，于是有了刘慈欣笔下的另一些以整体出现的他者，如上帝文明、星云文明、星舰文明、低温文明等。在更高一级智慧文明的他者眼里，宇宙是二维的，他者如神般俯视着整个宇宙。

细节。文学中最具艺术表现力的是细节。对于科幻文学，则产生了区别于传统文学的“宏细节”。“在这些宏细节中，科幻作家笔端轻摇而纵横十亿年时间和百亿光年的空间，使主流文学所囊括的世界和历史瞬间变成了宇宙中一粒微不足道的灰尘。”[10]在《朝闻道》中这样的描述就是“宏细节”：

排险者露出那毫无特点的微笑说：“这很难理解吗？当生命意识到宇宙奥秘的存在时，距它最终解开这个奥秘只有一步之遥了。”看到人们仍不明白，他接着说：“比如地球生命，用了四十多亿年时间才第一次意识到宇宙奥秘的存在，但那一时刻距你们建成爱因斯坦赤道只有不到四十万年时间，而这一进程最关键的加速期只有不到五百年时间。如果说那个原始人对宇宙的几分钟凝视是看到了一颗宝石，其后你们所谓的整个人类文明，不过是弯腰去拾它罢了。”

科幻小说的特点是人类作为一个“族群”出现，很少像传统文学那样突出个体的主人公，不以塑造文学形象为主旨。但刘慈欣是被冠以“新古典主义”科幻作家的，一方面是坚持以科学技术为基石的“硬科幻”风格，另一方面还结合了很多主流文学的表现手法，在塑造人物方面用了很多功夫，很多时候能深入人物的内心深处，使得这些人物形象丰满。《三体》系列每部都有形象鲜明的人物，《三体Ⅱ：黑暗森林》则突出塑造了一系列的“面壁者”，将这些人物的内心活动刻画得非常细微。书中第一个破壁人出现是这样描写的：

作为政治家的泰勒，一眼就看出这人属于社会上最可怜的那类人，他们的可怜之处不仅仅是物质上的，更多是精神上的卑微，就像果戈理笔下的那些小职员，虽然社会地位已经很低下，却仍然为保护住这种地位而忧心忡忡，一辈子在毫无创造性的繁杂琐事中心力交瘁，成天小心谨慎，做每一件事都怕出错，对每个人都怕惹得不高兴，更是不敢透过玻璃天花板向更高的社会阶层网上一眼。

从上面的两段引用中不难看出刘慈欣的文字风格。文学的细节都是通过语言抵达的，作家最后创造的世界无不依赖语言实现。不管是纯文学还是类型文学，语言的粗糙是难以创造经典之作的。刘慈欣的语言风格有着科学技术人员的简练、精准，同时不失文采。刘慈欣是可以直接阅读英文原著的，这点对于科幻创作尤为有益。想必英语的简洁增加了他文字的洗练程度。

致幻剂：三体·黑暗·死神

至此，我们已经分析到，刘慈欣具备了创造自己科幻世界的雄心，累积了各方面的素材，经过了足够的实践练习，那么这个世界宏伟的主体建筑该问世了。这一节我们讨论的是目前为止刘慈欣最具影响力的代表作品，即“地球往事三部曲”：《三体》《三体Ⅱ：黑暗森林》《三体Ⅲ：死神永生》。

目前大家共识的《三体》是指整个“地球往事三部曲”系列，实际它是第一部的名字。《三体》第一部创作于2005年，2012年英文版在美国发行，2015年获得雨果奖的是《三体》系列的第一部。除了作为系列总称和第一部名称这两个代称，“三体”在小说中至少还有三个含义。它首先是个古典物理学的经典问题，研究三个质量相同或相近的物体在相互引力作用下如何运动，对天体运行研究有着重要意义。在数学上三体问题是不可解的，或者说只有解析解，只能求出某些特解。由此引申出第二个含义，外星文明“三体”，指的是在半人马座的一个由三颗恒星组成文明，相当于天空中有三个太阳，因为三颗恒星的无规律运行，行星上的生态环境酷烈，文明经过几百次的生灭，造就出了比地球人更强悍的三体人。对于这个外星文明，刘慈欣没有做正面描述，而是发挥了宏大的想象力，由一款名为“三体”的电脑游戏对那个世界进行了模拟，这是“三体”的第三个含义。在此显示了小说架构上的精巧构思。由“三体”游戏进而建立了地球“三体运动”，是由一些对地球文明厌恶的地球叛徒组成的，试图接应三体人以毁灭地球的反人类组织。

由此可见，三体世界的构建，是建立在一个缜密的、严谨的技术构想基础上的，而刘慈欣卓越的细节描述能力，将这种临空幻境落定到坚实的平台上。这也形成了刘慈欣的风格。

《三体Ⅰ》中故事的缘起要追溯到“文革”时期，对“文革”期间知识分子心态的描述非常精准到位，至少我在纯文学领域没有读到过这样的见解。由此可见，刘慈欣的文学功力是很深厚的，他有着非常好的细节描写能力，这是一个优秀的小说家必备的。《三体Ⅰ》中最具想象力的部分是“三体”游戏，这个游戏亦真亦幻，将历史、科学史融入文明进化史中，给人纵横捭阖、驰骋古今之感。三体游戏中，历史人物周文王、秦始皇等，同科学家伽利略、爱因斯坦等同台登场，文明沿着战国、中世纪、工业革命、信息时代一路进化，最终确定了三体问题不可解，于是三体世界确定了飞向宇宙，寻找新的家园的战略，为入侵地球做了铺垫。三体游戏中，秦始皇指挥三千万兵卒进行人列计算机演算的恢宏场面非常令人震撼。

《三体Ⅰ》中刘慈欣再度发挥自己擅长的现实 + 科幻的构建法，除间接引入三体世界外，所描述的时间是“文革”历史和当下，所探及的空间除三体世界外，人类甚至没有跨出地球。可以说科幻色彩并不是特别浓厚。

《三体Ⅱ：黑暗森林》推出了现今广为流传的“黑暗森林法则”，也让刘慈欣构建自己的、中国的科幻世界的雄心向前迈进了一大步。“黑暗森林法则”是整个《三体》系列赖以展开情节的准则，也可以说是构建整个《三体》系列的基石。“黑暗森林法则”建立在一门虚构的学科“宇宙社会学”基础上，将宇宙中的文明看成一个个点，众多的点组成宇宙社会。这个社会的状态是黑暗森林，谁暴露目标谁就首先被攻击和毁灭。

《三体Ⅱ：黑暗森林》主要描述的是地球应对三体世界来袭的面壁计划。在这一部中，刘慈欣放弃了第一部中模块化的书写方式，全书只分为上中下三部，至少八九条线索穿插进行。因为未分章节，直接进行切换，使得整部书更像一部影视作品。当然，因为面壁计划是以欺骗三体人为目的的，第二部更像一部悬疑剧。《黑暗森林》上部和中部描绘的还是当下。下部中因为有了冬眠技术，人得以进入一二百年后的近未来，初次出现了对未来世界的直接描写。空间也拓展到整个太阳系，甚至逃离太阳系后的人类异化得更加黑暗邪恶，发生了宇宙黑暗战役。

看完第二部，心情沉重。黑暗、邪恶、暴力……这样的科幻不美。好在一直避免丑化、妖魔化科学形象的刘慈欣保持了一份自觉，他把《黑暗森林》归于自己创作的第三个阶段“社会实验阶段”。回顾这段创作历程，他认为这种趋势是一条歧路。 所以在《三体》第三部《死神永生》中，刘慈欣试图回归，重归科幻本身的大自然属性。

《三体Ⅲ：死神永生》是最具科幻色彩的一部，这一部涉及了科幻文学的大部分重要题材——世界末日、拯救地球、星际航行、时间旅行……时间从危机纪元的201X年一直延伸到DX3906星系黑域纪元的18906416年，甚至延伸至无穷的时间之外。空间已经从太阳系一直扩展至其他星系，对多维空间的描述是最具想象力的，而且并非凭空想象，是建立在弦论的基础上的。为了拯救地球，各种计划相继展开，群星计划、阶梯计划、掩体计划……正是利用了空间降维打击，太阳系被二维化，地球仅保留了两个生命……

《三体Ⅲ：死神永生》中，很多地方能让人领略到诗意。借鉴经典文学的写作手法，这部书中有独立于情节的外篇，被称为“时间之外的往事”，是女主人公程心在宇宙和时间的尽头写的回忆录，对情节进行旁白和反思。这种俯瞰的方式，增加了作品的文学性。云天明编的童话，融合了玄幻的手法，暗喻拯救地球文明的方法，又统领此后的情节走向，有着非常高的文学技巧。宇宙的歌者唱着歌谣，弹指一挥，散出“二向箔”，开始了对太阳系的清理。太阳系被二维化后，展现的画面是凡·高的《星空》，展示出了绚丽的美感。程心的回忆录，最后一篇结束于《责任的阶梯》，虽然她因为爱和善良一次次错过拯救地球的机会，但最终她总是选择责任，与宇宙的命运融为一体……

读完《三体Ⅲ：死神永生》，掩书之际，心中激动不已，同读到好的经典文学作品感受是一样的。我想，我找到了自己想要的。

救世主：技术·道德·文学

这一节我们讨论在刘慈欣的科幻世界里很关键的几个词。当然，从来就没有救世主，在此提出这几个关键词，是因为他们对科幻文学来说有着特别的意义。也因为，刘慈欣对三者的态度截然相反，对技术极度推崇，对后两者均不以为然。

人类的末日体验，是科幻文学的重要题材。科幻文学这种特性，总是将我们引入道德和价值观的困境。刘慈欣称自己是疯狂的技术主义者，认为技术能解决一切问题。对于一个热爱科学的人，将技术作为自己的信仰可以理解，但一旦成为“主义”不免引发争议和怀疑。好在人们看到的刘慈欣是一个充满人文关怀的作家,在他的作品中也能感受到一种道德坚持。

在此，我们不妨借鉴刘慈欣在《三体Ⅲ：死神永生》中三体世界衡量执剑人的威慑度的方法，再设立技术指数和道德指数，对《三体》三部中出现的几个救世主式人物进行度量，以对比技术和道德在他们心目中的分量。所谓“威慑度”，是指执剑人在受到三体世界攻击时，是否选择向宇宙发射地球和三体世界的坐标广播，使得两个世界同归于尽。

人 物	威慑度	技术指数	道德指数
叶文洁	—	0%	0
章北海	—	80%	2%
罗 辑	90%	50%	50%
维 德	100%	95%	5%
程 心	10%	20%	100%

叶文洁出现在第一部，是整个故事的引子。因深受“文革”之害对人性失去信心，她充当了地球的叛徒，向三体世界发出了信息。她的道德指数为0，是因为她不惜以牺牲地球为代价，从未表露悔意。书中虽然对她所受的迫害做了详细的铺陈，但她果断剪断绳索，将上司甚至自己的丈

夫葬身崖底的行为还是让人不寒而栗，何况她已有身孕，即将成为母亲。章北海出现在第二部，他有着中国军人钢铁般的意志，为达到保留地球文明种子的目的，不惜以毁灭同类为代价，之所以道德指数为 2%，是因为在太空黑暗战役的最后时刻他犹豫了一下，比对手慢了 3 秒，结果从毁灭者变成了被毁灭者。罗辑也是第二部中出现的人物，作为一名三流学者，也是一名嬉皮，虽然受过叶文洁指点，最终发现了宇宙“黑暗森林法则”，但对责任的承担是被动的。维德和程心都是第三部中的人物。维德是个极端理智因而也极端冷酷和疯狂的人，道德指数 5%，是因为冷硬到极点的他，最后也露出无助和乞求，把是否研制光速飞船的最终决定权交还给了程心。程心威慑度为 10%，这一点早为三体世界所知，所以他们蓄谋已久，在程心接管执剑人的刹那，毫不犹豫地发动了对地球的攻击。她的道德指数 100%，是因为她总是选择爱和责任，为此背着沉重的十字架，尽管因此错失了拯救地球的机会。

我个人认为《三体Ⅲ：死神永生》的成功至少有一部分要归功于程心这个人物塑造得有血有肉。尽管科幻文学中人类常常以族群出现，塑造人物不是科幻小说的目的和长项，但塑造这样一个普通人，这样一个女性，增加了《死神永生》的文学性和内在力量。相比之下，那些技术狂人、冷血战士，倒显得很二维化、平面化。

回顾自己创作的第三阶段“社会实验阶段”，刘慈欣说转折源于这样的发现：“我看到了科幻文学的一个奇特的功能：现实世界中任何一种邪恶，都能在科幻中找到相应的世界设定，使其变成正当甚至正义的。这个发现令我着迷，且沉溺于其中不可自拔，产生了一种邪恶的快感。”这些加上前面提到的“疯狂的技术主义”，催生了《三体Ⅱ：黑暗森林》。通过这样的创作实践，刘慈欣认为这是一条歧路，是将焦点集中在了“宇宙中人与人的关系上”，但我感觉是因为焦点过多集中在了邪恶上。黑暗森林法则是建立在一个零道德的宇宙上，但法则本身透露出是一种“负道德”，它就是宇宙的丛林法则。

在《三体Ⅲ：死神永生》中刘慈欣进行了回归，但实际上随着《三体》

系列的流行，黑暗森林法则传播最快、最广。而在第三部《死神永生》中程心为了爱和责任所做的努力，很快湮灭，被人淡忘。黑暗森林法则在互联网界被誉为从业圣经，那一句有点强盗逻辑的“我灭了你，与你有什么相干”，越来越多地挂在互联网精英们的嘴上，在这个竞争激烈的领域，成为他们合理化自身行为的理论依据。而若用指数来衡量互联网这一行业，那么它的技术指数在递增，而道德指数在递减。作为互联网一路发展过来的见证者，你不得不为日益肮脏、充斥色情和暴力、道德水准低下的网络环境而担忧。如果你身为父母，肯定不愿意自己的孩子生活在这样的网络雾霾之下。

恶的传播速度永远比善要快，繁殖能力永远比善要强。放弃抵御和反抗，不去维护道德底线，无视公平与正义，如同恶化的生态环境，我们迟早都会成为受害者。当下的中国，本身处于转型期，工业体系脆弱，社会整体价值观不够稳固，又遭遇信息时代的浪潮，所受到的冲击要大过西方国家。在人们思想混乱的时期，我们每个人能做的是让善传播得比恶快一些，远一些。

人类文明发展史上，技术的积累一直是持续的，人性的进化和道德的积累却要缓慢得多。人类的道德是否足以驾驭技术？进入 20 世纪，可称为“技术爆炸”时期。核技术、基因技术的发展，人类的命运已经被技术挟持。人类社会的道德底线和价值体系受到了空前的挑战，人类社会能否经受得住这样的撕裂，是个巨大的考验。对技术保持一份警惕是必要的。

末日体验中的道德困境，在伦理学领域经常被讨论。生命的数量和质量能否作为利益衡量的标准？少数服从多数是否是应然之道？如果说这是伦理哲学中的功利主义，你是否还坚持原来的观点？科学和理性精神是中国的文化基因里欠缺的，我们有理由在科幻文学中寄托这样的期待。对技术的过度崇拜是不是符合科学和理性精神是值得商榷的。

在写刘慈欣综论的过程中，参阅了不少评论文章，于是发现了一个令人担忧的现象，那就是没有哪怕一篇文章，对“黑暗森林法则”导致的暴力、邪恶提出质疑，对科幻文学弱化道德的倾向提出疑义。是道德在评论家们的坐标系中已经缺位了？还是科幻文学有了这样的豁免权？科幻文学既然像上帝一样创造了一个世界，那就应该给这个世界一束光。无论作家还是评论家，即便作为一名普通公民，道德关怀、责任和担当都是我们生命中的应有之义。

至于文学，从来担当不了救世主，勿论在这日渐式微的时代。文学能做的只是自我救赎。虽然刘慈欣本人有很好的文学素养，但他说自己从来不是文学爱好者。在很多科幻作家眼里，主流文学是自恋的。作家阿来也曾说过：中国作家是写大自然最少的。中国人没有热爱自然的传统，也很少去仰望星空。但这并不是全部，若说文学是自恋的，那也只能是人的心灵出了问题，远离了文学的精髓。如果深入文学的深处，会发现那些最深沉的精神跋涉者们，大自然仍然是他们精神力量的源泉。科幻文学要想葆有持久的生命力，仍然需要将自己的支点置于文学的核心上。

在目前的中国，科幻文学和主流文学间的沟壑还是很明显的。实际上，在科幻文学历程中，出现过很多主流文学大师的身影，卡尔维诺、博尔赫斯，日本有安部公房、村上春树，他们有的作品本身就是科幻，另一些则借助了科幻的想象力。著名的乌托邦三部曲，都是借助科幻手段实现的经典文学作品。为老舍先生赢得国际声誉的是他的可称之为科幻作品的《猫城记》。科幻文学对主流文学产生影响的现象在国外很常见。可以说，科幻文学是对主流文学最有反哺功能的类型文学。

文学的声音在这个日益喧嚣的世界，正在被掩盖、被遮蔽。在这个时代，科幻文学和主流文学联手的意义要远大于其他。

结语：云端·天际

让我们从李白的两句诗说起：

月出峨眉照沧海，与人万里长相随。

这并不是李白诗作中最有名的，但是李白的诗，总是能将人霍然间超拔到云端，以一种仙人的眼光俯视人间大地，那种壮阔无人能及。所以称李白为“诗仙”是贴切的。

如果不是为写本篇评论，我可能没有机会走近科幻，领略到科学之美，感受到科幻文学的魅力。当人拓宽自己的世界观边界，将宇宙纳入进来时，我想他已经同宇宙重新建立了连接。

随着对科幻文学了解的深入，这个类型文学虽然不免驳杂，但其核心部分仍然引发了我更多的尊敬。科学的发展造成了今天学科过分专业化的局面，哲学和文学关乎人类的世界观甚至宇宙观，如果仅仅将自身局限在社会科学范畴内，将自然科学摒弃在外，那本身就是在窄化自身的视野。科学技术一直是中国社会发展中薄弱的一环，中国文化乃至中国文学也一直因“文”而“弱”，迄今为止这种状况并未得到根本改变。如何弥补这种基因中的不足，是需要我们自省和自觉的。

文学的丰富除了需要巩固自身的特性外，也需要不断增加异质性，以开放的视野和宽阔的胸怀接纳和吸收不同的特质。中国文学一直缺少一种飞扬，山西这块土地则更为滞重。文学需要根扎大地，也需要将枝叶伸向苍穹，在风中翻飞起舞。

很早以前摘录了奥维德《变形记》中的一句话，我想用作结束语是合适的。在刘慈欣的小说《朝闻道》中写到了类似的场景，三十七万年前，原始人抬头仰望星空，宇宙排险系统开始报警。它也许表明了宇宙的某种指引，涵盖了人直立行走的意义——

其他动物都俯视地面，人却天赋一张脸，可以将眸子转向星空，将目光投向天际。

---

[1] 刘慈欣：《重归伊甸园——科幻创作十年回顾》，《南方文坛》2010年第11期。

[2] 刘慈欣：《重归伊甸园——科幻创作十年回顾》，《南方文坛》2010年第11期。

[3] 吴岩、方晓庆：《刘慈欣与新古典主义科幻小说》，《湖南科技学院学报》2006年第2期。

[4] 刘慈欣：《重归伊甸园——科幻创作十年回顾》，《南方文坛》2010年第11期。

[5] 刘慈欣：《重归伊甸园——科幻创作十年回顾》，《南方文坛》2010年第11期。

[6] 刘慈欣：《球状闪电·后记》，四川科学技术出版社，2004年版，第281页。
[7] 宋明炜：《弹星者和面壁者——刘慈欣的科幻世界》，《上海文化》2011年第5期。
[8] 刘慈欣：《超越自恋——科幻给文学的机会》，《山西文学》2009年第7期。
[9] 刘慈欣：《超越自恋——科幻给文学的机会》，《山西文学》2009年第7期。
[10] 刘慈欣：《从大海见一滴水——对科幻小说中某些传统文学要素的反思》，《科普文学》2011年第6期。

→2015年9月7日改毕

中国想象与中国智慧
——读刘慈欣科幻小说集《时间移民》

文／杜学文

尽管很早以来刘慈欣就执着于科幻小说，但他的出现是在20世纪末。1999年，刘慈欣开始发表自己的作品，并逐渐产生影响。开始的时候，他的影响只限于科幻文学这个在当时来说还是比较小的圈子里。人们似乎已经遗忘了“科幻文学”这个概念及其存在。只有不多的人们还在孤独寂寞地坚守着。但是，随着刘慈欣与他的同道们的努力，科幻文学逐渐进入人们的视野，并成为社会话题。特别是刘慈欣，在太行山西侧的一个山城中，心无旁骛地在自己想象的宏大世界中遨游，并创作出一部又一部的作品。他的小说首先是在科幻文学的范围内获奖，之后又在所谓的“文学”范围内获奖。直到他目前最具影响的长篇科幻小说《三体》三部曲先后面世，引起了国外科幻文学界的关注。他的作品不仅被多个翻译机构译介，并且被改编为电影，获得了雨果奖最佳长篇故事奖。这不仅仅是刘慈欣的荣誉。据各类媒体介绍，这个奖从设立以来，还没有一位亚洲作家得过。因此，似乎也可以说，刘慈欣获得了科幻界最具影响力的雨果奖，标志着远离欧美文化中心的东方亚洲，得到了某种程度的承认。

一、刘慈欣及其科幻小说的意义

谈刘慈欣，不得不注意到他出现的时代。一方面，在世纪之交之际，中国正在发生着急遽的变化。这种变化，应该说，首先是属于中国的。如果中国没有变化，也就没有这个话题。经过二十多年的改革开放，中国的经济、政治、国际地位等都与过去不同。中国正在从典型的农耕文明的辉煌顶峰跌落后奋起直追，以实现自己的工业化、现代化，并取得了举世瞩目的成就。这一成就，将极大地影响人类文明的进程，并改变世界发展的方向。如果说，在改革开放之初，中国极力吸纳世界其他国家，特别是先发国家的经验，力图使自己能够成为工业化及后工业化国家的一员，那么，经过二三十年的努力之后，这些先发国家发现，中国的发展与进步与他们的期待并不一致。中国的崛起改变了世界，使先发国家的地位、话语权受到了极大的威胁。中国，这个为世界提供资源、市场、廉价劳动力的经济文化体，不仅从某种程度上推动了先发国家的发展与产业换代，同时，从更广大的层面而言，其技术、价值观、社会组织体系，以及发展模式等对先发国家也形成了极大的挑战。经济的相互渗透，中国巨大的市场与可观的资源条件，以及国际事务的共同利益，使先发国家在遏制的同时也不得不重视新兴国家，特别是中国的存在。这种重视表现得极为复杂，不仅表现在经济、政治与国际事务方面，也包括文化。刘慈欣说过，科幻文学首先在英国兴起。那时，英国的殖民地遍布全球，被称为是“日不落帝国”。世界正处于首先发生工业革命的大英帝国的引领之下。从某种角度言，其科幻文学的兴盛正反映了英国的经济、政治、军事及文化的实力居于世界各国的前列。但是，随着大英帝国的衰落，科幻文学的重镇转移到了新兴的美国。这种转移与美国国力的快速崛起一致，与美国发达的科学技术、经济、政治及军事实力的强盛一致。而今天，刘慈欣的科幻小说能够获奖，中国的科幻文学被晚近数百年以来的世界中心所承认，似乎正预示着一种国际格局的改变。也许，世界的重心正在发生转移，尽管这可能还要经历一个人们不好准确预测的过程；但是，其趋势却是明显的。这也可以从刘慈欣及其科幻作品的境遇中看到。

另一方面，就中国自身而言，面临的挑战依然严峻。其严峻性足可以使目前的国际发展态势扭转。这种挑战除了经济、政治、军事等方面外，最根本的是文化的挑战。首先，中国作为一个有五千年文明史的国家，被西方学者认为是世界上唯一的"文明国家"。其文化价值是否还具备现实意义？中国人的文化认同是否还存在？其次，中国在这种剧烈的变革中，怎样保持清醒理性的认知？中国传统文化所强调的价值观对中国，乃至于整个人类而言，意义何在？就中国的传统文化而言，比较强调"道"的存在与意义。这种"道"，既关乎"天"之"道"，也包括"人"之"道"，是中国文化对自然运行规律的一种把握。但是，随着对先发国家的学习模仿，现实中关于"道"的思考、体验却越来越稀薄。知识分子终于蜕变为拥有某种"知识"的分子，而不是对自然之道进行思考体验、拥有思想的思想者。当思想从现实的舞台隐退，各种形形色色的"知识"占据我们生活的中心时，危机已经降临。这就是，人们不再追求有意义的生活，而是追求有功利的行为。人们也失去了存在的终极目标，蜕变为获取眼前利益的工具。在这种思想稀薄、利益至上的文化环境中，凸显了刘慈欣存在的意义。他的小说，虽然借助于科学技术的"想象"，却直指宇宙与生命存在的意义。这种艺术的思考超越了具体的、短视的功利目的，把人类的思考领域拓展开来。正如《朝闻道》中献身于科学的物理学家丁仪的女儿文文向自己的母亲提出的疑问：宇宙的目的是什么？人生的目的是什么？在小说中，丁仪与世界各国三百多位为了了解宇宙奥秘的科学家一样，以生命为代价，走上了"真理祭坛"。他们的死，既表现了个人的牺牲精神，也表现了人类追求真理把握宇宙真谛的必然与信心。因此，当我们被现实的功利所遮蔽的时刻，就越发需要有寻找、探求宇宙与人生终极意义的勇气与精神，以使人类从短视的功利主义中获救。而刘慈欣正在做着这样的努力。

二、宇宙与生命：中国人的想象

人类的成长与进步不能脱离自己的想象力。这种源于社会实践而作用于人内心的力量是人类探求自然与存在奥秘的动力。没有了想象，人类就会成为仅仅满足生理需求的低级动物，大自然就会蜕变为一种自足的孤立的存在。其美妙的结构、和谐的运行方式、复杂多样的动力体系就不会被生命所感受。那样的大自然将是多么落寞、无聊，缺乏意义。存在不仅是一种自足的存在，同时也是其对象的存在。因为有了能够感受存在的对象，才使存在表现得活色生香、多姿多彩。不过，不同的人有不同的想象。从远古神话来看，西方人的想象有别于东方人。西方人更多地强调的是人自身的力量，而东方人则更多地强调自然与人的和谐。也就是说，西方人希望通过强化人，特别是个体的人具有强大的自身能量，以实现自己的目的。而东方人则希望大自然与人能够和谐相处、共生共存。以尧时对天象的观察为例，地处“中国”的以农耕为主的人们力求掌握大自然运行的规律，以顺应天道，从而在合天道的前提下，顺民心。因此，尧时中国天文学的成就，既是科学精神的表现，也是中国人丰富旺盛的想象力的表达。试想，如果缺乏想象力，科学技术无论如何发达，也是没有意义的。在刘慈欣的小说中，充分地表现了中国人此一时代瑰丽壮观、神游八极的想象力。不过，他的想象，不是为了突出人类所具有的强大乃至无限的力量，以控制自然、征服自然，而是为了探求宇宙以及生命的意义，使二者实现和谐共生、守道得天的存在。

刘慈欣的小说基本上从这样三个维度展开自己的想象。一种是所谓的“微纪元”，就是人类作为宇宙生命，相比现在缩小到一个十分微小的程度。之所以如此，乃是因为文明的无限制发展，使人类需要的自然资源越来越稀薄，到了难以支撑人类生存的地步。这时，人类面临两种选择。一种是因为没有足够的资源而毁灭；另一种则是使自己“微”化，即缩小自己存在的体积，进而大幅度减少对自然资源的消耗。这样，虽然人的体积小了，但是人类的文明还能够存在并延续。这时，人类进入了一个“微人类"的纪元时代。从主导地球文明的轨迹来看，这并非空想。因为地球生物正是经历了这样一个从大到小、由巨而微的变化过程。在《微纪元》《吞食者》等作品中，作者表达了这一思想。他借小说中人物"元帅"的口指出，地球上的文明生物有越来越小的趋势。恐龙、人，然后可能是蚂蚁。这样，人类对自然资源的需求将大大减少，就可以在日渐稀少的资源中延续下去。地球文明就可以重生。

刘慈欣的另一种想象则是直接介入现实生活。通过描写"当下"人们的生活来揭示某种具有超越现实情境的思想。当然，这仍然是建立在科幻基础之上，以表达宇宙、生命的终极意义的。一般来说，科幻作品很少进入现实生活。因为现实是有充分的局限性的。科幻作品似乎并不经意现实中人们的生活，而是更关注非现实的"未来"可能。刘慈欣的贡献在于，他能够以科幻的手法来表达现实情怀，并因此而揭示超越现实的思想。在《朝闻道》中，刘慈欣为我们描写了以丁仪为代表的一群献身于宇宙真理的科学家。他们在人类的科学领域具有极为重大的贡献。然而，他们并不具备揭示宇宙最终秘密的能力。但是，为了科学，为了人类的未来，为了能够了解感受宇宙的真谛，他们宁愿以身相许，用自己的生命感悟、探求宇宙的真相——宇宙的和谐之美。他们认为，当宇宙的和谐之美一览无余地展现在你面前时，生命只是一个很小的代价。尽管小说中设计了对这种在常人看来是变态的选择的批评，但是，从小说的真意来看，刘慈欣是肯定这种选择的。在丁仪即将步入真理的祭坛时，他的妻子说，我绝不会让女儿成为一个物理学家。但是，小说的结尾，丁仪的女儿文文已经做出了自己的选择：就读当年父亲的母校物理系，并攻读量子引力专业。这似乎在告诉我们，人类探求宇宙终极真理的努力将永远继续下去。在另一篇题为《镜子》的小说中，刘慈欣似乎把关注的目光投射到当下热门的反腐题材上。不过，作者的本意并不在于如何进行反腐，而是借助一种具有终极容量的超炫计算机进行镜像模拟的技术,使人类时空能够穿透过去与未来，以此讨论人类的存在方式。在这样的镜子面前，通过超弦计算机的运算，人们可以清楚地看到曾经发生的一切与将要发生的一切。这种计算机的准确性可以把人们希望了解的东西，包括其细节真实地再现出来。但是，这似乎成为人类的一个陷阱。那时，人类将面临一个没有黑暗的时代，阳光将普照到每一个角落，人类社会将变得水晶般纯洁。但是，如果真的是这样的话，人类也将面临一个“死了的社会”，人类文明将消亡。

如果说，“微纪元”表达的是对极微观世界的想象，现实世界表达的是对“现世”——也可以按刘慈欣所言——“宏纪元”的想象，那么，最能够体现刘慈欣想象力的是那些关于宇宙世界的小说。我们不妨称之为“宇宙纪元”。这也是刘慈欣小说的主体，是他关于宇宙生命终极意义的集中表达。在这些作品中，刘慈欣为我们创造了众多的宇宙“镜像”，使我们进入了一个很少涉及、极少关注的“宇宙世界”。由于人类的渺小，一般来说，我们只关心自己身边的事情。只有那些胸怀天下的杰出人士才经常考虑“天下”，考虑人类的过去与未来。但是，在这芸芸众生中，又有多少在思考宇宙的生命及其意义呢？可以说，刘慈欣就是这极为少数的人之一。他带我们走进了宇宙的生命之中，感受到了宇宙及更大的世界之存在状态、运行规律及其终极意义。这不仅需要有基本的科学常识，而且也需要有斑斓瑰丽的想象力，以及生动的艺术表达能力。这是一个仅仅依靠我们的日常感知难以企及的世界，是一个与人类生存状态完全不同的既充满了陌生又充满了期待的世界。在《坍缩》中，刘慈欣把事件置于一个需要二百亿年的时间段中来表达。其中，小的尺度是亿亿分之一毫米，大的尺度则是百亿光年。这是一个怎样的“世界”呢？人类无法感知，只能用想象来把握。在宇宙膨胀了二百亿年之后，似乎面临着另一个二百亿年，即坍缩的时代。在这样的时空背景下，人类是什么呢？在《时间移民》中，作者虚构了一个移民的时代。不过，这种移民不是从甲地到乙地的空间移民，而是由现在至未来一百二十年、五百年、一千年、一万一千年的时间移民。在这些不同的时间节点中，作者为我们想象出了人类的未来与曾经的过去，并且表达了人类所拥有的理性力量。在另一些作品中，刘慈欣描绘了浩渺自然的变化及力量。《山》是一部充满了神奇想象与壮丽之美的作品。刘慈欣在这里为我们想象了一座“海水高山”。曾经的登山运动员冯帆有一个强烈的愿望，就是远离高山。为此，他选择了做海洋地质工程师。但是，在一次考察中，他却意外地登上了一座被外星飞船引力拉起来的“海水高山”。在这里，他经历了严峻的考验，但是也感受到了大自然极端的魅力，并使自己的身体技能与意志得到升华。在《吞食者》中，作者虚构了一个宇宙中的“吞食者”。它靠吞食太空中的星球维持自己的生命。地球当然也是它非常合适的吞食对象。于是，人类与这能量巨大的吞食者展开了一场斗智斗勇的博弈。

刘慈欣对宇宙世界的描写并不是单纯的知识性展示，而是深刻地把这些宇宙存在的变化与地球人类的命运结合起来。他所要表达的不是从宇宙知识出发的神奇世界的平面知识，而是努力体现自己对宇宙意义及人类命运关注。如果说，当年英国的科幻作品表现了一个经过工业革命之后的新世界对大自然的好奇的话，后起的美国的科幻作品则在努力展示人类，或者也可以说以美国人为主的人类所具有的超能力。而刘慈欣，则企图在自己的作品中表达源于中国文化所形成的关于自然与人类命运的智慧。

三、宇宙意义、人类命运与中国智慧

工业革命之后，人类的发展进入一个崭新的阶段。以技术为动力的生产力突飞猛进，不仅改变了人们的生产方式，也改变了人们的价值追求，进而改变了整个世界。农耕时代——主要是自给自足的时代——自然与人类基本和谐平衡的存在形态被打破。由于技术的进步，人类似乎变得更加具有控制自然的主动性、冲动力。没有止境的消费欲望、疯狂的生产欲求因为技术的可能而日益成为人类的价值追求。与此相应的是，自然的承受能力正在面临考验。大自然是否能够为人类提供如此奢靡没有终结的资源，成为一个必须面对的话题。这其中有一个人们如何认识自然对待自然的价值问题。大自然真的能够像人们所期待的那样无止境地提供资源吗？这显然是不可能的。那么，人类又该怎样在这种天然的先决条件下生存？人类所创造的文明怎样才能延续？刘慈欣似乎希望通过自己的作品思考并回答这样的问题。在他的作品中，一个非常突出的描写背景即是“终极性”。也就是说，宇宙的尽头是什么？宇宙是不是会终结？人类的生命状态是什么？作为个体的生命当然有其终结的时刻。但是，作为整体的生命，其终极状态是什么？人类的生命是否会终结？还有，与此相关的是人类生存的社会及其创造的文明有没有终极状态？等等。这似乎是非常遥远玄妙的问题，但事实上也是非常现实的问题。如果人类失去理性，不能解答好这些问题，其毁灭也可能是为时不远的现实。

但是，人类之所以具有希望，就是在人类文明中，总是能够寻找到比较好地回答这些问题的思想。当人们前呼后拥地追求工业化、现代化的时候，对工业化与现代化的反思、批判之声也从未消失。一些观点是因为感受到这种技术至上主义所带来的困境而发出的声音。另一些则是从构建人类有效秩序而提出的带有根本性意义的思考。不论前者，抑或是后者，人们都认为，技术虽然带来了生产力的进步，但并不是万能的，甚至难以解决生命的终极意义。它并不能增强人的幸福感，反而强化了人的失落感。尤其在强大的技术优势面前，人，被自己发明的技术异化了。当人们认识到这些问题的时候，开始重新从人类已有的智慧中寻找出路。这时，只有很少数的人们发现，在中国古老的传统文化中能够找到人类通达美好未来的希望。

首先是中国传统文化中的价值观，直到今天仍然具有极为重要的启示。比如，中国人讲究“天人合一”，就是说，“人”也是“天”的组成部分。人的行为应该与天的运行是一致的。人道必须符合天道。再如“中庸之道”，就是说，人在处理问题时应该考虑多方因素，找到多方因素均能够接受的合适的办法。而不能只考虑某一个方面，比如只考虑人的欲求而忽略自然的可能性，等等。其次，在方法论方面，中国传统文化也具有极为重要的智慧。比如，辩证思维，就是说，事物是相互作用并相互转换的。在一定的条件下，强可以转化为弱，弱也可能转化为强；大可能成为小，小也可能成为大。那么，即使是诸如宇宙、生命这样的存在也将遵循这种法则。还有，中国传统文化关于理想世界的构想，也可能对强大的技术世界具有积极的启示。读刘慈欣的作品，应该说，他在为我们虚构的种种关于宇宙、生命、社会等存在状态时，自觉不自觉地表达了这种价值观与方法论，以及社会理想。可以说，刘慈欣的世界体系是以中国传统文化为出发点来面对现代与后现代的人类困境的。

在刘慈欣的小说中，我们发现他对事物的终极性很感兴趣。比如宇宙的终极状态、生命的终极状态，以及社会道德的终极状态等。什么是终极状态？就是其最彻底的状态、最纯粹的状态，或者说其能量得到最大饱和的状态。那么，当宇宙达到这样的状态时，将会发生什么？是不是存在一个“无限”的宇宙？尽管宇宙浩大无比，仅仅依靠人类自身的力量，仍然只能了解其部分。但是，刘慈欣认为，即使如此，宇宙也不是具有无限可能性的。世界上没有无限存在的事物。在《坍缩》中，作者为我们描绘了了解宇宙终将要“坍缩”的科学家与现实世界中人们之间的错位。他认为，在经过了二百亿年的膨胀之后，宇宙不可能无限膨胀下去，而是在到达某一终极点时，开始“坍缩”。这时，时光将倒流，过去所有的一切将重现。尽管其“坍缩”的过程可能非常漫长，需要约二百亿年。只是，由于这个过程的漫长，对于我们人类而言似乎没有知觉。我们可能不会感知这种存在状态。在《微观尽头》中，作者为我们描写了宇宙的反转状态。正如其中的科学家丁仪所言，地球是圆的，从其表面的任何一点一直向前走，就会回到原点。而宇宙，如果我们一直向其微观的深层走，走到微观的尽头时，就会回到宏观。小说中的科学家们正在做撞击被认为是物质最小单位的夸克的实验。当这物质中最小的存在“夸克”被击破后，这些科学家亲身经历了由物质的微观尽头向宏观反转的奇迹。这就是说，任何存在都是有条件的。当这种存在走向其终极状态时，就会发生逆转。其蕴含的选择是，人类文明的延续不应该走极端，而应该选择一种“中道”，即最适宜的“道”。

《易经》是中国传统文化的重要源头，而《易经》所讨论的正是事物存在的基本规律。它并不注重具体事物的特性，而是具有建立其上的最大的概括性，是在超越一切具体事物的前提下进行的分析与归纳。其核心是事物的“易”，或者说“变化”与“不易”，或者说“不变”。在一定条件下，事物有其稳定性。它是不变的。正是因为这种稳定性的存在，人们才可以认识事物，把握规律。但是，如果仅仅认为事物是不变的，还远远不够。人们还必须认识到事物也是时时刻刻在变化着的。新的事物在旧的事物中萌芽、生成，并发展成改变了旧事物的新事物。这是一个否定之否定的过程。其最形象直观的表达就是太极图。其中的圆点代表着事物的本质，而另一种事物在其中逐渐生成，并转化成新的事物，走向自己的相对面。在刘慈欣的小说中，基本上浸染着这样的理念。他认为事物的变化正是如此。只是，由于人们存在于一个比较低级的层面，还难以感知更广阔的宇宙，乃至于超宇宙的这种变化。他的堪称经典的小说《吞食者》就用自己奇妙的想象与文字，为我们描绘了宇宙当中的这种太极图变。吞食者——一个人们不知道从何而来又向何而去的靠吞食行星维持其存在的世代飞船——与地球及地球生命——人类发生了一场吞食与对抗吞食的战斗。为了吞食地球，这艘巨无霸飞船按轨道向地球移动。为了避免被吞食，地球人利用在月球上发射核弹来改变其运行轨道。为了躲避这种打击，吞食者不顾一切地使用超限四倍的加速度飞行。但是，由于超限，导致其巨大的飞行器开裂。当它接近地球并开始吞食地球的南极时，其裂缝越来越大，以至于要解体。但是，随着其吞食了越来越多的地球时，地球的拉力反而使吞食者的裂缝复原。终于，地球被完全吞食了。不过，吞食者只是要吞食地球中它所需要的部分——生命、水、地底资源，并不是全部。在一定的时间之后，它将吐出被吞食后的地球。就像人们在吞食了一颗大枣之后，要吐出自己不需要的枣核一样。这时，地球虽然已经不再是原来的地球，但是，地球的生命依然存在。在这里，我们看到了地球及其地球生命与吞食者之间的博弈。他们相互否定对方，但是又因为自己的存在而完成对方。这种变中的不变，以及不变中的变，似乎在阐释着相互因果的辩证之易。

《天使时代》描写的是掌握了舰载机与激光智能炸弹技术的文明世界对落后非洲“桑比亚”国的毁灭式打击。单纯从技术与武器装备而言，所谓的桑比亚处于绝对劣势。他们的武器十分落后，在国际上得不到支持。

相对于文明国家的技术来说，确实是不堪一击。但是，就是在这样明显的强弱对抗中，在小说描述的特定条件下，强转换成了弱，弱变成了强。那些只会使用现代高科技武器的所谓的“文明”人无法与使用落后的近战短兵器的桑比亚“天使”飞人部队抗衡。这同时似乎也在说明，技术虽然是衡量国家实力与文明程度的重要标志，但却不是唯一的标志。拥有先进的技术是一回事，能够取得胜利，现实最终目标却是另一回事。

刘慈欣似乎也在努力表达他关于人类未来理想世界的模式。虽然这样的描写并不突出。在他的小说中，透露出对强权的批判，对人类平等的向往。他的《西洋》反转了历史与世界，虚构了一个在郑和下西洋时形成的帝国——中国。这个虚构的庞大帝国正如现实中的某一超级大国一样，控制着世界的金融、经济、政治版图。现实中主导世界发展数百年的所谓的“白种人”在《西洋》中被歧视，欧洲、美洲被这个现实中并不存在的“帝国”所统治。但是，时代在变化，曾经的帝国日见衰落，殖民地开始独立。统治者甚至与被统治与歧视的“白种人”产生了爱情。虽然这是一部“非历史”的历史题材科幻作品，但其中却寄托了作者关于人类理想关系的温情构想。他的这种非现实的“反转”在于对人类平等的呼唤。虽然刘慈欣是一个从事科幻文学创作的作家，但是，他并不是一个技术至上主义者。在他的小说中，并不倡导极端的技术意义，而是多处描写那种简单快乐的田园般的理想社会。在《时间移民》中描写了发达的技术由于其发达反而异化了人类，对极端的技术至上主义进行了否定。作者让那些移民回到了距今一万一千年的新石器时代。在那里，有阳光、河流、高山、土地、绿色的草。但是，没有“文明”的痕迹。因为，这些移民可以重新开始人类的世界，并且少犯错误，包括极端的技术至上、无尽的欲望等等。“看看这绿色的大地，这是我们的母亲！是我们力量的源泉！是我们存在的依据与永恒归宿！”在《吞食者》中，巨大无比的吞食者正面临着无食可吞的考验。因为他们信奉的法则是自己的生存是以征服和消灭别人为基础的。“文明是什么？文明就是吞食。不停地吃啊吃，不停地扩张与膨胀，其他的一切都是次要的。”而地球人认为，难道生存竞争是宇宙间生命和文明进化的唯一法则？难道不能建立起一个自给自足的、内省的多种生命共生的文明吗？事实是，这种自给自足的、内省的、多种文明共生的理想人类社会正是中国传统文化中倡导并且已经践行的社会。

四、科学精神与人文关怀

毫无疑问，刘慈欣是一个热爱科学与技术的人，至少是一个热爱科学与技术知识的人。这不仅是因为他作为一名工程师的职业所在，当然也因为他对科幻事业的热爱。更主要的是，他在自己的艺术创造中总是把艺术与科技紧密地结合起来。如果说，在他的作品中没有科技元素的话，他的想象空间将不复存在。更何况，他是如此绘声绘色、美妙绝伦、奇思妙想地为我们创造了许许多多的科幻的虚拟世界。

但是，这并不能说，刘慈欣是一个科技至上主义者。事实上，刘慈欣对人类科技的发展是持谨慎态度的。也就是说，他并不单纯地认为科技的发展进步能够拯救人类。人类的得救可能离不开科技的进步；但是，人类的进步不等于科技的进步，而在于人类自身，在于人自己的选择。与弱肉强食、物竞天择的“天择原理”不同，作者似乎更倾向于“人择原理”，就是说，人类应该理性地选择自己的发展之路。在刘慈欣的小说中，我们可以感受到作者这种浓郁的人文情怀。他对技术进步带来的破坏性充满忧虑，对现代化对人类人文精神的伤害充满批判。在他的小说中，没有简单地对科技的强势唱赞歌，反而，总是对人的责任感、奉献精神，以及人与人之间的了解、同情、平等充满了肯定，表现出对弱者的同情、关怀，并描写他们的智慧、努力与高尚的品格。他反对种族主义，反对技术至上，忧虑人类在现代化潮流中可能迷失的价值追求。他借助一位神奇的“镜子”向人类宣布：我讲英语，是因为人们大都使用这种语言。这并不代表我认为某些种族比其他种族更优越。在《朝闻道》《吞食者》《山》等作品中，他肯定了那些为了真理、道义、人类生命而献身的人们，塑造了一种震撼人心的崇高之美，并希望有后来者承续他们的事业与志向。这种“朝闻道，夕死可矣”的人文精神既是中国传统文化中完美人格的境界，也是刘慈欣所赞赏的人类品格。在《天使时代》中，他让那些被歧视的非洲“飞人”取得了终极性的胜利。在《欢乐颂》中，他让人们因为聆听了“镜子”弹奏太阳而演奏的《欢乐颂》之后，内心得到了沟通。因为，宇宙间，通用的语言除了数学之外就是音乐了。他多次提到了艺术，这几乎是能够使人类及宇宙不同天体之间沟通、理解，并得到拯救的法宝。所以他在《梦之海》中说道，艺术是文明存在的唯一理由。他营造了一些消除困苦、烦恼的理想世界，就是那些恬淡的、简单的、欢乐的、充满爱的人间时光。

人们观察事物有不同的角度，因而会得出不同的结论。如果我们把自己的视角锁定在一个生命个体上，那么，他的生命就是一切。如果我们把视角放大到一个国家、民族，那么，这种生命个体只是其中的一分子。而当我们把视野转移到浩瀚无际的宇宙，那么，人类的文明可能只是一瞬间。同时，所有的社会体系、道德伦理、价值观都可能发生改变。在刘慈欣的作品中，因了他视野的宏大，有很多地方涉及社会伦理等问题。但是，不论视角如何转换，他同情弱者，赞美奉献者，展示人类智慧的精神没有变。他是不是正在努力把科学与艺术融为一体，从现代科学技术与传统人文精神的融合中探寻人类未来的希望？也许，这正是我们唯一可能获救的道路。

许多年前，我曾经阅读过他较早前的小说《带上她的眼睛》。那位美丽的、献身人类科学事业的女科学家在进入地心并永远不可能返回时的情景令我窒息，并为她的美丽——不仅是外在的容貌上的，更包括她内在的心灵世界的——而潸然泪下。这种阅读感觉直到今天还留在我的内心。有人说，刘慈欣的科幻小说是“硬科幻”。我不知道该如何理解“硬科幻”。也许，这是指他的小说对科技内容的描述比较多，或者成为构建小说的主体条件。从科幻的角度言，这也许是一种肯定。但我不希望这是对他浓郁的人文精神的漠视。当然，我希望他有更多的像《带上她的眼睛》那样的深深打动人心、直击人的灵魂的作品。他近期的小说，确实是科技多了，细节少了，描写简单了。在很多时候，似乎只是一种由科幻而表达的理念。我还没有机会阅读他的全部小说，特别是没有阅读他最具影响力的长篇小说《三体》。这种轻易做结论的做法也许有些武断。但是，我希望，刘慈欣能够一如既往地为这个时代创作出更多打动人心的科幻作品，展示中国人的想象力与通达人类未来的智慧。

2015年9月5日19：59于并州寓所

2015年9月7日2：26改于寓

→选自《黄河》2015年第5期

现象

THREE BODY

刘慈欣：中国科幻文学的“异类”

文／晓晓

刘慈欣看上去仍然像20世纪80年代的大学生，戴副眼镜，文质彬彬，说话坦率直白。他一直在山西阳泉的一个发电厂里当工程师，用他自己的话说，“一生都在基层里生活”。就是这个貌不惊人，好像没有多少“技术含量”的人，在短短十年不到的写作生涯里，已经成为国内最有名的科幻作家，连续八次摘走了代表中国科幻文学最高水平的“银河奖”。因为盼着读他的连载作品，无数科幻读者们每个月心急火燎地跑到报亭买《科幻世界》杂志。属于他的称谓中，除了科幻迷们亲切称呼的“大刘”之外，还有几乎成为他名字前缀的“中国科幻第一人”。

理想——工程师加科幻作家

刘慈欣出生在“文革”期间的山西阳泉，小时候幸运的是，他在父亲的一个大箱子里翻到了很多书，更幸运的是，里面有儒勒·凡尔纳的《地心游记》——对科幻的热爱，就从翻开那本书的一刻开始。

真正让刘慈欣全身心都颤抖的书，是他20世纪80年代初读到的亚瑟·克拉克的《2001：太空漫游》和《与拉马相会》，“那两本书一下子就让我不可自拔了。”在70年代末80年代初有那么几年，刘慈欣和无数年轻人一起当上了“狂热的科幻迷”。他记得当时的科幻文学是被主流文学承认的，连《人民文学》杂志甚至都曾把最佳文学奖颁给科幻作品。而从50年代起步的中国科普式科幻作家，也在当时的出版界得心应手，叶永烈的《小灵通漫游世界》，竟卖出了三百万册，是现在任何一名科幻作家都没法想象的畅销程度。“那是目前哈利·波特的水平，这个辉煌后来再没出来过。”刘慈欣对此不无感慨。

刘慈欣的少年时代，科学家是孩子心目中最高尚的职业。可是当时只有百分之四的学生能考上大学，考研究生就更难了，“考不上研究生做什么科学家？”他修改了一下自己的理想：长大后，要做一名工程师，同时还能发表一些科幻作品。这些理想现在他都实现了。多年来，刘慈欣的正职工作都一直是山西娘子关电厂的工程师，副业才是写科幻。“我是很幸运的人，很少有人能把少年时的爱好在中年时完全实现。”他觉得自己如果真的像一些同学那样，做了官员、科学家或百万富翁，可能也写不出科幻了。

现实——科幻低潮期的坚持

20世纪80年代中期，科幻文学风头不再，市场急剧萎缩，作家和评论家们纷纷停笔，读者也不见了。此后整整十年，刘慈欣都没有找到可以发表科幻作品的地方。这段黯淡时期，刘慈欣一直没有放弃自己写科幻的梦想。他说现在想来，虽然不太考虑科幻发表，但一直在无意识地进行准备，除了大量阅读之外，他花了更多的时间天马行空地思考，并写出了《超新星纪元》。

1999年，刘慈欣平生第一次投了一批稿子，全部获得发表：《鲸歌》《微观尽头》《坍缩》《带上她的眼睛》……刘慈欣的名字一炮打响。随后，更多的作品像炸弹一样投在了中国科幻界，威力巨大。他不仅拥有了一大批拥戴自己、将自己亲切地称为“大刘”的粉丝，也获得了评论界一致的肯定。“刘慈欣的创作历程并不算很长，但他的爆发力一波比一波强悍。”复旦大学中文系教授严锋评价道。

异类——疯狂的技术主义者

刘慈欣的科幻题材，背景上至白垩纪，下到未来千万年的星际，他似乎可以信手拿来宇宙中任何一个时空的背景做道具。但是另一方面，有很多人都认为，刘慈欣“总是在写同一个故事”。他的小说中，总是不断地出现世界末日这样的极端情况，而科技总是最后的救世主。

“我是疯狂的技术主义者。”他向记者澄清，“我不是一个文学爱好者。走到科幻这个广场中的人，他们的来路是不同的，有的因为热爱科学，有的因为热爱文学，我属于前者。”

他的科幻理念也让他成为科幻界的另类人物，引起了不少的争议和批评。国际科幻界很长时间里一直在走“科学反思”的道路，主流内容都是表现科学技术的负面影响。当越来越多的人跟着这个主流走的时候，刘慈欣却越发坚守自己的阵地。“我还处在科幻黄金时代中。”他有点无奈地说。他就像《流浪地球》中坚信地球要被太阳吞噬，坚持用发动机将地球推到其他星球得以拯救地球的精英科学家们一样，哪怕世界上所有人都反对，还是固执地坚信最终能拯救地球和人类文明的还是科技。

对话

个人经历：“基层生活像风筝一样牵着我”

新京报　你觉得你工程师而非科学家的出身对于科幻写作来说是短处还是长处？是否有时感到知识有限而写不下去了？

刘慈欣　很多优秀的科幻作家都不是专业的，即使是专业的也不一定写自己的专业。我本身是学计算机编程的，但我就是写不了机器人，可能是因为天天打交道的原因，看着计算机就烦了。

对于科幻作者来说，知识有限还是其次，现在有了互联网，不知道的东西很容易查到，最痛苦的是灵感有限、想象枯竭的时候。

新京报　你的作品中有着黄土地的娃子、农民工、知青等形象，这是否和你亲身经历有关？

刘慈欣　我一直过着很基层的生活。我觉得我作品里的想象力，并不是如读者赞叹的有多么狂放，而是正好被他们欣赏，而不至于太空灵，太遥远。基层生活像风筝一样牵着我，让我在想象和现实之间做着平衡。

新京报　问一个大家都想问的问题，你会成为专业作家吗？

刘慈欣　不可能，是市场状况决定的，专职的科幻作家没法生活，这是很现实的问题，如果我的书能卖过100万册，那我可能想成为专业的。不过我现在一年没创作了，工作上花了很多时间，这个的确也很矛盾。

新京报　有读者认为你作品写得最漂亮的还是在世纪之交的那几年的中短篇小说。你自己认为呢？最满意的是哪种题材、哪类作品？

刘慈欣　我最满意的是最近几篇长篇。以前写的中短篇几乎是长篇的梗概故事，简直是拿做大衣的料子做短裤。我以前对一些作品很满意，如《超新星纪元》，曾经感觉以后也再写不出这样的作品了，但现在看来也还是不满意。

文学理念：“科幻要在天上飞”

新京报　如果把你的作品拍成电影的话，可能会拍成剧情很弱的灾难片。你能很成功地想象、描写历史性的场面，甚至一个全新的世界，但就文学性而言，有人批评你的水平还是很勉强的。

刘慈欣　我承认我作品的文学性有欠缺，但也没有办法。我所有的文学手段都是为了我的科幻构思服务。我的写作过程是先有一个核心概念，然后再发展出故事。以《三体》为例，我最初的构思就是一个图像：三颗恒星组成了三体结构，后面的一切都是为了表现这个图像，这和其他文学的构思是完全不同的。主流文学是先有人物，然后通过人物的命运来表现社会命运。而我的核心就是这个图像，所以作品中表现出的简陋、粗糙之处可能也都是来自这儿。

科幻和主流文学有很大的差别，主流文学的细节没法太大，而科幻中的情节可以很宏大，线条很粗，甚至可以把种族、国家乃至世界作为一个细节来描写。

新京报　你似乎与国内不少科幻杂志的编辑存在不少分歧？

刘慈欣　他们更偏向于主流文学的看法，我们写作的难处他们也未必理解，他们有他们的尺度，很多编辑是学文学的，产生这种想法也很自然，有科学造诣的编辑我和他沟通就容易些，文学出身的编辑我们沟通就很难。

新京报　我记得你举过一个苏联电影里的情节做例子：飞机没在天上飞，反而是和汽车一起在路面上开，遵守路面交通规则，你举这个荒谬场景是为了形容国内科幻界思维的局限，还是为了你作品中缺乏传统文学要素而辩护？

刘慈欣　　飞机是要在天上飞的，但你限制它的确是不合适的。人物从细节中出，细节需要篇幅，篇幅有限的情况下你只能牺牲掉人物。对我个人来说，核心就是科幻故事，其他都是次要的。主流文学留给我们的是哈姆雷特各种经典人物，但科幻文学史留给我们的都是基地、沙丘等“世界”。如果科幻文学真的戴着传统文学的枷锁，按着他们的路子走的话，就不会有现在的繁荣，每种文学都必须有自己的特点，否则它自身的存在价值就很可疑了。

新京报　　有人认为科幻文学首先是文学，然后才是科幻文学。你怎么看呢？

刘慈欣　　我承认这句话是对的，但是我对文学的概念和他们不一样。文学有很多种，难道只有现实主义文学才是文学吗？他们口口声声说人物形象，那后现代文学里有文学形象吗？现在被都市读者津津乐道的博尔赫斯、卡尔维诺等人的作品，里面有形象吗？科幻是文学我完全承认，但对文学的理解太狭隘了，现代文学已经发展很多元化了。科幻可以完全不写人，它可以通过文学的形式描写一个完全无人的世界，甚至可以完全是机器的世界，主流文学做不到这点。

自我评价：“坚守传统科幻的阵地”

新京报　　大部分的中国科幻作者目前还只能在科幻杂志上发表作品，你是少数能出书并获得盛名的作家。这让你感到幸运还是悲哀？你对自己的评价是什么？

刘慈欣　　我是传统科幻的继承者，在守着传统科幻日益丧失的阵地。我最大的功劳是证明了技术硬科幻的作品是可以得到读者喜爱的，它对读者的吸引并不比软科幻、新类型的科幻作品差。

新京报　你似乎也一直在作品中捍卫中国特色的科普型科幻，尽管这种类型的科幻几乎被批判到消失殆尽了。你的作品中总是出现各种各样的概念定义、技术描写等。

刘慈欣　大量的技术描写，这也是我很讨厌的事情，以后会尽量减少。最好的科幻小说不应该有这样的东西，世界上的科幻经典中纯粹的技术解释是很少的，它都是通过情节来表现科学幻想。但这个和科普无关，很多时候你不给出定义读者看不明白。

新京报　但这牵扯到科幻作者应该自问的本质问题，即你的读者群是谁？

刘慈欣　我的读者群取向很明确，就是高中生和大学低年级学生。但是我的目的也不是为了让读者学知识，科幻中的科学不是真正的科学，它是被扭曲的科学，是科学的映像。你要从这里面学科学可能会有偏差。

新京报　这里还有另外一个本质问题，写科幻的目的是什么？

刘慈欣　科幻作家考虑是很现实的。举个例子，罗伯特·海因莱因是世界科幻大师，一个记者问他为什么写作，他回答说我换两个小钱喝啤酒，其实事情就这么简单。科幻作者觉得带着读者到想象中来转一圈了，这就行了，至于你进来转一圈能得到什么，这就不是我关心的了。我相信其他大众作家也和我一样，大众文学是没有使命感的，我们写就是为了发表，为了赢得读者，就这么简单。

科幻的价值：“提供未来的思想实验场”

新京报　你不是一个“人本”的作家，你仍然坚称自己是疯狂的技术主义者，坚信技术能解决一切问题，是这样吗？

刘慈欣　　我现在不但还坚持原来的想法，而且更坚定了。科学是科幻之母，是科幻的土壤。在科幻黄金时代，科学的形像是正面的，到了科幻衰落的时候，科幻反而成了反科学的阵地，这是很奇怪的事情。我只能在自己的作品中努力表达不同的声音。

新京报　　你说你的写作是不带使命感的，但现在看来，你似乎试图改变科幻界主流思想。比如，你似乎刻意地将很多场景设置在末日环境中，在这种极端的场景里面，最终拯救地球的总是科技。

刘慈欣　　我的写作是没有使命感的，我要表现的理念都是自然而然表露的，并非要捍卫什么理念。我之所以要选择末日来写，就是因为它是最震撼的，最有可读性的，说白了就是最有市场的。

新京报　　但是关于科技的负面作用，如对人性的异化、科技中的权力争夺等一些重大问题，也是很有内容的，你为什么不写？

刘慈欣　　的确，科学有很多阴暗面，但是现在百分之九十九的科幻都在描写科学的阴暗，这正常吗？

新京报　　你曾经和科技史学者江晓原有过一段精彩的对峙，在你的观点中，理性、技术甚至可以超越人性，设定未来的道德标准，你这么认为是否把人性和伦理简单化了？

刘慈欣　　人性这个词一直在不断变化，江晓原认为人性中的自由意志是不变的，其实自由意志也是文艺复兴之后的事，之前反而是忠诚、勇敢等被人看重。道德也是一直在不断变化，最新的道德体系也是最近四五百年开始的，那我们怎么肯定这种道德体系将来就不会变化呢？科幻就是要描写这些变化的将来。如果仅仅用现在的思维模式来套住它的话，那科幻飞行的翅膀也没了。

但是对科幻作者来说，你可以推翻牛顿、爱因斯坦的理论体系，但是你想要推翻现在社会的道德体系的话，这是很危险的事。比如两性关系，科幻小说中可能描写三性、四性，这些都是很危险的，搞不好就踩到雷区了。但这也是科幻的魅力所在，它可以描写那些人类看似最坚固、实际上变化很快的东西。

新京报　虽然你在全球科幻界都是很反主流、很异类的作家，但另一方面，你却在中国如此成功，这是为什么呢？

刘慈欣　可能是这样的。技术的发展是任何一个国家无法选择的，你必须去发展。而作为科幻作家，他最重要的描写任务则是寻找人类生存的终极目的。科幻的作用就是它摆出各种各样的世界设定，把各种终极目的和可能发生的事情陈列出来，做一个思想实验。社会和道德在未来的演变，是包括大思想家也不会考虑到的，而科幻在这方面能做的有很多。

→选自《新京报》2008年12月11日

中国科幻文学需要大师

文／李遇

假如有个作家，每年都有新作品问世且会在读者中引起极大的反响，拿奖拿到手软，百度一搜就有几万个网页，有人客气地说，他是某种文学体裁的中国领军人物，而在一些不那么正式的场合，更多的人直接就说他是“中国某某文学第一人”……

问：这个作家该有多牛？答：也没有多牛。如果他正好是那个写科幻的刘慈欣的话。

刘慈欣，山西省作家协会会员，现居住于阳泉市。从 1999 年起，业余时间开始创作科幻文学，从那年起，连续八年获得中国科幻文学最高奖项——银河奖。2008 年 12 月，《新京报》采访他的时候，说他是“中国科幻第一人”。他的科幻小说成功地将极端的空灵和厚重的现实结合起来，同时注重表现科学的内涵和美感，努力创造出一种具有中国特色的科幻文学样式，代表作有长篇小说《超新星纪元》《球状闪电》《三体》《三体Ⅱ：黑暗森林》等，中短篇《流浪地球》《乡村教师》《朝闻道》《全频带阻塞干扰》等。

中国最大的科盲群体在主流文学作家中

我必须用如此正统而刻板的方式介绍他。虽然刘慈欣在科幻文学读者圈内有着极高的声望，就如同金庸在武侠爱好者中的地位，但出了这个圈我问了几个人，没有一个人知道他，更不用说，知道他是我们山西的作家。幸好，刘慈欣还是山西省作家协会会员，这说明，至少组织注意到他了。另据说，去年茅盾文学奖评选的时候，阳泉市作协还专门给他打电话，希望推荐他的作品，但刘慈欣拒绝了。

【刘慈欣说】是的，市作协确实给我打过电话。但我想，这一点希望也没有，还要送出几十本样书，没有必要嘛。后来，听说麦家的《暗算》获奖了，真是想不到。我一直以为茅盾文学奖是要那种主旋律的、现实主义的作品，但麦家的作品也有科学的元素。

不过，即使能知道麦家的作品会获奖，我也不会去报这个奖，因为主流文学就不承认科幻文学。当然，他们不是主动地不承认，他们根本不知道、不关注科幻文学。有人说过，中国最大的科盲群体，就在主流文学的作家圈。许多主流文学作家对科学抱着抵触的态度，他们认为科学是邪恶的。这十分可笑，他们一边享受着科学带来的便利，一边又说科学是邪恶的。他们还说，看不懂科幻小说。我非常奇怪，连普通中学生、大学生都能看得懂，他们怎么就看不懂了？

当然，写科幻的文学技巧确实比主流文学作家要差一点儿。科幻文学需要特殊的文学技巧。反过来说，主流文学作家也掌握不了这些特殊技巧。老舍就曾写过科幻文学，谁知道？

读者群年龄低未必是坏事

主流文学界忽略科幻文学，但事实上，在过去尤其是20世纪80年代初，科幻文学很是热过一阵。叶永烈的《小灵通漫游未来》累计发行超过三百万册，童恩正的科幻小说《珊瑚岛上的死光》曾在文学界最高权威刊物《人民文学》发表并被改编为电影。只是后来，也不知道什么原因，这股热潮以比来的时候还快的速度退去了，科幻文学成为小众的读物。在某种程度上，甚至成为低幼读物的一种。

【刘慈欣说】科幻文学的读者，大多在初中生到大学低年级。我们有种说法叫“公共汽车效应”，就是人员不断流动，“前门上，后门下”，看科幻的总是这个年龄段的人。他们成年以后，不用说看科幻，看什么都少。二来，接触的现实多了，就觉得这些东西意思不大了。因为读者年龄的不同，某种程度上造成中西科幻文学的面貌上的不同。我们的科幻文学，是作者带着你走到未来，但西方的科幻作品，是一下子把你扔到未来，然后通过细节交代背景。

但是，科幻文学读者群年龄偏低也并不一定是坏事。我们曾和国外的同行交流过。他们说，国外搞个科幻文学爱好者的聚会，来的人都在四十五岁以上。这是很可怕的一件事。虽然他们可以表现一些深刻、晦涩的主题，但同时失去了朝气，所以他们非常羡慕我们有年轻的读者。

世界科幻文学都在衰落

作为现在最受欢迎的中国科幻作家之一，面对科幻文学高潮不再的情况，在一次和网友的交流中，刘慈欣说：“在目前的市场情况下，靠写科幻生活必须不停地写，而且没有保障，这显然不是一种让人羡慕的生活。”又说：“写科幻挣钱，但要只为挣钱，肯定有比这更好的办法。”他的《黑暗森林》是一部非常成功的长篇科幻小说，但他坦承，最终的销量可能比不上一些畅销书的十分之一。对比《侏罗纪公园》作者克莱顿光版税收入就有三四千万美元的“盛况”，令人不胜唏嘘。

【刘慈欣说】不惟在中国，事实上，世界科幻文学的高潮已经过去，现在处在一个衰落时期。这和整个人类社会发展有关系。

世界科幻文学的第一个黄金时代在 20 世纪 20 年代，那时也正是科学飞速发展的一个时期，理论物理有了大突破，相对论和量子理论都产生于那一时期，人类社会进入电气化时代，科学的力量刚进入生活，但人们还不能清晰地判断力量会有多大，所以对未来有瑰丽和神奇的想象。这就好比我们中国科幻文学的发展，第一个高峰是在民国初期，人们都有科学救国的希望。第二个高峰是在新中国成立初期大建设时期，我们对科学强国也有很高的期望。20 世纪 80 年代也是这样。只是，到了现在，科学已经很深地渗透到人们的生活当中——比如手机。80 年代的科幻作品里都还想不到——科学丧失了它对人的神奇感和神圣感，甚至因为科学发展引起的一些负面影响，出现了反科学的思潮。国内科幻界也有这样一些反科学的作品，刻意强调科学负面的作用，把科学说成邪恶的。我非常反感这一点。发达国家反思科学，是因为有了更先进的思想。在我们国家，科学的启蒙都没有完成，你再去反思，是很愚昧的举动。科学对于我们，就像粮食一样，粮食会有这样那样的问题，但你能据此说粮食是邪恶的是阴暗的？不管怎么说，我们应该对科学保持足够的敬意。

尽管对科幻文学如今的现状不太满意，刘慈欣对中国科幻文学的前景还是很乐观的，并且说："热衷科幻的人越来越少，错不在读者，而在作者和出版界。"同时认为，改变科幻不景气的局面，关键在市场。说到作者，尽管他被称为"中国科幻第一人"，但他还认为，中国科幻缺大师。

【刘慈欣说】在科幻写作上，我是个古典主义者，所有的作品都是以技术为内核的，还算个传统的科幻作家，坚守在日益萎缩的科幻阵地上。现在国内写科幻的人也不少，但我感觉，现在我们国内科幻文学还缺一个大师，是那种能以一己之力改变一种文体的大师，比如郑渊洁，他就改变了中国童话。

给科幻作家刘慈欣的十个幼稚问题

1. 宇宙中有外星人吗？

不知道。按照物理规律来说，地球不应该是宇宙的特例。但现在既没有证据说有，也没有证据说没有。

2. 地球上有外星人或者 UFO 吗？

不知道。我们现在都无法确定外星人是一种什么样的存在。UFO，就是不明飞行物，只要你连续观察天空一周，会发现许多，但是不是由外星人控制，我倾向于不是。因为看到许多这样报道中的 UFO，粗糙到非常可笑。

3. 假如有外星人，他们对我们是善意的还是恶意的？

宇宙中并不一定有统一的道德标准。而且，不论善恶，落后文明与先进文明的接触总会有灾难性的结果。再加上文明差异的问题，外星人和我们的差异，要比人和蚂蚁的差异大得多。我们人类并没有恶意地要去消灭蚂蚁，但修房子盖水坝的时候，考虑过蚂蚁吗？最后，从人类的安全考虑，还是把外星人想成恶意的比较好，不要贸然地暴露我们自己在宇宙中的位置。美国科幻作家弗诺·文奇说，假如宇宙中有外星人的话，他们为什么都默不作声？他们一定知道些我们不知道的东西。

4. 假如外星人来访，他们会不会认为蚂蚁、老鼠等是地球的主人，而不是人类？

那得看外星人以什么标准鉴定地球的“户主”了。如果是文明程度，当然是人类，但如果从居住时间来说，好多物种的历史要比人类长得多。

5. 人类能不能造出超光速飞行器？

不能，连近光速都很难达到，狭义相对论就把它限死了——把公共汽车那样大的物体加速到光速，耗能整个地球都难以满足。

6. 人类能造出时间飞行器吗？

理论上，飞向未来是可能的。但回到过去从逻辑上就不可能。假如说未来的科技水平能做到那一步，我们为什么没有见到从未来来的人呢？

7. 会有第三次世界大战吗？

不会有。经过两次世界大战，人们已经理性多了。既然华约和北约的对立都没能使世界大战爆发，那么今后也不可能有。人类发展到今天，已经能协商解决问题了。事实上，几十年来，许多次经济危机要比二战前更严重。

8. 人类会因为什么灭亡？

因为飞不出地球而灭亡。灾难总会来的，比如小行星撞击，比如全球性的气候灾难。如果我们飞不出去，就只能灭亡。现在关键的是，人类有种技术享乐主义，停止了对外太空探索的脚步，连最近的月球也只去过一次。

9. 假如人类不灭亡，会进化成什么样子？

有两种可能。一是人机合一，就是和计算机合为一体，现在这种趋势已经出现；另一种是网络化虚拟化生存，那就是完全不同的生命形态了。

10. 假如人类灭亡了，再出现统治地球的物种会是怎么样的？老鼠？蟑螂？

不会是老鼠和蟑螂等，它们在漫长的时间里没有进化出文明，那么以后也未必能。具体是什么不知道，但肯定个体比人类要小——人类就比恐龙小嘛，而且适应环境的能力应该非常强。很有可能机器会发展出一种文明，进化到可以复制，发展出机器文明。

→选自《山西晚报》2009年1月3日

当乡村教师遇上星际战争

文／雷缓之

刘慈欣是谁？很简单，他是中国目前最好的科幻小说家。而且，他正在成为——如果你担心“已经成为”的说法显得过于武断的话——中国有史以来最好的科幻小说家。

刘慈欣的身份是山西阳泉娘子关发电站的一名工程师。和大部分山西人一样，他的父亲是煤矿工人。“这是离矿山不远的一个山谷，白天可以看到矿山的烟雾和蒸汽从山后升起，夜里可以看到矿山灿烂的灯火在天空中映出的光晕，矿山的汽笛声也清晰可闻。”在 2000 年发表的以山西煤矿为背景的科幻小说《地火》里，刘慈欣这样写道。这就是他记忆中的家乡。

读小学时，刘慈欣从父亲箱子底下翻出的一本繁体字的《地心游记》，这本儒勒·凡尔纳的作品让他从此迷上了科幻。当他成为阳泉第一中学学生的时候，他已经把能找到的科幻小说都读完了。他还喜欢读俄罗斯文学，尤其是《战争与和平》。不过，从来没有人和他谈过文学或科学，他只是晚上躺在床上，任由他那些疯狂的想象自由生长。

1999 年，刘慈欣开始在中国最重要的科幻小说杂志《科幻世界》发表短篇小说。在短短不到半年时间里，他一口气发表了四篇，其中有一篇《坍缩》是在 1985 年写下的。他开始赢得一些名声。一个感伤的故事《带上她的眼睛》让他获得 1999 年第十一届银河奖的一等奖。这是刘慈欣第一次得到这个中国科幻界最高奖项，接下来的七年里，他的《流浪地球》《全频带阻塞干扰》《中国太阳》《地球大炮》《镜子》《圆圆的肥皂泡》《赡养上帝》和《三体》，每年都获得银河奖的最高奖。

俗世日常与终极追问

刘慈欣在小说里描写的空间之广与时间之长，令人咋舌。随便举个例子：短篇小说《思想者》写两个男女的邂逅，十年后他们重逢，发现了一个奇特的天文现象，为了验证猜想，之间存在着若有若无情愫的他们约定，之后的见面与那个现象出现的频率同步，也就是说，再过七年，然后再过十七年……但是，那算得了什么呢？对宇宙来说，这三十四年只足够邻近的几颗恒星之间传递几次闪烁“源于太阳的那次闪烁可能只是一次原始的神经元冲动（按：这不是文学性修辞，而是这篇科幻小说的亮点）……只有传遍全宇宙的冲动才能成为一次完整的感受”，也就是说，“我们耗尽了一生时光，只看到‘他’的一次甚至自己都感觉不到的瞬间冲动”，“耗尽整个人类文明的寿命，可能也看不到‘他’的一次完整的感觉”。

这种极其强烈的对比，让人怅然。而这正是出色的科幻小说最令人迷醉之处。它让你获得无法言喻的快感，同时也让你遭遇无法排解的空虚。

但是我认为，刘慈欣最具个人特色之处，在于他擅长把平淡、带着苦难、毫无诗意的俗世日常与宇宙、文明、生命等终极追问，以令人意想不到的方式结合起来，让它们对立，然而却不可分离。

上述《思想者》即是一例。《乡村教师》则体现得最淋漓尽致。这篇短篇小说大部分篇幅都在讲述一位临终前的乡村教师如何抱病讲课，如同一篇写实主义的传统小说。乡村教师在他生命中的最后一课给学生们讲牛顿三大定律，“今天的课同前两天一样，也是初中的课。这本来不是教学大纲上要求的，我是想到，你们中的大部分人，这一辈子永远也听不到初中的课了,所以我最后讲一讲,也让你们知道稍深一些的学问是什么样子。”

另一条线索则是一场延续了两万年、已经接近尾声的星际战争，无比先进的外星文明出于战略目的而计划摧毁一条五百光年宽的隔离带之中的大部分恒星，在此之前要对它们进行文明测试，测试通过则不被摧毁。灭绝的危险轮到地球了，外星文明抽取了学生们为测试对象，文明测试的题目恰巧就是牛顿三大定律。

两条看似毫不相关的线索在这里交织起来了：地球文明的存亡就维系在学生们有没有记住牛顿三大定律这一点之上，不，应该说就维系在乡村教师有没有凭着“多教一点是一点”的信念以及无比单纯却无比伟大的献身精神，把牛顿三大定律传授给学生们。至愚至贱者与至智至高者以这种形式相遇了。

这种强烈的反差不禁让我想到，这里面是不是也含有某种程度的个人体验呢？《阿凡达》在中国成为社会话题的时候，刘慈欣这位科幻小说家却没有机会在大银幕上看到这部史上最成功的科幻电影，因为娘子关没有电影院，“作为一个写科幻的是不是很可怜？”当一个人的生存环境受到某种限制，他会不会出于某种反抗机制而将自己的思维近乎无限地拓展开来？

不为自己而写

不过，就刘慈欣本人来说，他对自己作品的喜好与读者并不重合——作者与读者之关系每每如此。1997 年，他写了“大艺术”三部曲：《梦之海》《诗云》《欢乐颂》。这是他在自己的作品中比较偏爱的一个系列，它们讲的是什么？《梦之海》写外星智慧生命“低温艺术家”把地球海洋的所有水取走凝结成冰，制成一件空前绝后的艺术品；《诗云》写另一个外星智慧生命“李白”把整个太阳系的物质转化成量子存储器，以存贮用量子计算机生成的“所有可能的诗”，为了证明“技术可以超越艺术”（最后“李白”固然写出了“所有可能的诗”，但他无法把他需要的那些检索出来，因此“技术可以超越艺术”仍然是一个没有得到证明的命题）。

《欢乐颂》呢？除了刘慈欣，没有人知道它讲的是什么。前两篇小说发表后，他从网络上收集的读者反馈不能让他满意，于是他放弃了玄想色彩更浓烈的、“无拘束地放纵自己想象力”的“大艺术系列”。

难道不能把盘旋在脑海里的“大艺术系列”写出来吗，就算是为了自己而写？——“我从来不作为自己而写的傻事。它们在我的头脑里就行，为什么要写出来？”

“我从来不作为自己而写的傻事”，这就是刘慈欣，就像他形容自己的那样，在科幻的世界里他是理想主义者，在现实的世界里——就算是对待科幻本身——他是现实主义者。最让他感到恐惧的，是用二十年写一部几百万字的小说，结果只出版两千册。他一直在做的，就是让自己免于沦为“又可笑又可怜”的人的命运。这也许是一个将被更多读者所接受作为志业的作家的自觉吧。

逻辑自洽的世界

在国内的科幻小说家之中，刘慈欣是最善于处理“涵盖了从奇点到宇宙边际的所有尺度，跨越了从白垩纪到未来千年的漫长时光”这一类题材的，不过他对幻想人类社会的未来形态也很有兴趣：在《赡养人类》里，贫富分化发展到了顶点，富人和穷人变成两个物种，最后百分之九十九的世界财富集中到一个人手中，他拥有整个行星的大陆、海洋和大气层；在《微纪元》里，为了从一次绝对的末世灾难中拯救人类文明，人类在一万八千年之中进入“微纪元”，将身体缩小到纳米级别，社会尺度的微小使人类在宇宙中的生存能力增强了上亿倍；在《时间移民》里，人类社会经历了不需要学习就可获得一切知识、可随意更换人体器官而永远活着的“大厅时代”，经历了人类以量子脉冲的组合形式活在内存里、个体最终消失、所有人合并为一个软件的“无形时代”，最后他们对存在的思考达到终极，认为不存在是最合理的并选择了它。

其实他的名作《流浪地球》《超新星纪元》也都是幻想人类社会未来形态的杰出作品。我一直觉得，这类作品是科幻小说里最有价值的一种，但也是最难写的一种，因为这和造物主干的活没什么区别。

到现在为止，刘慈欣最有野心的作品是“三体”长篇小说三部曲，前两部《三体》与《三体Ⅱ：黑暗森林》已经出版。在“三体”里，他创造了“宇宙社会学” 的两大公理：第一，生存是文明的第一需要；第二，文明不断增长和扩张，但宇宙的物质总量保持不变。根据这两个公理，他推导出“宇宙文明图景”(以下文字涉及剧透，请慎入)：“宇宙就是一座黑暗森林，每个文明都是带枪的猎人，像幽灵般潜行于林间，轻轻拨开挡路的树枝，竭力不让脚步发出一点儿声音，连呼吸都小心翼翼……他必须小心，因为林中到处都有与他一样潜行的猎人。如果他发现了别的生命，不管是不是猎人，不管是天使还是魔鬼，不管是娇嫩的婴儿还是步履蹒跚的老人，也不管是天仙般的少女还是天神般的男神，能做的只有一件事：开枪消灭之。在这片森林中，他人就是地狱，就是永恒的威胁，任何暴露自己存在的生命都将很快被消灭。这就是宇宙文明的图景，这就是对费米悖论的解释。”

刘慈欣经过思考得出的这幅图景与斯蒂芬·霍金的想法不谋而合。霍金今年向外界表示：“如果外星人来拜访我们，我认为那么其结果就和当年哥伦布到达美洲大陆差不多，美洲的土著居民身受其害。”

伟大的科幻小说家伊萨克·阿西莫夫在“机器人”系列中创立了“机器人三大定律”，在“基地”系列中提出了“心理史学”的概念。在我看来，创造出这样一个逻辑自洽的世界，是一个科幻小说家向“伟大”这个级别行进的标志。

→选自《时代周报》第92期 2010年8月18日

欢迎进入“三体纪元”

对话 | 雷剑峤 VS 刘慈欣

如果时间可以像刘慈欣写的那样快速前进，站在未来回望，人们会更能看清楚此刻在中国科幻文学史上的重要意义。《三体Ⅲ：死神永生》即将出版，这是“中国最好的科幻小说家”刘慈欣迄今为止最重要的作品“三体”三部曲的收卷之作。“三体”三部曲完成之后，中国科幻小说从此进入“三体纪元”（“纪元”一词，借用了刘慈欣在书里为地球未来的命名方式）。也就是说，我们已经有一部世界性的作品摆在那里了。但是对中国的科幻小说作者来说，这只相当于刚实现了第一宇宙速度。要想进入一个更广阔的世界，他们必须提速。

一、“三体”的写作

《三体Ⅲ：死神永生》即将出版，“三体”三部曲跟刘慈欣刚开始构思时的设定已经有了很大偏差，原来以“文革”为时代背景发生的故事已经发生了变化。刘慈欣以一部大概一年的速度写作，他不敢写得太慢，不然“写出来的时候已经被读者忘了”。在《三体》三部曲完成后，他说，想写写新的题材。[1]

南都（以下简称“问”）：你在《三体Ⅰ》刚出版的时候说过，这是“地球往事三部曲”的第一部。现在，《三体Ⅲ：死神永生》终于写完了，里面提到一部叫《时间之外的往事》的书。那就是从前的“地球往事”吧？为什么改名字了？

刘慈欣（以下简称“答”）：不，不。因为前两部小说（《三体Ⅰ》《三体Ⅱ》）有一个缺点，就是有大段大段的背景介绍，影响阅读，我的想法是把背景介绍集中起来，即便你不看它也能看懂情节，有些读者不想看，把那些黑体字跳过去就算了。别的作家也这么做过，《战争与和平》就这么干。

雷剑峤　　我感觉你在《三体Ⅲ：死神永生》里面的写作手法更成熟了。

刘慈欣　　我没这种感觉。从文学角度看，我不认为《三体Ⅲ：死神永生》有什么进步的地方。

雷剑峤　　你是从什么时候开始构思“三体”三部曲的？整个故事最初的那个内核是什么？

刘慈欣　　“三体”来源于两个构思，一个就是有三颗无规则运行恒星的恒星系，这个原来打算用来写一个短篇的，后来我发现挺可惜，这能写成一部长篇小说。我有一篇短篇小说叫《山》，写出来以后觉得很可惜，包括我自己和读者都觉得那就是一个长篇小说的梗概。

另外一个构思来自科幻理论研究者，北京师范大学吴岩副教授写的《中国轨道》，我没看过，只知道内容提要。他描写“文革”时期的中国人不顾一切地向太空进行载人发射，其实这个是有历史依据的，中国做过这种事。我和他年纪相近，对“文革”比较熟悉，就想写一部“文革”时期的科幻小说。当时是想把这两个构思结合在一块儿，以“文革”为背景，很详细地描写“文革”时期的那些大人物，从“文革”开始，一直到80年代。为什么说是科幻呢，因为这一段都有外星力量参与，也牵涉到华约和北约的冷战。

后来跟一个出版人一说，他说别逗了，你写这个东西不是白费劲吗。最后就成了现在这个样子，变化特别大。现在第一部的一开始也是“文革”背景，后面就不是了。

雷剑峤　为什么要放弃原来的构思？

刘慈欣　一个是出版的困难，现在这么一点描写“文革”的还差点出版不了。一个是我觉得写这个有一个很大的动力是我童年少年的回忆，但是读者不一定感兴趣，读者的年龄普遍比我小，把太多自己的这些东西放进来，不太好，和我创作理念不符合。

雷剑峤　你的正职是工程师，业余进行写作，你每天用什么时间来写？写多久？《三体Ⅲ：死神永生》可是一部超过五百页的厚书，前面两部也不薄。

刘慈欣　每天坚持写一点是不可能做到的。工作不忙的时候写吧，忙的时候写不了，反正不确定。我这个工作忙起来没完没了，就像这几天晚上，都得加班。不忙的时候没事，我一个人一间办公室，不去旁边和别人聊天不就能写了吗？还有就是晚上，但是晚上比较累。一天状态好的话能够写三到五千字吧。

雷剑峤　“三体”的写作花了多少时间？

刘慈欣　每一部大概一年。中间还停了一年半。就是一般的写作速度，和起点中文网的写手没法比。当然，有些写主流文学的用十年写个长篇，我比阿来啊余华啊他们要快得多。我快是不得已，我不想快。说实话，像《三体Ⅲ：死神永生》这样一本书，三十六万字，按我的水平发挥，应该写三到四年，没有这么长时间写不好。但是你不可能一下子沉寂这么长时间，到写出来的时候读者都把你忘了。写大众文学的一定要有固定的出版频率，姚海军[2]多次警告我，说你不多写不行。

雷剑峤　　后面一小部分写得有点仓促。

刘慈欣　　这和时间没有关系，其实后面写得很慢，比前面慢得多，后面部分背景急剧扩大，线条就粗了些，想有一个诗意的结尾。

雷剑峤　　你最好的几部长篇小说的主人公都是女性，比如《球状闪电》的林云、《三体Ⅰ》的叶文洁、《三体Ⅲ：死神永生》的程心。对于女性的描写你有什么心得？

刘慈欣　　也没有很多啊。第三部的主角之所以是个女性，是因为第二部的主角是个男的，第三部再是男的不就有点单调了吗？对于女性，我一直抱着这样的观点，这个我与王晋康老师（中国著名科幻小说家）的观点不一样：我觉得女性在哲学思维、科学思维上和男性完全没有差别，之所以我们看到有差别，女性没有数学家，没有音乐家，没有理论科学家——居里夫人不是搞理论的，是因为后天原因，不是先天原因。你要让女性和男性处于同一个社会环境的话，他们的思维方式、他们的成果应该不相上下。所以我小说里的女性没有表现出女性的弱点，她们也是很强的人。不过我写的时候也没有特意去想女性什么的。

雷剑峤　写完“三体”，你会不会有一种很累的感觉？写完《三体Ⅲ：死神永生》最后一个字的那一刻，你做了什么？

刘慈欣　写完哪本书都累。“三体”拖的时间很长，中间还停了一年多，所以要说累最后这部写得比较累。我写小说都抱着一种危机感，像我们这些业余作者，生活随时都可能出现这样那样的事情，你称作变故也可以，随时都可以让你写不下去。你在写书过程中应该就想着赶快把它写完，写完以后怎么着都行了。写完了就完了，没什么可庆祝的。我的创作之路还很远，我还要写新的，未来还要写更多的东西。

雷剑峤　你有没有感觉被掏空？你觉得自己还能写出更好的作品吗？

刘慈欣　掏空不可能，想法还有很多，但是即便你再写出一个和“三体”一模一样的，人家也会骂你，说你退步了，对吧？我要再写出“三体”这样的来不困难，但是一个人超越自己肯定是最难的。像太空歌剧外星人这类东西，我写得有点腻了，想法还很多，但是不想再写这个题材了。看能不能写点别的题材。

雷剑峤　比如？

刘慈欣　我对计算机比较熟悉，另外对工程啊地质啊也比较熟悉。

二、宇宙社会学

刘慈欣创造了“宇宙社会学”的两大公理：第一，生存是文明的第一需要；第二，文明不断增长和扩张，但宇宙的物质总量保持不变。根据这两个公理，刘慈欣推导出“宇宙文明图景”(以下文字涉及剧透，请慎入)：

“宇宙就是一座黑暗森林，每个文明都是带枪的猎人，像幽灵般潜行于林间，轻轻拨开挡路的树枝，竭力不让脚步发出一点儿声音，连呼吸都小心翼翼……他必须小心，因为林中到处都有与他一样潜行的猎人。如果他发现了别的生命，不管是不是猎人，不管是天使还是魔鬼，不管是娇嫩的婴儿还是步履蹒跚的老人，也不管是天仙般的少女还是天神般的男神，能做的只有一件事：开枪消灭之。在这片森林中，他人就是地狱，就是永恒的威胁，任何暴露自己存在的生命都将很快被消灭。这就是宇宙文明的图景，这就是对费米悖论的解释。”创造出这样一个逻辑自洽的世界，是一个科幻小说家向“伟大”这个级别行进的标志[3]。

雷剑峤　　想必你已经看过这条新闻——英国著名物理学家史蒂芬·霍金在今年发表言论称，对于外星生命，人类要做的不是积极尝试接触他们，而是尽其所能避免与他们接触。和很多人一样，我第一时间想到的是你的《三体Ⅱ：黑暗森林》。经过思考，你在小说里先霍金一步得出了相同的结论。与霍金不谋而合有没有让你觉得很高兴？

刘慈欣　　对外星人保持警惕，这个想法从19世纪就有了，根本不是什么新鲜的观念。当然，之前的人们只是提出一个简单的想法，是出于对人类文明负责的态度，不像我这么一本正经，还通过公理形式说出来。我们不应该轻易暴露地球在宇宙之中的存在，因为我们并不知道外星文明各方面的情况，无论是他们的价值观，还是他们的道德准则，我们甚至根本不知道宇宙之中有没有一个统一的价值观和道德准则。也可能像一些乐观的人说的，随着文明的进化，道德也随着进化，就像阿瑟·克拉克在《2001：太空漫游》里说的，生命的进化会使他们认识到生命在宇宙中是一种很珍贵的东西，所以他们处处鼓励它的萌发。但是克拉克还加了一句：但是有时他们也不得不除去稗草。

即便外星文明是好意的，和他们接触也是一件很危险的事，地球文明也可能会因此产生不可预知的蜕变。更大的可能性则是宇宙里根本没有什么统一的道德准则可言，就算有，我们够得上够不上这个道德准则的范围，还是另一回事。我们还可以按地球上的情况来推论，人类是怎么样对待别的生物的，因为我们和蚂蚁啊这些动物的差别，大概与我们和外星人的差别是一样的。所以不要抱一种很天真的态度。

外星人是什么样子，现在谁都不知道，在不知道的情况下，一个人最本能的反应就是防备。对吧？我们面对的是整个人类文明，你用那么大的功率向宇宙中发射信号，我觉得十分危险。有人说这个无所谓，咱们的信号早就发出去了，早在慕尼黑奥运会那会儿就有电视转播了。那不一样，那个信号本身的能量能传很远，但是传不了多远就畸变了，没法解读了。但是后来人类为了呼唤太空，专门发射过信号，包括用固定望远镜阿雷西伯望远镜发射过一次，绿岸工程发射过一次，功率相当大，可能比现在最大的雷达的发射功率还大，这个能够传得很远。

雷剑峤　你是受到什么启发提出“黑暗森林”理论的？

刘慈欣　产生这个想法其实不新奇，是自然而然的。不产生这个想法才奇怪了。像国内的一些学者，认为道德随着文明而进步，如果收到外星人的呼号，我们应该立刻回答，在宇宙中找到朋友。我觉得这个人很傻。每个人都有一种自我防备意识，从婴儿到老人都有，不需要很深刻的思想，随便问一个农民一个流浪汉或一个文盲，他都会这么说的。很简单的一件事，没有多复杂。

雷剑峤　很多读者都为“黑暗森林”理论感动、震撼，你还记得当初是怎么产生这个想法的吗？

刘慈欣　我肯定是先产生对宇宙深渊的一种恐惧，然后进行理性思考得出的。有一个天文学家说过一句话很有意思，他说恒星这个东西，如果不是它确实存在的话，你很容易从数学、从物理上证明它不存在。“黑暗森林”理论也是这样，你很容易证明它不存在，但是它可能真的就是存在的。说实话，“黑暗森林”理论不严密，它不可能做到严密，要做到的话，那我就是个学者不是写小说的了。它的理论漏洞很大，似是而非，从某种逻辑角度推论肯定不成立，但是它也有很怪异的东西。这个不是科幻小说能够证明的，它只是一篇小说而已。

三、平行世界

电影《阿凡达》在中国成为社会话题的时候，刘慈欣这位科幻小说家却没有机会在大银幕上看到这部史上最成功的科幻电影，因为他所居住的山西娘子关没有电影院，“作为一个写科幻的是不是很可怜？”他的作家身份对他的现实生活几乎没有产生任何影响。

雷剑峤　上次你跟我说没有去看《阿凡达》，因为娘子关没有电影院。现在补看了吗？你有什么评价？

刘慈欣　看了，是去太原看的。我觉得《阿凡达》很一般，卡梅隆的电影我都不喜欢，包括《泰坦尼克号》，我觉得这个人灵气不足。

我最震撼的不是《阿凡达》，而是《盗梦空间》，我看了相当震撼。后来想想他那个想法也不新鲜，但是他用电影语言表现的不同层次的梦境有不同的时间流速，最后从不同的时间流速中一层层地跃出，十分震撼，我觉得它比《阿凡达》好得多，《阿凡达》的特技是做得精致，很难看出破绽，仅此而已，画面没什么想象力啊，怎么会被捧得那么高的地步？《盗梦空间》就是特别适合中国拍的科幻片，投资也不是很大，不是靠特技，而是靠想法。

雷剑峤　　如果有可能，你希望谁来做导演把“三体”拍成电影？

刘慈欣　　我希望是一个出色的历史片导演来拍，不希望是一个只会导科幻片的导演。真正好的科幻片是像历史片一样厚重、有历史感的。具体是谁，这个说了没用，这是伪命题。据我所知，张艺谋现在也在找剧本，冯小刚肯定不会拍，陈凯歌不知道，但是他们的文学策划没有找过我。

雷剑峤　　你说过，你就像生活在两个平行世界里，在一个世界里你是工程师，在另一个世界里你是科幻小说家，两个世界完全是隔绝的，里面的人没有任何往来。这种情形到现在仍然如此吗？

刘慈欣　　现在当然有一部分人知道，但是他们不关心。在基层单位，像我这个岁数的人，几乎没有人长期看书的，有电视有网络，下班了又那么累，为什么要看书？除非有一天你挣大钱了，他们才会关心你挣了几百万。你要说你下班了没事写科幻小说，这个人家知道了也不会太关心，最多以为你在干私活，干私活的也不是我一个人。没人和我谈这些，最多是他们的孩子上大学后知道了我，弄本书来给我签个字。

雷剑峤　　之前有科幻迷在网上说娘子关发电厂要关了，这对你的生活有没有影响？

刘慈欣　　发电厂是关了，但它不属于破产，是政策性关停，还要建新厂，把小的关了建大的，“上大压小”是国家的能源政策。网上说我失业了，其实没有，现在挣的钱比以前多。还有人说好像我的生活挺艰苦的，这不可能，我一个电力系统搞技术的，工作中挣的钱绝不比写书挣的钱少。

雷剑峤　　你女儿看不看你的书？她看得懂吗？

刘慈欣　　还没到那个年龄吧，还上小学。

雷剑峤　　你跟她讲你写的那些故事吗？

刘慈欣　　我不跟她讲这些。我给她买过凡尔纳的书，她愿意看什么看什么，那是她的事，无所谓。

四、不畅销就不算成功

“我从来不作为自己而写的傻事。”这就是刘慈欣，就像他形容自己的那样，在科幻的世界里他是理想主义者，在现实的世界里——就算是对待科幻本身——他是现实主义者。最让他感到恐惧的，是用二十年写一部几百万字的小说，结果只出版两千册。这也许是一个将被更多读者所接受、作为志业的作家的自觉吧。

雷剑峤　　三年前，你在成都对我说，读科幻小说的人越来越少了。现在呢？

刘慈欣　　至少没变坏。读科幻的人现在不少。

雷剑峤　　“三体”前两部的销量是多少？有没有突破《球状闪电》五万册的记录？

刘慈欣　　这个肯定突破了。但是具体的销量出版社也不希望你说出来。

雷剑峤　　那还是不错的。

刘慈欣　　哎呀，那你得看和谁比了。你要和（其他）科幻小说比确实不错，跟现在的畅销书比不算什么。像蔡骏、周德东那些人，他们写的有些就是科幻小说，那五万册对人家算什么？有一点我给你指出来，在类型文学之中，言情的、惊悚的、武侠的、官场的，哪一个类型里没有突破四十万册的畅销书？都能找出来。唯独科幻小说没有。这是很丢人的一件事。我的"三体"肯定没有突破四十万。

雷剑峤　　有前两部的口碑，有《科幻世界》的宣传，有豆瓣网的试读和互动，有新浪微博、人人网的众口相传，你对《三体Ⅲ：死神永生》的销量乐观吗？

刘慈欣　　科幻小说的读者最大的特点就是很封闭，要命就在这。卖得再好就在圈子里卖，况且我是个科幻迷，我写的都是面对科幻迷的科幻小说，不是那种全部读者都能看的，这就制约了你的销量，注定有一个上限，而且不是一个太高的上限。

雷剑峤　　你是怎么看待和评价"三体"的？你对它们有多少自信？——我说的是放在整个国际科幻小说的参考系里面，不只是中国。

刘慈欣　　我没有自信。比起国际上的科幻经典来说，它们还是粗糙一些，不够精密，还能够找到很多不成立的地方，其他方面也不是太成熟。很多想法展开都不够，比如原子多维、三体社会、宇宙社会学进一步的推论。毕竟这三部曲写得太快了。当然阿西莫夫写得也快，但是你跟人家没法比。如果能给我十年时间的话，我还是觉得能比现在好得多，但是真的没有这个时间。拿到国际上真的不行，我不认为西方读者会对它感兴趣。

雷剑峤　　你说过科幻小说的最高境界是《2001：太空漫游》。你认为自己已经达到《2001：太空漫游》的高度了吗？

刘慈欣　　克拉克的高度你要站在当时的历史上来看，现在看起来他的终极追问好像也没什么，但是在当时他的目光很远大。我不可以和克拉克比肩，克拉克要到今天他写得要比那个强得多，可如果我到60年代，写出来的不知道是啥东西，真的，你是站在别人的肩膀上。科幻文学是个烟火式的文学，它不是为了流传而产生的，它在当时能够成功就是成功。任何一部科幻小说几乎都经不起时间的考验。

雷剑峤　　你说过你不是阿西莫夫那样的大师，无法依靠一己之力挽救中国科幻小说。那时候你还没有写出“三体”。现在你写出来了，你还是这么想吗？

刘慈欣　　那当然。我做得并不好。不管是市场还是别的方面，我都不是一个很成功的作者，说句实在话，说我成功是从圈子里看，如果你抬起头来看看外面，那我算什么？唯一引以为豪的是，我对这个还是很清醒的。从整个类型文学、大众文学的视野去看。包括我在内的科幻作者可以说什么都不是，我们没有任何影响(力)。你提郭敬明，提韩寒，甚至提蔡骏，谁不知道？但是你提我，没人知道。这点必须有很清醒的认识。现在路还很长，没有任何成功可言。

雷剑峤　　也就是说，只有当出现了畅销书作家，中国的科幻才能算是成功？

刘慈欣　　对。怎么评价科幻文学呢？它和对主流文学的评价不一样，主流文学只看作品，但科幻文学除了看作品还要看市场，如果没有市场，小说写得再好，你这个国家的科幻文学还是处于落后水平。像波兰的斯坦尼斯拉夫·莱姆(《索拉里斯星》和《完美的真空》的作者)那是特例。我觉得作品和市场的关系不是x+y，而是x×y，一个为0，整个的数值全为0。如果没有市场，只在小圈子里弄的话，你写出一朵花来，水平也高不到哪里去。

雷剑峤　　国外的科幻小说大师都是畅销书作家吗?

刘慈欣　　克拉克也好阿西莫夫也好海因莱因也好，都是畅销书作家，几乎所有的科幻小说大师都是畅销书作家。克拉克只要拿出几页内容提要，就能拿到几百万版税，阿西莫夫更不用说了。所有的经典科幻小说都是畅销书，所以科幻小说你要说它是经典，首先它必须曾经畅销过。

雷剑峤　　最后一个问题：如果你有机会向宇宙间的最高文明提问，你会问一个什么问题?

刘慈欣　　我真的从来没想过。可能会问一些很具体的问题吧，比如怎么实现核聚变，怎么得到更廉价的能源。我肯定不会去问宇宙的目的什么的。那个太傻了。

---

[1] 南方都市报 www.nddaily.com SouthernMetropolisDailyMark 南都网

[2]《科幻世界》副主编，“三体”三部曲的出版人。

[3] 南方都市报 www.nddaily.com SouthernMetropolisDailyMark 南都网

→选自《南方都市报》2010年10月17日

让中国科幻进入“三体纪元”

文/吴久久

刘慈欣的办公室外是连绵的太行山，巨大的烟囱喷吐灰烟，满载电煤的大卡车从狭窄的公路上开往河北。

山西阳泉，娘子关。一个因为历史传说和战争而闻名的地方。大部分时间里，作为娘子关电厂的计算机工程师，他在这个地方上班，朝九晚五。同事们觉得这个人沉默寡言，极少参与办公室热闹的闲聊，下了班也从不和他们一起打牌。除了编程赚外快，他们难以想象这个四十七岁的中年男人靠什么打发琐碎而庸常的生活。

他写科幻小说。他是中国当代最优秀的科幻小说家。

两个月前，三十六万字的《三体Ⅲ：死神永生》完成，这是《地球往事》三部曲的最后一部，现在终于得以面世。

有评论家说，刘慈欣单枪匹马，把中国科幻提升到世界水平。而一家知名报纸报道这部书时宣称，中国的科幻小说终于有了一部世界性的作品，从此进入“三体纪元”。

被岁月罩上一层煤粉的童年

关于刘慈欣的生活几乎没什么好讲的。许多人无法相信，这样一个能写故事的人自己会没有故事。

真没有。

他几十年如一日剃着寸头，戴一副黑边眼镜，不怎么说话，盯着某个地方，坐在那儿能保持一个姿势很长时间。

刘慈欣祖籍河南，在山西阳泉长大。他有一个在煤矿工作的父亲。在发表于 2000 年的小说《地火》中，他借一个叫刘欣的人的目光写道："刘欣呆呆地度过了他童年和少年时代的矿山。他看到了竖井高大的井架，井架顶端巨大的卷扬轮正转动着，把看不见的大罐笼送入深深的井下；他看到一排排轨道电车从他父亲工作过的井口出入；他看到选煤楼下，一列火车正从一长排数不清的煤斗下缓缓开出；他看到了电影院和球场，在那里他度过了最美好的童年时光；他看到了矿工澡堂高大的建筑，只有在煤矿才有这样大的澡堂，在那宽大澡池被煤粉染黑的水中，他居然学会了游泳！……这里的一切都被岁月罩上一层煤粉。"

这层煤粉也罩在刘慈欣的童年记忆之上。某个早春三月的一天，教室里炉火熄灭，刘慈欣又冷又饿，而他的小学老师在台上讲共产主义："同学们啊，那时你们想要什么，不用花钱，去商店拿就行了！"于是他思考了一下"按需分配"，决定首先要做的事是"去熟食店搬一大块酱卤猪头肉出来，先吃耳朵再吃舌头"。

在整个少年时代，跟猪头肉一样吸引他的还有各种渠道搜罗到的小说。对他影响最深的是《2001：太空漫游》，它让刘慈欣陷入对"人类头脑无法把握的巨大的神秘"的沉迷。但是对于一个小城里的孩子来说，凡尔纳和阿瑟·克拉克只能在自己的脑子里制造无尽的想象，却无人可讲。

那时候中国的科幻小说正在日复一日呈现惊喜。在他十五岁的时候，《珊瑚岛上的死光》发表在《人民文学》上，引起了巨大的反响。同时还有郑文光的《飞向人马座》，讲述一场宇宙战争之后的流浪与拯救。当时广受欢迎的是叶永烈的《小灵通漫游未来》，以一个小男孩的所见所闻，描述未来有趣新奇的科技发明。

但是这一切在 1983 年戛然而止。有一天早上，刘慈欣睡眼蒙胧中听到中央人民广播电台激昂的声音：“科幻，精神污染的‘黑影’。”一场突如其来的“清除精神污染运动”开始了。科幻小说被定性为“散布怀疑和不信任，宣传做一个‘自由自在的人’”，受到严厉抨击。

举国繁荣的科幻时代刚刚萌芽就销声匿迹。

他的悲悯，让人热泪盈眶

在科幻小说命运跌宕的时候，刘慈欣考上华北水利学院水电工程系。毕业之后，他回到阳泉，在娘子关电厂当了一名计算机工程师。

上班，下班，恪守八小时工作制，收入颇丰，生活安稳。在阳泉，这是一份令人羡慕的职业。

他开始在业余时间写科幻小说，其中一篇叫作《中国 2185》，讲一个小伙子用电脑模拟了六个死者的头脑，当这六个虚拟人进入网络之后，其中一个发动了叛乱，疯狂地复制自己，在网络中建立了自己的国家。最后人们不得不以一次全国断电结束这场混乱。和他在那时自己偷偷写作的许多小说一样，这是一篇未发表的作品。

在 20 世纪最后几年里，刘慈欣开始向国内的科幻杂志投稿。几篇短篇发表之后，他迅速引起了关注。

第一部为他赢得银河奖——中国科幻小说界最高荣誉的是短篇小说《带上她的眼睛》：一艘地层飞船在通往地心的航行中失事，船上只剩下一名年轻的女领航员，将在封闭的地心度过余生。一个年轻的航天工程师，通过传感眼镜让女孩最后一次看到美丽的世界，一个没有日出的细雨蒙蒙的草原早晨。这篇小说让香港诗人廖伟棠在地铁上热泪盈眶。

《乡村教师》讲一个弥留之际的乡村老师在病床上给孩子们上了最后一堂课，教给他们牛顿三大定律。与此同时，在地球人类无法察觉的外太空，一支星际舰队正在为延续两万年的战争清理一道太空隔离带——摧毁五百光年范围内没有文明的星球。他们在对地球人进行文明测试时，恰好抽到了这几个孩子，并问到了关于力学定律的问题。人类因为一个乡村教师临死的教导得以幸免于难。

这些在宏伟想象中饱含悲悯的故事令人无法抗拒。那些纵横以数万光年计的舞台上的悲欢离合与牺牲，教人读完之后，心脏跌入万丈深渊，头脑嗡嗡响，失落，惘然，想号啕大哭。

他的宇宙——“三体”

到2006年，刘慈欣已经连续八年获得了银河奖。然而生活对他来说，几乎仍一成不变。周围没有几个人知道他，他甚至会避免跟人谈论“科幻”。

“跟人谈这个，别人觉得你……太幼稚了。”他字斟句酌。

在工作和写小说之外，他剩余的时间用来看电影。电影是从网上下载的，因为买碟需要去阳泉县城，离电厂有几十公里。当人人都在谈论《阿凡达》的时候，他只能趁着出差的机会去太原看。结果很是失望。卡梅隆在他眼里依然没有什么灵气。

“想象力不足。”他说。

卡梅隆的故事依然是一个老掉牙的套路，只是把印第安人反抗美国西进运动的场景搬到了外太空。而刘慈欣的头脑里，一个完整的宇宙世界在运行，那个世界有自己的规律和法则。

这个世界开始于2006年，他在《科幻世界》连载一个长篇，《三体》。

《三体》虚构了一个在半人马座三星有三颗恒星的宇宙文明，因为星际运行的规律而反复诞生又被摧毁。而在地球上，一群希望拯救混乱世界的人，试图建立与三体文明的联系。在这部小说的续集《三体Ⅱ：黑暗森林》中，两个文明开始了你死我活的较量。刘慈欣在书中提出了宇宙社会的两大公理：第一，生存是文明的第一需要；第二，文明不断增长和扩张，但宇宙的物质总量保持不变。于是，不同星球的文明总是通过消灭其他文明，扩展自己的生存空间。

如果我们不是孤独的，为什么我们的宇宙如此空旷？因为每一个认识到这一点的文明都在尽可能隐藏自己的存在，以免被更强大的文明消灭。任何试图向宇宙呼喊的尝试，都是极度危险的。譬如美国在 1977 年发射的旅行者号和旅行者二号探测器，它们都携带有一张特殊的镀金唱片“地球之音”，上面录制了有关人类的各种音像信息，用六十个语种向“宇宙人”问好。现在它们已经飞出了太阳系，漂流在茫茫太空中。

所以，当三体文明试图消灭地球文明时，“面壁者”罗辑以三千六百颗核弹的规律爆炸，向整个宇宙发布两个文明的精确位置为要挟，迫使三体文明妥协。最后，三体文明退让了，地球获得拯救。

这个宇宙文明的理论甚至获得了学院派的关注，有博士研究生在毕业论文中讨论了小说对宇宙文明图景的假想。

和刘慈欣同样著名的科幻小说作家韩松相信，《三体Ⅲ》的出版，是中国科幻的一个盛大节日：“刘慈欣这部小说超越了《三体Ⅰ》和《三体Ⅱ》，并把我们写的那些‘科幻小说’碾得粉碎。”

“磁粉”与“大刘”

这个有着让人战栗的想象力的作家，却从未梦见过宇宙航行和飞船。他极少在公众中抛头露面，依然按部就班地工作，维护电厂的计算机运转，生活规律、安稳、乏味。

他保持着每年一部长篇的写作频率，从未停止对宇宙的沉迷和思考。与他瑰丽宏大的想象相比，刘慈欣并不擅长塑造人物。他毫不避讳这一点：“我对人不大感兴趣，对社会也没兴趣，我只关心人和宇宙的关系。”

在反科学主义、反乌托邦文学大行其道的时候，作为一个工程师，他并不对技术的未来感到悲观。“技术总是人类必须有的东西，大灾难也必须面对，也不能不发展，技术是一个有自我意识的生物，肯定会往前走。”他说。时至今日，刘慈欣依然不是一个广受欢迎的作家。他的粉丝自称“磁

粉”，管他叫“大刘”。这些人散布在整个中国，但是人数

远远比不上郭敬明这类明星作家的拥趸。他的书不容易在书店买到，却在一个处在边缘但并不狭小的圈子里备受推崇。当然这一点正在发生变化——《三体Ⅲ》受到的欢迎是空前的。近日，刘慈欣出现在成都的签售现场，三百多读者在西南书城参与了关于他小说的讨论，有读者专门从长沙跑来看他。

“好的科幻，就是能让你在下夜班的途中突然停下几秒钟，做一件以前很少做的事：仰望星空。”刘慈欣说。但是在太行山里的发电厂终日喷吐浓烟，让他从来看不清银河，而他对天文学其实知之甚少，甚至不认识几个星座。他是中国当代最好的科幻作家，一个默默无闻的小城居民，一个女儿的父亲。

→选自《看天下》2010年12月第33期（总第158期）

科幻出版重现生机

文／郭珊

“中国最杰出的科幻小说家”“单枪匹马把中国科幻文学提升到了世界级的水平”“超越常人想象力极限的神作”……这些崇高得有点“吓人”的评价，指的是当代科幻作家刘慈欣及其以星际文明对立共存为主题的代表作“三体”系列（又名地球往事三部曲）。在刚刚结束的2011年香港书展中，刘慈欣的讲座吸引了数百名读者到场，集体膜拜“三体之父”，人气爆棚。

去年年末，“三体”系列最后一部《死神永生》问世，销量突破十五万册，打破中国原创科幻小说销售纪录。“三体”不仅在国内科幻读者当中掀起了一波持久不退的“高烧”，还引起国外学界、媒体的关注，电影改编版权已经被好莱坞买下。不久前，著名学者哈佛大学教授王德威在北京大学演讲，题目就是《乌托邦，恶托邦，异托邦——从鲁迅到刘慈欣》；梁文道在凤凰台主持的《开卷八分钟》，用了整整五天连续分析“三体”畅销之谜，以及原作中的核心设定——“黑暗森林法则”（宇宙就是一座黑暗森林，每个文明都是带枪的猎人，任何暴露自己存在的文明都将很快被消灭），这个法则与霍金今年发表的言论“避免与外星文明的接触”不谋而合。

《南方日报》记者获悉，在“三体热”带动之下，内地出版界近年来最大一波科幻热潮即将到来，韩松、飞氘、王晋康、钱莉芳等国内知名科幻作者的作品，有望集体实现从杂志连载到推出单行本的载体变革。

而另一方面，不能回避的是科幻作为一种类型文学，在国内文学评论界仍未引起足够重视，创作群体比较狭小，大多数原创作品平均销量只有数千册。“三体热”是长期低迷的中国科幻一次偶然性的反弹，还是厚积薄发的必然性突破？无论如何，“三体”开了一个好头，希望它预兆着一个科幻新时代的“开始”，而不是迅速地变成“往事”。

原创科幻作品销量“丢人”

还记得叶永烈《小灵通漫游未来》吗？小说中手腕上戴“电视手表”的小灵通，乘坐“原子能气垫船”通向“未来世界”。那里有“飘行车”“环幕立体电影”，有可视电视电话机、家用机器人……这本 1978 年出版的科幻小说，卖了三百万册，至今仍雄踞中国科幻小说销量第一名。

今天看来，这个堪称奇迹的销量，非后世所能望其项背。即使是科幻圈中号称“大神”级别的刘慈欣，“三体”总体销量要突破四十万册也绝非易事。“在类型文学之中，言情、惊悚、武侠、官场，哪一个类型里没有突破四十万册的畅销书？都能找出来。唯独科幻小说没有。这是很丢人的一件事。”刘慈欣曾低调表示，自己还称不上多成功，“你提郭敬明，提韩寒，甚至提蔡骏，谁不知道？……放在大众文学的视野中去看，科幻作品还谈不上什么影响力。这点必须有很清醒的认识。”

“小灵通”的销量传奇背后离不开时代因素。评论界普遍将新中国科幻史划分为三个阶段：1954 年，郑文光发表新中国第一篇科幻小说《从地球到火星》，成为中国科幻第一次高潮到来的发轫之作；“文革”后，“小灵通热”，以及第一部长篇科幻小说《飞向人马座》的出版，

《人民文学》等主流文学刊物和文学奖项对科幻文学的青睐……这些被视为20世纪70年代末至80年代中国原创科幻第二次高潮中的标志性事件。

1983年，科幻被当作“精神污染”“伪科学”遭到猛烈批判，一蹶不振。直到90年代到21世纪初，中国科幻大环境逐渐回暖，而这个时期进入创作队伍或消费市场的作者，包括王晋康、韩松、刘慈欣、潘海天等新生代作家群体，从创作观念到手法，直接受到以“科幻三巨头”（阿瑟·克拉克、艾萨克·阿西莫夫、罗伯特·海因莱因）为代表的西方科幻大师的作品影响，与世界科幻潮流实现接轨。

据刘慈欣估计，目前国内科幻文学领域的作者群体仍然偏于狭小，长期坚持科幻创作的只有十五到二十人，有影响力的更是屈指可数，刘慈欣连续八年荣获中国科幻最高奖“银河奖”，王晋康的获奖次数更是高达十次，一方面是实力所致，一方面也证明，竞争对手不多。《科幻世界》《科幻大王》《九州幻想》等杂志至今仍是新作品发表的首选平台。科幻作品能单独出版的屈指可数，出版后印量也只能以千册来计算，影视、游戏改编权乏人问津，更不要提主流文学评论界的推介、扶持。

而对刘慈欣来说，市场销量才是科幻作品最难拿的一个“奖”。在他看来，科幻作为类型文学的一脉，从来都不能脱离市场、只为作者一个人而存在，花二十年写几百万字，结果只卖两千册，这种事是非常可怕的。至今他仍然无意辞去山西娘子关水电站的工程师职位，做一个全职写作者，因为担心当科幻作家养不活自己。

“三体热”促科幻集体升温

记者了解到，包括世纪文景、读客、磨铁等在内的多家图书公司，都在酝酿科幻作品出版计划。磨铁科幻小说编辑管嫣红告诉记者，对于科幻类小说的出版，公司目前“没有上限”，首批选定的作者一个是与刘慈欣齐名的“元老级”作者王晋康，一个是2004年凭《天意》率先实现十五万册销量纪录的钱莉芳。王晋康计划推出经典短篇合集，而蛰伏七年的钱莉芳将带来全新作品《天命》，目前正在南派三叔创办的杂志《超好看》上连载。

去年年底，韩松的《地铁》三个月内销量达到两万册，对科幻小说来说已经相当不俗，何况《地铁》文风晦涩诡异，阅读门槛较高。世纪文景计划再版韩松的两本旧作：《火星照耀美国——2066之西行漫记》与《红色海洋》，清华才子飞氘的作品也被列上出版日程。

“我不认为现在这股科幻出版热，完全是‘三体’的跟风效应。”管嫣红认为，七年前《天意》的风行，让刘慈欣看到了长篇科幻小说在市场上有生存、畅销的可能，从而激发其从事长篇创作的决心，现在他的“三体”系列的爆红，给科幻文学的同道中人也带来了一线生机。“这是一个类型小说内部相互激励、彼此促进的过程。”

“至于出版前景会怎么样，我不好说。我们能做的就是趁着目前良好的形势，积极推动科幻文学图书的出版，让它们接触到更多的大众读者。”管嫣红说，国外的科幻小说在发展脉络上都经历了一个从“杂志+中短篇”向“出版+长篇”过渡的历程，出版界的介入，对于以市场为立足点的类型文学来说尤为重要，现在国内科幻文学也处于这个转变的关头。她强调：“任何事都不是一蹴而就的，对于科幻梦来说，尤其如此。”

资深科幻迷、科幻文学评价者雷剑峤认为刘慈欣的“三体热”，对于吸引大众对原创科幻作品的专注度和热情功不可没，而这也是扩充科幻市场的一个重要时机，国内市场迫切需要一批领军作家的出现。

对于出版商突如其来的热情和背后隐藏的市场风险，北京师范大学科幻文学专业教授、作家吴岩的看法是：“以现有的水平来看，成片开发可能不行，但发现拔尖的作品就该做大。这种做法符合商业规则。”不过，他也建议保持一定进度和节奏的同时，不要让那些还未准备好的作品匆忙上马。

极缺好作品　旺火还需添柴

任何一种文学类型，它所能达到的高度，是由“塔尖”体现，而“塔基”的深厚与否，决定它是否可以支撑得住已有成就乃至再创新高。目前，席卷出版界的科幻热虽然是由刘慈欣的“三体”掀起，但能热多久，仍寄望于其他优秀作品的持续涌现。

很多人相信，一个国家的科幻文学水平反映着该国的科技发展水平，将中国科幻小说不发达归咎为科技水平的局限。科幻作家韩松曾经提到，相当多的中国科幻作品始终处于模仿欧美的阶段，这与自身缺乏重大科学成果的刺激相关，“单靠激光照排和杂交水稻是不够的”。

另一方面，吴岩却认为：“科幻小说与科技发达水平没有必然的联系，而是取决于人们对科技的向往。科幻小说最开始在中国萌芽是在晚清国力最落后的时候。那时的凡尔纳小说翻译潮，梁启超的幻想小说，情节、故事、风格，生动多样，比今天有过之而无不及。”

科幻评论家雷剑峤也不赞同“科幻是‘舶来品’，与中国本土文化元素难以融合”的说法，他提到，“三体”开篇就是以“文革”为背景的。“何况对于科幻小说来说，即使缺少民族性和本土元素，也不会影响其表达初衷和读者的理解，文化差异不会成为中国人写科幻的先天障碍。”

让他们真正感到忧心的还是人才问题。老一代科幻作家金涛先生曾指出，目前创作人才的缺乏已经影响到中国科幻事业的良性发展。“科幻作品很难写，作者不仅要有很好的文学功底，还要懂得科学，最好能够站在前沿，了解科技的最新发展动态。而现在的教育方式特别是文理分科，造成想写科幻的因为不懂科学写不了，而懂科学的又大多写不好小说。”

吴岩和刘慈欣都提到，目前科幻创作的人数太少，而且以理工科青年学生为主，已经就业的作者无论是做程序员，还是工程师，工作繁忙。在高房价、食品危机、出行安全等现实矛盾的围攻下，探讨怎么和外星人打交道，实在是有点讽刺。“对于类型文学来说，的确不可能每个文类都有那么多专业作家，业余创作还是主流。但科幻是个创作门槛很高的类别，没有一定的作者基数，特别是有丰富知识和写作经验的成熟作者的参与，一定会限制其发展。”吴岩在北科大开设科幻文学研究生专业以来，八年只招收了十五个学生，仅有四名学生毕业后还在坚持参与科幻文学创作。

不过，吴岩相信的是：“科幻文学怎么写？中国人摸索了一百年，还没完全找到，但是现在起码是在路上了”，“科幻能否持续热下去，关键在于大家能不能在‘三体’之后找到新的好作品，就像一个火堆，总要不断添柴，才能一直燃烧下去”。

→选自《南方日报》2011 年 8 月 7 日

不虚幻的山西科幻

文／范珉菲

科幻文学一直在被视为非主流的路上艰难行走。如今，山西将努力促使国内科幻产业走向多元化发展——

新闻背景

什么是科幻？什么是科幻文学？

“地球上最后一个人坐在房间里。这时，响起了敲门声。”这个被称为“世界上最短的科幻小说”，让人足可意会科幻和科幻文学的特质。

10 月 3 日至 5 日，全球华语科幻最具吸引力的“星云奖”嘉年华活动首度从四川移师山西。一时间，举办地太原成为全国科幻迷最为关注的焦点。虽已曲终人散，但科幻的魅力，却留在了这片土地，让我们对它又有了期待和憧憬。

自 1904 年中国作家创作第一部科幻小说至今，科幻小说走过了百年之路。但如果要提起看过的科幻小说，那么影响最深的莫过于叶永烈的《小灵通漫游未来》和童恩正的《珊瑚岛上的死光》。若再让你说上几部科幻小说的名字，恐怕未必能脱口而出。原因很简单，科幻文学一直在被视为非主流的路上艰难行走着，除非一鸣惊人，想有动静都难。

尽管如此，在我们这片熟悉的土地上，感觉久已生疏的科幻偶尔露出峥嵘，便屡屡震动国内科幻界。

科幻作家“四大天王”，山西有其一

在中国当代科幻界，说起其中的著名作家，必提刘慈欣、王晋康、韩松、何夕四人，科幻迷们称其为“四大天王”。沉稳内敛的刘慈欣演绎了山西人在科幻界的传奇。

他连续八次获中国科幻文学创作最高奖“银河奖”，2007年至2010年，他的“三体”三部曲《地球往事》《黑暗森林》《死神永生》引爆科幻界；在2012年出版的《人民文学》杂志中，他的四篇短篇小说旧作——《微纪元》《诗云》《梦之海》和《赡养上帝》，以专题形式首次出现在主流文学刊物上，这也是时隔三十年，主流文学界再次把目光对准科幻作家。

上海交通大学江晓原教授称刘慈欣的创作“已达世界级水平”，而“三体”也以四十万本的市场业绩，成为时下最畅销的科幻小说。

这位“60后”的“天王”，若看形象，并没有我们想象中的艺术范儿，作为阳泉娘子关发电厂的一名工程师，其职业更是与科幻不太沾边。

刘慈欣在接受采访时回忆道：“记得是小学三年级，当我读到凡尔纳的《地心游记》时，出现了一种从未有过的感觉，就像是寻找了很久，终于找到了，感觉这本书就是为我这样的人写的。”

在刘慈欣上初一时，中国科幻进入黄金时代，叶永烈的《小灵通漫游未来》、童恩正的《珊瑚岛上的死光》等书出版，引起轰动，他喜欢的凡尔纳作品系列也相继出版，“就好像在一个黑屋子里，被一下子打开了窗户。”刘慈欣说：“当时全国就那么几家科普杂志和几个出版社在发表或出版科幻长篇小说，所以每年出版的科幻小说我全都看过。”

能有今天的成绩，兴趣使然。

刘慈欣认为：“人类有一个特点，就是对变成现实的奇迹很快麻木。”

他说自己曾统计过科幻小说中出现过的移动通信设备，大多数在功能上都比不上现实中的手机。也就是说，科幻的神奇梦想现在是装在每一个人的口袋里，但每个人却熟视无睹。科技神奇感的消失，是科幻文学所面临的最致命的打击。所以，如何充分开掘现代科学前沿所提供的丰富的科幻资源，是当前科幻作者面临的巨大挑战，也是科幻文学的希望所在。

南有四川《科幻世界》，北有山西《新科幻》

在我国科幻界，两本杂志影响深远。

一个是四川出版的《科幻世界》。它创刊于 1979 年，发行量最高时达四十万册，是中国乃至全世界发行量最大的科幻杂志，曾获得 “世界科幻协会最佳期刊奖”“新中国 60 年有影响力期刊”等多项荣誉，并入选“中国百种重点社科期刊”，是中国科幻期刊中一面历久弥新的金牌。

《科幻世界》以发表科幻小说为主，所设立的“银河奖征文”是中国科幻界代表中国科幻创作整体水平的最高奖项，国内知名科幻作者，大都由此走入读者视线，从而受到全国科幻爱好者的瞩目。

另一个杂志则是我省（编者：山西）于 1994 年创刊出版的《科幻大王》，2011 年更名为《新科幻》，此刊以登载国内外科幻小说、科幻漫画及科普知识为主，影响了许多科幻迷。

据业内一位资深人士介绍：《新科幻》月发行量前些年大概在三万份左右。它采用的是传统办刊思路，杂志几乎没有做任何市场营销方面的事情，甚至不在报刊亭零售。后来不可避免地出现了杂志创新能力较差、发行渠道不畅、与读者互动不够等一系列问题，基本属于闭门办刊，难见经济效益。而《科幻世界》之所以能在 20 世纪 90 年代时销量大幅上涨，一是所培养的年轻作者展现出了前所未有的创作活力，杂志质量因而明显上升；二是在国家科教兴国的政策背景下，学生读者对科幻文学的需求被大大激发。

尽管从2010年开始，《科幻大王》在网络上的宣传增多，但杂志也只是通过邮政订阅，基本没有报刊点的零售。杂志的运营成本让生存成了最大问题。

2011年，《科幻大王》杂志更名为《新科幻》，提质换代，开始走时尚、活泼的办刊路线，同时在小说、栏目的质量方面也有了很大提升。但面对低迷的市场和网络的挑战，其发展仍困难重重。

值得庆幸的是，近年来，年轻一代的科幻创作与阅读热情迅速升温。从创作角度来说，新锐作家层出不穷，创作题材不断拓展，创作手法竞相展示；从阅读角度来讲，读者范围逐步扩大，阅读取向更趋多元。受众群体的进一步扩大，使得市场会有一个很大的扩容。或许，这将成为《新科幻》不可多得的一个振兴机遇。

山西“奇点”科幻丛书，打造航母起航

去年年底，山西希望出版社的“奇点”科幻丛书第一季首度亮相，这是我省出版界第一次出版如此成规模、大系列、全视角的科幻图书，标志着山西的科幻图书航母正式扬帆起航。

作为本届“星云奖”的主要承办方，希望出版社出钱出力自然不在话下，但可谓是“醉翁之意不在酒”，用杨建云副总编辑的话来讲：希望出版社意欲打造成全国科幻出版基地。

据介绍，目前，希望出版社推出了“点点”百部科幻原创出版工程，这是该社走出传统出版模式、探索新型出版项目、寻求出版业新的经济增长点的重点项目，也是山西出版传媒集团重点扶持的出版工程。

该项目于2012年6月启动，经过一年多的试运行，已经形成了明确的发展目标和一定的规模，至今已推出三个系列十余部科幻图书。据梁平社长介绍，该项目包括四套丛书：“奇点”科幻丛书，收录全国新锐科幻作家的作品，已出版十位作者的十部作品；“沸点”科幻丛书，已经出版两部，将收录国内成熟科幻作家的最新原创作品，目前已经组到部分国内知名科幻作家的稿件，并将引进台湾知名作家李伍薰的稿件；“起点”科幻丛书，已经出版三部，将收录少儿科幻小说，该丛书创造性地提出了少儿科幻小说的概念，将儿童文学与科幻文学有机地结合起来，从而将传统图书出版的寻找目标作者创新为培养目标作者，大大开拓和稳定了销售市场；“极点”科幻丛书，主要引进国外版权，出版获世界科幻文学大奖或者在国外畅销的外籍作家作品，估计在2014年前后推出一系列翻译作品。

整个工程预计历时五年，出版大约一百部科幻图书，希望出版社“点点”丛书的陆续推出，不仅会推动国内科幻原创作品在质与量上的大幅度提高，而且还将带动以科幻图书为出版重点的各出版社在出版图书的基础上，进一步寻求科幻电影、动漫、玩具、游戏等周边产业的开发、合作与推广，从而使国内科幻产业由单一的图书出版走向多元化发展，适应科幻航母的远洋能力。

→选自《山西日报》2013年10月11日

一个“非主流”作家的奋斗史

文／王晓娟

刘慈欣：本届“赵树理文学奖”荣誉奖得主

过完年，按照山西人过虚岁的说法，刘慈欣五十二岁了。

然而，在这个普通人已经急流勇退、开始养老的年纪，他却正处在事业的巅峰期——2011 年，他的《三体Ⅲ·死神永生》获第二届全球华语科幻“星云奖”最佳长篇小说金奖，本人获最佳科幻作家金奖；2013 年 7 月，该书斩获第九届全国优秀儿童文学奖科幻类奖项；2013 年快要过完的时候，《三体Ⅲ》又被山西文学界最高奖项赵树理文学奖授予“荣誉奖”。

虽说此次获得赵树理文学奖纯属“惯例”使然，但对于获奖，刘慈欣还是很高兴的。奖项不能代表一个人的成就，但奖项，有时候确实能说明一些问题，比如说，你的受关注、受重视程度。

对于他得儿童文学奖这个事，粉丝们都觉得“很讽刺”，“我一个成人都很难看懂……”“悲哀大于欢喜……”

科幻作品在文学圈地位有点尴尬

早在很多年前，刘慈欣已然被称为中国新生代科幻作家“四大天王”之一、中国科幻第一人，曾连续八年获得中国科幻文学创作最高奖“银河奖”，是中国当代科幻作家中的领军人物。

但是，如果不是之前得了一个全国性的大奖——全国优秀儿童文学奖，那么，这次赵树理文学奖的榜单上，恐怕是看不到刘慈欣这个名字的。

全国优秀儿童文学奖是与茅盾文学奖、鲁迅文学奖、少数民族文学“骏马奖”并列的中国四大文学奖之一，每三年评选一次。

所以，虽然获了奖，但刘慈欣很清楚，这只是一个惯例，并不能说明什么。

事实上，之前他就报过赵树理文学奖，“把我连续三个长篇都报上去了，都落选。除了《超新星纪元》得了赵树理儿童文学奖之外，其余两篇在长篇小说评选里都落选了。主要的奖项得不上。”

而对于他获得儿童文学奖这个事，粉丝们都觉得“很讽刺”，“这奖项怎么感觉那么怪呢？”“我一个成人读《超新星纪元》都很难看懂，儿童读了不知会做何感想啊！”“悲哀大于欢喜……”

科幻文学被归为儿童文学，是有历史原因的。

新中国成立初期，我国并没有一般意义上的科幻文学，只是在科普工作过程中，由郑文光创作了新中国第一部贴着“科幻小说”标签的《从地球到火星》，发表在 1954 年的《中国少年报》上。从此，科幻作为科学普及教育的一种生动形式，被保留和延续了下来。及至周恩来提出“向科学进军”的口号，中国科幻界出现了第一个创作高峰。改革开放初期的第二次创作高峰，也是因为 1978 年 3 月“全国科学大会”召开，随着“科学的春天”一起到来的。

这样的“家庭出身”和“成长背景”，使得中国科幻一开始就打上了两个烙印：给孩子的；配合科普教育的。

因此，科幻一直悬在科学圈和文学圈之间，没有着落。它更多属于科学界，但相对于科研，科普只是科学界的一小块，科幻则仅是正规科普工作的补充形式。而在文学界，它只是儿童文学的一个分支，边缘的边缘。

《三体》让他加入了省作协并成为主席团成员

前不久出炉的2013第八届中国作家富豪榜，上榜的六十位作家里，有好几位籍贯山西的作家，但只有一位真正居住在山西。

刘慈欣，以年版税三百七十万排名第二十八位。这也是他首次上榜。

提到这个事，刘慈欣说要好好给读者说明一下，榜单有错误，“这个调查不够仔细，他可能发现我经常去北京，就以为我是北京的。”其实刘慈欣工作在山西，家也在山西。

他的日常工作是发电厂的高级工程师，近两年，他所在的娘子关发电厂停了，去了忻州的一家发电厂工作。“最近两年单位变化比较快，生活也不像以前一样那么规律，有时间在家待着，写作或者思考，没有时间的话，就忙于别的事情。工作基本每天都要去，得坚守岗位，而且频繁外出，有很多事要忙。”1月6日上午10点，接受记者电话采访的时候，刘慈欣正在阳泉的家里，第二天又要去北京。

不过，之前外出是因为工作，现在则多是跟《三体》有关。从20世纪80年代中期开始写科幻小说，1999年6月起在《科幻世界》杂志上发表科幻小说和科幻随笔，虽然刘慈欣的名字早已为科幻迷们所熟知、追捧甚至膜拜，但他真正为更多人所熟知，被主流文学界注意到，却是在《三体》问世之后。

对此，刘慈欣不置可否，“科幻界和文学界的关系不太密切，没有太多的联系和交流，也不被主流文学所接纳。20世纪80年代，我还在《人民文学》上发表了科幻小说，还获了奖。但后来，两个领域的交流就越来越少，虽说《科幻世界》的主编阿来是主流文学家，但即便这样也不能改变什么。而山西主要是主流文学的天下，山西的类型文学是比较薄弱的。

所以，我在写了《三体》之后，才受到山西主流文学界的一些注意。出了《三体》第一部之后，加入了山西省作协，出了第二部、第三部以后，在2013年成为省作协主席团成员。”

这也是时隔三十年后，山西主流文学界再次将目光投射到科幻作家身上。

出名之后刘慈欣依旧偏安一隅

出名之后，刘慈欣还是居住在阳泉，每天照常工作，下班回家，思考、写作。

一直以来，刘慈欣都是这种状态，他说："写作本身就是一个远离人群的工作，你不可能每天在很丰富的人际关系里面生活，那样什么都写不出来。特别像科幻这种疏离感、离现实很远的文学题材，尤其需要作家处于一种远离人群的状况。这个不光是我，任何一个想写出科幻尤其是长篇科幻的人，都是这种状态。否则别的不说，连写东西的时间都没有。"

单位的同事都知道刘慈欣很火，但是他们不在意，认为科幻是一件很小的事，"在大家看来，科幻小说就是个糊弄小孩的东西。也难怪，长期以来，在我们国家，科幻给人的印象就是一种少儿的、低幼的东西。"不过，他也觉得如果自己是一个主流文学家，那肯定不一样，肯定会被人重视起来。

科幻虽然是大众文学，但是其阅读量相比于别的文学类型，还是要小一些。即使在别的国家，科幻小说也处于大众文学的边缘地带。对于现实主义文学传统浓重的山西来说，就更是如此，科幻、惊悚、言情、侦探、官场小说、穿越、奇幻等面向大众的类型文学发展不尽如人意。但就在这种氛围下，竟然出了目前中国最有影响力的本土科幻作家。复旦大学中文系副教授严锋评论说，刘慈欣"单枪匹马把中国科幻文学提升到了世界级的水平"。"单枪匹马"这四个字，形象地描绘出以刘慈欣为代表的科幻作家多年来的奋斗历程，虽然他们有同道，有粉丝，但和主流的文学圈是疏离的，有隔阂的。

山西文学界特别是评论界有一些观点，倾向于把作品的文学质量与作品的市场销量对立起来，认为大众化的文学不入流、没有文学品质。刘慈欣对此有些愤愤不平，“虽然说文学品质高、思想深刻的作品，很可能是曲高和寡的，但反过来并不成立。不能说曲高和寡、看的人少的，就是文学品质高的作品。比如我省著名作家赵树理，假如从销量上来谈，现在有几个人敢跟赵树理比销量？如果老赵健在，他拿的不是稿费是版税的话，他早上富豪榜了，还名列前茅呢。其实，大部分世界文学名著、文学经典一开始都是畅销书”。

所以，即便不能得到主流文学的认可，对于未来科幻界的奋斗，刘慈欣充满了希望，“作为类型文学、大众文学，能获得的最高奖是销量，是读者，是市场。得到读者的认可和承认，才是最根本的。”

作家轶事

刘慈欣编写电脑程序一秒能“写”几万首诗

某种程度上，刘慈欣是个“古典”的作家，他不觉得高产作家有什么不对劲，但像工匠一样流水创作出来的书，他觉得这可能真诚的成分不多。他觉得一个人一辈子也写不了几本书，其中竭尽全力的更少之又少。《三体》三部曲统共花了这位全职工程师五年时间，却依然不是他最满意的作品。打算写点什么吗？“不知道。”

但刘慈欣写来好玩儿的程序“电子诗人”能随时进入创作状态，在该程序处于调试阶段时，曾写过的一首诗被他用在小说《诗云》里，全文如下：“啊啊啊啊啊啊啊，啊啊啊啊啊啊啊，啊啊啊啊啊啊啊，啊啊啊啊啊唉。”

刘慈欣自称是精神上的流浪者，大大方方地说自己从来没有过归属感，并且这一点都没有困扰过他。“我的身体在一个固定的地方，可是心灵在路上，没有地方可以停留。”他的同龄人成家立业已多年，无论是从现实意义还是精神意义上来说，他们都有属于自己的家园了，刘慈欣一样有一个通常意义上的“家”，有父母有女儿，但他说他没有家。这个把自己总结成“一个平和的人”的中年科幻小说家，说出这些话时脸上没有丝毫的负面情绪。

“寻找家园”，只是刘慈欣科幻写作的目的之一。“你可曾意识到，人们的现实生活只是极小极小的一部分，把你的眼睛从筋疲力尽的灰色生活中抬起来，朝更远的地方看。朝小处看，你能看到更小的生物，组成生物的分子、原子、基本粒子，接近无限；朝大处看，太阳系、银河系、本星系群、数不清的星系，接近无限。”

“如果你看了我的小说，在下夜班的路上，看了星空几秒钟，那我的目的就达到了。”

他希望有人偶尔仰望星空，不像康德那样仰望的同时感叹道德律的伟大，只是仰望；仰望星空的他同时宣称如果挣个几千万就不工作了全职写作；他说每个人心灵中肯定有相当一大部分与现实无关。在结束中规中矩的采访前，我疑惑地问：“你是否对人与人之间的关系不感兴趣？至少书中透露的是这样。”他说：“嗯，我只是不比一般人对这更感兴趣。”

几分钟后，他拿起他的 ipad，开始高兴地和我们分享他自己写的程序“电子诗人”写的诗，“一秒能写几万首呢”。

→选自《山西晚报》2014 年 1 月 10 日

属于中国科幻的春天在哪里?

文/何晶

这个11月，公众如同进入“科幻季”——2号，第五届全球华语科幻“星云奖”在北京揭晓。11号，刘慈欣的科幻小说《三体》英文版登陆美国，广受好评；同一天，好莱坞大片《星际穿越》全球上映，五天后就在中国拿下二点六亿元票房……在全民“争说科幻，仰望星空”的热潮中，让我们来听听这一众“科幻星宿”的声音。

11月2日，代表了全球华语科幻文学创作最高水平的“星云奖”颁出。刘慈欣、刘宇昆、韩松、吴岩、宝树、陈楸帆、姚海军……这一串令科幻迷每念一个都要心颤一次的名字，再次聚首。

他们说出了令中国科幻文学界“心塞”的种种困境。

困境一：再没有第二部《三体》出现

作为本届“星云奖”的评委会主席，科幻作家韩松发现这届获奖作家更年轻了。从2012年开始，星云奖的参赛作品越来越多，从侧面反映出写科幻的人数正在增加。在北京师范大学开设科幻文学专业的教授吴岩也有明显的感受，“读科幻和写科幻的年轻人确实多了，不少年轻的孩子让我看他们写的东西，尽管有些作品还需要更成熟”。

虽然今年是星云奖参赛作品数量最多的一届，长篇有几十部，短篇将近一百篇。但和其他类型文学相比较，这显然不是一个大数字。而本届最佳科幻中篇奖的空缺，更直接证明了这一点，“提交上来的中篇参赛作品只有五部，评委们认为最好的一部，也还是觉得欠了点儿火候，最后不得不空缺。”韩松说。

“科幻文学作品现在不乏佳作，而且各种风格类型都有，但像《三体》那样能够引起轰动，给人震撼的，再没有第二部。”韩松说。

在吴岩看来，科幻小说尽管作为类型文学，也仍然是文学的一种，不能因为“科幻”二字就放弃了对“文学”的追寻。“今天很多年轻人写科幻小说，把精力都放在了某个点子的科学创意上，缺乏对生活和社会的历练和思考，没有敏锐的观察和感受力，单靠科技上的想象，是远远不够的。”

韩松的职业身份是新华社的老员工，他仍然坚持每天清晨四点到六点写作。他坦言现在的写作状态很痛苦，现实工作让他无法全身心投入到科幻世界，至少无法像主流文学界的专业作家那样，将文学创作当作职业。他认为这也是科幻文学作品质量仍然不够好的原因。“如果将科幻小说放到整个文学的汪洋中，能冒头的就更少了。今天提供给科幻作家的机会并不少，星云奖、银河奖、蝌蚪五线谱杯……获奖之后作者会得到一些机会，问题仍然是作品写得不够好，差距还是很大。”

但在吴岩看来，对于韩松、刘慈欣这样“上了一定年纪”的作家而言，全身心投入科幻写作中，有可能会写出更优秀的科幻小说，但对于更多年轻作者，这条路并不可行。“没有社会阅历和生活积淀，很难写出优秀的科幻小说。”

困境二：科幻文学未搭上电影的“便车”

影片《星际穿越》在中国观众间收获的种种好评，又让人们开始思考科幻电影能否带动科幻文学的发展。刘慈欣认为，某种程度上，这当然会有一定积极作用。可是在韩松眼中，这二者并没有明显的联系。“中国人喜欢科幻电影其实已经很长时间了，从《侏罗纪公园》开始，票房就已经很高，但二十年来，大家并没有看完电影就去找书来看。”

从事科幻写作仅四年的年轻作家宝树，凭借《时间之墟》获得第五届“星云奖”最佳科幻长篇小说奖金奖。他认为：虽然美国科幻大片在中国广受欢迎，但大多数人是抱着看大片的心态进影院的，“真正会因此而开始关注科幻文学的，不多”。

“任何类型文学，像侦探、推理、奇幻、言情、武侠，读者都比科幻要多，这个现实基本很难改变。科幻文学就像摇滚一样，始终是边缘的亚文化，应该坦然接受这样的位置，没必要着急。”

韩松说，即便在美国，也并没有那么多科幻读者，“甚至某些作品的销量比我们还少”。“今天你和美国科幻作家聊天，他们也开始担忧。除去类似《三体》这样进入畅销圈的小说，在美国科幻小说圈，前十名卖得最好的也只是几万册，少的甚至几千册，接近一万，跟咱们这边差不多。”吴岩也有同样的看法。

“小说中一旦出现量子、电子、激光这类词，不少读者就会觉得自己不爱看，这是很正常的。虽然阅读科幻的门槛其实并不高，但个人口味很难改变。”宝树说。“比如奇幻文学就不需要任何科学依据，它里边的巫术、魔法等等，都是比较容易理解的感性联系，比如碰你一下你就死了的魔法，大家很容易接受；但我写一个科幻故事，发明某种物质让你死掉，人家可能觉得你是在胡扯。从根本上来说，这两种文学类型的世界观是不一样的。”

“科幻电影是大众的，科幻文学是小众的。”吴岩一语道破这二者之间的巨大裂隙。虽然今天还没有严格意义上的中国科幻电影，但据吴岩了解，相当多影视公司正在做科幻项目，“估计明年底、后年初会出现一批作品”。仅刘慈欣一人，就有包括《三体》《乡村教师》《超新星纪元》在内的五部小说被买下了影视改编权。

困境三：中国的科幻产业在哪里？

电影人看到了科幻电影的市场，但这似乎并不意味着科幻文学能够搭上这艘船。吴岩甚至认为：“科幻文学在上世纪初到中叶迎来黄金时代，当时人们通过这种文学类型讨论未来、科学、进步是适合的。今天科技的发展已经让人瞠目结舌，新技术的发展远远超出人们的感受力，无论是内容还是形式，科幻文学这种类型已经不再适合表达当下这个时代，就像诗歌一样，属于它们的年代已经过去了。”

“中国现在哪有科幻产业？都是嘴皮上说说而已。”说到这里，刘慈欣也毫不乐观。《三体》对中国科幻文学的推动作用是毋庸置疑的，但如果将其放置整个中国科幻产业中，力量依然微薄。

《科幻世界》主编姚海军这样写道：“作为重要的创意产业之一，美国科幻的利润中心，早已完成了从杂志向畅销书再向影视游戏的转移。而我们的科幻产业却仍处于从杂志向畅销书过渡的初级阶段。”

著有长篇科幻小说《荒潮》的陈楸帆，去年凭这部作品获得“2014花地文学榜年度类型文学（科幻小说）”金奖。他觉得：“从科幻小说到科幻影视，再到周边产品及娱乐产业、体验经济的整体带动，目前中国还没有成功的例子。”不过，他也发现，如今已经有许多热爱科幻、懂科幻的人慢慢渗透到影视工业的各个环节，逐渐成为生力军力量，只有当这股力量足够强大时，中国科幻产业的崛起才成为可能。

在姚海军看来，“不仅仅是我们的创意产业需要科幻。美国未来学家阿尔文·托夫勒曾说，一个快速变化的社会，人们必会将目光转向未来。中国正处于这样的快速变化中，我们需要科幻小说为我们提供海量的未来图景，让我们做好心理准备，迎接扑面而至的未来。”

科幻小说因科技而生，也可能因科技而死

三十四年前，英国科幻小说家阿瑟·克拉克让刘慈欣产生了写科幻小说的念头。“《2001：太空漫游》告诉我科幻能够怎样展示宇宙的广漠和神奇，《与拉玛相会》则让我看到了科幻怎样像造物主般，创造出一个真实到精致可触摸的想象世界……以后自己的所有小说，都是对这两部经典拙劣的模仿。”

刘慈欣不止一次谈到克拉克对他的影响。1999 年 6 月，他在《科幻世界》杂志发表处女座《鲸歌》，反响平平；第二个短篇《带上她的眼睛》，却让他摘下当年中国科幻“银河奖”一等奖。此后，他连连获得这一荣誉。

2006 年，刘慈欣转向长篇，开始创作“三体”三部曲。2008 年至 2010 年，《三体Ⅰ：地球往事》《三体Ⅱ：黑暗森林》《三体Ⅲ：死神永生》陆续出版，共计八十八万字，至今销量超过四十万套，成为国内最畅销的科幻小说。“三体”引发了一轮科幻热，在网络上，热情的粉丝给他起了个亲切的绰号——“大刘”。

人们说，“大刘”就是“中国的克拉克”。

娘子关的技术“大牛”

这位“中国的克拉克”是山西娘子关发电站的高级工程师，参加工作至今没换过单位。生活在太行山下的“三晋名镇”，他和大多数小县城的人一样，过着规律而平淡的生活。工作、恋爱、结婚、生子……同事不相信网上那个科幻作家刘慈欣就是眼前的他，他和家人也基本不谈科幻，犹如两个平行世界，他在现实生活和科幻世界里穿梭。

刘慈欣并不是男文青，他对文学没有兴趣，是对科学的热爱让他走进了科幻世界。所以人们在称赞《三体》的恢宏主题、惊叹令人叫绝的想象力之时，也直言他的文笔有些粗糙，人物形象尤其是女性形象更是塑造得不好。

在日常生活的三分之二时间里，刘慈欣做着和周围的人完全一样的事，他是山西省的技术“大牛”，出现技术问题，领导喜欢第一时间找他；他是女儿的好爸爸，会接送孩子上下学；只有在那剩下的三分之一时间里，他把自己交给科幻。

这位温和而又严谨的工科男说：“大多数人在城市为生活奋斗的时候，我们也在为生计奔忙。只有在科幻里，我才是个理想主义者。真正的理想主义者是不回避现实的。那种完全撇开现实只顾理想的人，不是理想主义者，是傻帽儿。”

曾有新华社记者针对“十二五规划”采访他，他提出应该针对外星生命展开相关研究，结果被当成玩笑话在坊间盛传。可他是严肃的，“在‘十二五’提案上说这个，看起来很可笑，但它随时都有可能出现，一旦出现，什么房价、教育、医疗、腐败等等全部退居二位，这怎么就可笑了？！”

“大刘”至今未参与任何电影的改编

如今，娘子关发电站停产了，在进驻新的发电站之前，刘慈欣有好长一段在家“休息”时间。他正在构思下一部长篇，同时坚持每天长跑，希望自己终有一天能有过硬的身体条件实现太空之旅。

最近关于《三体》的英译本和电影引人关注，刘慈欣每天都会接到记者的电话采访。他有些疲惫和无奈，但态度仍然温和：“关于科幻的问题都差不多，说不出什么新东西，至今我没有参与任何电影改编的工作。”

他并不认为科幻是小众和精英的，他觉得“科幻应该展现大众对未来和未知世界的梦想，它是人类好奇心和进取心的展示，而不是精英文学的晦涩和清高，精英化会害了科幻”。刘慈欣认为科幻有阅读门槛，在中国只能是小众文学，这一度是国内科幻作者的安慰剂。但这种安慰是不成立的，因为华文科幻出现过倪匡和黄易，他们在市场上很成功。“国内科幻文学小众化最根本的原因是作品和出版本身，到现在为止，我们还写不出被大众接受的好小说，出版市场的运作也有待发展”。

在他眼中，科学有着极其丰富的故事资源，能让人讲出其他文学类型讲不出来的好故事。他并不赞成在科幻写作中刻意反思或追问什么，“如果说小说会带来思考和追问，那一定是故事本身携带而来的，写作前就定下反思什么主题，是非常糟糕的写作方式。”

对话大刘

1. 一个国家的类型文学，不可能凭借一套书就达到世界高度

何　晶　　《三体》英文版上市了，国外的读者们也很肯定。你在意这些评价吗？

刘慈欣　　当然很在意。我写作的对象是读者，我不为评论家写作，更不是为自己写作，我是写给读者看的，评论家讲什么，得什么奖，我都不在意，但对读者的看法我很在意。如果得不到读者的承认，其他的评价也没有多大意义。

何　晶　　但迄今为止，中国的科幻文学除了《三体》产生了巨大的反响，其余作品基本没有受到太多关注。

刘慈欣　　迄今为止，我写了三四部长篇小说，三十多部中短篇，可只有《三体》有这样的影响力，它甚至没有带动我其他的书获得相同的影响力。当然这肯定和作品本身有关，但也还是和机遇有关。

现在国内科幻文学界还是有很多优秀之作，包括新的年轻作者的作品，而且这些作品包含各个类型，比如可读性强的，像宝树的；文学性比较强的，像韩松的；科幻性比较强的，比如江波的硬科幻。但确实很遗憾，这些作品没有获得应当的影响力。而且，好几个年轻作者是由郭敬明的最世文化公司在操作，在出版上很有影响力，本身就拥有庞大的粉丝群，即便在这样的情况下，还是没有让人满意的结果。所以我不认为是作品本身的问题，有大环境的机遇问题。

何　晶　　大家喜欢说凭你的一己之力，将中国科幻文学提升至了世界水平。你认为中国的科幻小说发展到了怎样的程度？

刘慈欣　　要谈世界水平，首先要明白世界水平是什么。科幻文学作为类型文学，世界水平有两方面，一是经典作品所达到的高度，二是你的读者群有多大，市场有多大。这几天因为《三体》英文版上市，我比较关注亚马逊上美国科幻小说排行榜。我发现美国这年出版的科幻小说有上千部长篇，而我们连一百部都不到，还谈什么世界水平？

我们不可能说一个国家的类型文学凭借一套书就达到世界的高度，必须是后边有十本二十本甚至更多的小说跟上，再之后还要有更多的数量。这要求有更大的作家群，更成熟的出版商、出版机制和市场运作，而这些都是国内科幻文学现在所缺乏的。

2. 跟科学家比想象力，科幻小说家算不了什么

何　晶　　你怎么看科幻文学的发展和科技发展的关系？现在的科幻作品往往跟不上科技的发展。

刘慈欣　　科幻文学是因科学技术而诞生的，但如果有一天它灭亡了，可能也是因为科学技术。原因是，科幻文学已不如现实中的科技神奇，那谁还会看？这是很致命的。我个人认为这是科幻文学面临的最大威胁。假如今天真的发生重大的科学飞跃，比如明天外星人降临了，或者什么时候人工智能超过人类了，当重大的科技事件和科技突破发生的时候，科幻文学也就没了，那是终点。但目前为止，科幻文学还是有存在理由的，因为科技还没有发展到那一步。

何　晶　　能不能说科幻作家负责想象，科学家们负责实现呢？

刘慈欣　　那些真正前沿的基础理论的科学家，想象力一点儿不比科幻作家差，只不过他没有办法用大众能理解的语

言去表达他的想象力而已。千万别认为科学家没有想象力，实际上，科学本身的想象力比科幻作品高得多，只不过大家都不懂而已。科幻小说是把科学的想象力通俗化。物理学的理论前沿，你只要懂一点点，都会目瞪口呆。和他们的想象力相比，科幻小说算不了什么。问题是，咱们都不懂，因为确实很难搞明白。

好比《星际穿越》里展现的场景，黑洞、五维空间，这些玩意儿不是科幻的，凭科幻作家想不出来，这种想象力是来自科学的，甚至这个片子背后就是科学家和导演一起在鼓捣，黑洞本身是物理学家弄出来的，用了一百多台计算机算了一百多个小时。人们常常有误解，觉得作家有想象力，科学家是理性的、推理的，还真不是这样。

3. 不是我对“星际”评价低，而是网上对它评价过神了

何　晶　　你对现在热映的电影《星际穿越》评价并不高？10分满分你打几分？

刘慈欣　　其实我的评价不低，是网络上对这部片的评价太高了。它是一部优秀的电影，是佳作，但没到神作的地步。《星际穿越》还是近年来不错的一部科幻作品，我打8.5分，网上现在都打到10分了，我觉得肯定没到那地步。

当然这个电影本身还是很优秀，它不像好莱坞的很多爆米花电影，从头到尾就是玩特技，故事很烂。《星际穿越》的故事很好，并不是靠特技撑起来的，有它的科幻内核，拍摄也达到了一定水平。这个电影有多处让我想到库布里克的《2001：太空漫游》，但同时也让我确信，再难有第二部《2001》了。

何　晶　　你觉得中国科幻文学会迎来新的热潮吗，是乐观还是悲观？

刘慈欣　　总体来说我还是乐观的。现在具备科幻文学繁荣的条件，关键看作家和出版方如何努力。一方面是现在科幻文学的环境比较好，另一个是近两年人们的阅读量又上升了。只不过阅读方式在改变，大家用手机这类电子阅读器阅读，我坐汽车、火车有这样的发现，这是科幻文学发展很好的基础，但也提出了挑战，以纸媒为主的科幻文学如何去适应这样的转变？

广义上说，科幻渐渐由一种文学体裁变成一种思维方式，这种思维方式能渗透到社会、政治、经济的方方面面。这种思维方式前所未有，是一种介于科学与文学之间的新的思维方式。从这个意义上说，科幻作为一种文化会迎来黄金时代，但这个黄金时代本身已经把科幻泛化了。

→选自《羊城晚报》2014年11月24日

《纽约时报》：在这个喧嚣的世界上，中国科幻悄然兴起

翻译 / Daybreak

在临近北京的山西省一家国有发电厂为减少空气污染而暂时关停。这家发电厂一名叫刘慈欣的工程师正在利用这段闲暇时光干自己想干的事。他引领着中国科幻文坛，是中国作品最为畅销的科幻小说家之一。

刘慈欣现年五十一岁。现在，他一边创作一部新的小说，一边作为他以前小说的剧本改编的顾问，同时还一边推动着《三体》的英文翻译——这本书是他最为畅销的作品，一套末世太空歌剧三部曲中的第一部。译者是一名在美国凭借自身奋斗屡获奖项的科幻小说作家刘宇昆 (KenLiu)(这两个人并没有什么联系)，这部小说也是为数不多被翻译成英语的中国科幻之一。它将于周二由托尔出版公司 (TorBooks) 在美国发售。

在中国，《三体》系列不仅获得了一批忠实读者，同时繁荣了处在小众地位的科幻圈。三部曲的第三部在 2010 年出版，这个系列每一册书的在中国都卖出了超过五十万册。刘慈欣因此也成为中国几十年以来最畅销的科幻小说作家。

这套书的粉丝不局限于常见的高中生或者大学生等科幻读者，中国的航空航天和互联网从业人员也对它表示欢迎。这些人中，很多人认为，该

系列对文明之间斗争的描述就是在隐喻本国互联网产业中的残酷竞争。

同时，《三体》系列还使科幻这一流派重焕生机。就像在其他地方一样，在中国，科幻小说也是经常被文学界边缘化的流派。

几十年来，科幻小说的发展与跟党的政策风向紧密相关。初期作为社会主义建设中的科学普及工具得以发展，1983 年时被党报批判为“传播伪科学，鼓吹资产阶级颓废文化”，经历了一段时期的波折。2012 年，主流杂志《人民文学》刊登了四篇刘慈欣的短篇作品——这一信号表明，科幻再度得到官方的肯定。

本质上来说，科幻强调未来的不确定性，从而激发读者的想象。于是，在当今瞬息万变的中国，这些探求未来到底会怎样的小说更能引起读者的共鸣。

“中国处在高速的现代化进程中，就像美国科幻的黄金时代 30 年代到 60 年代时一样”，刘慈欣说，“在人们的眼中，未来充满了吸引力，诱惑和希望。但是与此同时，它也满是危机和挑战。这对于科幻小说来说，是非常肥沃的土壤。”

在西安交通大学教授同时也是中国科幻作家的夏笳看来，中国的科幻小说还有另一层意义。她提到了 20 世纪之交时的历史，“从某种意义上说，自它于晚清出现以来，中国的科幻就承担着‘中国梦’的重担”。

她补充道：“这个梦想就是，希望能赶上西方，崛起成为强大的现代中国，但是同时保存传统。我们这些中国的科幻作者必须要考虑的问题。”

《三体》系列以“文革”混乱岁月为小说起始背景，是一部记述了人类向宇宙中进发的编年史。这是一部很典型的科幻小说，风格类似阿瑟·C.克拉克(ArthurC.Clarke)——据刘慈欣说，这位作家的作品伴随了他成长。他谦虚道：“我写的每一个字，都是对阿瑟·C. 克拉克拙劣的模仿。”

这个系列的第一本书探索了三体人的世界。三体文明是一个外星文明，行将毁灭。当中国一个秘密军事基地试图与地外文明交流时，三体人接收到了发出的信号，他们决定侵略地球。而在中国，人们分成了两个派别，一部分人欢迎这些外星人的到来，另一部分人则坚决进行抵抗。

对美国科幻迷来说，这个系列很能换换口味。在美国，很多主流的科幻小说作家正在试图抛弃传统的外星人入侵等情节，转而关注现实问题，如气候变化或者人物性格转变。

托尔出版公司的编辑 LizGorinsky 解释把这套书引介给美国读者的理由时说："我不认为已经没人看那个黄金时代盛行经典套路的科幻小说了。某种程度上说，《三体》系列触动了人们心里的某处，并让他们回忆起童年时读过的那些书。"

一些专家把《三体》系列的流行和中国人的自信联系起来。这种自信是中国人在对本国在世界舞台上占据日益重要角色的自信。

"总是有科幻小说把中国塑造成世界的领导者。"科幻学者、北京师范大学教授吴岩说，"大家可能会喜欢这些小说，但他们在内心深处并不完全相信这些故事。或者说，他们觉得这种事情只能发生在很久以后的未来。现在，《三体》系列出现之后，大家可能就会想，'啊，原来中国真的可能在决定人类命运时有发言权啊。'"

在书中，科学家试图解决物理中的经典三体问题——两个物体可以有稳定的引力相互作用，但是当第三个物体被引入时，这种运动就变得无法预测了。

从本月颁奖的第五届华语科幻星云奖中一个签售会就能看出，刘慈欣在科幻界受到相当的尊崇。星云奖是中国科幻作家和科幻迷们规模最大的聚会之一，本年度在北京西部郊区一个空置的展馆里举办，超过两千人参与这项活动。

刘慈欣先生走出了电梯，穿过人群来到桌前。成百上千的科幻迷早已绕着这栋建筑排起了队，可以听见他们兴奋的耳语和惊喜的吸气声。两个小时之后，仍有还有一百多名粉丝在等待和他见面的机会，他们大多都是大学生。吴亮（音译）作为一位二十七岁粉丝，在她见到刘慈欣后，仍然激动得直颤抖。

她说："当你埋头看《三体》这套书，它会让你出乎意料地觉得十分过瘾。它真的是中国科幻的里程碑。"她在北京一家互联网公司上班，这次穿着全套绝地武士的衣服来参加这个活动的。

→选自《纽约时报》2014 年 11 月 27 日

中国人不只生在世界上，也长在宇宙中

文／飞氘

四年前的夏天，我在复旦大学参加“新世纪十年文学：现状与未来”国际研讨会时，《三体Ⅲ》还未出版，与会的文学界大腕们对“科幻”还非常茫然。我在发言中向他们郑重介绍了韩松和刘慈欣的作品，并把科幻比作当代文学中一支寂寞的伏兵，在少有人关心的荒野上默默地埋伏着，也许某一天时机到来时，会斜刺里杀出几员猛将，从此改天换地。但也可能在荒野上自娱自乐、自说自话，最后自生自灭，将来的人会在这里找到一件未完成的神秘兵器，而锻造和挥舞过这把兵器的人们则被遗忘。在那之后，科幻界发生了不少令人欣喜的变化，大刘更成为当代文化界异军突起的一件大杀器。这位“三体之父”、市场经济启动以来最有品牌价值的中国科幻作家，如今和他的创造物一起，成为和《红楼梦》、转基因、中医、韩国超人气偶像团体等一样的话题雷区——稍微说点什么，几乎都会遭到狂热者们的炮轰——这也可见其受欢迎的热度之高。对一个受人拥戴的艺术家来说，最被期待的莫过于持续不断地展现自己的创造力。不过，大刘至今还没有推出新长篇。于是，在粉丝翘首以盼之际推出的两本短篇集《时间移民》和《2018》，虽然收录的多是旧作，看来就颇有一种“三体”番外或前传的意味了。

宏大的杰作往往不是横空出世，而是有自己的成长轨迹。很多年前，年轻的刘慈欣在阿瑟·克拉克作品的感召下仰望星空，从那时起，他就以惊人的偏执和热情，持之以恒地写着同一个故事：令人敬畏的星空中，在不可抗争的天灾或冷漠的神级外星文明面前，尘芥般的人类将被碾压，种种“道德律令”委实无谓，唯有发展技术拼死抗争，或可求得一线生机。不论是《朝闻道》中对人类基础物理学的封锁，还是《梦之海》中的“毁灭你与你何干”，甚至《赡养人类》中用来杀人的纳米钢丝，都能找到“三体”的影子，而《吞食者》干脆是就是一场小规模的“黑暗森林”战争的预演。对于这个几千年来习惯面朝黄土背朝天、圣贤不语怪力乱神、奉现实主义为文学正宗的民族而言，这些故事确乎有些不寻常。当然，这也并非始自大刘，在汉语的世界里它至少已经讲了一百多年。早在20世纪初，深受甲午战争和庚子之耻创伤的中国人，在重铸本土文化的渴望中，就注意到了科幻小说的存在。最早把这种文学介绍给中国人的是思想领袖梁启超，他在自己主办的《新小说》上刊载了凡尔纳的《海底两万里》。这立刻引起了正怀着科学救国梦想在日本留学的鲁迅的仿效，他不但翻译凡尔纳的《月界旅行》，还在序言中热情歌颂了人类的智力进步，表达了对摆脱自然奴役的渴望，进而遥想未来太空殖民、星际战争的爆发，最后祝愿黄种同胞的复兴。对那个时代的知识分子而言，进化论是“公理”，中国人乃至全人类，为了生存就必须不停地前进，否则，“文明”就将天经地义地征服“野蛮”。从这个层面上说，大刘笔下流露出的对进化使命的自觉和焦虑以及对科学的崇拜，其实正是鸦片战争之后现代中国核心命题的再表达。也难怪哈佛大学教授王德威会在北京大学做一场名为《从鲁迅到刘慈欣》的演讲，这看似耸人听闻的题目其实有案可查。说起来，正是被鲁迅看重的《月界旅行》，后来连同它的续作一起，在1904年又被商务印书馆翻译成《环游月球》出版，主人公们在讨论日、地、月的运动时说这是“三体问题”，不知道这是不是这个天体物理学难题在中文世界中的最早出现，虽然它只是一闪而过，却出人意料地在一个世纪后成就了一部中国巨作，如此看似偶然、又仿若必然的历史轨道令人浮想联翩。

不过，刘慈欣的本事，可不仅在于对宇宙残酷性震撼人心的描绘，以及对真理求索不遗余力的颂扬，更在于能够将那些光年尺度上的事件和他脚下那个国度联结在一起，构成一种奇特的张力。比如一边是宇宙大塌缩一边却是长江洪灾燃眉之急的《塌缩》，比如把宇宙大爆炸、上帝之眼（或者用物理学家的说法“拉普拉斯妖”）和中国读者熟悉的反腐串连起来的《镜子》，又比如让中国的农民工和霍金在太空对话的《中国太阳》，再比如外星文明舰队和贫瘠黄土地叠映在一起的《乡村教师》。奇怪的是，尽管身为计算机专家的大刘曾写了一个写诗软件，以“秒成”的生产方式嘲弄了某些后现代主义诗歌的“算法”，却对古典诗歌怀有敬意。在《诗云》中，他把连四维空间都进入不了的人类文明的价值寄放在了伟大的唐代诗歌上。正是这些中国气派的故事传递了地道的经典科幻之美，又戳中了当代国人的神经。毕竟，这仍然是个生存压力沉重的时代，要那些疲惫不堪的头颅从不需要思考就能获得娱乐的手机屏上抬起来，去感念宇宙之浩大，是不容易的，何况抬头的时候，都市的穹顶上往往看不见什么星空。但这个远在山西的朴实的工程师，却用天才的想象乐此不疲地让整个太阳系一次次被毁灭，不断地推倒并重建着我们对何为有意义的生活的理解。在他看来，“人类在思想史上没有对整个文明的灭顶之灾做过理论上的准备，有人开始想这个问题总是一件好事”。这一次次对读者的“惊吓”，引导我们把历史的指针回拨到 1902 年，当时，正被大乘佛教和进化论所吸引的梁启超，被挚友谭嗣同的杀身成仁以及日本士兵“祈战死”的精神所撼动，翻译了天文学家弗拉马里翁的小说《世界末日记》，他希望那二百二十万年后太阳冷却、人类文明凋零的故事能够让国人明白死亡是进化之母，并在宇宙之无量广大和一己之身之藐小的对比中，克服“有我之见”，放下诸般贪恋，生出对众生的慈悲，以舍生取义的大无畏精神行普度众生之业，促进中国乃至人类的进步。这条“从梁启超到刘慈欣”的脉络，同样让人感慨：就像那篇工程师思维推演出来的酣畅淋漓的《山》所提醒的，我们太容易以为自己那一点点苦乐忧病就是世界的全部，而忘记了“宅”溺其中的天地，不过是浩渺宇宙中的一个小小时空泡。因此，这个生存在空心行星内部的文明如何一步步认知世界、走向地表最后去探索星空的故事，也同时可能成为每一个读者突破茧缚、涤荡灵魂的契机。

因此我一直觉得，大刘是像托尔斯泰那样的精力异常充沛而又赋予人格感召力的作家——据说他每天坚持跑步，早晚各五公里——他根本不必纠结于某些所谓的文学技法，仅仅用最古典的“陈旧”方式，全凭一腔布道者般的情怀和理科生的逻辑思维来演义一出出人类在宇宙中艰难前行的悲壮大戏，把一种看似过时、实则淳朴的“崇高”美学注入这个时代。这种“崇高”的格调曾是 20 世纪中国，尤其是社会主义文艺的主导精神，却一度因其畸变而引发了反弹并丧失了合法性。社会现实的苦厄和困顿、文学自身的发展要求，都使得对现实中国进行崇高庄重的叙事显得单薄而无力，结果便是另一种极端：认同感的危机、经济发展和消费主义至上、理想空虚……鲁迅曾说过：“非有天马行空似的大精神即无大艺术的产生。但中国现在的精神又何其萎靡锢蔽呢？”我以为，包括大刘在内的许多作家，仍然对未来充满热情，为这个猥琐泛滥成灾的时代，注入了一点崇高的、理想主义的大精神。

当然，这工作并不容易，这毕竟是个传统文学在衰落的时代。我曾不止一次听大刘说过，“三体”热并没有带动他的其他作品跟着热，这对于整个科幻文化的发展来说，不是什么好现象。所幸，据说“三体”电影的项目已经启动了，大刘也在参与自己小说改编的其他电影项目，这些非常消耗精力的工作，可能也是他迟迟没有新作问世的原因之一。诸如此类的消息让许多狂热粉丝顿足捶胸，这可以理解：某些中国电影人已经消耗了太多观众的信任，对于拍摄科幻片他们到底有多少认真也是值得观察。但我仍然以为这是好事。如今堪称如日中天的大刘，再随便写个什么长篇，都可能会引爆眼球，但从推动整个中国科幻事业发展的角度来看，却并不如他去参与推动一部正经的中国科幻电影更有价值。记得《环太平洋》上映时，曾有国内媒体批判其贬损中国，给中国年轻一代植入西方价值观。

确实，经过好莱坞多年的洗礼，世界人民的眼球早已习惯美国大兵对抗外星人拯救地球的光辉形象，但如果看到解放军与外星人在街头巷战、公安干警与异形斗智斗勇，就算中国观众也会觉得很不适应吧？但未来终究是全人类的事，中国作为一个国际影响力日渐增强的大国，不能永远靠市场份额来“赎买”中国人在大银幕上“未来世界”的入场券，我们终将要打造自己的未来叙事，这不仅仅是一个电影产业发展的问题，可能更要放到国家战略的层面上去思考。早晚有一天，我们要看到罗辑、史强、程心在人类对抗三体人入侵的悲壮史诗中扮演举足轻重的角色，终将在超大银幕上见证中国军人、太空舰队政委章北海在绝对零度的幽深太空中扣下扳机，就在那一刻，人类的未来已经决定。

所以，不论最后电影能否成功，大刘都一样是当代对中国科幻贡献最大的人。正如在这个大时代的召唤下，有韩寒、郭敬明、姚明、刘翔等如约出现在了属于他们的那个位置上一样，大刘也是那种应运而生的人物。有意思的是，就在科幻的第一大国美国，也同时出现了一位“小刘”，这位名为刘宇坤的美籍华裔科幻作家，不但获得了英语科幻界的一再认可，也通过翻译搭建起了“三体之桥”，让更多的西方人也能感受中国人对未来的热情和勇气。正是这些人的努力，让中国科幻事业有了兴旺之兆。人生在世，能遇到如此努力而优秀的前辈和同道，实为大幸。

→选自《南方都市报》2014年12月21日

“后三体时代”的中国科幻
——兼谈小众与大众之辨

文／夏笳

四年前，当复旦大学教授严锋盛赞刘慈欣单枪匹马将中国科幻拉到世界水准时，其他中国科幻人亦为此欢欣雀跃，并相信《三体》这部里程碑式的作品，将标志着中国科幻下一个新纪元的到来。

四年中，面对《三体》作为一种文化现象的持续升温，面对媒体一次又一次提问“为什么到现在才出一个大刘（刘慈欣）”“除了《三体》，中国科幻还有什么”，这种喜悦和期望，已不知不觉转变为某种焦虑。一个新词出现了：“后三体时代的中国科幻”。这不仅是一种时间上的断代，同时也是一种空间上的区隔——当下“三体粉”们所占据的社会与文化空间，已经远远溢出曾经孕育中国“科幻迷”的空间。正是在这样一个新的文化时空里，中国科幻的“新纪元”往何处去的问题显得更加重要。

作为文化共同体的“小众”

按照美国科幻作家戴蒙·耐特的说法，“科幻小说是少数人的大众文化”。但这样的“少数人”却往往有着惊人的热情、凝聚力和生产力。

1988年，黑龙江伊春市林场的青年工人姚海军给《科学文艺》杂志社写信，谈到自己想创办一个科幻迷组织，这个想法得到主编杨潇的支持鼓励。消息在《科幻世界》杂志上登出后，姚海军很快收到来自全国各地科幻迷的信件和捐款。在当时简陋的条件下，他用手刻蜡纸油印的方法，印制了作为“中国科幻爱好者协会会刊”的《星云》创刊号，这也是中国第一份科幻迷刊物。此后每一期《星云》稿件都由会员们寄到姚海军处，由他编辑、抄写、刻板，然后将印好的刊物定期邮寄到会员手中。制刊、通讯和邮寄的资金，来自会员们缴纳的会费和捐款，其中个别会员的捐款甚至达到几百甚至上千元之多，这在20世纪90年代并不是个小数目。

今天的年轻人似乎很难想象，在没有互联网的时代，科幻迷们如何通过费时又费力的邮政系统，依靠自下而上的组织而形成这样一支队伍。实际上，从《星云》创刊，到1991年科幻作家吴岩在北师大开设科幻课，到1995年水木清华科幻BBS开版，到各种各样的科幻迷杂志、科幻网站、科幻组织、高校科幻社团创立，到2010年8月“世界华人科幻协会”(CSFA)在成都宣告成立，中国的“科幻文化共同体”的核心成员始终保持在百十来人的规模，每个人都是共同体文化的高度积极参与者。直到今天，当微博、人人、微信等各种社交网络更新换代和与时俱进之际，像刘慈欣、宝树这样的作家，依旧会在水木科幻BBS上发表作品并与网友互动。尽管参与讨论的人数并不多，但每个人都会花费时间和精力，在回帖中贡献高质量的内容。

借助新媒体传播的“大众”

与之相比，《三体》的传播模式则明显不同。如刘慈欣本人所说，《三体》最初的预期读者不过数万，其意料之外的一夜爆红，固然与作品本身好看有关，但亦是多种力量共同作用的结果。这其中一个重要因素，就是一批以互联网和媒体从业者为主的微博红人们的大力传播。除小说外，与《三体》相关的一系列粉丝文化现象，譬如原创主题音乐、MV制作、Cosplay、同人微小说、人物配图、影视剧选角讨论乃至于以小说中秘密组织“ETO”自我命名的三体粉丝迷群，几乎都是以微博为主要平台进行生产传播。尽管刘慈欣本人曾预测，出版于2010年的《三体Ⅲ：死神永生》销量应该不如2006年出版的《三体Ⅱ：黑暗森林》，但结果恰恰相反，正是《三体Ⅲ：死神永生》最终引发了真正的阅读热潮，这或许就与第三部的出版时机恰与微博发展同步有关。从《三体Ⅱ》到《三体Ⅲ》，从“小众”到“大众”，网络传播机制的演进在其中扮演了重要角色。

这种新的传播机制，也让“小圈子文化”与“大众流行文化”二者之间越来越难标记出清晰的分界线。“小众”可能一夜之间变成“大众”，而“大众”亦需要各种各样的“小众”来维持生产活力。如今，科幻文化在大众文化领域的一个重要反映，就是对中国科幻大片的呼声越来越高。大投资、大卡司（明星阵容）、大场景、大科技、大力营销宣传以及巨大的商业回报，科幻与电影工业几乎天然“配对”，已经并将继续在大众文化市场驰骋。问题在于，发展这种“大片”的同时，不能忽视甚至抛弃那些有艺术追求、有独立创造力的“小片”。某种程度上来说，科幻文艺的本质是一种诞生于“边疆”并随“边疆”不断游移，从而永远处于“生成”状态的文艺，这“边疆”绵延于已知与未知、魔法与科学、梦与现实、自我与他者、当下与未来、东方与西方之间，保持探索性是保持它的生命力的关键。从这个角度来看，当下中国科幻所面临的挑战，一方面是吸引大规模资本，将《三体》电影版这样的科幻项目做大做强，另一方面则是建立和完善多层次的产业链，令形形色色的小圈子实践能够在相对丰富的文化生态系统中找到安身立命的一席之地。

繁荣与危机并存

从大小之辨的角度来审视，后三体时代的中国科幻正处于繁荣与危机并存的局面。首先，在传统纸媒不断萎缩的趋势下，科幻期刊和图书出版的市场份额受到影响。从20世纪90年代到新世纪之初，各种幻想类期刊（或丛刊）相继涌现，然而大多极为短命。2014年底，由山西科协主办的《新科幻》杂志（其前身为创刊于1994年的《科幻大王》）宣告停刊，曾经百舸争流的期刊市场上，只剩下《科幻世界》茕茕孑立、形单影只。这意味着科幻短篇发表的份额几乎打了对折，从而减少了新人练笔和崭露头角的机会。

其次，自从“70后”与“80后”的两代青年科幻作家，分别于90年代和新世纪之初集体亮相之后（其中多数人都是在大学本科阶段开始发表作品），“90后”却一直迟迟未能形成创作队伍。包括宝树、张冉等最近几年蹿红的“新人”，其实同样是伴随《科幻世界》一同成长的“80后”科幻迷，对科幻文化本身有较高的忠诚度。而更年轻一些的作家们，尽管不乏才华横溢者，但能够持续创作和发表作品的并不多见。

最后，尽管《三体》现象引发了对于科幻长篇出版的市场需求，许多青年作家亦纷纷以签约出版集团的方式走向长篇创作，并实现了相对可观的印数和销量，但科幻短篇的读者却在不断流失。2014年，以科幻评论家“兔子等着瞧”为首的几位科幻迷，组织了一个名叫“彗星科幻”的科幻擂台，每月一个题目，邀请中美科幻作家同台竞技，各自完成一个科幻短篇。尽管每一期的擂台作品都可以在网上免费阅读，并且拥有相当高的创作水准，但其读者却往往只是“核心科幻圈”的百十来人。这似乎同样展现出“小众”生存空间的萎缩。

尽管如此，新的生机却依然在孕育之中。在2014年11月初结束的第五届“全球华语科幻星云奖”嘉年华活动中，我们看到西装革履的科幻作家们放下矜持和拘谨去扮演大众明星，也看到科幻迷们以Cosplay和制作周边产品等种种“小众”方式展现他们自己，我们看到因为《三体》而开始对科幻感兴趣的互联网文化名人们，也看到影视、游戏、动漫及其他文化产业从业者坐在一起共商大计。所有这些，展现出的是形形色色的“边疆”，以及跨越“边疆”的探索与交流。

在“后三体时代”，中国科幻依旧是少数人的大众文化，但“少数”的形式与内涵却正在变得更加丰富、庞杂和多元，从而有可能像星云奖开幕论坛所期许的那样，去创造“70亿种不同的未来”。

→选自《人民日报》2015年4月7日

科幻“神作”《三体》：未来战争的全新想定？

文/刘一鸣 石海明

8 月 5 日，中国科幻迷心目中的“神作”《三体》小说改编的电影宣告杀青，进入后期特效阶段。在科幻战争电影被好莱坞独霸天下的态势下，电影版《三体》也许能给我国的科幻影视界注入一针强心剂。然而，很多军迷更关心《三体》中描绘的战争图景，是否对未来战争态势有新的启发。

《三体》之前的未来战争

在五花八门的科幻战争电影中，一个不变的主题就是，对人类科技进步的无限畅想。在未来，科技在为人类带来强大生产力和破坏力的同时，也给人类带来了不少的麻烦，甚至是灭顶之灾。

无论是机器人肉搏的繁华都市，还是激光武器横飞的太空战场，美式科幻大片在为我们建构一个个如真似幻的梦境的同时，也以不同方式描摹着未来战争的面孔。特别是伴随着 3D 技术的突飞猛进，更让人们在带上 3D 眼镜的两小时里，几乎置身于真实的未来战场，跟主角一道直面人类的生死存亡。科幻与战争的联姻，一方面迎合了人们探索未知与神秘的渴望，另一方面也为未来战争进行了银屏之上的预演。

科幻编剧们由此出发，对威胁人类生存与发展的种种可能进行了不懈的探索。如在《绝密飞行》《机械公敌》等影片中，我们看到了人工智能的高度进步使机器人出现了自主意识，给人类带来困扰；在《蜘蛛侠》《钢铁侠》等影片中，我们看到高科技武器落入恶人之手，大规模杀伤一触即发；在《生化危机》《我是传奇》等影片中，我们看到生化研究成果管理不当所造成的全球性感染；在《第六日》《兵人》等影片中，我们看到基因改造与复制失控给社会、家庭和国家安全带来的全面危机；在《机械战警》《源代码》等影片中，我们看到脑机接口技术的成熟在挑战着人类存在的主体性；在《隐形人》等影片中，我们看到隐身技术遭到恶用，不加控制的后果不堪设想；在《变脸》等影片中，我们看到外科医学高度发展后，其被用于正义目的的同时也引发了棘手的伦理困境。

然而，无论特效技术如何发展，科幻畅想如何天马行空，好莱坞科幻战争片似乎总有一些固定戏码在许多大片中重复上演。经典戏码之一就是：轻武器和徒手搏斗从来都是作战的不二选择。主角光环之下，轻武器和直线打击的动能武器一直是英雄手中的神器，敌人手中的玩具。即便面对潮水般涌来的丧尸，装备精良的部队也还是坐着直升机，手持 M4 步枪向敌人扫射，其效果可想而知。在今年上映的《木星上行》中，男主角更是脚踩滑板鞋，右手小手枪，左手无敌盾，从头至尾凭肉身拯救世界。总之，为了追求视觉效果和打斗过程的紧张刺激，以使用轻武器为主的近距离射击甚至贴身格斗，通常是科幻战争电影中最受关注的环节。精确制导的“大杀器”往往到最后关头才姗姗来迟，一举解决之前一个多小时内无数轻武器怎么也杀不完的敌人，以完美的爆炸场面映衬出英雄拯救世界的辉煌结局。

《三体》构思的全新未来战争

作为国内科幻作品中的佼佼者，《三体》的过人之处读者自有体会。虽然在故事架构等方面，《三体》不可避免地对前人经典有所借鉴，但这掩盖不了它作为一部优秀的科幻战争作品的创新之处。大胆的想象中，《三体》描绘的全新未来战争图景值得我们深思。

其一，科技进步与封锁的悖论。在人类对自身科技无限进步的畅想中，刘慈欣反其道而行之，在《三体Ⅰ：地球往事》中，通过三体星人的"智子"将地球科技（基础物理学）封锁在20世纪60年代的水平，这就限定了人类与外星人进行斗争的手段，阻碍了人类"科技爆表"的可能，只能立足于当前的科技水平进行探索。无论是当代战争还是未来战争，科技的高度发展都是战争任何一方赖以取得优势的基础。在未来的时空下，面对无所不用其极的战争手段，在科技创造力上遭遇灭顶之灾，无疑是敌对文明囚禁人类、取得胜利的最佳手段。

其二，发现即摧毁的"黑森林法则"。在战争观的建构上，刘慈欣超越了以往好莱坞大片中与外星人正面冲突的局限，以一种全新的宇宙观审视着地球与地外文明之间的微妙关系。根据"黑暗森林法则"，宇宙中的文明都是森林中的猎人，他们小心翼翼地隐匿踪迹不被其他动物或猎人发现。一旦发现风吹草动，猎人本能地举起枪，在发现的一刻就已将对方摧毁。而争斗的双方如果被第三方发现，则会面临同时被摧毁的命运。在《三体Ⅱ：黑暗森林》中，地球人利用这一理论使双方进入了"威胁纪元"，暂时延缓了三体星人的进攻。"黑暗森林法则"也为人类探索外星文明的尝试提供了一种警示。也许，未来宇宙战场的宣战都以光速进行，只有在第一时间摧毁对方才能保全自己的生存。而如果不幸单方面被对方发现，暴露一方的命运将充满未知。这种悲观基调的宇宙现实主义观不得不说是对"费米悖论"的一种妥协式解答（费米悖论，简而言之就是费米在1950年与朋友探讨地外文明时的一句话："如果它们存在的话，他们早就应该出现在这儿了。"）

其三，“降维”攻击中的不对称之战。在《三体Ⅲ：死神永生》中，“歌者”带来的终极大杀器“二向箔”以其全新的杀伤方式让人不寒而栗。当对手用一次攻击就能将自己存在的维度从三维降至二维时，这种武器装备上的严重不对称，已经让一切抵抗失去了意义。而同时消灭的，还有三体星人企图移居太阳系的美梦。“降维”攻击带来的不只是武器装备上的概念革命，其更深层次的创新在于对物质存在方式的大胆畅想。如果世界上真的存在超出三维的空间，那么，人类制造更大杀伤性武器的努力都将是徒劳的。与其在三维空间中厮杀，不如跑到第N维空间中“坐山观虎斗”，最后再发射个“降维”武器，结束一切恩怨是非，岂不快哉？

《三体》之战已经点燃

科幻作品虽然畅想的是未知世界发生的未知事件，但其作者生存在当代世界，不可避免地要从现实世界的经验出发进行艺术创作。在《三体》令人眼花缭乱的想象背后，有其深刻的现实映射。与其说刘慈欣为我们打开了通往未来战争的一扇门，不如说他只是用科幻手法展现了基于现实世界的战争隐忧。

三体文明作为整部作品的“大反派”有其深刻的现实烙印。在当代的国际交往中，任何拥有强大军事力量的文明都可以被看作是三体文明的现实版本。之所以这样讲，是因为此类文明对更好生存环境、更多资源的渴望是迫切而持续的，加上自身拥有的强大战争实力，他的存在对其他文明来说无疑是长久的威胁，而任何与其直接对抗的文明都将面临灭顶之灾。然而，在军事技术高度发达的今天，对抗双方很可能都已拥有足以毁灭对方的力量，那么对抗就是一场指向同归于尽的零和博弈。虽然和平与发展是当今世界的主题，但大国之间相互确保摧毁的能力依然具备。在此背景下的国际交往成了大国间小心翼翼的博弈，谁也不敢率先触动这把“达摩克利斯之剑”。因为试图摧毁对方的尝试也意味着自我毁灭的开始。《三体》中遥远的高级文明就是三体星和地球之间强大的“平衡手”，只不过在当代，这把平衡之手变成了人类所能达到的物理摧毁的极限——核武器。

刘慈欣从硬科幻的视角对未来战争和人类命运进行了大胆的探索。抛开其作为大众文学作品的艺术和娱乐成分，不乏对战争与和平、谦虚与傲慢等主题的深刻挖掘。在未来战争图景的背后，《三体》描绘的人文关怀也同样值得我们深思。这部夹带了国内科幻界和读者们颇多情感的“中国式科幻”作品能否在其电影版中大放异彩，让我们拭目以待。

→选自《科技日报》2015年8月13日

刘慈欣提供了中国当下“严肃小说”所不能提供的东西

文／唐山

不出所料，刘慈欣拿到了有“科幻界诺贝尔文学奖”之称的“雨果奖”，令人惊讶的是：与莫言获诺贝尔文学奖时引发激烈争议的情况截然相反，搜索网络意见，一片赞美、祝福之声。

同是获奖，反差为何如此之大？

一方面，在科幻小说创作领域，刘慈欣是国内目前唯一能达到国际水准的作家，他获奖堪称众望所归；另一方面，《三体》虽为类型小说，却提供了中国当下“严肃小说”所不能提供的东西，阅读它的快感与收获，远超许多“纯文学”之作。

具体而言，《三体》包含了小说艺术中最诱人的两个因素，即：崇高之美与营造新世界。

先说崇高之美

人类热爱小说，因为它磨砺着我们的道德敏感。

从《简·爱》中，我们读懂了男女人格平等；从《汤姆叔叔的小屋》中，我们读懂了种族不应成为人性的藩篱；从《九三年》中，我们读懂了在绝对正确的革命之上，还有一个绝对正确的人道主义；从《安娜·卡列尼娜》中，我们读懂了爱的苦难与尊严……站在小说之上，我们可以更充分地去检讨生活。

《三体》的魅力，就在于它提供了类似的高度。

所有作家都想写崇高，但能写成功的却很少，因为崇高需要巨大的矛盾冲突，要通过悲伤、苦痛来传达，只有展现人性的局限，直面世界的复杂，并对永恒怀有深深的敬畏，才能真正震撼读者的心灵。

在《三体》中，叶文洁因理想而疯狂，但最终"三体世界已经让我厌倦了。我们的生活和精神中除了为生存而战就没有其他东西了"，为了建设新秩序，伤害这世界的丰富性，以建造天堂的名义，人类收获了枷锁。

因信仰而自戕，生而为人，我们可能逃脱这个宿命吗？而当噩运降临时，除了信仰的力量，我们还能依靠什么？在最根本处，人人都是命定的失败者，可为了整体的生存，又必须犹犹豫豫地站出来，带着"无法拯救"的焦虑去拯救。

面对无限浩瀚的宇宙，刘慈欣始终没有放弃对终极价值的追问，宁可为此自我放逐、忍受孤独。不论是程丽华由善良温存转向虚伪凶狠，还是叶文洁因不断拷问良知而变得冰冷坚硬，都展现出作者对人性的深刻反思与无奈。在刘慈欣笔下，带有浓烈的宗教情感，在坚信技术至上论的同时，有一份冷静的无奈。

总有一种苦难，会彻底击垮我们，但我们只能继续前行，正是这种献祭式的悲情与执着，成就了《三体》的崇高之美。

再说营造新世界

小说的义务就在于营造出一个虚拟的新世界，读一本小说，犹如经历一次人生，只有小说，才能以最快捷的方式，不断刷新读者的生命体验。

常说刘慈欣小说“宏大”，因为他致力于营造一个“世界体系”，这个体系异常完整，有自己的规则与逻辑。单从想象看，《三体》未必独特，几乎每个人心中都有一个宇宙模型，但能否让它合乎逻辑、栩栩如生，并能将情感带入其中，则是另外一回事。

在当下中国小说中，许多“新世界”只是一个个孤岛，如某村、某街道、某单位、某行业之类，其独特的运行规则源于它与外部世界相互隔离，只有在封闭没被打破之前，其存在才有合理性，可在全球化时代，这种封闭的“新世界”究竟有多大启迪价值？除了让作家沉浸于小情趣中自我麻醉，能揭示多少存在的真相？

“新世界”的单调匮乏，给了《三体》以机会。

《三体》的思考是大尺度的，不论是“反人类中心主义”，还是“反乌托邦”，与我们的日常生活经验均有较大落差，执着于传统的细节描写，只能自缚手脚。

其实，《三体》世界的合理性源于科学的合理性，而不是经验的合理性，像相对论、量子理论、超弦理论等，远超普通人的常识，但刘慈欣引入这些理论不是为了科普，而是为了让读者看到世界的丰富性与差异性。在刘慈欣笔下，曾被牢牢掌握的科学不再是只会为人类服务的“乖孩子”，它越来越像一个正在迅速收紧的绳套，如果说老一代科普作家更专注于描绘科学会给我们带来多少红利的话，则《三体》对人与技术能否和谐相处，持有深刻的焦虑。

《三体》有丰富的细节，但其中人物却非完全写实，而是带有强烈的象征意味，清晰的背景与模糊的操作者，让人感到这个“新世界”的诡异：我们并非主宰，我们更像宇宙中一堆充满变数的零件。

刘慈欣能做好 为什么别人做不好

严格来说，所有学习写小说的人都会从崇高之美与营造新世界开始，这是作家的基本功，也是经典文本提供的规训。离开这两个基础，则小说魅力尽失，可问题在于：为什么刘慈欣能做好，别人却做不好？

这与科幻小说的独特性质有关。

在科幻世界，你可以尽情营造“新世界”，不用担心它与现实的关联，更不必承担公允、客观和渲染正面价值的责任，作家只需校验自己的想象是否太俗，这就接近了小说创作的本质。

严肃小说很难同样任性，因为有太多东西不能写，特别是要考虑写黑暗与写光明的比例问题，还要把虚幻的正能量涂抹得具有真实感，所以只好把背景放到不易引发联想的小环境中，莫言们只有写小村、小镇才是灵动的，一旦走入城市，立刻变得支支吾吾、毫无光彩。从来如此，在不得不谨慎抱怨的地方，其生命力亦被阉割。

严肃小说当然也想写崇高，但现实就像米兰·昆德拉曾说过的那样，没有了好与坏的冲突，只有好与更好的冲突。缺乏足够的落差，崇高缺乏合理性，硬写出来，也是劣作。

在《红高粱》家族中，莫言找到了一个漂亮的解决方案，即写“我爷爷”，通过豪迈的“我爷爷”，到辛苦恣睢的“爸爸”，再到没种、退化的“我”，将崇高与现实巧妙地连接起来，可问题是，当生活需要更具体的解决方案时，靠魔幻与传奇的大补丸，其效用究竟能维持多久？

刘慈欣的幸运是，他写的是宇宙，就算被毁灭、被颠覆，也没人关心与问责。翻开历史，变动时代往往也是神话最发达的时代，而神话能被接受，因为作为反映现实的镜子，它更曲折，也更有趣。

当“纯文学”成了烦琐现实主义

不否认，刘慈欣的写作带有娱乐性，不属于“纯文学”，他对现实的关注有限，因为科幻小说的形式决定，只能间接切入当下话题。

但，如果说“纯文学”就是烦琐现实主义，就是一大堆写作技巧，乃至方言的堆砌、个体猥琐审美的集合，那么，这种“纯文学”事实上已经背离了“文学”，而成了伪科学。它虚拟了一个高度，然后居高临下地去训斥读者，以掩盖其攫取资源、对社会毫无贡献的本质。

小说“怎么写”是重要的，但“写什么”同样重要，小说应该参与生活，应该发表意见。回望小说史，在技术上有硬伤的名著比比皆是，但没有它们，人类的精神难以提升，文明的力量会被弱化。

没有一个作家能让所有读者都感到满意，但刘慈欣的案例表明，只要有个性，有关怀，有思考，有真正价值，大多数读者还是愿意采取相对宽容的态度。相反，沉浸在小圈子中，执着于“黑话”式的话语体系，远离现实，只迎合封闭甚至是虚假的价值观，以读者“看不懂”“不看”为荣，这不仅耽误了作家的才华，而且会让小说走入绝境。

在多元时代，“纯文学”只是一个坐标，小说应有更多的突围手段，从这个意义看，刘慈欣赢得“雨果奖”，比得“诺贝尔文学奖”更有价值。

→选自《北京青年报》2015 年 8 月 25 日

愿《三体》获奖成为转折点

文／潮白

在美国华盛顿州斯波坎市举行的第 73 届世界科幻小说大会 22 日宣布，我国作家刘慈欣凭借科幻小说《三体》获得了雨果奖。这是科幻文坛的最高荣誉。在世界科幻界，雨果奖是被公认为最具权威和影响力的两项世界性科幻大奖之一。当然了，此雨果不是名著《巴黎圣母院》的作者，那个是维克多·雨果，法国文学家；这个是雨果·根斯巴克，美国科幻作家。并且，这两个雨果，一个是名，一个是姓。

这也是中国人乃至亚洲人首次获得这一奖项，其意义与苏炳添站在世界田径锦标赛百米决赛赛道上属于同一性质。《三体》系列（又名“地球往事”三部曲），由《三体》《黑暗森林》《死神永生》三部小说组成，故事视角宏大，从中国视角讨论科幻的一个基本问题，即人类和宇宙的命运。此前，识者以为，中国本土的科幻小说，从来没有机会发展成为一种独立的类型小说，而仅仅附属于儿童文学之下。在我看来，科幻电影更是我们电影品种的一个缺项。搞人类学的童恩正先生曾经写过一部《珊瑚岛上的死光》，好久以前的事了。那部电影的科幻成分究竟如何姑且不论，倘若我们果能“知耻而后勇”，就要承认在《侏罗纪公园》《E.T.外星人》《盗梦空间》等面前，我们在科幻领域还没有丝毫的话语权。

现在，刘慈欣的获奖，有可能成为一个转折的契机。

科学幻想，首先需有幻想。这一点，我们的前人从未缺失，故事情节等“无一不奇”的《西游记》就不用说了，根据大圣、哪吒来演绎的电影，到现在也还是票房保证。《庄子》里的鲲鹏，展一下翅，“扶摇而上者九万里”，多大的家伙？《晏子春秋》里的焦螟，“巢於蚊睫，再乳而飞蚊不为惊”。在蚊子的睫毛上做窝，飞来飞去蚊子不知道，多小的东西？唐玄宗的时候，月亮都上去过，逛“广寒清虚之府”，默记仙女的优美舞曲，玄宗还依其声调整理出著名的《霓裳羽衣曲》。开玩笑说，美国人到月亮上去才是四十多年前的事嘛。比较可惜的是，我们这些幻想中少了点儿科学的成分，玄宗凭借道士“掷手杖于空中，即化为银色大桥”，连走带飞上去了，失之于简。

这种失之于简的幻想，西方其实也同样如此，他们普遍流传的女巫骑把扫帚就能飞行，又有何种科学道理可言？但电影《哈利·波特》搬了过去，照样风靡全球。我们也有这类故事，却至今藏诸深闺。比如《太平广记》卷四六〇里的这则故事。户部令史家有匹骏马，“恒倍刍秣，而瘦劣愈甚”，饲料不可谓不好、不足，马就是肥不起来，搞不清是怎么回事。邻居告诉他，你家的马根本不闲着啊，你每次值夜班的时候，你老婆都骑出去。令史乃在某一天暗中观察，果然，“一更，妻起靓妆，令婢鞍马，临阶御之。婢骑扫帚随后，冉冉乘空，不复见”。有一天，令史又在看，“妻顷复还，问婢何以有生人气”，让她把扫帚点着当火把，“遍然堂庑”，弄得“令史狼狈入堂大瓮中”。一会儿骑马又走，然扫帚烧了，婢女骑什么呢？令史妻云：“随有即骑，何必扫帚？”婢女“遂骑大瓮随行。令史在瓮中，惧不敢动”。则我们的传说，显见比单纯地骑扫帚还更发展了一步。

前人的大胆奇想，如今真的可能只归入儿童文学的范畴了。就如刘慈欣在得奖之前所说，中国科幻现在根本不是走不走出去的问题，因为内部还没有成长起来。因此，刘慈欣得奖绝对是一件好事，有可能使国人借此对科幻是什么有了一个明确的概念，对科幻小说乃至科幻电影产生了一种情怀。苟如是，则刘慈欣获奖更超越了获奖本身。

→选自《南方日报》2015年8月25日

刘慈欣的科幻，民族的还是世界的？

文／刘志权

科幻小说，本来就是既强调“脑洞”，又有很强市场属性的文体，对作家的要求也更为直接。在一些西方优势及热点项目中短兵相接战而胜之，其影响力要比传统优势项目夺金的含金量更大些。

在一片“文学没落”声中，中国文学却似乎伴随着国际竞争力的提升，迎来了它鼎盛的夏天。继2012年莫言获得诺贝尔文学奖、2014年阎连科获得卡夫卡奖之后，刘慈欣在最近又众望所归，凭着《三体Ⅰ》英文版斩获科幻领域世界最高奖之一的“雨果奖”，在此之前它已经获得科幻文学另一大奖“星云奖”的提名。

但严格考究起来，作为科幻小说，刘慈欣所取得的成功与前两者不太一样。无论是莫言还是阎连科，成功多少都得益于“中国叙事”，跨文化的陌生化审美多少起了作用。尽管刘慈欣的《三体》故事起于中国“文革”，但这并不是其成功的关键要素。小说设置在科幻小说习见的“宇宙”背景之下，这意味着刘慈欣选择了与具有先发优势的西方科幻作家站在同一起跑线上，并接受同一批苛刻读者的检阅。

这种情形让我联想到20世纪30年代作家沈从文。尽管“苗族”文化背景在其早期小说中呼之欲出，但作者并没有选择“少数民族文学”的终南捷径，甚至在之后的创作中，有意回避“苗族”印痕，而将目光投向了更为普泛和深远的历史。这种选择，是需要雄心和抱负的。也正是这种雄心和抱负，使沈从文成为一个中国的乃至世界的，而非仅是一个湘西或苗族的作家。

这么说，不是否认“民族的”意义。但当我们强调“越是民族的便越是世界的”类似的命题时，需要意识到，民族性的世界意义并不是自明的，也不是思想贫弱的遮羞布。从民族性中矗立起来的文学，需要在对人性、生命的探寻中，打开思维的“窄门”，才能走向“世界性”的广阔天地。这既需要作家的自信和勇气，也需要作家原创性的思想和深刻的洞察力。而科幻小说，本来就是强调“脑洞”，又有很强市场属性的文体，对作家的要求也更为直接。

狭路相逢勇者胜。刘慈欣长期的正面坚守，证明了他无愧是阿西莫夫之后最好的科幻作家。在此之前，他的粉丝已经超越了国界。据称，在大奖揭晓之前，《三体Ⅰ》英文版已经再版七次，而刚出版的《三体Ⅱ》也已销售一空。因此，刘慈欣获奖后的淡定并不让人意外。对于一个已经摆脱“影响的焦虑”、比较自信甚至有点“自我”的作家，本不需要靠获奖来证明自己。

这种自信气质早已融入了其作品之中。他的作品从来不依靠通俗小说“男欢女爱”的万能灵丹，而是着意展现广阔宏大的宇宙视野，描绘虽渺小却雄壮的人类生存图景，并始终激荡着宏大的英雄主义情怀。而长期以来对“硬科幻”的坚守，又使他既能至极宏大，也能见极幽微，不致流于空洞。具体到“三体”系列，无论是作为主体架构的乱纪元三体世界与人类世界、作为主题设定的“黑暗森林法则”，到高维展开、降维攻击、面壁计划、平行宇宙等，从思想到想象到技术细节，都给人以不亚于任何一流科技作品的震撼之感。

刘慈欣的成功，让人容易联想到体育领域的刘翔、李娜，或者最近的宁泽涛、苏炳添。至少在普通民众的心目中，在一些西方优势及热点项目中短兵相接战而胜之，其影响力要比传统优势项目夺金的含金量更大些。但问题也是类似的：那就是相对于中国庞大的人口基数，刘慈欣们的出现更像是一种突变（作为曾经的计算机工程师，刘慈欣和王小波有类似之处，都是文坛的“他者”）。如果“用科幻的眼睛看现实”，可能需要打破既有的圈子，尝试容纳甚至鼓励“异端”的弹性空间，着力培养原创思维的习惯和自信。但目前，这两点都有点难。

→ 2015 年 8 月 25 日 13:55 来源：新京报

为什么刘慈欣的《三体》走红互联网圈?

文/李北辰

尽管雨果奖受到了美国右翼势力干扰，致使一些优秀作品未能入围，但非常坦率地讲，作为刘慈欣——或者说《三体》的粉丝，听到大刘获奖还是很开心。

作为一项小众文学，在中国，无论是科幻作家还是科幻迷，都是一小群醉心于“我们的征程是星辰大海”的家伙——对于他们来说，这个地球实在是太小了。但非常有趣的是，近些年来，由于《三体》在中国互联网圈的意外走红，小说中“高维打低维”和“黑暗森林”等特殊语境下的术语频频出现在某些大佬的演讲稿中，雷军就曾发微博表示：“在金山集团战略会上，花了很多时间分享读《三体》体会，其中的哲学道理对制定公司三到五年的战略非常有帮助。”

嗯，也许是新经济的瞬息万变，让商业理论都有点儿跟不上了，长久以来“野蛮生长”的中国互联网界偶然发现，一部名为《三体》的科幻史诗中设定的哲学框架，竟然在很长一段时间内暗合了这个圈子的混沌、残酷与沮丧：无底线的竞争，巨头杀红了眼的吞并，初创公司在幽暗中小心翼翼地前行，都有着极强的代入感。于是，这部描写人类未来的硬科幻迅速被互联网界奉为圭臬，甚至成了替不少商业行为背书的教辅。

还记得去年在全球华语科幻星云奖一个分论坛上，包括刘慈欣在内的几位科幻作家与雕爷、张向东为代表的互联网人就“黑暗森林与互联网”对谈，其实这一话题本身就略显科幻，刘慈欣曾在采访中跟我说：“科幻是一种关于可能性的文学，而在所有可能性中，《三体》展现的是最糟糕的宇宙。”——那么互联网界如此热衷于探讨这片“黑暗森林”，是在完成一次集体自黑么……

无可否认，《三体》中所谓“宇宙社会学”的逻辑起点，的确与互联网经济颇为相似，譬如：生存是宇宙文明第一需求（在我看来，无论巨头还是初创公司，追求基业长青都是工业社会思维的一个妄念，生存永远是第一需求）；文明不断增长和扩张，但宇宙的物质总量保持不变（在互联网所谓“注意力经济”下，无论PC端还是移动端，内容都呈指数级增长，但每个人日均上网时长基本固定，注意力资源非常有限）……于是，《三体》推导出：在黑暗的茫茫宇宙中，一旦发现其他文明的存在，就应该立刻毁掉这个文明，所谓“毁灭你，与你何干”——这个霸气如签名的句子也曾被一些互联网企业常挂嘴边。

但事实上，将互联网商战比作黑暗森林并不符合逻辑。在《三体》中，宇宙社会学有两个基本条件：第一，两个文明天各一方，有着宇宙级别跨度的信息鸿沟，客观上无法沟通；第二，物种之间难以想象的差异，对方是否属于碳基生物都不一定，有着宇宙级别的“鸡同鸭讲”。于是，为了自身文明的延续，毁灭也就成了唯一选择。但上述两点在当下商业社会并不存在——互联网彻底改变了人类的信息传播方式，在一个圈子里，你和你的“敌人”可能身处于同一个微信群，也可能在现实中低头不见抬头见，甚至知悉对方的所有底牌。所以，在互联网商战中，把别人灭掉可以，但不要俗气地套用“黑暗森林”的逻辑。其实就像刘慈欣本人所言：“在某些状态下，互联网商业中可能呈现出黑暗森林的某种元素，比如双方在互联网的商战中可能被对方某种往最坏方向的想法陷入囚徒困境，但我认为这种状态只是局部性、阶段性的，发展不成小说中描写的那种极端的黑暗森林状态。”

在我看来，不少商业策略与《三体》的对比都有些生拉硬拽，譬如被说烂了的“降维攻击”，这是一种让人类文明指数降低的攻击方式，如今已被视为一种竞争法则，其背后逻辑十分简单：我的层次很低，那么我就把你拉到同样层次来消灭你。一个经典“降维”案例就是免费，大意是别人都不免费，我免费，你们也玩不成了。事实上，关于免费经济十几年前就被包括凯文凯利等人说烂了，这不过是一种合理趋势，“降维”只是另一种讨巧的说法。

几乎可以肯定，黑暗森林并不符合未来商业文明的发展方向。我觉得，IT 巨头的恐惧只是因为生物学已扎根互联网，这也是互联网将颠覆一切的根本原因之一（譬如，根据回报递增原则，小公司有可能如细菌般疯长）。

你可能无数次看到过这个词：生态系统。嗯，在某种意义上，互联网世界的确如一个森林般存在，只是它并不“黑暗”，黑暗只会摧毁公司之间任何协作和互利的可能，而在真实的森林，尤其在未来的森林，相信会有无数的小物种和新的巨型生命（如现在的BAT）一起舞蹈，就像凯文凯利所说：“新经济紧密连接的天性使它更像一个生态系统，冲突和战争经常被用来比喻工业经济，‘共同进化’或者‘相互感染’等词汇才更适用于新经济。成功将是一个相互依赖的过程，包括一个由供应商、顾客，甚至竞争对手组成的网络。”未来，让互联网这个生态系统健康繁荣的不是扛把枪见谁灭谁，而是大规模的开源和协作——未来企业完全有可能都是搭平台的。

那么最后一个问题，除了一系列的暗合，互联网创业者痴迷于《三体》还有其他原因吗？一个简单的回答是：至少在过去，科幻读得少——要知道，这也许是中国互联网界第一次大范围拥抱科幻。这次代表刘慈欣上台领取雨果奖的译者刘宇昆就曾表示：在美国互联网圈的概念里，科幻与互联网很多时候属于同一讨论范围，“互联网工作者怎么可能不对科幻感兴趣？”就连一向低调地刘慈欣也霸气外露了一回：“不要问为什么互联网界会对《三体》感兴趣，要问为什么中国互联网界到现在才开始对科幻感兴趣。”

→选自《腾讯科技》2015 年 8 月 25 日

刘慈欣获奖，华语科幻受关注

文\ 余沪生

刘慈欣的《三体》获得美国雨果奖，让人感到最吃惊的在于，竟然有那么多的中国人知道这个大洋彼岸的奖项，并能明白此事的重大意义。而且，这次的不同凡响，是一向只能向欧美致敬的中国科幻，杀入了科幻的大本营美国，并拿到了最高奖。当然了，这后面有一点不能不说，那就是美国科幻文学界对海外的开放度真是比较大。

获奖的理由，最主要的还是在于，《三体》作为科幻小说，写得确实好。它的好，不仅在于它的想象力丰富和科学构架合理，把宇宙写得十分复杂，而更在于它善讲故事，把这么复杂的宇宙说得如此简单，在简单之中又很有料，是史诗性的，是东西方都可以懂得的。这样的科幻作品，近年实属少见。另外，是刘宇昆的翻译水平高。刘宇昆是华人，也是获得雨果奖的科幻小说作家。

说起来，东方的、社会主义国家的科幻作家，在西方引起较大反响的，以前还比较少。印象比较深的是波兰的莱姆，他的《索拉里斯》足以媲美西方大部分科幻杰作。日本也有一些很好的科幻作品，整体水平应在中国之上，但是，可能是缺乏像刘宇昆这样优秀的译者，近来也很少在西方引起大的反响。所以刘慈欣获雨果奖，的确是提振士气了。

应该看到，这次获奖的是《三体》第一部，在整个《三体》三部曲中，还不算最好的，因此可以期待，随着第二部《黑暗森林》和第三部《死神永生》的翻译出版，刘慈欣的作品还会继续在美国乃至西方引起较大关注。

这里有一点需要提到，近年来，华语科幻出现上升趋势，像刘宇昆、蒋丰楠等直接用英语写作的华人科幻作家连获雨果奖、星云奖，作品质量非常高。中国大陆作家陈楸帆也凭《丽江的鱼儿》在前年获得世界科幻奇幻翻译奖（译者也是刘宇昆）。另一位大陆科幻作家夏笳的作品最近刊登在英国《自然》杂志上。还有不少科幻作家的作品也被译成英文、日文等，形成了一个比较强的崛起趋势。而国内像刘慈欣这样的实力派硬科幻作家，还有好几位，他们的一些作品放在世界上看也的确不差，有的雨果奖、星云奖作品跟他们的相比倒是不如，但可能运气不如大刘那么好罢了。

相形之下，欧美作为科幻的发源地，其创作却有下滑的势头。无论看原著，还是读近年国内翻译的一些作品，包括有的获奖小说，感觉生涩乏味，没有了黄金时代那样的震撼力，也缺乏新浪潮时期的开创性，从科学内核、想象力和文学性等多方面来讲，的确都不怎么样。一边上升，一边下降，刘慈欣获奖的可能性增大了。

回头看，科幻仍是小众，是小圈子，像《三体》这样在较大社会范围内引起轰动的科幻小说，全世界也很难找出来。日本曾有《日本沉没》可以相比。另外，雨果奖在美国也比较小众。有的作家没怎么得奖，比如菲利普·迪克，一生只得过一次雨果奖，但他的作品，现在看来大部分是经典中的经典，比有的拿奖拿得手软的作家还厉害。

那么，像《三体》这样的优秀科幻作品，应该在主流文学中占据怎样的地位呢？正如美国的一些优秀科幻，也能获得国家图书奖，并在文学史上留下名字，小说是不是只有好小说坏小说之别，而并无纯文学与类型文学之分？抑或相反，科幻就是科幻，有自己的标准，有自己的审美趣味，与主流文学本来就是陌路人？《三体》获奖引发更多的讨论，总归是好事。

→选自《文艺报》2015年8月26日

《三体》：通俗并不妨碍关注“严肃”

文／刘志荣

《三体》这次得到雨果奖，评奖过程虽说有些插曲，也不必将此奖看得比诺贝尔奖还“纯粹”，但却仍然可以说，是一个划时代的事件：它标志着中国的通俗文学也在向世界一流水准看齐。这个事情，其实比一般人所能理解的，还要重要一些。严锋兄以前有个看法，认为自20世纪80年代以来，中国的纯文学写作经过几十年的努力，最好的作品，已经和目前世界一流水准差别甚微，但通俗文学，却和世界水准有着巨大的鸿沟——我很同意这个看法。《三体》得到行内大奖，可以弥补一下这个遗憾，也可以让更多作者看到希望。

中国新科幻正在力图摆脱“通俗”的帽子，这在我看来，大可不必。“通俗”并不一定是个贬义词，一般人喜欢看的，就是通俗文学——能够做到大众喜闻乐见，也是一种特殊的本领，并非人人可能。如果在此之外，还有更深更广的内涵，也可能会被经典化，耳熟能详的例子如金庸武侠小说，并不因为其文类通俗而失去业已确立的经典地位。如果摆正自己的地位，通俗文学依然大有可为，并不一定非得跻身于在观念、内容、形式等方面都在进行探索的纯粹文学乃至先锋文学的狭窄领域——那种探索，本来就是少数人的责任和义务。当然，新科幻如果在观念、内容尤其是形式方面都进行了前沿性的探索，也会成为高层文学的一部分，但恐怕会大大降低特定时空内读者的数量，有此雄心的作者，得事先预估其中的风险。

通俗并不妨碍其也关注一些“严肃”的问题——当然，关注的方式，处理的复杂性和深度，还是会与严肃文学有别。在这些方面，《三体》仍然是通俗文学，它之所以值得学者关注，是因为它涉及了一些至关重要的问题——当然，处理得如何，则见仁见智。

尽管属于“科幻小说”，《三体》核心的设定和关注，其实属于社会或政治领域，只是它把对这个领域的一些基本设定，投射到了广袤的宇宙时空之中。这部小说的出发点，是很单纯的“科幻”问题：地球人是否应该和外星人联系，是否应该预先设定外星人的“善意”？刘慈欣后来在采访中的回答显然更为周全：我们应该对地球上的同类尽力推行谅解和善意（这已经很难），却不能不以“最大的恶意”评估可能存在的外星威胁——不能过于天真乃至蠢萌。但由此推广出来的“黑暗森林体系”这一“宇宙社会学”的“公设”，却属于社会、政治领域，也可能存在各种问题，难免引起争议。事实上，一谈到“宇宙公设”，就已进入“道”的领域，这是哲学尤其是形而上学的基本领域，科学在此并无优先权，对我们一般人来说，最好是承认对此一无所知，从而多少能够保持开放性的态度。

黑暗森林体系，有其洞见——尤其以业已了解的人类历史状况而言，所以不能一概抹杀，但能否推广为“宇宙真理”，却大成问题。其基本预设，可以说来自于一些现代性的流行观念：在政治学上，不会早于16世纪霍布斯的自然状态假说；在社会学上，则明显受到业已废弃的19世纪的社会达尔文主义的影响。列奥·施特劳斯曾对霍布斯的假说提出批评，如果假定人只是追求肉体的自我保全，进而仅仅追求技术发展以达到此目的并追求权力的扩展，对于古典哲学来说，这已经标志着我们丧失了基本的人性，属于古典哲学家不再有兴趣讨论的问题。就对人的理解而言，人首先恐怕是一种追求意义的生物，意义问题没法单纯用技术手段化约，“意义人”

要先于“政治人”，更不用说“自然人”或“技术人”。事实上，这也是今日社会学业已承认的基本原则——对《三体》的设定最有力的驳论之一，就来自一位社会学背景、网名“风间隼”的学者，他写到，只要“是与人类一样有精神觉悟，有自由意志的生物”，“‘宇宙社会学’就一定会涉及意义问题，绝对不可能用数学来解决”。对此，《三体》考虑显然不足。

不过，即使纯粹从数学模型来说，《三体》的设定恐怕也未见得自洽。“黑暗森林体系”可以看作设定条件下的“博弈论”的一个解，但它是否“最优解”或“唯一解”，恐怕并非不存在疑问；还不用说，最初的设定条件：两个公理和两个推论，是否存在矛盾因而不能自洽，也并非毫无疑义。“博弈论”问题的合理解，关键在于如何达到“纳什均衡”，由此如何评估“黑暗森林体系”的自洽性，应该交给专家去处理。我们唯一可以提供的意见是：力量和冲突（全面的战争状态）恐怕并非最优解，遑论唯一解。如果推广到更复杂的系统，问题也就更为复杂。我们知道，霍布斯由“自然状态”假设，推出的是一整套政治理论；即使天马行空的科幻领域，刘慈欣非常可能受其影响的科幻大师阿西莫夫“基地”系列小说中的“心理史学”设定（本身受19世纪思想影响），也并非如同“黑暗森林体系”那样暗黑；事实上，即使刘慈欣自己，也存在矛盾——《三体》第三部中，幸存下来的人类，关注整个宇宙的命运时，其所思所为，也与“黑暗森林体系”并不相同。

当然，《三体》的世界，虽然瑰异壮阔，却仍然是一个特定时空中的地球人的想象，一些对基本原理的设想，只能看作是这颗心灵的推测或“窥测”，其非常有局限，正不待言，对此也完全可以进行心理分析乃至哲学分析；而它涉及的“死亡”和“虚无”，正是最基本的哲学和宗教问题，也是雅斯贝尔斯所谓500b.c.前后哲学突破的核心内容，但这已并非这篇短文所可以探讨了。

→选自《新民晚报》 2015年9月6日

为什么是刘慈欣

文/姚海军

科幻被认为是超越国界与语言的文学，它的主题关涉的常常是人类共同面临的问题。比如美国作家保罗·巴奇加鲁皮的雨果奖获奖作品《发条女孩》，讲述泛滥的基因改造生物对全球生态所造成的破坏；中国作家王晋康的华语科幻星云奖获奖作品《逃出母宇宙》，描写人类在面临宇宙突然收缩的大灾难前所展现出的顽强意志，以及创造出的科技奇迹。这或许正是科幻这种类型小说，在包括中国在内的众多国家拥有大量的读者的重要原因。

如此看来，世界科幻应为相互交融的一体。但实际情况并非如此。我国每年出版科幻图书约一百四十种（不及美国的十分之一），其中美国、英国、日本和俄罗斯科幻占有相当的比例，而中国科幻却鲜少出现在美国或其他西方国家读者的视野中。即使在今天，仍有相当数量的美国人对中国人的想象世界的认识停留在《猫城记》（老舍著，我国最早被译成英文的科幻小说）的时代。

在电影领域更是如此，美国科幻电影在中国大行其道，我们甚至已经习惯于美国英雄在幻想的世界一次次拯救世界，而我们至今仍未有一部现代意义上的科幻片。

好在这并非永远的定格，刘慈欣的出现，让一切都发生了转变。

在刘慈欣的《三体》获得雨果奖之前，中国科幻与美国科幻差距的讨论就已经持续多年，整体的调子算不上乐观，比较客观的描述是：中国不乏最顶尖的世界级科幻作家，只是这样的作家太过稀少；中国科幻与美国科幻的差距是整体规模和产业化程度的差距。《三体》获奖以及我国原创科幻近年的整体表现验证了这一判断。刘慈欣在他的随笔集《最糟的宇宙，最好的地球》中坦言，优秀的科幻小说犹如金字塔的塔尖，但塔尖离开了塔身便失去了意义。《三体》无疑属于中国科幻金字塔的尖顶部分，但整个金字塔却显得过于瘦弱：我们目前的核心创作队伍不会超过五十人，每年科幻小说发表量不足二百篇；我们培养新人的科幻杂志目前只剩下了《科幻世界》一家。

中国科幻的未来之路注定会非常漫长，获得一次雨果奖也许并不能一下子对现状有太多改变。但最起码，它提振了科幻创作者和相关产业工作者的信心：《三体》电影获得两亿元的追加投资，不少出版社又开始制定新的科幻出版规划。从长远看，这种推动一定会产生积极的作用。此外，《三体》获得雨果奖并在美国热销，有效地改变了中文科幻与英文科幻长期以来单向交流的局面，不仅增加了中国科幻在世界范围的影响力，对我国的文化输出战略也起到了很好的示范作用。

我国科幻在1980年代的热潮中有“四大天王”之说，用以指代郑文光、叶永烈等老一代科幻作家中的杰出代表。始于1991年的最新一次科幻热潮中，也有类似的提法，指的是王晋康、刘慈欣、韩松和何夕四位最受读者欢迎的新一代科幻作家。更新的一代中，也有陈楸帆、宝树、张冉等佳作不断，表现不俗者，因此有一个问题，我们必须做出回答：为什么是刘慈欣取得了这样的成功？这个问题也许有很多答案，但笔者认为最核心的有三条：

第一，刘慈欣的科幻，特别是《三体》代表了中国人在幻想的世界里能走出的最远距离。1991 年之前我们的科幻多以技术发明为主，1991 年后，展现某项技术对现实的影响的作品大幅增加，但整体而言，中国科幻缺乏对全新未来世界的构造。刘慈欣的科幻大气磅礴、富有激情，奇谲的想象震撼人心，构建出了中国式的未来或宇宙图景，其中更包含着中国关切。中国的读者对这样的图景充满期待，其他国家的读者同样对这样的图景充满期待。

第二，刘慈欣的科幻不仅空灵奇绝，更有坚实的现实之根。他作品中的人物在宏大的宇宙事件面前所做出的抉择，超脱现实却又真实可感。最具代表性的作品是他的《中国太阳》。在这个短篇中，作者描写了一个名叫水娃的农村娃，从向往城市的灯火到走进城市，再到成为太空清洁工，直到驾驶“中国太阳”驶向宇宙深处，谁能说这不是最现实的中国梦？

第三，刘慈欣对科幻创作始终保持着虔诚的心态。他不习惯于自称作家，而总是称自己为科幻迷，称最幸福的事就是为科幻迷写作。当下中国，不仅仅限于科幻，整个文学界都能感受到一种浮躁之气。只有静下心来，保持纯净的梦想之心，才能创作出真正具有文学价值、能够留存后世的佳作。

→选自《光明日报》2015 年 9 月 7 日

《三体》现象与中国科幻

文/刘兵

前不久，刘慈欣的科幻小说《三体》获得世界科幻大奖雨果奖，再次引发社会上对于刘慈欣、对于《三体》、对于科幻的热情关注。

其实，长期以来，一直就有一个人数不算多但却非常痴迷于科幻的小圈子。在这个圈子里，《三体》早就是读者极其推崇的科幻小说，刘慈欣本人，也被科幻迷亲切地称为“大刘”。只不过，在超出这个科幻小圈子的更大范围的文学领域，科幻还很少为人们所关注。

《三体》获奖，《三体》电影筹拍，这些对科幻利好的消息，开始刺激人们的神经，引起各界对中国科幻创作出版的关注，甚至延伸到对中国科幻原创力等话题的讨论，这是好事。然而，我以为，越是“科幻热”，越需要我们冷静地思考《三体》现象，思考科幻对于我们的意义以及中国科幻未来的发展，这是更重要的事。

首先值得分析的是《三体》这部科幻著作的独特性及其特殊意义。如果能静下心来阅读这三大本厚厚的小说，大多数读者会发现，作为科幻小说，《三体》构思的大胆新奇程度令人拍案叫绝。这不仅表现在故事情节的可读性上，更突出的表现在科幻小说中经典的地球人与外星文明相冲突的主题展开上，对科技前沿知识的利用和改造上，对未来科技发展的逻辑可能性的奇异想象上，对科学与人文立场之间深刻矛盾的深化处理上，以及作品特殊的中国背景和中国特色上。

其次，《三体》对终极问题的提出方式与众不同，对读者的思考方式也构成挑战。例如，我们为什么总是假定其他外星文明都遵循着与地球人一样的人性逻辑？如果他们真是有更高级智慧的生物，那么，除了在科学技术上的更高级和先进之外，在人性（姑且还用这个词吧）上会有所不同吗？我们地球人的深层天性，难道真是全宇宙普适的吗？其实，当人们习以为常地将像《三体》这样的科幻小说更多地理解为“幻想”时，却可能忽视了它们是与我们面临的科学、技术和社会发展的现实紧密关联的。这种关联恰恰是科幻小说重要的价值所在。《三体》中作为理论核心的“宇宙社会学”，就折射出地球人面对的资源、竞争、生存和发展的伦理矛盾。在技术性、科学性内容之外，作者对地外文明与地球人类之间不可调和的冲突的表现，更能吸引普通读者思考，加深他们对地球人类之天性的理解。无论是为了更好地生活，还是为了拯救人类，科学技术的作用都值得深思。

《三体》表现出来的这些优秀科幻作品的特质，预示了科幻文学发展的开阔未来。但非常遗憾的是，由于多方面的原因，中国科幻小说长期以来发展得并不十分理想，能够达到像《三体》这种艺术水准和阅读吸引力的作品并不多见，像刘慈欣这样的作者也是凤毛麟角。也就是说，《三体》的成功，在某种程度上是一个例外，具有不可复制性。《三体》的获奖既有令人喜悦的正面激励效果，也可能会带来某种盲目的乐观。可以设想，即使某位中国科学家现在获得了诺贝尔奖，我们能否因此就认为中国科学研究的整体实力已经站在了世界前列？因而，在人们开始带有某种乐观的倾向去关注中国科幻创作时，我们更应该反思那些制约中国科幻发展的不利因素。这些因素其实是多方面的，既有机制性的，也有文化传统方面的，比如，一直以来我们对科学技术在社会和人类发展过程中积极作用的认识不够全面，在与科学技术相关的人文关怀方面有所缺失，可能是其中重要的制约因素。

最后还要提及的是，从科幻的社会教育意义来说，像《三体》这样的作品仅是其中的一种类型。近年来国内科幻界为数不多的较高质量的科幻作品中，像更关注科技伦理问题的王晋康等人的一些科幻小说，也是颇为值得重视的。科幻作品对科技伦理问题的深入探讨，也是未来中国科幻创作另一个值得鼓励的发展方向。

→选自《 人民日报 》2015 年 9 月 08 日

网议

THREE BODY

宇宙与生命
——读刘慈欣小说

文 / 2000surname

看完了豺狼的推荐，心中很是澎湃，果然是好文章。

居然一下子打乱了本来的计划，一篇一篇地看完……其中有几味心得，说出来，共享之 。

其一，关于《朝闻道》的感想。

这篇文章的核心思想是，一群科学家为了多年以来求之不得的答案，宁愿用生命去换取，直到芬金博士问了一个令外星高级生物都不能够回答的问题，“宇宙的目的是什么？”

愚以为，宇宙的目的就是——死亡。

对于宇宙的开始，无数的科学家、哲学家经过千百年的思考，得出各种有争议的结论，其中比较集中的（现在的说法），宇宙在四千五百亿年前缘于一次超级大爆炸。

无论这种说法是否准确，但我们可以相信的是，宇宙是有开始的，有诞生的起始的。

恒星同样有诞生，但它也有死亡，他会演变成红巨星、黑洞、中子星等等，我们说一个恒星死亡了，也可以说另一种形式的生命开始了。

人类的历史，也历经了几次蜕变，经历了三次冰河时期（大概），有人考证着史前文明，无论如何，那一个段落的丰富而先进的文明与生命一起结束了，死亡了，而人类在这些死亡的奠基之后，开始了它的出生、成长到死亡的历程。

每个人也是如此，从精子到达卵子释放了上亿个 DNA 决定了生命的最初全部的遗传基因那一刻，就一刻不停地不可逆转地向死亡轰轰烈烈地奔去。

生命的意义，就是死亡。在这个循环当中，各种物种选择了不同的方式延续了他们各自的死亡时间，人类选择了妊娠，恒星选择了冷却或者形式改变，而宇宙选择了也许是大爆炸，也许是反锔，也许是分裂……

现在这个答案是没有人知道的，但我的逻辑思维告诉我，既然有开始就一定会有结束，无论以什么方式，既然有诞生就一定有死亡，无论这个过程所经历的时间所需要的长短……

生命和宇宙所有的目的就在死亡，因为死亡意味着一切都已经告了一个段落。一切即将有一个全新的开始，有一个全新的机会！

其二，生命之歌和三色世界。

其实，生命之歌，讲述了机器人和人类之间的抢夺，很老的桥段，写得相对精彩。

三色世界的角度比较新鲜，讲述的人种学上的可能性，但骨子里在批判美国标榜的自由、公正和公平。

生命之歌，因为对抗的是超级电脑，所以毁灭者一般来说，都被定义为英雄。

三色世界，因为对抗的蒙古人种，所以毁灭者一般被称呼为“冷血杀手”。

可是，有区别吗？不都是一个自认为是优越的种群为了维护自己的优越的地位，不惜一切代价毁灭其他威胁自己地位种群的生存权利？

如是而已，这种文章，也证明了，人类自我的毁灭性格和贪婪与自私。

想说的太多，而时间却不允许我这样做。

我想，除却人类，大概地球上任何物种都没有能力能够如此大规模、大范围的威胁其他的物种的生存的权利。

也只有人类自己能够几何倍率的加速地球乃至太阳系的死亡时间。尽管这种死亡是逻辑上不可避免的，可我依旧为这个过程而神伤。

这个时候，似乎应验了，明知结局但不可避免过程的俗语。

其三，关于造物主和背叛者。

几乎所有的神话和科幻里都出现过，人类创造了什么，然后，引起战争，要么结局是被毁灭，要么是损失惨重后，留下生命延续的一部分人类还有警示，顺带着创造了几个英雄。

从进化的角度讲，造物主创造的历来是背叛者，无一例外。

如果这个世界上真的有上帝存在，那么，他早就因为自己创造出人类这个失败的作品悔恨而死。

无论多么虔诚的信徒，都做过背叛信仰的事情。

各种宗教，无一例外地被沦为政治或者钱权的控制工具。

人类在扮演上帝，试图创造复制人、恐龙、生化动物……

但没有实现。（真实现了，也就 OVER 了）

目前实现了的有，非洲杀人蜂、南极的空洞、核武的军备竞赛……

历史，不因为个人的力量而转移，但它是每一个时代的合力选择。人类，选择了扮演上帝的角色，也必将承担这种后果，我很欣慰，我个人将不必面对这样的苦难。

如同一粒灰尘一样，从诞生到死亡，悄然无声，但因为经历过过程而无比欣慰和辛酸。

也许，也许有亿万的机会，人类将以一种新的方式遗传和生存，这个时候，支撑人类的两大支柱将会是科学和哲学。

我静候着这一天的到来。

→选自文学视界论坛“后花园” 2002 年 10 月 31 日

文明的忧思——评《三体》

文/阿中

刘慈欣先生的长篇科幻小说《三体》终于推出了大结局，觊觎地球的外星文明和盘托出，并宣告了在四百年后等待人类的生存之战。至此，《科幻世界》大半年的连载终于告一段落。《三体》作为计划中的《地球往事》的第一部，其完结篇不仅仅是一次漂亮的落幕，更是一场恢宏的开篇……我几乎要忍不住使用更多的溢美之词。

《三体》的幻想源于经典物理中的三体问题，即三个体积质量相当的天体，在远离其他星系以致其他星系的引力影响可忽略不计的情况下，三个天体在互相引力的作用下互相围绕运行，其运行轨迹将产生不可预测的混沌。很多年来，数学家们一直希望能建立三体乃至多体问题的数学模型，可遗憾的是，得到的结果仅仅是三体问题在非限制条件下的不可解。刘慈欣正是基于这样的科学事实，用大胆的想象和严谨的推断，在三体星系的行星中构建了一个外星文明形态，并描绘了该文明在如同不可捉摸的命运一般的“恒纪元”与“乱纪元”[1]的轮替中，数百次的毁灭和重生。三体的故事有着广袤的时间与空间纬度，其以明暗两条线索发展，一条描述了科学家叶文洁在目睹了“文革”的疯狂与愚昧之后，痛苦的思索着后工业时代对人本复归的扼杀以及人类文明种种深入骨髓的病态，在一次偶然的科学实验中，她利用太阳作为发射天线，向宇宙中发出了人类文明存在的信号，多年后，她竟然收到了来自另外一个文明的回复，该回复用急促的句子阻止着地球人进一步的沟通，因为“如果你们的世界被定位，那么你们将被入侵”，但是出于对人类文明的绝望以及对外来高等智慧道德观念的美好幻想，叶文洁毅然地向太空中发射了回复的讯息，向外星文明表示“人类文明病入膏肓，我们需要你们的帮助改造”……于是，三体世界的舰队开始向地球前进，并通过“智子”[2]锁死了地球科技的进步，使地球文明不至于在四百年后三体舰队到达地球时已经远远地超过三体世界的文明水平，同时，叶文洁也组织起所有地球上对人类文明深感厌倦的力量，成为地球上的三体叛军。另一条暗线则描述了三体文明的大致形态，由于三体星系运行的混沌，该文明一直生活在朝不保夕的不可预测当中，乃至于其文明经历了数百次的毁灭与重生，最后，他们抛弃了一切的人文情感，建立起一种机械般精确却冰冷的社会形态。

刘在“后记”中介绍，他希望描述一个零道德的宇宙图景，但是《三体》本身却并非是零道德的，它充满了对于人类社会的道德反思，从极权社会人性的泯灭，到人类追求利益的那条鲜血淋漓的途径，再到后工业时代的人类沙文主义以及人类发展与环境的关系，他精确地描述了人类社会产生的罪恶以及现代主义所担忧的科学、技术、工业给人文世界带来的冲击，并通过道德碰撞营造出戏剧冲突。刘本身在《三体》中未介入做任何的道德论断——事实上，虽然作为“反派”出现，叶文洁们所拥有的悲天悯人的情怀也让人不得不肃然起敬——但是这篇文章却处处透射出对真理、美好、平等等普遍伦理的向往，并闪现出不少个体光辉，值得我们献上最高的赞礼。

《三体》的文字更像是一篇纪实文学，在前半段，我甚至完全把《三体》看成是一次对历史的控诉与批判，这增加了小说主题的厚度，《三体》虽然不是描述“文革”的小说，“文革”也差不多只占了六分之一的篇幅，但是这个精彩的开篇却加深了小说的道德寓意，乃至于其始终萦绕全篇。这类扎根在现实基础上的科学幻想，需要更为深厚的科普功底，乃至于刘自己都说，很容易写成“即无小说的生动，又无科普的正确”，不过刘的确做到了“小说的生动”与“科普的正确”，其在小说中涉及知识面可谓庞杂，包括基本粒子、天体研究、经典物理、纳米材料、计算机、数学、历史……细节上的优秀举不胜举，包括那个三体星系的外星文明，简直就是《1984》的外星版！刘展现出的底蕴不得不让人惊叹，我得说，这一篇硬科幻即使不能称上最好，也已然跻身最优秀的作品之列。不过，个人以为，《三体》最高明之处并不在于其情节之“悬”与科幻之“硬”，而是在于其对零道德宇宙的构想，他将相对主义从人类社会之间升级到智慧文明与智慧文明之间，由于文明彼此都采用利于自身利益的道德观念，从而导致了全宇宙范围内普遍伦理观念的缺失——即零道德的宇宙。这是一个如此显而易见的隐喻，当我们将范围再缩小的人类文明的程度，这岂不就是一个零道德的世界诞生的深刻内因？

然而刘并没有因此绝望。在《三体》里，有一个无足轻重的三体人在收到叶文洁的讯号以后，发出了阻止地球人进一步联络的警告信号，其对人类世界的同情与其个人英雄主义般的正直感超越了文明、种族的界限，这样的个体也正是道德宇宙能够建立，文明能和平共存的希望所在。而树立这样的个体范本，显然也正是作者最终的期望。

在结尾处，三体人成功地锁死了地球人的科技进步，三体的舰队将在四百年后到达地球，面对四百年后被毁灭的命运，科学家意志消沉，小说中的人物大史为了让他们振作起来，带他们来到郊外，那里正闹蝗灾，大史告诉科学家，相比人类与三体人，蝗虫与人类的技术差距更大，人类自文明诞生以来就希望灭绝蝗虫，但是蝗虫依然傲然于天地间。三体人与人类同样没有意识到的是，“虫子从未被消灭过”！

至此，《三体》展现出更为宏大的精神内涵，体现出包括人类在内的所有生命在追求生存与平等时那强大的生命的尊严！

我真是觉得没有比这个更好的结局了。

---

〔1〕在三体世界里，由于行星围绕三颗恒星运行，故其在季节乃至昼夜上出现不可预测的混沌，当一颗恒星远离另外两颗恒星时，该行星围绕此恒星运行，则会有一定时间的昼夜规则更替与季节变更，其被称为“恒纪元”。反之，则毫无规则可言，被称为“乱纪元”。在三体世界里，文明只有在“恒纪元”中才能发展，并且，什么时候会出现“恒纪元”，什么时候会结束，谁也不知道。

〔2〕智子是刘慈欣的一个科学幻想，由于三体人对基本粒子的认识达到了非常高的高度，故其能将11维的质子展开成2维，这将非常的广大，足以记录海量信息。三体人在此基础上，创建出质子计算机，当他们将2维的质子还原成11维的时候，一个最小的人工智能就此诞生（只有一个质子大小），这被称为“智子”。

→选自豆瓣网刘慈欣小组 2007年12月18日 15:41:00

一个科幻迷是如何认识刘慈欣的

文 / D5

1999 年的夏天，我抽了个星期日的时间去石家庄我姨姨家玩。想到一个人坐火车会闲得发慌，我就想到火车站附近书摊，买本杂志什么的在火车上看，打发时间。我一眼就看到了一本《科幻世界》杂志并买了下来。说起《科幻世界》，实际上我从 1989 年就开始买了看了，一直连续到 1996 年，但后来不知为什么就中断了，只是偶尔买过几期，可能是因为感觉它的内容太儿童化了吧。

到了火车上，打开了久违了的杂志。头一个是一篇名叫《流浪地球》的小说。看这篇小说的过程，我想就不用多说了吧，所以看过这篇小说的人，都有过这样的体验：被感动，被震撼。

看完以后，我望着窗外飞驰而过的树、田地、电线杆发呆，发呆，发呆！！我似乎什么也不能想，什么也看不到，仍然沉浸于小说中不能自拔。很长时间后，当我回过神来，重新回味小说中结尾那首小诗的时候，我竟然流泪了。这是有生以来第一篇让我流泪的科幻小说。三个多小时的路程，我不能再看杂志上其他的小说了，并且我决定以后继续每月买《科幻世界》。

直到快要下火车了，我才想到要看看作者是谁，一看，是刘慈欣。

这本杂志我后来又买了一本，原因是到了石家庄，我表弟看完《流浪地球》留下不还我了。

从这以后，我开始一期不落地买《科幻世界》，并且开始在旧书摊上找以前没有买过的杂志。每找到一本，首先就找刘慈欣的名字。后来又找到了《地火》《中国太阳》，而且发现《天使时代》也是他写的。刘慈欣的小说总能让我激动不已，就像是在看一部大片一样。中国有这样的一位科幻作家真是幸运。而且，我总是想，如果能够和这位作家好好聊聊，那该有多好啊。让我没有想到的是，这竟然成了事实。

家里上了互联网后，我开始在网上寻找刘慈欣的科幻小说和科幻散文，我开始沉浸在刘慈欣的世界里。直到有一天，我网上看到了一篇他写的散文《远航，远航》，最后落款除了名字和日期外，还加了一句，“写于娘子关”。这个发现让我惊讶不已，刘慈欣来过阳泉？这篇文章一定是他在娘子关旅游时写的吧？我用力拍着自己的头，我为自己错过了一次见刘慈欣的机会而懊恼不已，如果我能早一点知道他来娘子关旅游，我一要去见见这位作家。

又有一次，我在《科幻世界》关于刘慈欣的介绍，“山西某火力发电厂计算机工程师”。咦？联想到上次的“写于娘子关”，莫非刘慈欣在娘子关电厂工作？这一想法让我激动不已，以至于一个和狼一样来回走来走去达一个多小时。但后来一想，不可能吧，怎么可能呢？我最喜欢的作家和自己在同一个城市？太不可能了。我冷静下来后，开始觉得自己有多么的可笑；但是在我最心底还是存有一线希望的。

和我关系最好的一个同学要结婚了，女朋友是娘子关电厂的，那天去他家，小两口忙着收拾新房，完事后，坐在一起喝茶聊天。也是为了有一个谈资，我问李文亮的女朋友认不认识有个刘慈欣的，是电厂计算机科的。她说不认识，电厂太大了，她们一般不和计算机科的打交道，所以也没听说过有个叫刘慈欣的。当时话也就到此为止了。但是，没过几天，李文亮打来电话说，他女朋友给我找了一个计算机科的电话号码，让我自己问问。

我就把号码记在了手机上，当时正在忙着工作，也没有打。直到有一天李文亮帮我完成存款任务存钱，我去工业学校去找他，在门房等他的时候，我才忽然想起这件事，我打开手机，找到娘子关电厂计算机科的电话号码，我感觉心在跳，有可能吗？可能性不大，试试吧，反正现在也没事干。我拨通了电话，嘟——，两声长音后，电话被接了起来。

“喂？哪位？”

“麻烦问一下是娘子关电厂计算机科吗？”

“是啊，你找哪位？”

“请问一下，你们这里有一个叫刘慈欣的吗？”

“哦，我就是，你是哪位？”

我差点晕倒，心已跳至嗓子眼。

“你就是写科幻小说的刘慈欣吗？”其实也不是怀疑，只是我不知如何是好，我感觉我的声音在颤。

“是呀，我就是，你是哪位呀？”

“天哪！！”我毫不隐藏自己的欣喜和惊讶。“真没想到呀，刘慈欣竟然是阳泉人？”

“呵呵，你是——？”

“我是你的忠实读者呀，读你的小说好几年了，但是没想到你就是咱们阳泉的！！”

“噢，是吗？你是干什么的？”

“我是建行的，我想你这么全国有名的作家，阳泉人竟然没人知道，太遗憾了！”我大声说。

“噢，这也没有什么，科幻这个圈子本来就很小，国内科幻现在也不景气，知道我的人少，也不足为奇。”

“是啊，是啊，《流浪地球》写得太棒了！”

“呵呵 。”

“我，我，我……”我不知现在该说什么了。一是没有心理准备，这么容易就联系到了刘慈欣；另一个心情非常激动，不知说什么好。“那刘哥，先就这样啊，改天再聊。”

“噢，好，再见。”

我挂了电话。在工业学校门房里，一阵狂笑！

我和刘慈欣通电话的那天是2003年的4月份，在9月份的时候，我有一次去娘子关的机会。我们储蓄网点的负责人，一起去娘子关分理处学习人家的防暴预案演习。我们坐一个依维柯去，一路上大家都在说笑，而我却抱着一本《超新星纪元》，考虑着如何能脱身出来去电厂找刘慈欣。大约一个小时时间，我们到了娘子关分理处，分理处主任接待了我们，市分行的保卫科长给我们宣读了参观的要求。我们进分理处的柜台里面，看防抢劫演习。演习的确很精彩，惊心动魄的，但是我的心里却早就不在这里了。

看完演习，就十一点了，三十多号人，就分布在分理处的几个办公室里寒暄，夸赞演习是如何如何的好，消磨时间以便等到中午赶去宾馆吃饭。机会来了。我乘大家都不注意，一个人溜了出来。一问，原来电厂离分理处不远，就一条路，直走就可以。一路走着，眼看着穿电厂蓝色工作服的人越来越多，大多数是下班回家的。我遇到一个大姐，就问了一下刘慈欣在哪个办公室，这位大姐指了一下说，从门卫进了厂门，往前走有一幢四层的楼，刘慈欣就在三层办公。走到厂大门口，门卫拦住我，严厉地问我找谁，我说，我是刘慈欣的亲戚，找他有急事，门卫上上下下打量了我一会儿，说，进去吧。

去刘慈欣所在的那幢办公楼是要上一个很长的坡，陆陆续续有人下班从我身边走过。而我在走那道并不是很陡的坡的时候，突然产生了一种要去朝圣的感觉。也许我就是要去朝圣了。我上了楼，再没有人理我，问我是哪儿来的，干什么的。我数到了三层，遇到一个人，他说，刘慈欣在楼梯的左面。我往左走，一拐弯，看到一个高个子、戴眼镜的男子，刚从洗手间出来，他的两只手可能是刚洗了一下，所以甩了甩，然后就闪进一间办公室。我就跟了进去，这是一个很大的办公室，四张桌子，有三个人，刚刚洗完手的那个男子坐在最里面那张桌子上。

我径直走到他的跟前，劈头盖脸的就问："麻烦问一下，刘慈欣在哪儿办公？"

"我就是，我就是。"

我赶紧拉住刘慈欣的手："这不是真的吧？不是做梦吧？！"

刘慈欣笑着说："你好，你好， 你是哪位？"

"我就是几个月以前给你打电话的那个建行的呀！！"我激动地说。

"噢——，想起来了，想起来了，哈哈。"

我赶忙拿出那本《超新星纪元》说："快给签个名吧！快给签个名吧！"

刘慈欣急忙从旁边抄来一支笔："好，好，你说，你说，我给你签什么？"

这一下问住我了，我还是真没想过。我红着脸，看着刘慈欣左手拿书，右手拿笔摆好签名的姿势，眼睛望着我的样子，真不知如何是好。"这，这，我也……要不然就写，刘慈欣赠吧！"

"好呀！"刘慈欣飞快地把这几个字写了上去。

这时候单位的同事给我打手机，问我去哪儿了，大家都要去吃饭了。我告他们先去，我随后就到。

刘慈欣问我在哪儿吃饭，我说在宾馆。他说，那地方可以游泳……

接下来，我拿出自己身上早准备好的一个软盘，请求他把其他的一些小说拷贝给我。刘慈欣痛快地满足了我了要求，还把刚刚在雏形当中的《球状闪电》拷在了软盘上。

自从这之后，我们又在一起喝过几次酒，吃过几次饭。给我的感觉，刘慈欣大哥真是一个博学之人，是一个无所不知的人。

→选自豆瓣网刘慈欣小组 2008 年 5 月 7 日 12:46:57

《三体Ⅱ》：科幻金庸

文／李小飞

在两天的时间里，以几乎全部的空闲时间读完《三体Ⅱ》之后，想起我曾经在《三体Ⅰ》的书评中的联想，引用康德的名言“头顶的星空以及内心的道德法则”。一年之后，刘慈欣再度以更加深刻与博大的幻想世界，将这一命题展示于读者面前，将康德笔下最神秘的两件事物，以超人的才华和思想力熔为一炉。它带给我的震撼，几乎无与伦比。

好的科幻小说家，在我看来应该是科学家、文学家，以及社会人类学家三种身份的结合，刘慈欣恰好是这样一个人。

刘慈欣所写的是最宏大的事物，客观上到整个宇宙，从人方面则写以人类社会的方方面面的最高成就和机构，涉及今日及未来人类种种机构内的最高精英，而要描写这些，则非有极高的才华以及极广阔的胸怀不能做到。而刘慈欣做到了。

刘慈欣曾说，我的所有小说都是对阿瑟·克拉克《2001：太空漫游》的拙劣模仿。虽然也能够看出这种痕迹，但我以为刘慈欣对克拉克的小说绝不仅止于模仿，而是有着自己特一无二的思考和延伸。克拉克影响刘慈欣的大概是思想方面的。

相反，明显模仿《太空漫游》系列的《计算中的上帝》，也算一部杰作。而其实刘慈欣的作品要好得多。《三体》是我看过的最好看的科幻小说（虽然未敢说是最好最深刻的），我敢讲，刘慈欣将来在科幻小说中的成就，不会低于武侠小说中的金庸。

小说中有这样一段，写面壁者之一，美国前国防部长泰勒求助于宿敌——世界最大的恐怖分子头子，他见到的是一个面目安详的老人：

泰勒想转移这尴尬的话题，就把随身带着的手提箱放到床沿上："我给您带了一份小礼物。"他打开手提箱，拿出一套精装的书籍，"这是最新阿拉伯文版的。"

老人用瘦如干柴的手吃力地抽出最下面的那一本："哦，我只看过前三部曲，后面的当时也托人买了，可没有时间看，后来就弄丢了……真的很好，哦，谢谢，我很喜欢。"

"有这么一种传说，据说您是以这套小说为自己的组织命名的？"

老人把书轻轻地放下，微微一笑："传说就让它永远是传说吧，你们有财富和技术，我们只有传说了。"

看到这段，我笑出声来，显然这位老人就是本·拉登，而泰勒送给他的正是阿西莫夫的《基地》系列。

传说拉登的基地组织，名字源于阿西莫夫的这部小说。而以"9·11"为首的袭击美国三部曲（后两部没有能够执行），也是阿西莫夫三部曲的化身。

而我想到的是，这种对历史人物的信心拈来的调用，像不像金庸对成吉思汗、苏东坡、完颜洪烈等历史人物的借用？

还有刘慈欣小说间的延续性，如《三体》中的球形闪电，像不像贯穿金庸小说的丐帮等？

科幻作家韩松对刘慈欣有这样一句评价："他有一种执拗的、属于上上个世纪的英雄气质。"深得我心。

最喜欢刘慈欣的，不是科幻的部分，科幻仅仅是他挂小说挂人物的钉子。我最喜欢的，是刘慈欣作品中的人物，虽然各不相同，善恶贤愚，但却都有种贯穿于写作之间的英雄气质。

看书的时候常常会心一笑，觉得刘慈欣有点左，不像我们这个年龄的人。但是，真是喜欢他笔下的中国人。当然，那不是美化，作者有公正的看法。看刘慈欣的小说，一扫看世界经典科幻那种以西方文化为基石，东方文化踪影皆无的遗憾，以及看到阿瑟·克拉克和罗伯特索耶等大家在书中向中国人致敬时的那种惊喜和惭愧的交集。

甚至我想说，能产生这样的作者的民族，是不会没有前途的。

评价高了点，可是，相比于韩松“人类应该向刘慈欣致敬”的评语，我还是低了太多了呢。

作者写到很多很好玩的事情，比如谈起章北海当年反对中国建造航空母舰，遭到少壮派军人的攻击漫骂，像极了我们邻国当年的情形。还有后来章北海为了无工质辐射推进飞船成为研究方向，在太空中以陨石子弹刺杀反对派的领导者，也像极了日本当年少壮派军人政变刺杀犬养毅等保守派力量的一幕。

猜疑链一节，道出了人类文命的命门，而又将其推到更高层面。那一段的情节颇似《蝙蝠侠黑暗骑士》中的一段，但绝不会是抄袭后者，《三体Ⅱ》的创作并不比《黑暗骑士》晚，所表达的思想也要深刻得多。

作者的才华极高，旁征博引，几乎涉及人类文明的方方面面，而种种瑰丽的超现实景象的描绘，以及神奇引人入胜的情节设定，更不待言。看书的过程我始终惊叹：我永远写不出这样的小说。正值壮年的刘慈欣，将来会奉献给我们以一个怎样的科幻世界，我们都可以拭目以待。

科幻小说是“点子文学”，我以为那只是二流的科幻小说的定义。一流的科幻小说，其灵魂是其关于宇宙以及生命的思考和关怀。关于书中的主题黑暗森林，我有自己的想法。相信正如作者最后所说的，黑暗森林是宇宙的初级状态，总有一天太阳终会升起，犹如在地球上，奥斯维辛带给人类的是“诗是否还存在”的反思，两次世界大战后则有了联合国与现代社会文明的奠定。

看过克拉克的《太空漫游》系列后，我再看星星与月亮已经是完全不同于以往的感知。相信《黑暗森林》同样可以改变你的世界观、宇宙观。我多么喜欢刘慈欣所描述的罗辑苏醒后的二百年后的世界。多想像汪曾祺一样说，活着多么好啊，活着就可以学习，认知，见到种种你未知的东西，“解开宇宙的谜”。

小说中多次谈到上帝，我以为这个上帝的高度已达到托尔斯泰在《安娜卡列尼娜》中让列文去思考的那个上帝的高度。是的，无论是西方人所说的上帝，中国古人所说的天、道，智者所说的真理，科学家所说的宇宙的谜，有什么区别呢？

一个人对宇宙没有敬畏之心，他没有灵魂。——爱因斯坦

我也喜欢小说家，小说家也是上帝。

刘慈欣在《三体Ⅱ》中恰好有一段涉及文学创作，刘慈欣在其中借人物之口讲出了很多他对于小说创作的看法，我想把这段话抄在最后，送给自己和所有有志于创作的人。

有时，罗辑对白蓉正在写的小说提出意见，甚至亲自帮她修改。

“你好像比我更有文学才华，你帮我改的不是情节，是人物，改人物是最难的，你的每一次修改对那些形象都是点睛之笔。你创造文学形象的能力是一流的。”

……

白蓉说：“你的方法不对，你是在作文，不是在创造文学形象。要知道，一个文学人物十分钟的行为，可能是她十年的经历的反映。你不要局限于小说的情节，要去想象她的整个生命，而真正写成文字的只是冰山的一角。”

……

罗辑点点头，翻身坐了起来：“蓉，我以前总是以为，小说中的人物是受作者控制的，作者让她是什么样儿她就是什么样儿，作者让地干什么她就干什么，就像上帝对我们一样。”

“错了！”白蓉也站了起来，在屋子里来回走着。“现在你知道错了，这就是一个普通写手和一个文学家的区别。文学形象的塑造过程有一个最高状态，在那种状态下，小说中的人物在文学家的思想中拥有了生命，文

学家无法控制这些人物，甚至无法预测他们下一步的行为，只是好奇地跟着他们，像偷窥狂一般观察他们生活中最细微的部分，记录下来，就成为经典。”

“原来文学创作是一件变态的事儿。”

“至少从莎士比亚到巴尔扎克到托尔斯泰都是这样，他们创造的那些经典形象都是这么着从他们思想的子宫中生出来的。但现在的这些文学人已经失去了这种创造力，他们思想中所产生的都是一些支离破碎的残片和怪胎，其短暂的生命表现为无理性的晦涩的痉挛，他们把这些碎片扫起来装到袋子里，贴上后现代啦解构主义啦象征主义啦非理性啦这类标签卖出去。”

“你的意思是我已经成了经典的文学家？”

“那倒不是，你的思想只孕育了一个形象，而且是最容易的一个；而那些经典文学家，他们在思想中能催生成百上千个这样的形象，形成一幅时代的画卷，这可是超人才能做到的事。”

……

其实这段多少有点牵强，如果白蓉有这样的见识，她就不会是二流小说家拉。不过仔细想想，这句话就像说刘慈欣自己。他写的就是科幻史诗，时代画卷。犹如达·芬奇曾说“判断超越了作品才是完满”，那也是在说他自己一样。

附：我对《三体Ⅰ》的评论

生于这个时代，你我都无法选择。——《三体》

世界上唯有两样东西让我愈是思考愈觉得震撼：头顶上的星空，以及内心的道德法则。康德已经小资了的名言，很可以拿来做《三体》的注脚。

《三体》，最近的科幻小说，作者刘慈欣，看到严锋推荐便找来读。最早在《科幻世界》上连载，因为2006是“文革”三十周年，所以没能出单行本，暂时只有PDF可以读。推荐一下。看《三体》，想起小时候读金庸，读到夜深了，还是想，再读一章吧，读完这一章又想，再读一章吧。于是想到小时候想过的问题，武侠和科幻真是一脉相承，后来徐克也说过，我的理解，是都有超现实，幻想，都有一些极端的体验、考验和对人性、浪漫化了的世界，以及某种极端境遇下产生的思考。比如我小时候看的一个科幻短篇就一直难忘，一个服务生喜欢一个经常光顾酒店的富家女孩，那个年代气候已被科学统一，固定时间下雨，女孩只听祖母说过有“雪”这种东西。服务生为了心上人，潜入国家气象局，造了一场大雪，然后带着女孩去山上看雪。玩得正开心时听到消息，山上正在通缉他，说他搞化学武器，但他毫不在意。小说就结束在这里。

当然《三体》并不浪漫，正如康德的名言。小说更像是对头顶星空与道德法则的综合，中前段的部分相当恐怖，但后来揭示出答案时反而减弱的这种恐怖。刘慈欣，在我看来有接近一流文学家的写作才能，不止于科幻和通俗文学上的技巧。比如他写到的人物，也如金庸小说般，有很多是相当难忘的，我最喜欢的是笔墨很少的那个“白求恩”。他的父亲的油轮污染了海岸，使无数的海鸥在痛苦中死亡，父亲告诉他，我们这个年代，物种灭亡的速度，远超过恐龙灭亡时的白垩纪。后来父亲问他长大后要做什么，“白求恩”说，我要当“救世主”(多像王阳明小时候和父亲说，我要当圣贤)。他说的救世主，却并不是人类的，他希望自己有生之年，可以保护一种生物不被灭绝。多么浪漫的理想。他创出了一个“生物共产主义”的想法，出于对佛教的认同，他来到东方，在中国种树保护一种即将灭绝的燕子，而得到的只是村民的背叛和愚弄，于是他明白，人没有救了。

《三体》是很好的科幻小说，也是中国那一年代的一部秘史，作者的才华很高，小说家真是如上帝一般的人，可以独力创造一个世界，可是如果才华和知识不够，所创造的世界就很残缺了，小说因为情节的需要，出现了各种时代、各种情境、各种风格的描写，大多相当出色，引人入胜。最喜欢的，是他对超现实景象的描绘，充满了浪漫和开阔的想象力。还有对于人类社会和宇宙社会的描写，都接近于真实，虽然未臻完美，但已相当可贵。对于理科知识非常欠缺的我来说，小说中也有大量的知识让我了解和震动，如在历史绝密文件的批示上，虽然没有写出批示者的名字，其文笔的描述却不能不令人会心一笑。

而《三体》其实是一部让人笑不出来的小说，“文革”在小说中出现，成为背景，三体组织是整个人类文明的背叛者，来自于全世界的他们大多为精英知识分子兼理想主义者，如前面说到的“白求恩”，但“白求恩”最后还是变成了疯子。来自中国的叶文洁也是同样的人，虽然我对她的背叛的理解反不如对“白求恩”的背叛的理解。叶文洁对人类文明的背叛同样来自于对人性的绝望，而这绝望则是来自于人类历史上最丑恶的闹剧——“文革”。

作者大概也是经历过“文革”的人，而且应该属于接触过机密或高层的人。他所写的三体组织，很有些早年共产主义组织的味道，而外星三体文明，在我看来则很像日本和中国文明的综合，有前者的恶劣残酷的自然环境下造就的人的冷漠无情，以及后者的机械专制灰暗的政治制度。

小时候读武侠，长大了读科幻，很顺理成章，武侠可以是假的，但科幻却有可能是真实的，这是最震撼人心的地方。科幻看得多了，也许会对身边的一切感到厌倦，因为科幻太“大”了，令身边的一切显得那么渺小。如同《三体》里所讲到的，一个质子里可能包含一个微宇宙，包含着无数的生命与文明。而我们，也许只是生存在一个质子里而已。并不是一定要去想这些问题，但它们确实切实在摆在我们面前，如同《三体》中偶然提到的一些问题，比如长期食用转基因作物，会产生出畸形的后代。我们已无法像祖先那样浑浑噩噩地活着，或者寄心灵于宗教，这些都已不可能，我们只有面对，而且思考，尽管也许没有答案。就像《精武英雄》里陈真说的那句话：

生于这个时代，你我都无法选择。

→选自时光网李小飞个人博客2009年1月14日

社会学家大战外星人
——论《三体》中的“宇宙社会学”

文／风间隼

这学期捞到个机会给本科生开社会学导论课，本没指望他们读什么参考书，没想到的是，我自己反而被布置了两本“课外读物”。

事情是这样，一天下课，一位好心的学生向我推荐说：“老师，你该读一下《三体》，里面提到了一种‘宇宙社会学’！”

“宇宙社会学！”我当时就震撼了！直接想起了朱海军的“面对面”和网上某社会学爱好者发明的“人生论”等等山寨社会学理论，不过这个名词像个黑洞一样，听起来更加具有诱惑力。联想起众多朋友的推荐，我没有理由拒绝相信这是一本好小说。于是诚心诚意地借了来攻读之。

书很好看，“宇宙社会学”出现在刘慈欣“地球往事”三部曲之二——《三体Ⅱ：黑暗森林》里面，主人公罗辑依靠“社会学知识”而非物理学知识战胜了外星人，在公众对社会学认识度不高的当今中国，一部“硬科幻代表作”中把社会学提到这样的高度，很出乎我的意料。

作为一名跨世纪的“社会青年”，总免不了被问到的两个“终极问题”之一就是“社会学有什么用啊”？我以往储备的答案比较低调，比较无厘头："学了社会学可以教社会学啊！"，令闻者侧目。现在，我知道我可以抛出一个高调得多的答案了："学了社会学至少可以保卫地球，大战外星人啊！"作为一个业余的（伪）科幻迷来说，这个答案简直太拉风，太合我的心意了！我要向大刘老师致以崇高的敬礼！

不过敬礼归敬礼，这个"宇宙社会学"还是要从专业角度好好考察一下的。"科学幻想"一直把"社会科学"排除在外，其实是个不正常的现象。除了社会科学"准科学"的尴尬地位之外，其实也跟科学界对社会科学研究的特殊性认识不足有关。借这个考察"宇宙社会学"的机会，或许可以看一下，社会科学的专业知识对于丰富我们对未来世界的幻想起着多么重要的作用。而缺了这个视角，对于一部幻想人类未来的小说来说又是多么大的遗憾。

我们知道，知识的建立有两个途径，经验归纳和理论推导（演绎）。经验归纳服从实证批判，理论推导服从逻辑批评。而理论推导必须要有起点，归根结底要建立在经验归纳基础上的。所谓"公理"，是理论的基础，往往是在一定普遍的尺度上不证自明的常识。所以从原则上说，经验世界是所有知识的来源，公理也不例外。公理阶段的偏差，往往直接影响到理论是否正确，或者至少是理论适用的范围大小。

那我们就来看看在杨冬墓前，叶文洁传授给罗辑的宇宙社会学知识，有几分站得住脚。说实话，这一幕总让我联想到上帝向摩西显现。

宇宙社会学第一公理：生存是文明的第一需要。

宇宙社会学第二公理：文明不断增长和扩张，但宇宙中的物质总量保持不变。

罗辑说："叶老师，从社会学角度看，这两条公理都足够坚实……"

很遗憾，从社会学角度看，这两条公理都不成立。

先说第一条。逻辑学上，"是"是个极其关键的词汇，"应然"或是"实然"都可以用"是"来表达，但其中的含义是截然不同的。第一公理这个命题，是"应然"还是"实然"呢？"生存应该成为文明的第一需要"？还是"生存确实是文明的第一需要"？

大刘在这两本经天纬地的奇书中已经展现出了他深厚的自然科学素养。但是对于社会科学，他显然没有把握住其中的关键。前面提到社会科学的特殊性，在我看来，就是“意义”二字。原因无他，因为社会科学研究的现象无论再怎样被“忽略细节，浓缩成一个点”，面对的集合体也是由有意志有情感的个人组成的。涉及人的地方，一定存在意义。宇宙社会学第一公理到底是应然命题还是实然命题，这在自然科学中无足轻重。因为恒星和原子是不会涉及意义的。无论“应该这样转”还是“确实这样转”对它们来说都是一样，总之他们就是这样转。但是对于人类文明来说，情况完全不同。

人有意志，可以选择，而且他们的选择并不总是依据自己真正的需要，哪怕是学者眼中的“第一需要”！现代社会的“成瘾性”现象就不必说了，古人的事例更是多不胜数。不必烦引现象学社会学的理论，简单举例即可。古龙说过一句话：“每个人都有一样比自己的命更要紧的东西，酒鬼眼中的酒，色鬼眼中的美人，赌鬼眼中的赌局，都是如此。”其实已经把这个道理说得很清楚。人之所以为人，正因为他并不像动物一般，把自己的生命看得重于一切。谈论到“文明”，尤其如此。“文明”必然涉及“互惠”和“利他”，有时候，生存的第一需要也是可以被牺牲的。

当然人有为了基本生存不惜一切的时候，社会学从来不否认这一点。但是作为“公理”，应该是个极强的论断，只要有反证就可以被推翻，何况是如此大量的“反证”。只能说这个公理本身有问题。

假设一位支持宇宙社会学的对手辩驳：“不，你说的是微观层次，作为整个文明本身，是不会为了另一个文明牺牲的。”

我同意，但是既然上升到宏观层次，我就要提醒对手，他在摆脱了一个问题的同时，面对着一个新的问题：文明本身是有重量的。

这个诗意的说法借自卡尔维诺的《看不见的城市》，用社会学术语来说，文明社会必然是个分化的社会，其运行是有成本的。生存的需要并不必然可以清晰地传递到决定文明命运的阶层心中。如果从“生存是第一需要”的公理出发，五世纪的罗马帝国应该重整尚武精神，把蛮族迁移到边疆才对，不应该大量雇用蛮族军队。清王朝末年应该整顿吏治，推行新政才对，不该把施行宪政的日期一推再推。可惜我们知道这一切都没有机会发生，有权力为文明选择未来的人往往已经被文明局限住了视野，一个文明运行的成本决定了它无力去选择另一种可能。

用一个诗化的说法总结就是："文明自身是自身的敌人"。探寻历史上文明盛衰的轨迹，无不如此，所以说，无论"应然"还是"实然"，第一公理都是站不住脚的。

宇宙社会学第二公理不成立的原因，和第一条有联系。

宇宙中总量保持恒定与否和社会学没关系，可以省略，重点看前半句。

如今地球上生存的人，总属于这种或那种文明，所以当我们回顾文明的历程时，总不免产生"文明在不断增长和扩张"的幻想。可事实呢？地球上曾经存在过的所有文明中，延续到今天的绝对是少数。大多数文明都已经湮没在历史的长河中了。王铭铭在碰到有人质疑历史的重要性时，总要反问对方："你说自古到今，死人多还是活人多？"面对宇宙社会学第二公理，我们可以这么问，只不过主体换成文明而已：消失的文明多还是延续下来的文明多？

假设我的对手这样辩驳："你说的这都是地球上的状况，宇宙中不适用！"并且引用创始人叶文洁的话："宇宙社会学比起人类社会学来呈现出更清晰的数学结构！"

对不起，还是不对。人群的量级是个问题，不过不是核心的问题。哪怕在一个社会内部，只要从统计入手，大量社会事实也会呈现出清晰的数学结构，例如离婚率、自杀率、教派人数兴衰等等，并不需要放大到宇宙级别。问题是你采取什么路径去看。坚持实证方法，用自然科学手段研究社会的人，也会得到一些成果，但是从概念界定开始（什么叫作"婚姻"和"教派"），他就会遭到"意义"问题的持续困扰，直到他解释这些现象为止（为什么离婚率会上升？为什么教派兴起又衰落？）。他会发现数学可以帮他一些忙，但是关键的问题他都必须从意义入手才能解决。照《三体》的世界观看，三体人或许比较先进，比较特殊（不能隐藏内心意图），但是与人类一样有精神觉悟，有自由意志的生物，能制造、交流和读解意义。宇宙中的其他文明数量再多，构成的“宇宙社会”再复杂，只要能互相交流，那么“宇宙社会学”就一定会涉及意义问题，绝对不可能用数学来解决的。

所以说穿了，所谓“宇宙社会学有清晰的数学结构”，其实只是理工科背景人士对于社会的一种幻想（不客气地说是无知），跟宇宙不宇宙倒没什么关系。

接下来谈谈两个重要概念：“猜疑链”和“技术爆炸”。

猜疑链不新鲜，博弈论中的“囚徒困境”就是典型的猜疑链造成的——两个囚徒互相猜疑对方的选择，难以决定自己的下一步如何举措。这个假设的前提是两人处于完全无知的黑幕状态，并且彼此之间缺乏信任和共同利益。

这个假设听起来没错，因为两个陌生人之间是完全可能发生这种博弈的。它的问题在于，它假设社会有一个起点状态，在这种状态下，不熟悉的陌生人各自本来是孤独的，彼此之间是陌生的，好像是穴居的动物一样，在这种起点状态下，人和人开始交往并结成团体。卢梭的社会理论就是建立在这种起始状态之下的。

然而在我看来，这种状态并非人类社会的常态，毋宁说是一个非常态。人是群体生活的动物，绝大多数的人类都是在社群中长大的，人类社会的常态应该是聚众而居。当然这并不意味着我们应该抛弃猜疑，把信任当作是社会学理论的起点，人和人之间的交往是一个动态的过程，猜疑和信任都只是这个过程中的一部分。如果要我为社会学理论选择一个起点的话，我会选择人和人之间有猜疑的信任，或者说有误解的交流，而非绝对的猜疑。

对方可能会提出反对意见：宇宙中文明之间的遭遇，更多与穴居动物的遭遇类似，而与已经建立了信任关系的社群无关。所以即使猜疑链在人类社会中不合适，在宇宙中却是绝对合适的。

我的意见是，猜疑链这个概念用来描述人类社会过于高估了猜疑，而如果用在宇宙社会中，恐怕是高估了信任，准确地说是文明与文明之间的了解。

事实上猜疑链这个概念本身就已经包含了了解的成分，正是相信对方有与我类似的价值观和行为模式，所以才有“以己度人”的余地。因此，即使我觉得章北海率领的舰队之间的钩心斗角可以接受，我还是忍不住要怀疑，宇宙中的文明遭遇，会有这样的前提吗？

假如A星球的文明与B星球遭遇，他们能马上了解彼此之间的实力差距么？假如对方有意掩藏起了自己的实力怎么办？假如对方的科技水平并非单纯反映在对外层空间的探索上怎么办？又或者，假如对方对于生命和宇宙有跟我完全不同的态度怎么办？率先攻击会不会反而招来飞来横祸？那是不是不攻击反而会是更为明智的选择呢？

最后一条：技术爆炸。

这一条没什么好驳的，因为在我看来是顺理成章地不成立。现代人被现代以来的人类历史框住了思维，总是以为近五百多年来的技术持续进步是顺理成章的，甚至以为加上人类所有历史的过去，就是一个理论不断上阶梯、技术突破瓶颈的历史。这是典型的进化论的宏伟叙事。

回首人类的历史，我们会发现许多古代的工艺至今难以复现，而很多技术，实际上经历了一个重复失落和再发明的过程。近几百年来的技术爆炸到底是个偶然还是必然，现在还无从知晓。再往深了质疑，连近几百年来的技术爆炸是否成立也成问题，因为随着现代性的演进，人类一边在不停地发明出新的技术，一边在不停地失去旧的技术。我们的社会从没有现在这样先进，也从没有现在这样单一。技术在未来到底是会不停地爆炸下去，还是会反过来将人类吞噬，现在是个谁也说不准的事情。因此断定技术爆炸是文明的一条支配法则，显然是过于短视了。

还要提宇宙的特殊性的话，我只能说，依据小说的内容，连三体文明都是技术匀速发展的，凭什么断定这个概念的合理性呢？

最后谈谈理论的取向问题。

在自然科学里面，我们常说“发现”了一条定理，包含的意思，是说客观规律是不以人的意志为转移的，只等着人类的意识去接近。而在社会科学里，尤其是20世纪80年代以来，我们常说某人“发明”了一条理论，因为我们承认，社会科学的理论（或者更前卫一点说，我们认为人类所有的理论）都是“发明”出来的。是带着特殊用意的建构。《三体》中的宇宙社会学也是这样，用意无非是要营造出一种残酷的宇宙丛林法则来，好支撑小说情节的展开。

然而即使我承认这只是小说的笔法而已，我还是要挑剔一番，因为我实在不忍心看到这样一部充满了坚实的自然科学细节的幻想小说，在社会科学方面出现这样不成熟的设想。这与天马行空的前瞻性幻想不同，大刘的“宇宙社会学”再现出来的，其实只是社会学早在四五十年前就已经抛弃的一些陈腐思想，有些想法的渊源，甚至可以上溯到启蒙时代一些自然科学家和政治学家对于人类社会所做的臆测，以及从自己学科出发的轻率比附。尽管充满童趣，然而很遗憾，这些“人对人是狼”“社会遵循数学模型”“技术不断进步”之类的幻觉，在社会学里已经属于史前史了。

从理论根源上去追溯这种社会观是一条路径。让我更感兴趣的小说中具体的思想路径。叶文洁从自己“文革”的经历中得出这样的社会观，可以理解。我也可以理解经历过“文革”的一代人这样去认知社会。但是，与他们认为“‘文革’把整个人类社会还原到了原点”，故此可以通过“文革”中的人际关系去认识社会不同，我认为“文革”状态是人类社会的一种极端形态，就此把“社会”定义成一场“无仁义的战争”，恐怕有失偏颇。

值得大力肯定的一点是，《三体》这部瑰丽的科幻小说第一次从正面肯定了社会学的价值。作为一名社会学从业者，我深深感谢大刘老师对于这门学科的推重，同时感佩于大刘老师的眼界之宽广。如果有说得不对的地方，欢迎讨论。

读完这本小说，我的心里多了一个幻想。我憧憬着，有一天我从梦中醒来，赫然发现两位黑衣人站在我的床头：“嘘……先生，对不起，请跟我们来一趟，外星事务司现在急需一名社会学学者的帮助。”

→选自豆瓣网刘慈欣小组　2009年5月10日 20:34

刘慈欣从不相信爱情

文 / squer

整个《三体》三部曲，就没有一段真正的爱情。《三体Ⅰ》中的叶文洁与杨卫宁，自己的父母，魏成与申玉菲，甚至汪淼——异象出现那么久，他也不曾与妻子交流过，《三体Ⅱ》中的希恩斯与山杉惠子，罗辑与庄颜，《三体Ⅲ》中的云天明与程心。除了汪淼平平淡淡以外，其他人的结合简直可以用悲剧来形容，叶文洁亲手弑丈，母亲背叛家庭，魏成与申玉菲毫无感情可言，希恩斯与山杉惠子还一起唱了出最熟悉的陌生人，罗辑与庄颜的童话最终也在第三部里惨淡收场，至于云天明，他真的爱过程心吗？套用一句曾经比较潮的话来说，他根本就不懂什么叫作爱！他对程心的感情，根本就是一个死宅男对女性的憧憬而已，而我们都知道，憧憬是离理解最遥远的感情，这种感情简单而美好，但它绝不是爱情。而程心对云天明的感情则复杂得多，最初只是的同情，而后变成愧疚，到与云天明相见时，这种感情又变为依赖，太阳系毁灭之后，依赖又更进一步变为了憧憬。这两个人跨越了数个世纪的生生死死的情感纠葛，然而他们的心，却从未走近。

另外说到罗辑与庄颜，这两个人是大刘爱情观最直白的表现，最近看他的一次采访他也提到了，他说人们总是爱上自己想象中的那个她而不是现实中的那个，差距能被接受，则结合，反之就放弃，爱情就这么简单。

其实不光是爱情，刘慈欣的小说世界里，亲情往往也显得单薄可怜，从叶文洁的母亲到云天明的姐姐，三部曲完成了一个轮回，叶文洁与云天明是如此的相似，同样被背叛被驱逐，而最后的最后却也同样心慈手软。叶文洁将宇宙社会学的公理教给罗辑，而云天明则送了三个童话，给人类以未来。虽然世界还是毁灭了，但那绝不是他们的责任。将他们做类比是一件很有趣的事情，想想看吧，当叶文洁按下发射键的时候，云天明在干些什么？

也许这就是隐藏在《三体》系列中，作者最想表现的，最丑恶也最美好的人性吧。

→选自豆瓣网刘慈欣小组 2010 年 12 月 6 日 00:30:09

《三体Ⅲ》：高潮遍体，BUG永生

文／疯狂钻石

早在《三体Ⅲ》上市之前，就在《科幻世界》的网店预订了一本，算是第一时间读完。之后与差不多同时读完的小飞兄简单交流了一下读后感。我们对《三体Ⅲ》的看法很接近：《三体Ⅲ》在科幻硬核上仍然十分给力，但在文学上相比前两部是很不能让人满意的。

小飞说，《三体Ⅲ》里只是几个点子和部分文笔很好，如果是短篇倒可能成为经典。而我是觉得书中很多片段其实下笔相当仓促，该有的气势和效果没有出来。阅读过程中多处都有这种感觉，现在还记得的比如有“智子屏蔽室”一段，文中写到程心的惊讶和震撼，却没有很到位地把这种情绪表达出来。可能是刘慈欣在《三体Ⅲ》里塞进去的点子太多，除了几个主要的点子大书特书之外，其他的似乎没有花足精力去完善。所以我倒是认为，《三体Ⅲ》其实还写得不够长，既然被塞进去这么多东西，那其实还是可以分成剧情上更集中的几部来写，不必非得弄成个三部曲。

我觉得大致可以从三个角度去说刘慈欣的小说：一、科幻，科学与技术方面的幻想，这是硬科幻小说最精华的一部分，也即科幻点子、科幻硬核的部分；二、社幻，社会科学乃至心理学方面的幻想，刘慈欣在《三体Ⅱ：黑暗森林》开始展示了在社会科学幻想方面的野心；三、文学，剧情的安排、文字的组织等。

科幻

从科幻硬核上来看，《三体》系列遍体高潮。《三体Ⅲ》也是。《三体Ⅲ》里的宇宙非自然、降维、黑域、曲率飞船、阶梯计划、用小宇宙躲过宇宙坍塌……每一个都是巨牛 × 的点子，像小飞说的，每个点子拿出来写个短篇，那都一定是经典。

在科幻方面，刘慈欣在科幻硬核上的想象力是毋庸置疑的，我认为说他是世界级的科幻大师水准也不为过。《三体》每一部都无比给力地展示着刘慈欣宏大瑰丽的想象力，我有时会觉得刘慈欣的想象力甚至可能是宏大想象的极限。我们说《三体》宏大得像史诗，其实是我们词穷了。史诗其实太渺小，史诗远远不够描述光的尺度。借用一下阿瑟克拉克和刘慈欣喜欢给时代命名的习惯，人类现在或许还处在“史诗时代”，所以我们形容什么都是史诗。等有一天人类进入“科幻时代”，我们会这么说：“这首史诗写得真好啊，好得像一篇科幻小说。”

我读《三体Ⅲ》的过程中，读到每一个硬科幻的点子都还是觉得很震撼，但不知怎么的合在一起看起来就没前两部那么过瘾了。小飞说原因自然还是在文学层面上，第一部是人物棒，第二部是戏剧上强，第三部两条都不行了。

同严锋老师在《三体Ⅲ》序言里的观点一致，我觉得《三体》系列在文学上最出色的应当是《三体Ⅱ：黑暗森林》，与《三体Ⅲ》相比，《黑暗森林》情节显得紧凑和清晰太多，因为它有“面壁计划”这条主线贯穿始终，而“面壁计划”中的每一个环节即便除去硬科幻的内核而仅保留各种诡计与计谋、心理战与伦理冲突等等的部分，那也仍然几乎全是让人叹为观止的设计，跟任何一部优秀的武侠、悬疑、推理小说比，都毫不逊色，也难怪小飞把刘慈欣称为科幻小说界的金庸，这不是夸奖，其实是很贴切的。

可惜在《三体Ⅲ》这里，情节不可谓不波折，却始终没有一条明晰的线索或集中的戏剧冲突将所有的情节串接起来。要说有的话，程心与云天明的爱情当是最重要的线索。可惜的是，这段爱情开篇的时候虽然觉得挺感人的，后来想想却有点狗血。"来了，爱了，给了她一颗星星，走了。"——这种台词还是出现在琼瑶剧里更合适。这段爱情发展下去，从物理上来说，算是到了"浪漫"的极致。凡人的恋爱，到了帝王级别的爱情也不过为美人而倾国倾城，葬"送"一个国家而已，哪有云天明那样，送一个恒星系，甚至送一个宇宙让恋人逃过宇宙坍塌的。可惜，大概是刘慈欣有意为之，这段爱情并没有被花很多笔墨来正面描写，在大多数时间，这段爱情都隐于情节之后，每当一段情节告一段落，它才浮出水面，推动情节进入下一环节然后便又隐去了。因此它不像"面壁计划"那样始终处于情节的核心部分，没有形成统合情节的力量。

不过，即便如此，《三体Ⅲ》如果在故事最后的高潮处设置一个像《黑暗森林》罗辑最后的惊天反击那样的情节，那感觉就完全不同了。可惜《三体Ⅲ》到最后并没有这样力挽狂澜的情节，《三体Ⅲ》到最后其实还是抛了个硬科幻的点子（小宇宙）来做结尾。所以总的来说，《三体Ⅲ》在文学上不及前两部成功，当然更不及我认为刘慈欣小说里在文学上最成功的《球状闪电》。

社幻

再说社会幻想。

与自然科学幻想比起来，从《三体Ⅱ》中的"黑暗森林"理论开始，《三体》系列中的社会科学幻想就比自然科学幻想更接近故事的核心。《三体Ⅱ》的整个故事情节不是建立在那些自然科学幻想之上，而建立在这套假想的社会科学理论之上的。而《三体Ⅲ》是"黑暗森林"的扩展和升级版。对于黑暗森林理论的合理性，风间隼曾从社会学专业知识出发写过一篇十分牛 × 的分析《社会学家大战外星人》，基本将“黑暗森林”理论的理论基础全给反驳了。

我当时是这样回复风间兄的文章的（若不是找那篇文章的链接我都忘了我写过这么长的回复了，干脆拎出来）——

我觉得《三体Ⅱ》虽然很精彩但没有第一部那么惊艳，主要原因也是觉得黑暗森林法则太过简单了一些，见面就开枪应该只是在某些特定条件下才会成为最优策略，而不是放诸宇宙皆准的生存公理。我没有学过社会学，但从进化心理学的角度来看，不管是人类还是动物，一个群体形成某种稳定的行为策略，往往是各种行为策略在很多限定参数（不同环境条件、自身条件）的制约下相互博弈并演化的结果，最后一个群体形成怎样的稳定的行为，是由这些很多参数决定的，因此不同的群体应对同样生存问题的行为可以是大相径庭的，而不是都进化成同一种行为模式。《三体Ⅱ》其实是假设在宇宙尺度上，对于所有的个体（文明）的限定参数都是一样的，所以只有一个群体，一种行为模式。但其实宇宙尺度只是限定了环境参数的某些方面，至少在生物体本身这方面，仍有太多的变化。同样生活在一片草原里的狮子和大象，它们应对同样的生存问题的行为模式就可能完全不同。

具体到“黑暗森林”的公理和假设，我是这样觉得的：

宇宙社会学第一公理：生存是文明的第一需要。

我权且按照心理学把文明当成人来理解，生物的本能是求生存，所以就算它成立好了。但是后面的公理和假设似乎都有问题。

宇宙社会学第二公理：文明不断增长和扩张，但宇宙中的物质总量保持不变。

我想大概身处现在这样一个人口爆炸的阶段，难免会让作者有这样的预期：群体无法控制自己的群体规模，只有一直扩张到环境可以承受的极限，然后与环境的极限达成一个恐怖平衡。但其实即便凭人类这点微薄的智慧，也已经开始懂得控制自己的群体规模（虽然离成功还很远），宇宙中那些智慧高得多的文明应该不会想不到这点吧，相信宇宙中很多高级文明是懂得如何控制自己的群体规模的。其实就连大刘自己对此也有过乐观的预期，《带上她的眼睛》里，人类实行严格的人口控制和环境保护，结果未来地球沙漠都变绿洲了。文明的扩张如果不是以资源的匮乏为前提，那么两种文明相遇时可缓和的余地应该远远比黑暗森林法则的描述大得多。

第三，猜疑链。

猜疑链之所以变成一个重要的参数，是因为在光年尺度上，不同文明间的交流变得异常困难，所以它的作用就被严重放大了。但是这一点其实已经被大刘自己否定了。因为连三体文明这种貌似在银河系里不算最先进的文明都已经掌握了"智子"技术，那么其他与三体文明差不多或者更先进的文明应该都已经掌握这种光年尺度上的"即时通信工具"，这就大大降低了猜疑链的严重程度。这就好像森林里的资深猎人们都配备了步话机，发现风吹草动时打个招呼应该比直接开枪更合算。

第四，技术爆炸。

技术爆炸这一点，如果放在上面分析的这种图景里，就不会只是引发高科技文明低科技文明的技术爆炸的惧怕而直接将其消灭了。因为至少高科技文明间应该会形成非常复杂的互动和博弈，其实这就已经是一个复杂的社会体系了，在这样复杂的社会体系下，他们对付低科技文明，虽然不排除直接除之后快这种简单策略，但应该绝不会是唯一的稳定策略。

BUG

当时对于这几条公理的分析，多数当然都是我自己的推断。而只有猜疑链这一点，仅根据《三体Ⅱ》透露的信息来看，它可以说是一个严重的bug。因为有"智子"存在，猜疑链便被大大缩短了。不知是刘慈欣早有计划还是后来才意识到这个bug的存在，到了写作《三体Ⅲ》时，他非常强悍地把这个bug给补上了！《三体Ⅲ》写道，三体文明曾让智子往更远的宇宙出发，结果走不了多少光年，便与三体失去了联系。这原因既可能是撞到了高维碎片，更可能是撞到了其他高级文明设的陷阱和路障——黑域里去了。但其实，这仍然不能弥补猜疑链作为“黑暗森林”理论根基的不合理性。因为按照三体文明的科技发展轨迹，黑域或维度攻击武器这类技术手段似乎是要比智子更难的技术，所以它似乎应该是在智子之后才能会被发明出来，这浩大的宇宙中难道不会出现某些文明在发明智子与发明维度攻击武器之间的这段时间里通过智子建立起非敌对关系进而发展为联盟的可能性吗？

其实长篇小说的情节逻辑要做到百分百的无懈可击是不可能的。对于长篇小说来说，bug 永生。但是只要这些 bug 不对情节的核心逻辑造成威胁，那就无伤大雅。但如果 bug 严重到直接否定了剧情的核心逻辑，那就是致命 bug 了。我认为“智子”的存在就是一个致命 bug。

不幸的是，我觉得《三体Ⅲ》里也有这样的致命 bug。

第一个致命 bug 是云天明的童话。

其实从《三体Ⅱ》就开始受到一些质疑的就是三体人的思维不善于诡计和计谋这一点设定。这在《三体Ⅱ》中是面壁计划得以展开的其中一个前提（第二个前提是智子看不到“思维”），而在《三体Ⅲ》中则成了云天明的童话得以顺利传达的唯一前提。云天明通过童话传递信息这一点，尽管信息的谜底难解，但是这传达信息的意图本身却是非常露骨的，虽说事先通过一本童话集将包含信息的童话保存在内，但跟程心对话的一段用心却太明显。这在地球上只要看过几本侦探、悬疑小说的人都能猜想到，但三体文明却毫不起疑。

在刘慈欣的设计里，“诡计”这种东西似乎是跟艺术似的东西，一个一辈子只看过中国画的人突然见到一幅油画，一下子完全不知道怎么欣赏，这个很好理解。但思维或“诡计”真的也是如此吗？思维或“诡计”其实都是遵循某种逻辑的，知道 A，就可以顺着逻辑推到 B，即便如人类的现代心理学也可以基于这样的逻辑线索一定程度上理解甚至预测人类的行为。以逻辑为核心的思维或“诡计”其实更像是数学，而不是艺术。因此如果有足够的智慧，就理应能够学会如何要理解思维或“诡计”，这跟他们原来是不是喜欢这样无关。因此以三体文明的智慧之高明，加上与人类打了几百年的交道，他们不至于无法识破如此简单的诡计。

其实《三体Ⅲ》里既然写到“程心一成为执剑人，水滴就毫不犹豫地展开进攻”这种情节，就恰恰说明三体文明对人类心理和行为的理解是相当深的，云天明如此简单的意图，不至于不被识破。

第二个致命 bug 是安全声明——黑域。

第二个 bug 更加致命。我觉得《三体Ⅲ》最绝的点子之一就是“安全声明”，这个设定本来非常能体现刘慈欣在剧情设定上的能力。当我读到罗辑问出“是否存在安全声明”这段时真是兴奋得差点叫出来。没想到除了“自杀声明”之外居然还能有确保自己安全的“安全声明”，这是对从第二部开始树立起“黑暗森林”下弱小文明生存格局的一大破局。关于“安全声明”，后来揭晓的谜底，本来也是非常让人信服的——刘慈欣居然想到用降低光速制造黑域这一招！

可惜，“安全声明”其实并不安全，它的安全性被一个 bug 轻松瓦解了。

黑域之所以“安全”，就在于黑域之中的任何物体，绝对无法从黑域中逃离，因此黑域之中的任何存在，都与黑域之外绝对隔离，不对外界造成任何威胁。一句话，你进了黑域，就绝对出不去。

但是，分明就有人从黑域里出来了。出黑域的方法是如此简单！——你只要随身带着一个小宇宙的门，一旦陷入黑域，把门打开，进小宇宙，然后就像书中小宇宙里的智子那样在小宇宙中指挥门然后寻找一个适合的地点，把门打开，就重新回到了宇宙里。这连三体文明都能轻易办到，何况那些神级别的文明。

所以黑域作为“安全声明”，根本就是无效的。关一帆和程心陷入黑域，最后又在宇宙中出现了。黑域作为一种防御武器，也基本是无效的，既然三体都可以制造小宇宙，那宇宙中那些更高级的文明自然不在话下，他们只要随身携带小宇宙的入口，就可以抵御黑域陷阱。那些误入黑域的高级文明飞船，就像关一帆和程心那样，落入黑域后只需启动一些应急设备，然后打开小宇宙的门，通过小宇宙即可摆脱黑域。我觉得这是《三体Ⅲ》最致命的一个 bug，是动摇小说核心逻辑的 bug。

就这样，《三体Ⅲ》里很绝的两个点子——安全声明和小宇宙，一个把另一个干掉了。但愿这只是我的理解错误。

不过最后，话说回来，其实“破人气场”只是我的强迫症症状之一。有致命 bug 又怎样，《三体》仍然是我读过的最伟大的科幻系列（没有之一）！

像韩寒说的，我们老想向老外输出中国文化，不过实际做的却是一边追着女孩子一边说我“祖上”很有钱，那是没用的。一边整天在国外撒钱建孔子学院，宣传《红楼梦》，然后抱怨老外睁眼瞎看不懂中国文化，一边却把刘慈欣这样价值连城的活宝贝随便扔在一边，我们才是睁眼瞎。

如果天上真有那些神级的文明的话——天上的神啊，如果你们在天有灵，请你们赐予刘慈欣健康的体魄和足岁的寿命，好让我有生之年有多几次机会追随着他的想象放飞灵魂。

时空无限，任我遨游。

→选自豆瓣网刘慈欣小组 2010 年 12 月 31 日

科幻为体，人本为魂
——关于《三体Ⅱ》

文／渔堂主人

《三体》的第一部是断断续续花了一个多月的时间才看完的，不过昨天晚上硬是熬夜看完了第二部的后半本，然后开始胡思乱想睡不着觉。今天自然要来写一写了。

与第一部相比，第二部发生在遥远未来的故事确实像有的网友所说，好像少了点“地气”。不过作者对于情节的好莱坞式悬疑编排确实非常成功。虽然从封底的那一段偈语中，已经可以大致猜到三体危机解决的方式，不过那么厚的一本书，能把悬念保持到最后十页才解开，说明作者驾驭故事的能力确实是高。

我有一个坏习惯——从看《本能》的时候开始养成的——就是喜欢去推敲故事里的漏洞，为此经常影响对故事的投入。也许是因为在遥远的未来有太多东西需要作者去凭空幻想的关系，第二部里的漏洞比第一部要多多了。

第一部里比较明显的漏洞是ETO虚拟的三体网络世界始终能够保持安全。实际上通过国际合作完全可以通过追踪IP地址和服务器地址来控制和监视ETO，施展“无间道”等多种策略。而正常情况下，任何地下组织都不可能愚蠢到从不改变联系方式和接头地点。

第二部的漏洞则在此基础上又多了很多。一些细节方面看过皱皱眉也就算了，但作者对冬眠制度和核辐射（也包括电磁辐射）安全的欠考虑就显得不太应该，因为这两点内容在书中的作用十分重要。

在冬眠制度方面，作者显然缺少必要的交代：谁可以冬眠？谁有权唤醒冬眠者？这两个问题不交代清楚，人物就变成招之即来挥之即去了——是不是只要得了不治之症就可以冬眠？大低谷时期岂不是人人都要求冬眠？冬眠人数如何控制？对冬眠权利的争夺迟早要引发战争。

在核辐射安全方面，如果成书在福岛核危机以后，作者也许会更多地考虑下——即使核聚变是可控的，核能发动机是可控的，但是核弹爆炸形成的放射污染好像实在想不出可控的方法。另外，在电磁辐射供电成为主要供电方式的情况下，如何解决长期高强度辐射下人体的健康问题，作者也没有给出答案。

实际上，在科幻小说里，这些问题如果作者多做些设想和铺垫的话是可以解决的。如果作者考虑出修订版的话，希望能够解决这些问题。

当然，书中作者还有大量对未来世界细节的设想是合理的、有趣的，使本书的趣味性大大提升了。能不能成为当代的儒勒·凡尔纳，则需要时间去证明了。

我觉得本书最大的缺陷还是在于“黑暗森林法则”的理论基础不牢固，其中又以“猜疑链”理论站不住脚最为明显。

一、猜疑链与囚徒困境

虽然作者没有明示，但相信很多像我一样的读者会认为“猜疑链”理论脱胎于博弈论中的“囚徒困境模型”。但囚徒困境模型本身有很多前提，例如博弈者面临相同或相似的指控、博弈者应是具有相当智力水平的利己主义者、博弈者只有“出卖”或者“不出卖”两个选择、博弈者在博弈过程中不能私下交流等。而作者大胆地把博弈论中“经济人”的抽象概念指代到无限复杂的“社会人”，只能说明作者对这个领域还没有足够深入的研究和领悟：

1. 开火不是第一选择

在森林中的猎手，在发现风吹草动之后做的第一件事必然是观察，而不是开火。为什么必然会先观察呢？因为不清楚对方的实力之前不能先暴露自己的位置。如果对方的实力强于自己怎么办？如果自己手里只有弓箭而对方是火枪，一击不中之后怎么办？如果观察之后发现对方的实力与自己差不多，或者弱于自己，那么猜疑链还勉强可以继续，但此时已经在观察过程中产生了新的猜疑，猜疑链的纳什均衡已经被打破。

书中，未知的先进文明草率地摧毁一颗恒星（甚至还没在那上面观察到生命迹象）完全是不理性的做法——这万一是更先进的文明放下的诱饵怎么办？（三体文明可以识别出信号来源于太阳，而如此先进的未知文明却无法识别出信号来源，这是本书的又一个漏洞。）

在囚徒困境模型中，是假设博弈者面临相同程度的指控的。而如果 A 是死罪，B 只是轻罪，博弈的结果就会变化：A 会顾忌于 B 的反噬而踯躅于是否出卖 B。

2. 交流才是第一选择

社会学是一门交流的科学。如果按照黑暗森林理论，宇宙间的文明没有交流而只有弱肉强食，宇宙社会学就根本没有存在的必要。交流不但可以打破猜疑链的纳什均衡，引发猜疑链的转向，也完全可以打断猜疑链。即使没有语言文字上的交流，相互观察也是一种交流；即使没有双向的交流，单向的观察也是一种交流。开火的技术难度要远大于观察，一个拥有向对方开火能力的文明会观察不到对方？

书中，三体文明守株待兔地首先观察到了人类文明的存在，发现其无法对自己构成致命威胁，所以就没有出现猜疑链理论的结果——先发制人地多发射一些水滴消灭人类。

在囚徒困境模型中，是假设博弈者不能私下交流的。而如果 A 发现 B 后台很硬，得罪了 B 出去肯定没好日子过，博弈的结果就会变化：A

会顾忌于B的报复而踯躅于是否出卖B。

二、黑暗森林理论的其他规则

书中宇宙社会学的两大公理和技术爆炸理论的内容我都可以接受，但是其地位都不是绝对的：

1. 生存确实是第一需要，但生存危机不是常态。书中，未知的先进文明收到一幅恒星位置图，就能得出自己的生存受到了威胁的结论？

2. 宇宙资源确实是有限的，但还没有紧张到你死我活的程度。有三问：消灭一颗恒星是增加资源还是消耗资源的行为？被消灭文明的劳动力资源可不可以再生？地球资源也是有限的，战争是不是常态？

3. 技术爆炸是潜在威胁，但是可以防止的。这是作者自己说的，技术爆炸是可以通过一定手段锁死的。

三、本书主线与黑暗森林理论间的悖论

本书的主线就是人类文明与三体文明的关系，而这种关系根本没有按照黑暗森林理论来发展。

1. 没有猜疑链。对于像三体文明这样面临生存危机而且（当时还）不会掩饰的文明，他们直接就做出了“取代”人类文明的决定，并告知人类（虽然在一开始并不是全人类）——这时猜疑链根本就没有开始。

2. 没有你死我活。三体文明的“取代”不等同于消灭，至少他们自己还没有完全想好，因为他们知道除了所谓的黑暗森林理论之外，人类根本无法对他们产生现实的威胁。

3. 关于星舰地球。星舰地球上发生的事看似证明了黑暗森林理论，但当时严酷的资源稀缺程度，博弈者之间对于交流的排斥，都是猜疑链生效的必要条件，并无普适性。

4. 善与恶。或者叫其他名字也可以——性格、行为倾向，都可以。当

三体文明得知了人类文明的掩饰能力之后，由于恐惧、厌恶而引起了猜疑，但遗憾的是即使这样他们也没有得出要消灭人类的结论。可见人性的善与恶才是宇宙社会学的关键。

说了这么多坏话，我还是很喜欢这本书的。因为黑暗森林理论只是本书的外壳，从内核看，本书证明了人性才是宇宙社会学的关键。而且作为一个故事，三体第二部有着宏大的叙事结构和跌宕起伏的情节。

任何科幻小说，技术和理论都只是外在的躯壳，一些有趣的设想也只是为故事的娱乐性服务的，而内在的关于人性的思考（包括外星人也是有人性的，科幻小说很难脱离这一假设前提）才是核心。在这一点上，作者做得十分成功！但硬要套上毫无人性的黑暗森林理论，确实是一大遗憾。

瑕不掩瑜，强力推荐本书！期待看第三部！

无奈的技术流——三体 · 的评论

终于看完了三体的第三部，断断续续地。我能够理解前辈的三体迷们苦候两年多后，对于终于迎来的大结局的激赏心情。但是作为一个后进者，我不得不说，在连续啃完的这三部曲中，第三部在我心目中只能排在第三位。

第一部玩的是情节，第二部玩的是推理，第三部玩的是技术。也难怪，当故事发生在遥远的几百年以后，如果不把大量的笔墨花费在对物理学理论和技术的终极探究上，又怎么给读者一个相对完整的结局呢？当章节与章节之间的时间跨度长达几十年甚至上百年，就必须要先对期间的技术发展做大量的交代才能使故事得以继续。从这个角度来说，作者自己给自己出了一个大难题。

但是正如我在第二部的书评中所说的（http://book.douban.com/review/5012824/），优秀的科幻小说，终究应该是以技术为体，而以人本为魂的。技术玩得太多，不但影响故事的流畅性，而且也影响主旨的表达。序者高度赞扬了作者的“硬科幻”风格，但是硬科幻毕竟是要建立在理论研究的基础上的啊。我无意贬低中国基础物理研究水平，更无意质疑作者的物理功底，但是这样的硬科幻除了在技术层面引发热烈的探讨之外，在文学上到底能够给我们留下些什么？

根据我这个物理门外汉浅薄的认识，作者关于 Dead End 的理论，除了黑暗森林理论外，主要是建立在“维度”和“光速”这两个概念上的。但是对于另一个重要的概念“时间”，书中则只有结论而没有论证。也许作者觉得再去探讨这个问题整部作品会更显冗长吧……

1. 作者把整个宇宙的时间概念绝对化了，即对于所有的文明来说时间的长度（注意：不是单位）都是一样的，对于所有的维度来说时间的长度也是一样的。例如蓝星进入黑域以后主人公在光速状态下渡过了 1890 多万年，这到底是以地球上的时间长度计算的，还是以蓝星上正常光速的时间长度计算的，抑或以蓝星上低光速的时间长度计算的？如果这三者的时间长度是一样的，那么光速旅行者花了 52 个小时飞越 287 光年，飞越 1890 万光年需要多少小时？三体第二舰队需要花多长时间飞越 4 光年？

2. 如何解释 52 个小时和 287 光年的关系？如果将此解释为“客观上过了 287 年，但对旅行者来说只感受到 52 个小时”，那光速旅行者岂不是飞向无限的未来？如果将此解释为“客观上是 52 个小时，对观察者来说是 287 年”，按照一般的猜想，旅行者应该是飞到时间的前面了吧？无论按哪一种解释，两批光速旅行者都几乎不可能再在同一条时间河流里再相遇。时间和空间的错乱怎么解决？程心遇到关一帆只能用宿命来解释了。

3. 时间是一把杀猪刀。即使是在冬眠中，机体的老化也只是很慢而不是完全停止，很难想象女主人公仅凭冬眠技术就渡过了 400 多年，仍然青春美丽，三进三出跟玩儿似的。

我觉得对于时间的忽略是本书一个很“硬”的缺陷。我没有能力对其进行理论分析，不过这也正是豆瓣上大量评论所热烈讨论的内容之一。

下面是我对“维度”和“光速”的浅薄质疑：

1. 高维度的“海”干涸以后，高维文明被迫与低维文明争夺生存空间，那么高维空间与三维宇宙到底是什么关系？现在的三维宇宙是“海”三维化以后才形成的吗？按照文明不断从高维度跌落的理论，宇宙天然的统治者就应该是从十一维度跌落下来的文明，因为在低维度宇宙中自然进化而来的文明几乎不可能是他们的对手。

2. 残存的四维空间以气泡的形式与三维空间接触，但是三维生物竟然可以自由出入四维世界！而且四维空间中的飞船还可以遵循三维世界的物理学规律飞行！那么指环为什么不逃到三维空间呢？它（他）明显还有能量（生命），而且明显比地球文明高级啊？

3. 三维世界二维化的过程到底是三个维度的还是二个维度的？或者按照我浅薄的理解，二向箔的展开到底是沿着一个平面的还是球状的？还有第三种合理的展开方式吗？总不见得是有选择地？如果是平面展开，那么驾驶飞船逃离太阳的黄道面理论上就可以避免被二维化了；如果是球状展开，那么 287 光年外的蓝星系被二维化需要多少时间？

4. 宏观世界的维度难道和微观世界的维度完全没有关系？三维世界的质子从九维到二维可以随意地展开与收拢，这在前两部里是可以接受的，但是在第三部的宇宙低维化预言中怎么就显得那么刺眼？

5. 假设蓝星系上的逃逸速度与太阳系相似，而光速已经降到了逃逸速度以下，那么蓝星同步轨道上的飞行器靠聚变发动机需要多长时间才能着陆？

6. 最后也是最幼稚的一个质疑：光速航行状态下如何转向？难道不需要躲避航线上可能出现的陨石、垃圾之类的？更不用说敌人？

看完第三部，总感觉作者行文时疲于建立和解释各种技术理论，在情节安排和人物刻画上反倒显得左支右绌。

不合理的情节诸如：在掌握了光速航行的技术后，三体文明可以轻易地迁移到其他适合移民的星系，为什么还要“一根筋”地冒着被广播的风险继续和人类争夺太阳系？歌者文明明知道不断的低维化最终结果是宇宙毁灭，为什么还要把自己推向无尽的深渊？

人物的不合理诸如：罗辑活了二百多岁，居然又从威慑纪元一百多岁时的失语状态恢复成为能说话的了。最容易引起争议也许是对于程心的人物刻画，安排这样一个从一般视角看始终在失败的女性作为主角，可能很多人都无法接受。我觉得这应该跟作者的生活经历有关。对于三体中的人本主题，我会专门再写一篇书评，在此先按下不表。

纵观全书，由于在叙事上的时间跨度太大，或者说作者的野心太大，作者在写作技巧上采取了《时间之外的往事》这条倒叙的锁链来串联主要情节，甚至特意在开头加上一段东罗马帝国的故事来体现时间的纵深感，但仍然无法避免情节不够紧凑的先天缺陷。在悬念设置上，读者从书名就可以猜想到全书灰暗的结局，无非就是想知道太阳系是怎么毁灭的，还剩下几个人怎么逃出来的。所以，第三部变成了介于小说和故事集之间的一种文体，缺少吸引读者一气呵成地读完的东西。也许，作者不应该急着在第三部讲完全部的结局，这个系列故事完全可以没有止境地一直讲下去。

当然，批判者的渺小永远无法与创造者的伟大相提并论。作者把硬科幻进行到底的勇气和能力是令人震撼和拜服的。从某种程度上说，我觉得《三体》三部曲甚至比《指环王》三部曲更伟大，这是一部超越神话的神话。如果《三体》能够吸引一部分年轻读者投身到意义非凡的基础物理研究中去，那对于越来越功利和短视的中国社会来说真是善莫大焉！

→选自豆瓣网刘慈欣小组 2011 年 7 月 5 日 21:57:07

刘谦点评《三体》：结局太令我错愕

对话
黄永明 VS 刘慈欣

黄永明　你从七岁开始玩魔术，你觉得在魔术方面的造诣或者创造力跟你的成长环境或者是家庭环境有什么关系吗？或者跟你的性格。

刘　谦　我觉得跟我的生活习惯有关系，还有周边的朋友，因为我自己很喜欢看小说，看漫画还有电影。

黄永明　你喜欢看哪一类的小说，会看科幻小说吗？

刘　谦　科幻小说我是很喜欢看的。

黄永明　那刘慈欣的《三体》看过吗？

刘　谦　当然看过了。

黄永明　你看了之后感觉怎么样？

刘　谦　三体很庞大。我先说我喜欢的部分。喜欢部分就是它的庞大，它的想象力，然后剧情紧凑、很紧张，就是很刺激。一些危机的描述还有人心中的恐惧描述得很好，他又不脱离也不会虚幻缥缈，你会觉得这些事情有可能发生的。

觉得这是我喜欢的地方，因为你会觉得他的描述就是有可能会发生的。所以你觉得他很真实，包括这些情绪很真实。

我不喜欢的部分：结局我觉得太让我错愕了。因为它整个三部条里面在描述某个抗争的过程，但其实最后的结果大概五页就已经把前面所有抗争的过程好像没发生过一样，就没有意义了。我觉得这个怎么说呢？感觉整部小说可以用十页就把它说完了，但是你不能用十页就把它说完——那就不构成小说了。

黄永明　　我也看了这个小说，发现他的点子非常密集，各种各样的想法。

刘　谦　　但是我觉得最后好像，你会觉得我看这个书看这么久最后就这样没了。自然而然就是我感觉好像写到一个段落之后就硬把它的砍掉了，从另外一个背景写一个东西。

黄永明　　就是连贯性不太好？

刘　谦　　是有连贯性，可能是我的感觉不够敏锐，我觉得照理讲每一个段落都要对下一个段落有一些关键性的影响，但是我发现很多地方没有，就是完全脱离的。

黄永明　　那你看得蛮细的，我都没感觉出来。

刘　谦　　这就是感觉，看小说看多了就是这样。当然小说只要好看就是好看。作为小说这一点我是百分之分觉得它好看，但是有些情绪上我觉得中间随便抽掉一段也不会影响整个剧情的结果，可以这样说。

黄永明　　可能是点子太多。作者要把这些点子罗列出来，可能跟表演魔术有一些类似，有的人就想把这些技巧全部展示出来。

刘　谦　　是这种感觉。其实我觉得他要表达的感觉很多，表达完了他就直接表达下一个东西，两个东西没有太大关联性。

→选自微信公众账号【魔法TWO】的AceWonder系列作品之一 2013年

三体翻译成英文后，你知道国外的读者看完都是怎么评论的吗？

文／极客视界

三体自从获得雨果奖以后，迅速得到过各方面的关注，其实不仅仅是我们国内，包括国外的很多科幻爱好者也因此知道了三体的大名。

受此影响，三体的英文版销量有了不错的提升，而很多国外的科幻爱好者们在看完三体以后，对它的书评是怎么写的呢？

让我们接下来一起看一下：

Couldn't put it down. Literally. I neglected other duties for 36 hours. Excellent continuation of the story. Again, fascinating view of drivers of species survival seen through a different cultural lens, somewhat alien to my Western background. I did not expect it to follow the usual paths of English and USA scifi and it did not disappoint. Loved it.

真正的是 “爱不释手”，我翘班了三十六个小时。比第一部还精彩，再次透过有别于我的西方背景的不同的文化透镜，以引人入胜的视角，展现族群生存的驱动力。我没有期待本作与英美科幻有雷同，本作也没有让我失望。大爱。

Unfortunately the translation jarred at times. Luckily infrequently. But not enough for me to deduct a star.

翻译不时有些毛糙。还好不算频繁，没到让我减掉一颗星的程度。

About 80% through this book (after the Battle of Darkness), I needed a nap desperately. In the nap, I dreamed extremely troubling dreams, filled with the feeling of despair and the knowledge that humanity would die. Just felt like explaining the mood this book left me in for the most part: an overwhelming tension that every single human will perish, first in spirit, then in body. Thanks for that, Mr. Liu!

在本书的80%处（黑暗战役之后），我非常疲惫急需打个盹。睡梦里，我做了个十分烦心的梦，梦里充斥着绝望感以及人类要完的认知，让我只想一吐本书带给我的主要感受：一种压倒一切的焦虑感，每个人类都将凋零，先是灵魂，再是肉体。谢你一家门，刘先森！

Bought on Day 1 and finished on Day 3. It was a fantastic Sci-fi reading experience from beginning right to end. You just couldn't stop feeling surprised and stunned all the time, by those choices and decisions, regardless they matter or not, made by the characters. The unthinkable scope of the plot and sceneries just repeatedly stroke your imagination and nerves like. Twists and turns in both large and small scale are blended in the whole logical storyline, so it turns out to be more like a mind-bending blockbuster movie.

第一天就买了，第三天读完。从头到尾都是奇妙的科幻阅读体验。你会一直被书中角色做出的无论正确与否的选择和决定而震惊到。难以置信范畴的剧情和场景，不断地敲击你的想象和神经。大大小小的曲折逆转剧情编排进逻辑缜密的故事线，就像是一部深奥的电影大片。

Absolutely a fantastic story. Immensely imaginative. Especially love the author's deep thoughts on combining sociology and science, and his vivid presentation of the doom's day scenes. Put it on a very short list of my best sci-fi readings so far. Highly recommended. Already pre-ordered the final installation of the trilogy.

绝对的巨作，宽广的想象。尤其喜爱作者将社会学和科学结合到一起的深思熟虑，以及他将末世场景的生动展现。我将其列入我的最佳科幻的屈指可数的名单。强烈推荐，已经预购三部曲的最后一部。

Absolutely loved both books, the dark forest perhaps even more than 3 body - one of the best modern sf reads out there, I'd give it 6 stars if I could :)

完全喜爱这两本书，《黑暗森林》或许比《三体》还更好，《三体》已经是现代科幻最佳之一。可以的话我想给六星。

Liu postulates that humanity will struggleto put forth a united front against the aliens, even faced with annihilation infour centuries. This makes perfect sense from a psychological point of view:how many of us put off tomorrow what could be done today, like my daughterwatching YouTube when she should be studying, or humanity using up fossil fuelsand resources without concern for the next generation? Then imagine that 16generations will go by before the Trisolarans will come to Earth andexterminate us like bugs. Why bother worrying at all? And certainly much ofhumanity does respond this way.

大刘假定人类很困难地组成统一战线对抗外星人，即使面临四百年后的灭亡。这从心理学角度来看非常合情合理，我们中间有多少人把本可“今日毕”的事拖延至明日，比如我女儿在本该学习的时候看油土鳖，又比如人类根本不考虑后世子孙而把化石燃料和其他资源消耗殆尽。再想象一下还要十八代，三体人才会来到地球把我们像虫子一样灭掉，何必操心呢。肯定一大部分人会这样反应。

As with The Three-Body Problem, I thought The Dark Forest was filled with neat ideas and clunky characterization, and the first two-thirds of the book were somewhat slow-going but the pyrotechnics of the final third made up for it. I listened to the audiobook narrated by P.J.Ochlan, and he did a good job including pronunciation of the Chinese names, though I still have trouble keeping them straight in my head without seeingthem on the page. This book was translated by Joel Martinsen, and I believe hedid a good job, as did Ken Liu for the first book. I don't think the charactersare wooden because of the translation — that lies with the author, and I thinkhis strength is more in ideas and extrapolation, so I am willing to overlookthat. In fact, what Western readers expect from characters may be differentfrom Chinese readers, so it's tough to say. In any case, I still am keen to seewhat he can do in the trilogy's finale, Death's End.

与《三体》一样，我认为《黑暗森林》充满了很棒的想法和笨拙的人物塑造。本书的前三分之二显得迟缓，但最后三分之一的绚烂做出了弥补。我听了由 P.J. Ochlan 朗读的有声读物，非常好，连中文名字的发音都很棒，但不看着书的话我很难把中文名字记住。本书由乔 Martinsen 翻译，我认为他翻得很好，不亚于刘 Ken 翻的第一部。我不认为人物角色显得很木是译者的原因，应该归罪于作者本人，他的强项在于想法和推论，所以我愿意忽略人物的不足。事实上，西方读者期望的人物角色可能与中国读者期望的不同，很难说。无论如何，我都期待作者在三部曲最后一部《死神永生》的表现。

I truly believe that the two novels gonicely with each other, and now, I'm even more excited to read the third, butnow my expectations have been adjusted away from epic space craziness into thetrue beginnings of real communication and discovery. Again, shall we go overthe dichotomies of faith and despair? I thought not. :)

我真的认为这两本书交相辉映，让我更加想要读第三部，但现在我的期待从史诗般的太空狂潮转向了真正的交流和探索之始。我们能否跨越信念与绝望的对立吗？我认为不能（笑）。

It's a very thoughtful novel. I recommendit to everyone who loved the Three Body Problem with the caveat that you ought to expect a grand social and strategic battle of wits that showcases an understated and lazy hero who's only claim to fame is a deeper understanding ofthe stakes and the will to keep his mouth very tightly shut. (That part wasvery satisfying.)

这是本很有思想的小说，我向每一个喜爱《三体》的人推荐本书。预先声明，你该期待一场盛大的社会与策略的智战，展示了一位低调懒散的主人公，他成名的唯一原因是他充分了解自己守口如瓶的意志品质和利害关系。（这部分很令人满足。）

编后记

2015年，对中国科幻文学，是一个值得纪念的年份。

这一年，生活在山西阳泉的作家刘慈欣，凭借《三体》，荣获第73届世界科幻大会雨果奖最佳长篇故事奖。这不单是中国人的骄傲，更是亚洲人首次获得这项世界顶级科幻文学奖。他以一己之力，将中国科幻文学带上了世界高度，引发了“三体热潮”。

中国的写作者，不知凡几，写作科幻文学的，也不乏其人。

这一次，为什么是刘慈欣？

或许，我们从刘慈欣的许多关于科幻文学的随笔中看出一些迹象。2006年，《三体》横空出世。他在后记中这样写道，“好看的科幻小说应该是把最空灵最疯狂的想象写得像新闻报道一般真实”，他希望自己“把小说写得像是历史学家对过去的真实记叙”。

这是他努力的方向。

为方便更多人理解刘慈欣笔下的科幻世界，我们将近年来关于刘慈欣的研究文字、对话访谈、新闻报道，甚至是网友的议论，搜罗汇总，编成《刘慈欣现象观察丛书》，分为《我是刘慈欣》《为什么是刘慈欣》两种。

《我是刘慈欣》一书，所选文章，多涉及作家本人的创作观，偏重还原一个真实的刘慈欣。《为什么是刘慈欣》一书，则多为评论家的研究文字，《三体》大热之后的现象讨论。为便于阅读，以文章发表时间为序。两书力求做到资料翔实，好看好读，又不失学术严谨。

在编辑这套丛书的过程中，我们深深意识到，刘慈欣是山西的，也是中国的，更是世界的。

感谢刘慈欣先生，提供了大量影像资料和部分文章，让我们得以管窥作家的真实生活状态。感谢每一位提供作品的学者、作家，感谢豆瓣网的刘慈欣小组，正是因为有了这么庞大的科幻文学读者群，我们才能得以及时编定这套丛书。

因时间仓促，错讹之处在所难免，欢迎批评指正。

本书编写组
2015 年 9 月

图书在版编目（CIP）数据

为什么是刘慈欣 / 杜学文，杨占平编．—太原：北岳文艺出版社，2016.1

（刘慈欣现象观察丛书）

ISBN 978-7-5378-4597-7

Ⅰ．①为… Ⅱ．①杜… ②杨… Ⅲ．①科学幻想小说—小说研究—中国—当代 Ⅳ．I207.425

中国版本图书馆 CIP 数据核字（2015）第 263986 号

书　　名：为什么是刘慈欣
主　　编：杜学文　杨占平
策　　划：续小强
责任编辑：陈学清
特约编辑：陈克海　李金山
书籍设计：张永文

出版发行：山西出版传媒集团・北岳文艺出版社
地　　址：山西省太原市并州南路 57 号
邮　　编：030012
电　　话：0351-5628696（发行部）
　　　　　0351-5628688（总编室）
网　　址：http://www.bywy.com
E-mail：bywycbs@163.com
经 销 商：新华书店
印刷装订：三河市华东印刷有限公司

开　　本：710mm × 1010mm　　1/16
字　　数：340 千字
印　　张：23.25
版　　次：2016 年 1 月第 1 版
印　　次：2019 年 1 月河北第 2 次印刷
书　　号：ISBN 978-7-5378-4597-7
定　　价：49.80 元

声　明

本书编选者和责任编辑已多方联系，但是仍有部分文章作者未能及时联系上。故此，企盼作者在见到此书后及时与出版社方面联系，我们将为您奉上稿酬及样书。

地址：山西省太原市并州南路57号　北岳文艺出版社
邮编：030012　电话：0351-5628695　5628688